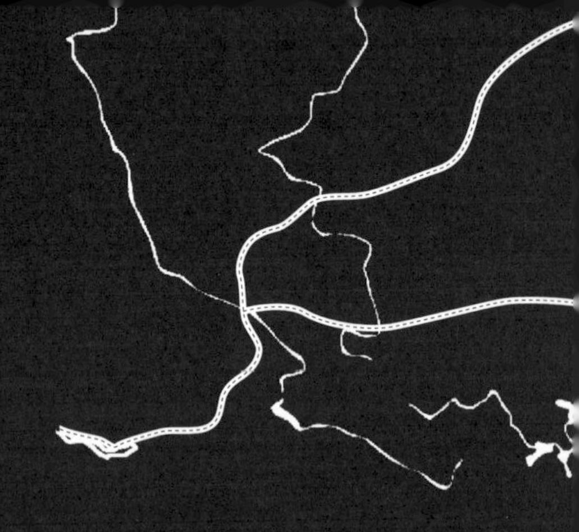

《사조영웅전》 시대 연표

1115 여진의 완안아골타完顔阿骨打가 황제로 즉위하고(태조), 국호를 금金이라 함.
1122 금, 연경 함락.
1125 금, 요의 천조제天祚帝를 사로잡고 멸망시킴.
송 휘종徽宗이 흠종欽宗에게 왕위를 물려줌.
1126 금, 개봉성 함락.
1127 송 휘종·흠종이 금에 사로잡혀 북송 멸망(정강靖康의 변).
고종高宗이 즉위하여 송을 부흥시킴(남송).
1130 송 고종, 온주로 도망. 한세충韓世忠·악비岳飛 항금 투쟁 시작.
진회秦檜, 금에서 귀국.
1134 악비, 선인관 전투에서 금군에 대승하여 양양 등 6군 회복.
1138 진회가 재상이 되어 금과 화의 추진.
1140 금군 남진. 악비가 하남 각지에서 금군을 격파하고 개봉에 당도.
1141 진회가 악비 부자를 체포해 옥중에서 죽임.
1142 송과 금, 1차 화의 성립.
1149 금의 완안량完顔亮(해릉왕海陵王), 희종熙宗을 살해하고 제위에 오름.
1161 금의 완안포完顔褒가 황제를 칭함(세종世宗). 해릉왕 살해됨.
금, 남송과 화의.
1162 남송, 효종孝宗 즉위.
1165 금과 송, 2차 화의 성립. 이후 40년간 평화가 지속됨.
1170 전진교 교주 왕중양王重陽 사망.
1183 도학道學이 금지됨.
1188 몽고의 테무친, 칸을 칭함(제1차 즉위).
1189 금, 세종 사망하고 장종章宗 즉위.
남송, 효종이 퇴위하고 광종光宗 즉위.
1194 남송, 영종寧宗 즉위. 한탁주가 전권을 휘두름.
1196 한탁주, 주자학파를 탄압하여 주희朱熹가 파직됨.
1206 남송의 한탁주, 금을 침공하여 전쟁을 일으킴.
테무친, 몽고 부족을 통일하고 칭기즈칸으로 추대됨(제2차 즉위).
1211 칭기즈칸, 금 침공.
1215 몽고군, 금 수도 함락.
1217 금, 남송 침공.
1218 고려, 몽고에 조공 약속.
1219 칭기즈칸, 서방 원정 시작(1224년까지).
1227 칭기즈칸, 서하를 멸망시키고 귀환 도중 병사.
오고타이가 칸으로 즉위(태종).
1231 몽고군 장수 살리타가 고려 침입.
1234 몽고와 남송 군대의 공격을 받아 금 멸망.
1235 몽고와 남송의 교전이 시작됨.

《사조영웅전》 시대 배경 지도
팔자홀부
밀아기부
맹고사부
(몽고부)
몽고
극렬부
금
상경회녕부
제주
북경
장가구
중경
동경
고려
서경대동부
연경
서하
감숙군사
중흥부
은천
하주
대명부
하간부
태원부
동평부
황해
평양부
변경
남경개봉부
난주
하남부
경조부
서주
영주
양양
여주
가흥
태호
임안부
도화도
항주
파주
강릉부
악주
성도부
성도
대주
검주
온주
담주
길주
복주
남송
대리
석성군
의주
유구
광주
대리
해남도

사조영웅전 7

사조영웅전 7 – 사부들의 죽음

1판 1쇄 발행 2003. 12. 24.
1판 23쇄 발행 2020. 1. 28.
2판 1쇄 발행 2020. 7. 8.
2판 4쇄 발행 2024. 5. 10.

지은이 김용
옮긴이 김용소설번역연구회
발행인 박강휘
편집 이한경 디자인 조명이 마케팅 김용환 홍보 반재서
발행처 김영사
등록 1979년 5월 17일(제406-2003-036호)
주소 경기도 파주시 문발로 197(문발동) 우편번호 10881
전화 마케팅부 031)955-3100, 편집부 031)955-3200 | 팩스 031)955-3111

값은 뒤표지에 있습니다.
ISBN 978-89-349-9185-4 04820
978-89-349-9168-7 (세트)

홈페이지 www.gimmyoung.com 블로그 blog.naver.com/gybook
인스타그램 instagram.com/gimmyoung 이메일 bestbook@gimmyoung.com

좋은 독자가 좋은 책을 만듭니다.
김영사는 독자 여러분의 의견에 항상 귀 기울이고 있습니다.

이 도서의 국립중앙도서관 출판예정도서목록(CIP)은 서지정보유통지원시스템 홈페이지
(http://seoji.nl.go.kr)와 국가자료종합목록 구축시스템(http://kolis-net.nl.go.kr)에서
이용하실 수 있습니다.(CIP제어번호 : CIP2020022994)

사조영웅전

射鵰英雄傳

사부들의 죽음

7

김용소설번역연구회 옮김

김용 대하역사무협

7권 차례

사부들의 죽음

곽정 郭靖

곽소천의 아들로 몽고에서 태어났다. 어릴 때 신전수 철별에게 활을 배웠고 강남칠괴에게 무공을 배웠다. 중원으로 나와서는 북개 홍칠공을 만나 항룡십팔장을 전수받았다. 그리고 평생의 반려자 황용과 함께 천하를 유랑하며 강호의 영웅호걸들을 만난다. 특히 주백통에게 〈구음진경〉과 쌍수호박술, 72로 공명권을 터득해 무공이 크게 상승했다. 타고난 두뇌와 자질은 별로지만 천성이 순박하고 정직해 모든 것을 꾸준히 연마한다. 그 결과 제2차 화산논검대회에서는 동사, 서독, 남제, 북개 등 당대 최절정 고수들과 어깨를 나란히 하게 된다.

황용 黃蓉

도화도의 주인 동사 황약사의 딸. 아버지와 싸우고 가출했다가 우연히 곽정을 만나 사랑에 빠진다. 곽정과 함께 강호를 돌아다니다가 홍칠공에게 타구봉법을 배우고, 개방의 방주 자리를 물려받는다. 타고난 성품이 활발하고 두뇌가 총명해 당대에 그녀의 재치를 당해낼 자가 없었다. 뛰어난 지모를 갖췄을 뿐만 아니라 아버지 황약사와 홍칠공에게 배운 무공도 훌륭해 영웅호걸로 부를 만하다.

강남칠괴 江南七怪

곽정의 사부. 모두 고향이 강남 가흥이고 제각기 무공이 독특할 뿐 아니라 용모와 차림새가 유별나서 붙은 이름이다. 칠괴의 맏이인 가진악은 항상 표정이 얼음장처럼 차가운 맹인인데 쇠로 된 육중한 지팡이를 무기로 삼는다. 둘째 주총은 지저분한 옷을 입은 선비로서 낡은 철부채를 무기로 사용한다. 한보구는 우스꽝스럽게 생긴 땅딸보이지만, 말을 귀신처럼 잘 다룬다. 넷째 남희인은 원래 나무꾼이고, 다섯째 장아생은 백정이 생업이다. 여섯째 전금발은 저잣거리의 장돌뱅이인데 쇠저울을 무기로 쓴다. 월녀검법을 전수받은 한소영은 아리따운 어촌 아가씨이다. 이들 일곱 사람은 명문 정파도 아니고, 무공 또한 걸출하다고 할 수 없다. 그러나 의리만은 이들을 따를 자가 없다.

전진칠자 全眞七子

왕중양의 제자들. 단양자 마옥, 장춘자 구처기, 청정산인 손불이, 광녕자 학대통, 장생자 유처현, 장진자 담처단, 옥양자 왕처일이 그들이다. 왕중양에게 전수받은 천강북두진법으로 황약사, 구양봉 등과 맞선다. 구처기는 곽소천 및 양철심과 인연을 맺고 곽정과 양강의 이름을 지어준다. 특히 전진교 교주 마옥은 곽정에게 내공을 전수해주며 무공을 상승시키는 데 지대한 공헌을 한다.

완안홍열 完顔洪烈
금나라의 여섯 번째 왕자로 조왕에 봉해졌다. 악비 장군의 유서를 훔치기 위해 구양극, 영지상인, 후통해 등 강호의 고수들을 끌어들이지만 곽정과 황용에 의해 번번이 실패하고 만다.

양강 楊康
완안홍열의 아들로 성장하지만 훗날 양철심의 아들로 밝혀진다. 그러나 부귀영화를 탐내 친아버지보다도 원수인 완안홍열의 아들이기를 원한다. 갖은 악행을 저지르다가 스스로 가련한 신세로 전락하고 만다. 타고난 총명함이 빛났지만 황용보다 못하고, 무공은 곽정을 이기지 못했다.

목염자 穆念慈
양철심의 양딸. 비무초친比武招親을 하다가 양강을 만난다. 그 뒤로 양강을 뒤쫓으며 일편단심 그를 사랑하게 된다. 철장봉에서 양강과 밤을 지새우고 연을 맺는다.

단황야 段皇爺
본명은 단지흥, 법호는 일등대사一燈大師이며 사람들은 그를 흔히 남제南帝라고 부른다. 대리국의 황제였지만 속세와 인연을 끊고 출가했다. 어초경독의 스승이다. 자신을 희생하면서 황용의 목숨을 구해준다.

홍칠공 洪七公
개방 제18대 방주로 북개北丐라고도 부른다. 별호는 구지신개이며, 곽정과 황용의 스승이다. 도화도에서 나오다가 구양봉에게 당해 무공을 잃는다.

황약사 黃藥師
동해 도화도의 도주로 천하오절 중 한 명. 성격이 괴팍하고 종잡을 수 없어 사람들은 그를 동사東邪라고 부른다. 무공은 물론 천문지리, 의술, 역학, 기문오행 등에도 조예가 깊다. 그가 창안한 탄지신통, 낙영신검장, 난화불혈수, 옥소검법 등은 강호에서 당할 자가 없다.

구양봉 歐陽鋒

속칭 서독西毒이라고 부르는 서역 백타산의 주인이다. 황약사와 쌍벽을 이루는 일대 무학의 대가이며 수단 방법을 가리지 않고 자신의 목적을 이루는 음험한 악당이다. 합마공이라는 독보적인 무공을 지녔고, 화산논검대회에 대비해 연피사권법을 만들기도 했다.

주백통 周伯通

항렬을 무시하고 곽정과 의형제를 맺는 등 갖은 기행을 일삼는 인물. 원래는 전진교 문하였으나 도사가 되지는 못했다. 황약사에 의해 15년 동안 도화도에 갇혀 있다가 곽정을 만나면서 스스로 깨달은 바가 있어 다시 중원으로 나온다. 공명권, 쌍수호박술 등 기상천외한 무공을 만들어내 그 누구도 범접하지 못할 고수로 자리 잡게 된다.

후통해 侯通海

머리에 혹이 세 개나 있다고 해서 별호가 삼두교三頭蛟이다. 사통천의 사제로 나쁜 짓만 골라서 하는 악한이다. 머리가 아둔해 줄곧 황용에게 골탕만 당한다.

양자옹 梁子翁

장백산 일대를 호령하는 인물로 삼선노괴參仙老怪라고 부른다. 사통천 등과 함께 완안홍열의 사주를 받아 온갖 나쁜 짓을 일삼는다.

팽련호 彭連虎

천수인도千手人屠라고 부르는 완안홍열의 수족이다. 하북과 산서 일대를 주름잡는 도적으로 눈 하나 깜짝하지 않고 사람을 죽이는 인물이다.

영지상인 靈智上人

서장 밀종의 대고수로 별호는 대수인大手印이다. 완안홍열의 수족.

구천인 裘千仞

호남 철장방 방주. 무공은 동사, 서독, 남제, 북개, 중신통과 엇비슷하다고 알려져 있다. 구천장裘千丈이라는 쌍둥이 형이 있다.

영고 瑛姑

원래는 단황야의 비였다. 단황야와 깊은 사연이 있어 초야에 은둔하며 복수의 날만을 기다린다.

▲ 오작인의 〈응격장공鷹擊長空〉

베니스에서 유화를 전공한 오작인吳作人은 현대 중국의 유명한 화가이다. 특히 수묵화가 독창적이다.

▶ 가흥嘉興 남호南湖 연우루煙雨樓의 모습

곽정은 사부들의 원수를 갚기 위해 연우루로 향한다. 이곳에서 모든 고수가 모여 큰 싸움을 벌인다.

大理國描工張勝溫揄諸聖容以利蒼生求我記之
夫至虛至極有極則有虛虛極之中自生明相矣
明相生一氣一氣成大千有衆生焉有佛出矣衆
生先量佛海无邊二乘形昔苦濟援知則背影像
濟也實如神器張其之道風怜武氏之美跡者耳
當願衆生心中佛佛心中衆生唯佛與衆生无一
聖凡異妙出於手靈顯於心家用國興身安富有
盛德五年庚子歲正月十一日 釋妙光 謹記

▲ 장승온의 〈불상도佛像圖〉

장승온張勝溫은 대리국 사람이다. 이 그림은 일등대사(단지홍)가 대리국 황제일 때(성덕 5년) 그렸다. 대만 고궁박물관 소장.

◀ 장승온의 〈불상도의 제기題記〉

오른쪽은 석묘광釋妙光의 글이고, 왼쪽은 명나라 때 한림학사 송렴宋濂의 글이다.

▶ 〈칭기즈칸이 호라즘을 공격하는 그림〉

일칸국 역사가 라시드웃딘이 쓴 《집사》에 수록된 삽화.

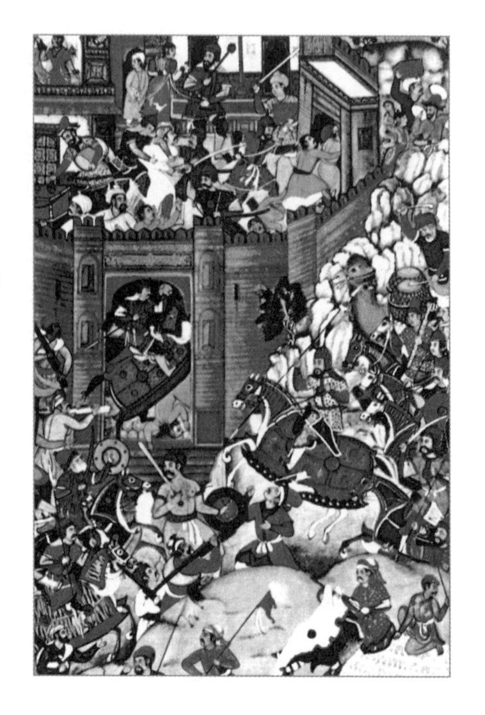

▼ 전송암의 〈남호효제南湖曉霽〉

전송암錢松嵒은 현대 중국의 화가다. 취선루가 바로 이곳에 위치해 있으며, 이곳이 강남칠괴의 고향이다.

◀ 장무의
〈쌍원앙도雙鴛鴦圖〉

장무張茂는 임안 사람으로 송나라 광종 때 궁중 화가였다. 그림 속 한 쌍의 흰머리 원앙은 세속에서 벗어난 숭고한 사랑을 뜻한다. 주백통과 영고의 사랑이 이러하지 않을까?

▼ 송나라 휘종의
〈문회도文會圖〉

▶ 일러두기

1. 이 책은 김용의 2쇄 판본(1976년 출간)을 원 텍스트로 번역했으며 3쇄(2003년 출간) 판본을 수정 반영한 것이다. 2002년부터 시작한 2쇄본의 번역이 끝나갈 무렵인 2003년 말, 새롭게 출간된 3쇄본을 홍콩 명하출판유한공사로부터 제공받아 핵심 수정 사항인 여문환呂文煥이 양양襄陽을 지키는 부분을 이전李全 부부가 청주青州를 지키는 부분으로 수정 반영했다.
2. 원문에 충실하게 번역하되, 불필요한 상투어들은 오늘의 독자들에게 맞게 최대한 현대화해 다시 가다듬었다.
3. 본 책의 장 구분은 원서를 참조해 국내 편집 체제에 맞게 다시 나누었다.
4. 본문의 삽화는 홍콩의 이지청李志淸 화백이 그린 삽화를 저작권 계약해 사용했다.

7권

사부들의 죽음

늙기도 전에 머리부터 세니 애처롭도다.

可憐未老頭先白

일등대사 남제 단황야

곽정과 황용은 산길을 따라 앞으로 나아갔다. 얼마 가지 않아 길이 끝나고 눈앞에 너비가 1척 남짓 되는 돌다리가 나타났다. 돌다리의 저쪽 끝은 맞은편 봉우리에 닿아 있는 듯했으나 구름에 싸여 있어 끝이 보이지 않았다. 만약 평지에서라면 이 정도 다리를 건너는 것쯤이야 아무것도 아니었을 테지만 이 돌다리 밑은 깊은 계곡이어서 건너는 데 어려움이 있었다. 다리를 건너기는커녕 다리 밑을 내려다보기만 해도 벌써 머리가 어지럽고 다리가 후들거렸다.

"단황야는 참 깊숙이도 숨어 계시네요. 아무리 용서하지 못할 원한을 품은 사람도 여기까지 오는 중에 화가 절반 이상은 가라앉겠어요."

황용이 한숨을 쉬었다.

"그 어부는 왜 단황야가 이미 죽었다고 했을까? 그 말을 들으니 괜히 불안해지는데……."

"그러게 말이에요. 거짓말이나 할 사람 같아 보이지는 않았는데……. 그 사람 말이, 사부님께서 직접 단황야가 돌아가시는 모습을 보았다잖아요."

"이렇게 된 이상 끝까지 그분을 찾아내어 직접 확인하는 수밖에……."

곽정은 몸을 낮추어 황용을 업고 경공술을 써서 돌다리를 건너기 시작했다. 돌다리는 표면이 고르지 않고 울퉁불퉁한 데다 긴 세월 동안 구름에 싸여 있던 탓에 상당히 미끄러웠다. 천천히 걸을수록 중심을 잡기가 더 힘들었다. 곽정은 속도를 내어 순식간에 7~8장을 내달렸다. 문득 황용이 소리쳤다.

"조심해요! 다리가 끊겼어요."

과연 다리가 7~8척 정도 끊겨 있었다. 곽정은 걸음을 더욱 빨리하고 그 기세를 빌려 훌쩍 뛰어넘었다. 이미 여러 차례 위험한 고비를 넘긴 황용은 생사에 초연해진 듯 두려워하지도 않고 도리어 웃으며 농담을 했다.

"오빠, 지금 제 꼴이 수리만 못하네요."

그 뒤로도 몇 차례 다리가 끊겨 있었으나 모두 무사히 뛰어넘었다. 드디어 맞은편 봉우리가 눈에 들어왔다. 봉우리 정상은 평지로 이루어져 있었다. 그때 문득 어디서 책 읽는 소리가 들려왔다. 돌다리의 끝이 얼마 남지 않았는데 중간 부분이 상당히 길게 끊겨 있고, 저쪽 끝에 웬 서생이 양반다리를 하고 앉아 손에 책을 들고 큰 소리로 읽고 있었다. 자세히 보니 서생이 앉아 있는 곳 뒤쪽으로 또 한 번 다리가 끊겨 있었다. 곽정은 어찌할 바를 몰라 일단 발걸음을 멈췄다.

'지금까지 했던 것처럼 저쪽으로 훌쩍 뛰어넘으면 그만이겠으나, 비좁은 돌다리에 서생까지 앉아 있으니 뛰어넘은들 착지할 장소가 없

잖아.'

하는 수 없이 목소리를 높여 서생에게 말을 건넸다.

"실례합니다만, 선배님의 사부님을 뵙고자 하니 길을 좀 안내해주시지요."

그러나 서생은 몸과 머리를 흔들어대며 책 읽는 데만 몰두할 뿐 아예 상대도 해주지 않았다. 곽정이 재차 물었으나 마치 전혀 들리지 않는 듯했다.

"용아, 어떻게 하지?"

황용은 눈살을 찌푸린 채 아무 말도 하지 않았다. 상황이 아주 난처하게 돌아가고 있었다. 서생이 좁은 돌다리를 가로막고 앉아 있으니 만약 무공을 사용해 겨룬다면 그야말로 생사를 건 승부가 될 것이었다. 설사 곽정이 이긴다 해도 도움을 구하러 온 마당에 어찌 사람을 해칠 수 있겠는가? 황용은 전혀 상대해주지 않는 서생의 모습을 바라보며 잠시 생각에 잠겼다. 서생이 읽고 있는 것은 평범하기 그지없는 《논어》였다.

"늦은 봄 호시절에 봄옷을 갈아입고 젊은 사람 대여섯, 동자 녀석 예닐곱 명을 데리고 교외로 나가 기沂의 온천에서 목욕하고 기우제 터인 무우舞雩에 올라 바람을 쐬고 노래를 읊으면서 돌아오겠습니다暮春者 春服既成 冠者五六人 童子六七人 浴乎沂風乎舞雩 咏而歸."

서생은 흥에 겨워 글 몇 구절을 읊조렸다. 그야말로 봄바람에 취해 노래라도 하는 듯 즐거워 보였다. 이 모습을 본 황용은 좋은 생각이 떠올랐다.

'입을 열게 하려면 약 좀 올려야겠군.'

얼마 지나지 않아 길이 또다시 끊기고
그 끝에 웬 서생이 양반다리로 앉아 책을 읽고 있었다.

황용은 냉소를 지으며 말했다.

"《논어》를 1천 번을 읽은들 공자의 뜻을 깨닫지 못하면 무슨 소용이겠어……."

이 말을 들은 서생은 과연 읽는 것을 멈추더니 고개를 들었다.

"공자의 뜻을 깨닫지 못하다니, 무슨 뜻으로 하시는 말씀이신지요?"

까맣고 긴 턱수염을 기른 서생은 마흔 살 남짓 되어 보이는 얼굴에 머리엔 하얀색 띠를 두르고 손에 부채를 든 모습이 영락없이 글만 아는 샌님이었다. 황용은 비웃듯이 물었다.

"공자의 문하에 제자가 몇이나 있었는지 아십니까?"

"모를 리가 있습니까? 공자의 문하에 제자 3천 명이 있었고, 그중 달인達人이 일흔두 명이었지요."

"일흔두 명의 나이가 각각 달랐을 터인데, 그중 젊은 사람이 몇이고 소년이 몇이었는지 혹시 아십니까?"

서생은 크게 당황해서 머뭇거리며 대답했다.

"《논어》나 다른 경전에도 그에 대한 언급은 없었던 것으로 압니다만……."

"그러니 공자의 뜻을 깨닫지 못한다지 않습니까. 방금 읽지 않으셨습니까? 관자오륙인, 동자육칠인이라…… 5에 6을 곱하면 서른이니 젊은 사람은 서른 명이요, 6에 7을 곱하면 마흔둘이니 소년은 마흔두 명, 서른과 마흔둘을 더하면 꼭 일흔두 명이 아닙니까? 글을 읽으면 무엇 합니까, 생각을 하셔야지요. 쯧쯧……."

서생은 황용의 말도 안 되는 억지 해설을 듣고 어이가 없었으나, 그 순발력과 재치에 은근히 감탄하는 눈치였다.

"어린 낭자가 학문이 대단하시군요. 그래, 저희 사부님을 뵈려는 이유가 무엇입니까?"

황용은 재빨리 머리를 굴렸다.

'만약 부상을 치료하러 왔다고 하면 틀림없이 거절할 테지. 그렇다고 대답을 안 할 수도 없고……. 마침 저자가 《논어》를 읽고 있었으니 나도 《논어》 구절을 이용해서 대충 얼버무려보는 수밖에.'

"성인을 만나볼 수 없구나! 군자라도 만나보았으면 좋으련만, 친구가 있어 먼 곳에서 찾아오니 이 어찌 즐겁지 아니한가聖人 吾不得而見之矣 得見君子者 斯可矣 有朋自遠方來 不亦樂乎."

서생은 황용의 천연덕스러운 대답을 듣고 큰 소리로 웃었다.

"좋소, 좋아. 내가 세 가지 문제를 내지요. 만약 세 문제 모두 맞히면 사부님께 안내해드릴 터이지만, 한 문제라도 틀리면 두 분께서는 그만 돌아가셔야 합니다."

"이런, 책은 많이 읽어본 적도 없는데 어려운 문제를 내시면 못 맞힐 것이 뻔합니다."

황용의 엄살에 서생은 빙그레 웃었다.

"어렵지 않은 문제로 내겠습니다. 내가 시를 한 수 읊을 터인데, 시에 저의 개인 신상 내력이 숨겨져 있습니다. 네 글자로 알아맞혀보시지요."

"좋습니다. 수수께끼로군요. 재미있겠는데요. 한번 읊어보시지요."

서생이 수염을 쓰다듬으며 시를 읊기 시작했다.

"육경온적흉중구 일검십년마재수六經蘊籍胸中久 一劍十年磨在手."

황용이 혀를 날름 내밀었다.

"육경에 통달하고, 10년 동안 검술을 닦으셨다니 대단하시군요."

서생은 웃으며 다음 구절을 읊었다.

"살구꽃 위에 드리워진 가지 하나 천기를 누설할까 두려워하는 듯하고, 작은 점이 큰 것이 되나 침대를 절반밖에 가리지 못하고 아무것도 없구나. 명성을 버리고 관모를 벗고 돌아오니 그 원래 모습을 그대는 아는가杏花頭上一枝橫 恐泄天機莫露口 一点累累大如斗 卻掩半床無所有 完名直待掛冠歸 本來面目君知否."

'완명직대괘관귀, 본래면목군지부라…… 보아하니 단황야가 제위에 있을 때 조정의 대신을 지내다가 그를 따라 관모를 벗고 조정을 떠나 산중에 은거한 모양이군. 이 정도쯤이야…….'

"육六 밑에 일一과 십十이라…… 신辛이군요. 행杏 위에 횡을 긋고 구口를 드러내지 않으면 미未 자이고요. 상床 반쪽에 대大를 더하고 점을 하나 찍으면 장狀에다가, 완完에서 모자를 벗기니 원元 자로군요. 신미장원辛未狀元이라……. 대단하십니다. 알고 보니 신미년 과거에서 장원급제를 하신 어른이시군요."

서생은 깜짝 놀라고 말았다. 그는 황용이 이렇게 빨리 답을 알아내리라고는 생각지도 못했다. 답을 알아내려면 시간이 많이 걸릴 테니 저 소년이 아무리 힘이 세다 해도 그렇게 오래 버티지는 못할 것이고, 그러다 보면 자연히 물러가려니 짐작한 것이다. 그런데 뜻밖에도 황용이 듣자마자 길게 생각할 것도 없이 쉽게 맞히는 걸 보고 놀라지 않을 수 없었다.

서생은 상대가 워낙 총명하니 어려운 문제를 내야겠다는 생각이 들었다. 사방을 둘러보니 산 언저리에 종려나무가 줄지어 자라 있는데

나뭇잎이 바람에 흔들리는 모습이 마치 부채를 흔드는 듯했다. 서생은 역시 장원급제를 한 수재인지라 이 광경을 보고 적절한 문제를 생각해냈다. 서생은 손에 든 부채를 흔들며 입을 열었다.

"제가 상련上聯을 읊을 터이니, 낭자가 대련對聯을 만들어보시지요."

"음…… 수수께끼보다 재미없어 보입니다만, 좋습니다. 제가 싫다면 저희를 보내주지 않으실 테지요. 한번 해보지요."

서생은 부채를 들어 줄지어 선 종려나무를 가리키며 상련을 읊었다.

"바람에 종려나무가 흔들리니, 천수불千手佛이 부채를 흔드는 듯하네."

'만약 형식만 맞추고 의미가 전혀 연결되지 않는다면, 내가 이겼다 할 수 없겠지?'

황용은 눈을 들어 사방을 바라보았다. 저쪽 산기슭에 작은 사원이 있는데, 사원 앞에 연꽃이 가득 핀 연못이 있었다. 때는 7월 말, 아직 여름이지만 높은 산속인지라 연꽃잎이 이미 절반 이상 떨어져 있었다. 황용은 이 광경을 보자 글귀가 번뜩 떠올랐다.

"적절한 하련이 생각났으나 차마 죄송해서 못 읊겠습니다."

"별말씀을요. 읊어보시지요."

"듣고 화내시면 안 됩니다."

"당연하지요."

황용은 서생의 머리에 두른 하얀 띠를 가리키며 하련을 읊었다.

"서리에 연잎이 떨어지니, 독각귀獨脚鬼(다리 하나 달린 귀신)가 띠를 두른 듯하네."

"하하하……!"

황용의 하련을 듣고 서생은 큰 소리로 웃었다.

"훌륭합니다. 완벽한 하련입니다. 순발력이 대단하시군요."

곽정은 말라빠진 연꽃을 받치고 있는 연 줄기를 보자, 과연 띠를 두른 독각귀가 연상되어 저도 모르게 웃음이 터져 나왔다. 황용이 소리쳤다.

"웃지 말아요. 이러다 떨어지면 정말 귀신이 된다고요."

서생은 잠시 생각에 잠겼다.

'일반 시구로는 당해낼 수 없겠군. 그렇다면 내게도 생각이 있지.'

서생은 소년 시절 글을 읽을 때 사부님께서 한 시구를 알려주며 수십 년 동안 아무도 완벽한 하련을 만들어내지 못한 것이라고 하시던 말씀이 생각났다.

"자, 마지막 문제입니다. 제가 상련을 읊을 터이니, 낭자께서 하련을 읊어주시지요."

"금슬비파, 왕 여덟을 머리에 이고琴瑟琵琶 八大王一般頭面."

황용은 서생의 상련을 듣고 속으로 뛸 듯이 기뻤다.

'금슬비파에 여덟 개의 왕王 자가 들어 있으니, 이에 맞추어 하련을 만들려면 그야말로 식은 죽 먹기지. 그러나 이건 저 사람이 생각해낸 대련이 아니라 예부터 있었던 대련인걸. 아버지가 도화도에서 이 대련을 맞추기 위해 얼마나 고심했는데……. 일이 재미있게 됐군. 일단 모르는 척해서 좀 놀려줄까?'

황용은 인상을 찌푸리며 난처한 듯한 기색을 지어 보였다. 서생은 황용의 표정을 보고 의기양양해졌다. 그러나 혹시 황용이 자신에게 답을 물어올까 두려워 얼른 선수를 쳤다.

"어려운 대련이지요. 사실 저도 정확한 하련은 잘 모른답니다. 그러나 어쨌든 약속한 대로 낭자께서 답을 말하지 못했으니, 이제 그만 돌아가주시지요."

황용은 여유 있게 미소를 지었다.

"뭐, 답을 말하는 거야 어려울 것이 있겠습니까만…… 조금 전 대련에서 서생님을 독각귀에 비유해 결례를 범했는데 이번에는 어초경독 네 분께 동시에 결례를 범하게 될까 두려워 차마 말할 수가 없군요."

서생은 황용의 말을 믿을 수가 없었다.

'하련을 생각해내는 것 자체도 거의 불가능한데, 어떻게 동시에 네 사람에게 결례를 범한다는 말인가?'

"그저 대련을 해보는 것일 뿐인데, 결례를 범하면 또 어떻습니까?"

"정 그러시다면 말씀드리지요."

"이매망량, 네 마리 귀신 각자 꿍꿍이를 품고 있네魑魅魍魎 四小鬼各自肚腸."

서생은 깜짝 놀라며 자리에서 일어나 황용에게 넙죽 절했다.

"대단하군요!"

황용도 답례를 했다.

"만약 네 분께서 독특한 지략으로 저희를 막으려 하지 않으셨다면 이런 하련도 생각해내지 못했겠지요."

당시 황약사가 이 하련으로 진현풍, 곡영풍, 육승풍, 매초풍 등 네 제자를 귀신에 빗대어 농담을 한 것이었다. 물론 그때는 황용이 아직 태어나기 전이었지만, 나중에 자라면서 아버지 황약사가 가끔 이야기한 것을 기억하고 있다가 오늘 어초경독을 빗대어 놀린 것이다. 서생은 가볍게 코웃음을 치며 몸을 날려 다리가 끊긴 부분을 뛰어넘었다.

"함께 가시지요."

곽정은 두 사람의 대화를 들으며 황용이 대답을 못 해 지금까지의 노력이 헛수고가 되면 어쩌나 하고 가슴 졸였다. 이제 황용 덕에 서생이 길을 비켜주게 되자 크게 안심했다. 곽정은 황용을 안고 끊긴 부분을 뛰어넘어 서생이 앉아 있던 곳으로 뛰어내렸다가 다시 마지막 끊긴 곳까지 뛰어넘었다. 서생은 곽정이 황용을 안고 있는데도 행동하는 데 전혀 지장이 없는 것을 보고 내심 감탄을 금치 못했다.

'나 스스로 문무를 겸비했다 자부했거늘, 문文은 이 어린 낭자를 따르지 못하고 무武는 이 소년을 따르지 못하다니, 이 얼마나 부끄러운 일인가!'

곁눈질로 황용을 보니 그야말로 의기양양한 얼굴이었다. 그도 그럴 것이 어린 소녀가 장원급제 출신의 서생을 이겼으니 어찌 자랑스럽지 않겠는가? 서생은 이대로 지나가기에는 아무래도 억울한 생각이 들었다.

'이 낭자가 너무 의기양양하지 않도록 한마디 해주어야겠군.'

"낭자께서 비록 문재文才가 남다르긴 하나, 행동거지가 그에 미치지 못하시니 안타깝습니다."

"무슨 말씀이신지요?"

"《맹자》에 보면 '남녀가 물건을 건넬 때도 직접 손을 닿아서는 안 된다男女授受不親 禮也'라 하여 남녀가 유별함을 가르치고 있거늘, 보아하니 낭자는 아직 처녀로 두 분이 부부는 아닌 듯한데 어찌 이분의 등에 업혀 계시는지요? 맹자께서는 여자가 익사의 위기에 처했을 때만 직접 구해줄 수 있다 하셨습니다. 낭자께서는 물에 빠진 것도 아니고 이

분의 아내도 아닌 듯한데 등에 업혔다, 안겼다 하시니 그야말로 예에 어긋나는 것이 아닌지요?"

황용은 심술이 났다.

'흥! 오빠와 내가 아무리 서로 사랑해도 다른 사람들 눈에 부부로 보이지 않는 모양이구나. 육승풍 사형도 그렇게 말하더니, 이 서생도 똑같은 말을 하네.'

황용은 입을 삐죽이며 말했다.

"맹자께서 아무렇게나 하신 말씀에 그리 구애받을 필요 있습니까?"

황용의 말에 서생은 발끈했다.

"맹자는 대성현이신데, 어찌 그리 함부로 말씀하십니까?"

그러나 황용은 여전히 웃으며 대꾸했다.

"거지가 어찌 아내가 둘이요, 이웃은 어찌 그 많은 닭을 가지고 있단 말인가? 주 천자가 살아 있는데, 어찌 위魏와 제齊를 구하는가?"

사실 이 시는 황약사가 지은 것이다. 황약사는 탕湯 임금과 무武 임금을 비난하고 주공周公과 공자를 우습게 생각했다. 그는 어떻게 해서든 성현들의 말을 비웃고 반박했으며, 많은 시와 사를 지어 공자와 맹자의 말을 반박했다.

맹자가 다음과 같은 비유를 든 적이 있었다. 본처와 첩을 둔 한 제나라 사람이 매일 술이 얼큰히 취해 돌아오기에 뒤를 쫓아보니 남이 장사 지내고 남은 음식을 구걸해서 먹는 신세였다. 또 어떤 사람이 날마다 옆집의 닭을 훔쳐 먹었는데, 누군가가 군자가 할 짓이 아니라고 말리자 그럼 한 달에 한 마리만 훔치겠다고 말했다. 맹자는 이 비유를 통해서 그릇됨을 알면 당장 그만두어야 한다는 의미를 전달하려 했던 것이다.

그러나 황약사는 위의 시를 통해 거지가 어찌 아내가 둘일 수 있으며, 이웃집에 어찌 날마다 훔칠 만큼 많은 닭이 있을 수 있느냐고 반문함으로써 맹자의 비유 자체가 어불성설임을 꼬집으려 한 것이다.

시의 다음 구절 배경 내용은 이렇다. 전국시대 주周의 천자가 있었는데도 맹자는 왕실을 보좌할 생각을 하지 않고 오히려 위나라의 양혜왕과 제나라의 제선왕에게 관직을 구했다. 황약사는 이 일이 성현의 도에 크게 어긋남을 지적한 것이다.

서생은 딱 부러진 황용의 말에 잠시 할 말을 잃었다.

'제나라 사람과 닭 훔친 사람의 이야기는 어차피 비유니까 깊이 따질 필요가 없는 문제지만, 마지막 말은 맹자가 이 자리에 있다 해도 변명하기 어렵겠는걸.'

서생은 황용을 다시 한번 훑어보았다.

'어찌 나이도 어린 낭자가 이토록 총명하단 말인가?'

서생은 더 이상 아무 말도 하지 않고 두 사람을 안내했다. 연못 옆을 지나다 연잎을 보자 서생은 자기도 모르게 황용을 힐끗 바라보았다. 황용은 피식 웃으며 고개를 돌렸다. 서생은 두 사람을 이끌고 절 안으로 들어가 동쪽 사랑채에서 잠시 기다리도록 했다. 어린 사미가 차를 가져왔다.

"잠시 기다리십시오. 사부님께 여쭙고 오겠습니다."

"잠시만요! 그 밭 갈던 분께서 지금까지 큰 돌을 떠받친 채 빠져나오지 못하고 있을 겁니다. 우선 가셔서 그분부터 구하시지요."

서생은 깜짝 놀라며 뛰어나갔다.

"오빠, 황색 주머니를 열어봐요."

"아 참, 네가 말해주지 않았으면 깜빡 잊을 뻔했다."

곽정은 급히 주머니를 뜯어보았다. 주머니 안에는 하얀 종이 한 장이 들어 있었는데, 그림만 그려져 있고 아무 글자도 쓰여 있지 않았다. 왕자 차림새의 한 천축 사람이 칼로 자기 가슴을 도려내고 있는 그림이었다. 온몸은 칼로 긁힌 상처투성이로 성한 곳이 없고 피가 낭자했다. 그의 앞에는 저울이 하나 있었는데, 저울 한쪽에는 하얀 비둘기가 있고 다른 한쪽에는 그 사람의 몸에서 도려낸 살이 쌓여 있었다. 비록 작은 비둘기였지만 무게가 쌓여 있는 살덩이보다 더 무거웠다. 저울 옆에는 흉악한 자태의 독수리 한 마리가 있었다. 그림 실력은 형편없어 보였다.

'영고가 글은 잘 쓰는데, 그림은 어린애만도 못하구나.'

황용은 그림을 보며 한참 동안 생각에 잠겼으나 무슨 뜻인지 알 수가 없었다. 곽정은 황용이 무슨 뜻인지 모른다면 자신은 고민할 필요도 없으리라는 생각이 들어 그림을 원래대로 접었다.

잠시 후, 급한 발소리와 함께 분노에 찬 농부의 말소리가 들려왔다. 서생은 농부를 부축해 안채로 데리고 갔다. 아마도 오랫동안 큰 돌을 떠받치고 있느라 기력이 쇠한 모양이었다. 잠시 후, 어린 사미가 들어와 합장을 하며 예를 갖추었다.

"무슨 용무로 이렇게 먼 곳까지 찾아오셨는지요?"

"단황야를 뵈러 왔습니다."

사미는 다시 합장을 하며 대답했다.

"단황야는 이미 세상을 뜨셨습니다. 두 분께서 헛수고를 하셨군요.

이왕 오셨으니 식사라도 하신 후 제가 산기슭까지 모셔다드리겠습니다."

곽정은 실망을 감추지 못했다. 천신만고 끝에 이곳까지 왔는데 단황야가 이미 죽었다니 이제 어찌해야 한단 말인가? 그러나 황용은 서생이 절로 안내할 때부터 이미 어느 정도 짐작하고 있었다. 그리고 사미의 표정을 보자 더욱 무언가 속이고 있다는 생각이 들었다. 황용은 곽정의 손에서 그림을 받아 들고 사미에게 말했다.

"제자 곽정과 황용 아뢉니다. 구지신개와 도화도와의 옛정을 생각하시어 부디 한 번만 만나주십시오. 이 그림을 사부님께 전해주십시오."

사미는 그림을 받아 들고 합장을 하여 예를 갖추고 다시 안으로 들어갔다. 오래지 않아 그림을 들고 들어갔던 사미가 다시 돌아왔다.

"저를 따라오십시오."

곽정은 크게 기뻐 황용을 부축하고 사미를 따라 안채로 들어갔다. 절은 비록 크지는 않았지만 안쪽이 상당히 깊었다. 세 사람은 청석靑石으로 깐 작은 길을 따라 대나무 숲을 지나갔다. 대나뭇잎의 푸른빛이 그윽하기 이를 데 없어 속세의 모든 근심을 씻어줄 것만 같았다. 대나무 숲속에 돌집 세 채가 있었다. 사미는 가볍게 문을 밀어 열어주고 옆으로 비켜서 두 사람을 안으로 들도록 했다.

곽정은 사미의 공손하고 예의 바른 태도가 고마워 미소로 감사를 표하고 황용과 함께 안으로 들어갔다. 방 안의 작은 탁자에 박달나무 향이 피워져 있고, 탁자 옆 방석에 두 명의 승려가 앉아 있었다. 한 명은 검은 피부에 우뚝 솟은 코, 눈이 깊이 파인 천축 사람이었고, 다른 한 사람은 승복을 입었는데 긴 눈썹이 눈언저리까지 내려와 있었다.

양미간에 고뇌의 빛이 역력했으나 인자하고도 고귀해 보이는 인상이 가려지지는 않았다. 서생과 농부는 두 승려 뒤에 서 있었다. 황용은 인자해 보이는 승려가 누구인지 금세 알아볼 수 있었다. 그녀는 곽정의 손을 놓고 승려에게 다가가 절을 했다.

"제자 곽정과 황용, 사백師伯께 인사드립니다."

곽정은 깜짝 놀랐으나 깊이 생각할 겨를도 없이 얼른 황용을 따라 절했다. 노승은 미소를 지으며 일어나 두 사람을 부축해 일으켰다.

"칠 형七兄이 훌륭한 제자를 두었고, 약 형藥兄도 영리한 딸을 두었다 하더군."

노승은 농부와 서생을 가리켰다.

"문재와 무공을 함께 갖추셨다니, 내 못난 제자들보다 훨씬 낫군그래. 하하……!"

곽정은 노승의 목소리를 듣고 이상한 생각이 들었다.

'말투로 보아 이분이 단황야가 분명한데, 어쩌다 황제의 신분으로 중이 되었을까? 조금 전 사미는 또 왜 단황야가 돌아가셨다 하였을까? 도무지 알 수가 없군. 게다가 용이는 이분이 단황야인 걸 어떻게 금세 알았을까?'

노승이 황용을 바라보며 말했다.

"부친과 사부님께서는 모두 평안하신가? 화산에서 자네 아버님과 무공을 겨룰 때만 해도 아직 장가가기 전이었는데, 20년 동안 못 만나는 사이에 이렇게 예쁘게 자란 딸을 두었다니……. 다른 형제자매가 있느냐? 네 외조부는 누구시냐?"

어머니 이야기가 나오자 황용은 금세 눈시울이 붉어졌다.

"어머니는 저 하나만 낳고 돌아가셨어요. 외조부가 누구신지는 저도 잘 모르고요."

"음……."

노승은 황용의 어깨를 가볍게 두드려 위로해주었다.

"3일 동안 입정入定했다 막 깨어났는데, 오래 기다렸느냐?"

'표정으로 보아 단황야께서는 우리를 반기시는 듯한데……. 그렇다면 우릴 가로막은 것은 제자들의 뜻이었던 모양이군.'

"저희도 이제 막 왔어요. 다행히 제자분들이 중간에 저희를 곤란하게 만들어주신 덕에 지금에야 왔지요. 그러지 않았다면 단황야께서 입정해 계시는데 괜히 일찍 와서 기다릴 뻔했어요."

노승은 껄껄 웃었다.

"내가 외부인을 만나는 걸 싫어하기 때문에 그런 모양이다만, 너희가 어디 외부인이냐? 역시 아버지에게서 배운 것이 많아 말솜씨가 범상치 않구나. 단황야는 이미 죽은 지 오래다. 지금의 나는 일등一燈이라 부른단다. 네 사부께서는 내가 불가에 귀의한 것을 알고 계시는데, 네 부친은 아직 모르고 계시지?"

곽정은 그제야 이해가 갔다.

'단황야께서 머리를 깎고 스님이 되셨구나. 출가하면 이미 속세의 사람이 아니니, 그래서 제자들이 단황야는 이미 돌아가셨다고 말했겠지. 사부님께서는 단황야가 불가에 귀의한 것을 알고 계셨군. 용이는 참 영리하기도 하지. 어떻게 보자마자 눈치를 챘을까?'

"아버지는 모르고 계실 거예요. 사부님께서도 저희에게 말씀해주신 적이 없고요."

일등대사가 웃음을 지었다.

“네 사부님이 원래 먹느라 말할 시간이 없는 분이 아니냐. 내 이야기를 다른 사람에게 했을 리가 없지. 먼 길 오느라 배고플 텐데, 식사는 했느냐? 아니, 이런!”

일등대사가 갑자기 깜짝 놀란 듯 소리를 지르더니 황용의 손을 이끌고 입구로 다가가 햇빛에 얼굴을 비추어보았다. 자세히 들여다볼수록 표정에 놀라움이 감돌았다. 황용이 중상을 입었음을 알아챈 것이다. 곽정은 그 모습을 보자 가슴이 아팠다. 그래서 그 자리에서 무릎을 꿇고 일등대사를 향해 연신 절을 했다. 그가 손을 내밀어 곽정을 부축해 일으켰다. 곽정은 엄청난 힘이 자신을 일으키려 하자 감히 대항하지 못하고 힘의 방향에 따라 천천히 일어났다.

“제발 살려주십시오.”

일등이 곽정을 일으킬 때 힘을 준 것은 예를 갖출 필요가 없다는 뜻이기도 했지만, 곽정을 시험해보려는 의도도 있었다. 물론 절반 정도밖에 힘을 주지 않았다. 만약 곽정이 당해내지 못하고 넘어질 것 같으면 얼른 힘을 거둘 것이고, 꼼짝도 하지 않으면 더 힘을 줄 생각이었다. 이렇게 해보면 상대방의 무공이 얼마나 강한지 알 수 있었다. 그러나 뜻밖에도 곽정이 힘의 기세에 따라 순순히 일어나는 것을 보고 잠시 어리둥절했다. 대개 무공을 하는 사람은 상대방의 공격을 받으면 본능적으로 반응을 하게 마련이었다. 그 때문에 공격을 받고 즉시 그 공격의 방향대로 움직여 공격의 기세를 꺾는 것은 결코 쉽지 않은 일이었다. 이는 곽정이 꼼짝도 하지 않고 버티는 것보다 더 일등을 놀라게 했다.

'칠 형이 좋은 제자를 두었군. 그러니 내 제자들이 패배를 인정할 밖에.'

"대사님, 용이를 구해주십시오."

곽정은 말을 마치자마자 비틀거리며 앞으로 넘어질 뻔했다. 그는 급히 운기해 중심을 잡고 섰지만, 숨이 가빠지면서 얼굴이 화끈 달아올랐다. 곽정은 깜짝 놀랐다.

'공력이 이토록 오랫동안 지속되다니! 이미 대사님의 공력을 밀어냈다 여기고 있었는데…… 정말 대결을 한다면 죽은 목숨이겠군. 동사, 서독, 남제, 북개라더니…… 과연 명불허전이다.'

곽정은 탄복한 나머지 바닥에 넙죽 엎드려 절을 했다. 무슨 생각을 하는지 얼굴에 다 드러나는 듯했다. 일등은 곽정의 경탄해 마지않는 표정을 보고 가볍게 어깨를 두드려주며 웃었다.

"자네 정도의 무공을 쌓는 것도 쉽지 않은 일이다."

여전히 황용의 손을 놓지 않고 있던 일등은 즉시 웃음을 거두고 황용을 바라보았다.

"얘야, 두려워하지 말고 안심해라."

일등은 황용을 부축해 방석 위에 앉혔다. 황용은 일생 동안 이토록 자상하고 인자하게 자기를 대해주는 사람을 만난 적이 없었다. 아버지가 비록 황용을 끔찍이 사랑하기는 하나, 워낙 성정이 독특하고 괴팍한 사람이라 평소에는 그저 친구를 대하듯 할 뿐 부녀간의 정을 표현하는 일은 거의 없었다. 황용은 갑자기 이렇게 따뜻한 위로의 말을 듣자 마치 한 번도 직접 본 적이 없는 엄마를 만난 듯한 기분이 들었다. 그동안 겪은 고초와 시련이 떠오르면서 터지는 울음을 참을 수가 없었다.

일등은 부드럽고 따스한 목소리로 황용을 달랬다.

"착하지……? 울지 마라! 많이 아팠지? 내가 고쳐줄 테니 걱정하지 마라."

그러나 일등이 위로를 하면 할수록 황용은 더욱 서럽게 울어댔다. 마음속에 만감이 교차하면서 서러움이 북받쳤던 것이다. 한참이 지났건만 황용은 여전히 흐느끼며 울음을 그치지 못하고 있었다.

곽정은 일등의 말에 한결 마음이 놓였다. 문득 고개를 돌려보니 서생과 농부가 미간을 찌푸리며 화난 표정으로 자기를 노려보고 있었다.

'용이가 꾀를 써서 저들을 속여 여기까지 왔으니, 화가 날 만도 하지. 그러나 일등대사께서 이렇듯 반가이 맞아주시는데, 저들이 굳이 우릴 막으려 한 이유가 뭘까? 참 이상하군.'

"얘야, 어쩌다 부상을 당했고 어떻게 여기까지 찾아오게 되었는지 천천히 말해보렴."

황용은 눈물을 거두고 구천인과 구천장을 한 사람으로 착각해 선불리 무공을 겨루다 구천인의 장력에 당한 과정을 이야기했다. 일등은 구천인의 이름을 듣자 눈살을 찌푸렸으나 이내 침착한 표정으로 황용의 말에 귀 기울였다. 영고를 만난 일이며, 영고가 이곳을 알려준 일등을 이야기하자 일등의 표정이 또 한 차례 흐려졌다. 무언가 고통스러운 옛일이 생각나는 듯했다. 황용은 일등의 표정을 보고 입을 다물었다. 얼마나 지났을까, 일등이 길게 한숨을 내쉬었다.

"그다음엔 어찌 되었느냐?"

황용은 어초경독이 어떻게 자기들을 곤경에 처하게 했는지 호소했다. 그중 나무꾼은 비교적 쉽게 자신들을 보내주었기 때문에 칭찬을 한마디 하는 것도 잊지 않았다. 그러나 나머지 세 사람에 대해서는 조금씩 과장을 보태가며 단단히 일러바쳤다. 듣고 있던 서생과 농부의 얼굴에 노한 표정이 역력했다. 곽정이 가끔 끼어들었다.

"용아, 함부로 말하지 마. 그렇게 심하게 하지는 않았잖아."

그러나 황용은 일등에게 어리광을 부리느라 곽정의 말에도 아랑곳하지 않고 낱낱이 일러바쳤다. 마침내 서생과 농부의 얼굴이 붉으락푸르락해졌다. 그러나 사부님 앞인지라 감히 한마디도 대꾸하지 못했다. 일등은 황용의 말에 연신 고개를 끄덕여주었다.

"이런, 이런, 멀리서 온 손님을 그렇게 대하면 쓰나? 내 제자들이 무례하게 대했구나. 조금 있다 너희들에게 사과하라고 하마."

황용은 의기양양한 표정으로 서생과 농부를 흘겨보며 계속 말을 이었다.

"그리고 좀 전에 그 그림을 사백님께 보여드리라 전했더니, 사백님께서 우리를 들어오라 하셨지요."

일등이 이상하다는 듯 물었다.

"그림이라니? 무슨 그림?"

"독수리랑, 비둘기랑, 살점을 도려내는 그 그림 말이에요."

"그 그림을 누구에게 주었느냐?"

황용이 미처 대답하기 전에 서생이 품에서 그림을 꺼내어 두 손으로 일등에게 드렸다.

"제가 가지고 있습니다. 아까는 사부님께서 입정에서 깨어나시지 않아 미처 드리지 못했습니다."

일등이 손을 내밀어 그림을 받으며 황용을 향해 웃어 보였다.

"네가 말하지 않았으면 못 볼 뻔했구나."

일등은 천천히 그림을 펴보았다. 그림을 보자마자 무슨 뜻인지 깨달은 듯 웃으며 말했다.

"내가 혹시 구해주지 않을까 하여 이 그림으로 날 자극하려 했구나. 날 너무 무시했는걸."

서생과 농부의 얼굴에 관심과 우려의 표정이 역력했다. 황용은 그들의 표정을 보고 의심스러운 생각이 들었다.

'저들은 왜 사부님이 내 병을 치료해주신다는 말만 하면 저렇게 안색이 굳어지는 걸까? 내 병을 고칠 수 있는 약이 천하에 둘도 없이 귀하고 영험한 것이어서 아까워 저러나?'

일등은 그림을 자세히 들여다보았다. 그림을 들고 햇빛에 비추어 보기도 하고, 손으로 가볍게 튕겨보기도 하더니 안색이 약간 바뀌었다.

"이 그림은 영고가 그린 것이냐?"

"예."

일등은 한참 동안 생각에 잠겨 있다가 또 물었다.

"영고가 그리는 것을 네가 직접 보았느냐?"

황용은 무언가 미심쩍은 것이 있는 모양이구나 싶어 당시의 정황을 자세히 떠올려보았다.

"영고가 저희를 등지고 있었기 때문에 그녀가 붓을 움직이는 모습만 봤을 뿐 그림을 그리는 걸 직접 보진 못했어요."

"보자기가 두 개 더 있다고 했지? 내게 좀 보여주겠니?"

곽정이 보자기 속의 서신을 꺼내 일등에게 건네주었다. 일등은 표정이 굳어지더니 나지막이 중얼거렸다.

"역시 그렇군."

일등은 서신과 그림을 황용에게 돌려주었다.

"약 형은 서화에 대가이시니, 너도 아버지께 배운 게 많겠지? 이 세 장의 서신에서 서로 다른 점이 뭔지 찾아낼 수 있겠느냐?"

황용은 종이를 받아 들고 자세히 살펴보았다.

"이 두 장의 서신은 그냥 평범한 옥판지玉版紙인데, 그림이 그려진 이 종이는 오래된 견지繭紙네요. 흔히 볼 수 없는 종이인데요."

일등이 고개를 끄덕였다.

"음, 난 서화에 대해서는 문외한이라 잘 모르겠구나. 이 그림을 그린 공력은 어떠냐?"

황용이 자세히 들여다보더니 웃음을 지었다.

"문외한이라니, 웬 겸손이세요? 영고가 그린 그림이 아니라는 것을 벌써 아셨으면서……."

일등의 낯빛이 약간 굳어졌다.

"그럼 정말 그녀가 그린 것이 아니란 말이냐? 난 그저 추측을 해본 것일 뿐 이 그림을 보고 알아낸 것은 아니다."

"이 서신의 필체를 좀 보세요. 부드럽고 수려한 데 비해, 그림의 필체는 딱딱하잖아요. 이 그림은 남자가 그린 거예요. 맞아요. 분명 남자의 필체예요. 게다가 서화에 대해 전혀 모르는 사람인가 봐요. 원근도 전혀 없고……. 그런데 필력은 대단한지 종이 뒷면까지 배었어요. 오래된 그림인 것 같아요. 제가 보기에는 제 나이보다 더 오래된 것 같은데요?"

일등은 한숨을 쉬더니 탁자 위에 놓인 경서經書를 가리키며 서생을 바라보았다. 가져오라는 뜻이었다. 서생은 경서를 가져다 사부님에게 건네주었다. 황용이 언뜻 보니 경서 표지에 '대장엄론경, 마명보살조, 서역구자삼장구마라십역大壯嚴論經 馬鳴菩薩造 西域龜玆三藏鳩摩羅什譯'이라는 글귀가 적혀 있었다.

'나와 경을 논하시려는 걸까? 경에 대해서는 아무것도 모르는데…….'

일등이 책을 펼치더니 그림을 책 옆에 놓았다.

"보아라."

"아!"

황용이 낮은 비명을 질렀다.

"지질紙質이 똑같네요?"

일등은 고개를 끄덕였다. 그러나 곽정은 무슨 말인지 이해가 가지 않았다.

"지질이 똑같다니? 무슨 뜻이야?"

"잘 보세요. 이 경서의 지질과 그림을 그린 종이의 지질이 완전히 똑같잖아요."

곽정이 자세히 살펴보니 과연 종이의 질이 두껍고 거친 데다 군데군데 황사黃絲까지 섞인 것이 완전히 똑같았다.

"같긴 같은데, 그게 어쨌다는 거야?"

황용은 아무 말도 하지 않고 일등을 바라보았다.

"이 경전은 내 사제가 서역에서 가져온 것이란다."

곽정과 황용은 이 방에 들어온 후 천축의 승려에게 전혀 관심을 두지 않다가 일등의 말을 듣고 그를 바라보았다. 그는 방석 위에 가부좌를 틀고 앉아 있었는데, 다른 사람들의 대화가 전혀 들리지 않는 듯했다.

"이 경서는 서역의 종이로 만든 것인데, 그렇다면 이 그림의 종이도 서역에서 만들어진 것이겠지. 서역의 백타산이란 이름을 들어본 적이 있느냐?"

황용은 깜짝 놀랐다.

"서독 구양봉?"

일등은 천천히 고개를 끄덕였다.

"그래, 이 그림은 바로 구양봉이 그린 것이다."

일등의 말에 곽정과 황용은 모두 깜짝 놀라 한동안 아무 말도 할 수가 없었다. 일등이 미소를 지었다.

"서독이 꾀와 모략이 많은 사람인 것은 내 진즉 알고 있었으나, 참 멀리 내다보는 재주를 가졌구나."

"전 이 그림을 구양봉이 그린 건지 아닌지는 잘 모르지만, 그가 그렸다면 결코 좋은 의도는 아닐 거예요."

"〈구음진경〉을 너무 과대평가했군."

"이 그림이 〈구음진경〉과 관계가 있나요?"

황용은 흥분한 나머지 얼굴이 붉게 물들었다. 사실 지금 황용의 건강 상태로 보아 이렇게 흥분한 채 계속 대화를 나누는 것은 무리였다. 그녀는 어렵게 내공을 써서 버티고 있는 듯했다. 일등은 황용의 오른팔을 잡아 부축했다.

"그 이야기는 나중에 하고 우선 네 부상부터 치료해야 할 것 같다."

일등은 황용을 부축해 옆방으로 걸어갔다. 그런데 갑자기 서생과 농부가 서로 눈짓을 교환하더니 문을 가로막으며 무릎을 꿇었다.

"사부님, 저희가 이 낭자의 부상을 치료하겠습니다."

일등이 고개를 저었다.

"너희의 공력으로는 역부족이다."

"한번 해보겠습니다."

일등의 낯빛이 어두워졌다.

"사람의 목숨이 달린 일이다. 어찌 함부로 시험을 해보겠느냐?"

"이들은 적의 사주를 받고 온 겁니다. 결코 좋은 사람들이 아닙니다. 사부님은 너무 자비로우셔서 무조건 도와주려 하시는데, 적들의 속임수에 넘어가시면 안 됩니다."

일등이 탄식했다.

"내 평소 무어라 가르치더냐? 이 그림을 보아라."

일등은 그림을 제자들에게 건네주었다. 농부가 머리를 조아리며 간절하게 말했다.

"이 그림은 서독이 그린 것입니다. 음모가 숨어 있음에 틀림이 없습니다."

서생과 농부는 급기야 눈물까지 흘리며 애원했다. 곽정과 황용은 이해가 가지 않았다.

'부상을 치료하는 게 뭐 그리 대단한 일이라고 이리 소란을 피울까?'

"그만 일어나거라. 손님들이 놀라시겠다."

비록 목소리는 가볍고 온화했지만 거역할 수 없는 단호함이 묻어났다. 두 제자는 더 이상 일등을 막을 수 없음을 알고 그의 말에 따라 자리에서 일어났다. 일등은 황용을 부축해 옆방으로 들어가며 곽정에게 손짓을 했다.

"너도 이리 오너라."

곽정은 두 사람을 따라 옆방으로 건너갔다. 일등은 문 입구에 대나무 발을 치고 박달나무 향에 불을 붙여 탁자 위에 놓인 화로에 꽂았다. 방 안에는 대나무로 만든 탁자와 세 개의 방석 외에는 아무것도 없었다. 일등은 황용을 가운데 방석에 앉히고 자기도 황용 옆에 가부좌를 틀고 앉았다.

"넌 문밖에서 아무도 들어오지 못하도록 지키고 있거라. 설사 내 제자들이라 해도 절대 들여보내서는 안 된다."

일등은 막 두 눈을 감았다가 다시 떴다.

"만약 억지로 들어오려 하거든 무공을 써서라도 막아야 한다. 네 사매의 목숨이 달린 일이니 꼭 내 말대로 해야 한다. 알겠느냐?"

"예."

곽정은 대답을 하면서도 의아한 생각이 들었다.,

'제자들이 대사님께 저토록 깍듯이 대하는데, 사부님의 명을 어기고 억지로 들어오려 할 리가 있겠어?'

일등이 황용을 바라보며 말했다.

"긴장을 풀고 편안하게 있거라. 가렵거나 아프거나 어떤 일이 있어도 절대 운기하여 막으려 해서는 안 된다."

황용이 웃으며 대답했다.

"죽은 셈 치고 있어야겠군요."

"그래, 영리하구나."

일등은 눈을 감고 운공에 들어갔다. 향이 1촌쯤 탔을까, 일등이 갑자기 일어나더니 왼손으로 가슴을 문지르며 오른손 식지를 천천히 뻗어 황용의 정수리에 있는 백회혈百會穴에 대었다. 황용은 자기도 모르게 몸이 들썩이더니 뜨거운 열기가 정수리를 통해 몸으로 들어오는 것을 느꼈다. 일등은 백회혈에 대고 있던 손을 들어 다시 백회혈 밑 1촌 5분쯤 되는 곳에 있는 후정혈后頂穴에 대었다. 이어 강간强間, 뇌호腦戶, 풍부風府, 대추大椎, 도도陶道, 신주身柱, 신도神道, 영대靈臺 등을 차례로 짚어나갔다. 향이 약 절반쯤 탔을 때는 이미 황용의 독맥督脈 30대 혈을 차례로 찍었다.

지금의 곽정은 옛날과 달리 무공에 대해 상당히 넓은 식견을 가지고 있었다. 그는 일등의 손놀림과 자태가 여유로우면서도 속도의 조절이 자유자재로 이루어지고, 게다가 30대 혈을 짚을 때 매번 다른 점혈법을 사용하는 것을 보고 감탄을 금치 못했다.

강남육괴에게 이런 점혈법을 배운 적도 없고, 〈구음진경〉의 '점혈' 편에도 이런 기록은 없었다. 그야말로 듣도 보도 못한 상승의 점혈법이었다. 그러나 곽정은 일등의 점혈법이 얼마나 수준 높은 것인지는 알아보았으나, 지금 일등이 필생의 공력을 다해 황용의 기경팔맥奇經八脈의 기를 순조롭게 통할 수 있도록 해주고 있다는 사실은 미처 깨닫지 못했다.

독맥을 모두 짚고 나자 일등은 자리에 앉아 잠시 휴식을 취했다. 곽정이 새 향을 피우자, 일등은 다시 일어나 임맥任脈의 25대 혈을 짚기 시작했다. 이번에는 점혈의 속도가 어찌나 빠른지 손놀림이 제대로 보이지 않을 정도였다. 순식간에 임맥의 각 혈을 모두 짚었다. 그러나 속도가 매우 빠름에도 불구하고 점혈하는 위치는 추호의 착오가 없었다. 곽정은 연신 감탄하지 않을 수 없었다.

'아, 천하에 이런 무공을 지닌 사람도 있구나!'

음유맥陰維脈을 짚을 때는 또 다른 점혈법을 사용했다. 용과 범의 기상이 느껴지는 듯한 위풍 있는 점혈법이었다. 비록 일등이 가사를 걸치고 있긴 했지만 곽정의 눈에는 초라한 노승으로 보이기는커녕 만백성 위에 군림한 황제의 모습으로 비쳤다. 음유맥을 짚고 나서는 휴식을 취하지 않고 바로 양유맥陽維脈의 32혈을 짚기 시작했다. 이번에는 요점법遙点法을 사용했다. 즉, 황용에게 약 1장 정도 멀리 떨어졌다가 순식간에 다가가 황용 목의 풍지혈風池穴을 짚고는 또 즉시 멀어졌다.

'나보다 무공이 월등히 뛰어난 고수와 겨룰 때 가까이 붙어 싸우면 위험할 텐데, 만약 이런 무공을 할 줄 안다면 적을 공격하면서도 내 몸을 지킬 수 있겠구나. 정말 묘술妙術인걸.'

곽정은 일등의 동작을 주의 깊게 관찰했다. 무공 자체도 절묘했지만 더 어려운 것은 순식간에 공격했다가 순식간에 물러나는 일이었다.

'영고의 무공도 약간 비슷했는데……. 물론 대사님 수준에는 훨씬 못 미치지만.'

두 번째 향을 바꿀 때가 되자 일등은 이미 음교陰蹻, 양교陽蹻의 혈을 모두 짚었다. 어깨의 거골혈巨骨穴을 짚을 때 곽정은 문득 깨닫는 바가 있었다.

'아하! 〈구음진경〉에 어찌 이 점혈법이 없겠어? 내가 우둔해서 잘 모르는 거겠지.'

곽정은 속으로 〈구음진경〉의 내용을 읊어보았다. 일등의 초식을 진경의 내용에 비추어보니 모두 들어맞았다. 그러나 〈구음진경〉에는 초식의 요지만 쓰여 있는 반면, 일등의 점혈법은 수많은 변화를 포함하고 있었다. 일등은 그야말로 몸으로 설법을 하는 것처럼 신묘한 무공으로 〈구음진경〉 중의 비결을 하나하나 풀어주고 있었다. 곽정은 일등의 허락을 받지 못했기 때문에 감히 그의 일양지법을 따라 배우지는 못했지만, 〈구음진경〉에 쓰인 오묘한 뜻을 많이 깨달을 수 있었다.

마지막으로 대맥帶脈만 통하게 하면 모든 치료가 끝나게 된다. 기경칠맥은 상하로 흐르는 맥이고, 대맥은 허리 부위를 한 바퀴 돌아 흐르는 맥이다. 마치 허리띠와 같다 하여 대맥이라 부른다. 대맥에는 총 여덟 개의 혈이 있다.

일등은 황용을 등지고 손을 뒤로 뻗어 천천히 장문혈章門穴을 짚었다. 마치 점혈하기가 너무 어려워서 그러는 것처럼 숨을 몰아쉬며 천천히 혈을 짚었다. 그런데 웬일인지 일등이 몸을 비틀거리면서 곧 쓰러질 것만 같았다. 땀을 비 오듯 흘리는 일등의 모습을 보고 곽정은 깜짝 놀랐다. 얼른 부축하고 싶었으나 혹시 일을 그르칠까 봐 선뜻 다가가지 못했다. 황용도 마찬가지로 땀으로 범벅이 된 채 인상을 쓰며 이를 악물고 있는 것으로 보아 엄청난 고통을 참고 있는 듯했다. 갑자기 누군가가 입구의 발을 걷어 젖히며 뛰어 들어왔다.

"사부님!"

곽정은 깊이 생각할 겨를도 없이 신룡파미 장법으로 오른손을 뒤로 뻗었다. 팍, 하는 소리가 났다. 고개를 돌려보니 어부였다. 어부는 곽정의 장력에 어깨를 맞아 비틀대다가 뒤로 몇 걸음 밀려났다. 어부는 곽정에게 철 배와 철 노를 빼앗겨 계곡으로 올라오지 못하고 멀리

약 20여 리를 돌아 산등성이를 넘어 겨우 도착했다. 막 산에 올라와서 사부님이 낭자의 부상을 치료하고 계신다는 말을 듣고 급한 마음에 무작정 방으로 뛰어 들어왔다. 목숨을 걸고 막겠다는 심산이었는데, 뜻밖에 곽정의 공격을 받은 것이다. 곧이어 나무꾼과 농부, 서생도 문밖에 도착했다. 서생이 노한 목소리로 화를 냈다.

"다 끝났소. 이제 와서 막아 무얼 하겠습니까?"

곽정이 고개를 돌려보니 일등대사는 이미 방석 위에 가부좌를 틀고 앉아 있었다. 안색은 창백했고 승복은 온통 땀으로 젖어 있었다. 황용은 죽었는지 살았는지 그 자리에 쓰러진 채 꼼짝도 하지 않았다. 깜짝 놀라 뛰어가서 일으켜보니 피비린내가 강하게 풍겼다. 황용의 얼굴은 핏기가 전혀 없었지만 검은 기운은 이미 사라지고 없었다. 코밑에 손을 대어보니 호흡이 안정되어 있어 우선 마음이 놓였다. 어초경독 네 사람은 사부님 주변에 둘러앉아 아무 말도 하지 않았다. 얼굴에는 근심과 초조의 빛이 역력했다.

황용의 얼굴에 핏기가 돌자 곽정은 너무 기뻤다. 그런데 그것도 잠시 이마에 굵은 땀방울이 맺히면서 얼굴이 점차 붉어지다 못해 다시 창백해지려 했다. 이렇게 서너 차례를 반복하더니 드디어 눈을 떴다.

"오빠, 화로는? 얼음은?"

황용은 사방을 둘러보다가 고개를 설레설레 흔들며 웃었다.

"아, 악몽을 꿨구나. 꿈에 구양봉을 봤어요. 구양극과 구천인 등이 저를 펄펄 끓는 화로에 넣으려 하기도 하고, 얼음 속에 집어넣으려 하기도 했어요. 몸이 식으면 다시 화로에 집어넣고……. 아, 정말 무서웠어요. 아니, 대사님, 왜 그러세요?"

일등이 미소를 지으며 천천히 눈을 떴다.

"이젠 괜찮을 거다. 함부로 돌아다니지 말고 이틀 정도 푹 쉬면 아무 일 없을 거야."

"온몸에 힘이 하나도 없어서 손가락도 못 움직일 것 같아요."

농부가 황용을 노려보았으나 황용은 전혀 상대하지 않았다.

"절 치료하시느라 기를 많이 소모해서 피곤하시죠? 저희 아버지가 만든 구화옥로환이 있는데, 드셔보세요."

"그 약을 가지고 있다니, 정말 잘됐구나. 화산논검대회가 열렸을 때 모두들 무공을 겨루느라 힘이 빠져 있었는데, 너희 아버지가 그 약을 모두에게 나누어주었지. 기를 보하는 효과가 정말 탁월하더구나."

곽정은 황용의 보자기에서 약주머니를 꺼내 일등에게 건네주었다. 나무꾼이 급히 물을 한 대접 떠왔다. 서생은 약주머니 속의 약을 모두 손바닥에 부어 사부님께 드렸다.

"이렇게 많이 먹어 뭐 하려고? 이 약은 만들기가 쉽지 않다 들었다. 절반만 주려무나."

서생이 다급한 목소리로 말했다.

"사부님, 세상의 모든 묘약을 다 가져온다 해도 부족할 판입니다."

일등은 스스로도 기가 쇠한 것을 느끼는 데다 제자가 고집을 부리자, 결국 서생이 주는 약을 모두 입에 털어 넣고 물을 마셨다.

"네 사매를 부축해주거라. 한 이틀 쉬고 돌아갈 때는 내게 인사할 필요 없다. 참, 한 가지 약속해주어야 할 것이 있구나."

곽정은 바닥에 넙죽 엎드려 절을 했다. 황용은 평소 장난을 좋아하고 아버지나 사부님께도 제자로서 극진한 예를 갖추는 법이 없었지만, 일등에게만큼은 정중하게 절하며 사례를 표했다.

"생명을 구해주신 은혜를 한시도 잊지 않겠습니다."

일등이 미소를 지었다.

"마음에 두지 말고 잊어버리거라."

일등은 고개를 돌려 곽정을 바라보았다.

"너희가 이곳에 다녀간 것에 대해서 아무에게도 말하지 말거라. 설사 너희 사부님에게라도 절대로 말해서는 안 된다."

곽정은 마침 어떻게 해서든 홍칠공을 찾아 일등대사에게 데리고 와 병을 고쳐야겠다고 생각하던 차에 이런 말을 듣자 갑자기 말문이 막혀 대답할 수가 없었다.

"그리고 다시는 이곳을 찾아오지 말아라. 수일 내로 이사를 할 터이니 와도 우리를 찾을 수 없을 거다."

"어디로 가시는데요?"

일등은 미소만 지을 뿐 대답하지 않았다.

'오빠도 참, 우리가 이곳을 알아내버렸기 때문에 하는 수 없이 이사를 하는 건데 어디로 가느냐고 물어보면 대답해주시겠어?'

황용은 일등대사가 내공을 소모해가며 자기 병을 고쳐준 데다 자기들 때문에 기거하던 거처를 버리고 이사를 한다고 생각하니, 이 은혜를 어찌 갚아야 할지 알 수가 없었다. 그러고 보니 어초경독이 그렇게 방해하려 했던 것도 무리는 아니라는 생각이 들었다. 생각이 이에 미치자 황용은 네 제자를 바라보았다. 무언가 사과의 말을 하고 싶었다. 그런데 갑자기 일등대사의 안색이 크게 바뀌더니 비틀거리다 그만 앞으로 쓰러지고 말았다.

제자들과 곽정, 황용은 대경실색하며 급히 뛰어가 일등대사를 부축했다. 일등의 얼굴 근육이 바르르 떨렸다. 억지로 고통을 참고 있는 듯했다. 다들 당황해 어찌할 바를 몰랐다. 아무도 감히 입을 벌리지 못하고 고통과 싸우고 있는 일등대사를 바라보았다. 얼마나 지났을까, 일등이 겨우 미소를 지어 보였다.

"얘야, 이 구화옥로환은 네 아버지께서 직접 만드신 것이냐?"

"아니요. 사형인 육승풍이 아버지가 가르쳐준 비법에 따라 제조한 건데요."

"너희 아버지가 이 약을 많이 복용하면 도리어 해가 된다 하시지는 않더냐?"

황용은 깜짝 놀랐다.

'설마, 이 구화옥로환이 뭔가 잘못되었다는 말씀인가?'

"아버지는 많이 복용할수록 좋다고 하셨어요. 다만 제조법이 워낙 어렵고 복잡하기 때문에 아버지도 많이 복용하진 못하셨지요."

일등은 어두운 표정으로 생각에 잠겨 있다가 잠시 후 고개를 저으며 말했다.

"너희 아버지야 워낙 재주가 뛰어나셔서 범인의 생각이 미치지 못하는 분인데, 내가 어찌 알겠느냐. 혹시 너희 아버지께서 육 사형을 벌하기 위해 가짜 비방을 알려주셨을까? 아니면 육 사형이란 자가 네게 원한이 있어 이 약에 독약을 섞어놓았을까?"

모두들 독약이란 말을 듣자 놀라 소리를 질렀다. 서생이 놀라 물었다.

"사부님, 독약이 있었단 말씀이십니까?"

일등은 여전히 미소를 지었다.

“다행히 너희 사숙이 여기 계시니, 아무리 맹독이라 해도 걱정할 것 없다.”

제자들은 분노를 참지 못하고 황용에게 화를 냈다.

“사부님께서 당신의 생명을 구해주셨거늘, 감히 독약으로 사부님을 해치려 하다니?”

제자들은 곽정과 황용을 둘러싸고 섰다. 금방이라도 공격을 해올 기세였다. 워낙 뜻밖의 일인지라 곽정은 순간 어떻게 대처해야 할지 알 수가 없었다. 황용은 진작부터 구화옥로환이 뭔가 잘못된 모양이라고 짐작하고 있었다. 황용은 귀운장에서 이 약을 받았을 때부터 지금까지 있었던 일을 자세히 되짚어보았다. 그러고 보니 영고에게 이 약을 보여주었을 때 영고가 약을 들고 다른 방으로 가 자세히 살펴보고 한참이 지나서야 돌아온 생각이 났다. 황용은 그제야 영문을 알 수 있었다.

“대사님, 알았어요. 영고예요.”

“또 영고의 짓이란 말이냐?”

황용은 영고의 집에서 있었던 일을 자세하게 이야기했다.

“그때 영고가 이 약은 내 부상에 도움이 되지 않으니 절대 먹지 말라고 당부했어요. 독약을 넣었기 때문에 먹지 말라고 했겠지요.”

농부가 노한 목소리로 소리쳤다.

“흥! 그 여자가 당신 목숨은 살리려 했으니 좋기도 하겠군.”

황용은 마음이 너무나 괴로워서 뭐라 대꾸할 수가 없었다.

“내 목숨을 살리려 한 것이 아니고, 만약 내가 먹어버리면 대사님을 해칠 수 없기 때문이었겠지요.”

일등이 장탄식을 내뱉었다.

"업보로세……."

일등의 표정은 평온하고 침착하기 그지없었다.

"모든 것이 내 업보다. 너희들과는 아무런 상관이 없어. 영고와 얽힌 복잡한 과거가 있다. 너희는 며칠 쉬었다가 그만 돌아가거라. 독약을 먹긴 했으나 내 사제가 해독의 고수이니 크게 걱정할 필요 없다."

일등은 자리에 앉아 눈을 꼭 감은 채 더 이상 아무 말도 하지 않았다.

아름다운 희생

곽정과 황용은 일등을 향해 절을 올렸다. 일등은 활짝 웃으며 힘없이 손을 흔들었다. 두 사람은 감히 더 이상 머무르지 못하고 자리를 떴다. 사미가 문밖에서 기다리고 있다가 두 사람을 후원의 작은 방으로 안내했다. 방 안에는 대나무로 만든 침대 두 개와 탁자 하나뿐 역시 아무것도 없었다. 조금 후 노승 두 명이 밥을 가져왔다.

"식사하십시오."

황용은 일등의 상태가 어떤지 걱정이 되었다.

"대사님은 좀 어떠신지요?"

"저는 모릅니다."

목소리가 매우 가늘었다. 두 노승이 예를 갖추고 물러가자 곽정이 말했다.

"목소리만 들으면 여자인 줄 알겠다."

"태감이에요. 틀림없이 단황야를 모시던 태감들이겠죠."

"아하!"

두 사람은 이것저것 근심되는 일이 많아 밥이 넘어가지 않았다. 절의 경내는 대나뭇잎이 바람에 스치는 소리뿐 온통 고요와 적막이 흘렀다.

"용아, 일등대사의 무공은 정말 대단하더구나."

"응."

"사부님, 너희 아버지, 주 형, 구양봉, 구천인 다섯 사람의 무공이 아무리 강하다 해도 일등대사를 이길 수는 없을 것 같아."

"여섯 사람 중 누가 천하제일일까요?"

곽정은 한참 동안 생각에 잠겼다.

"글쎄…… 각자 나름의 독특한 무공이 있어서 우열을 가리기가 참 힘들 것 같아. 어떤 무공에서는 이 사람이 강하고, 또 다른 무공에서는 저 사람이 강하거든."

"문무를 겸비하고 박학다능한 것으로 따진다면요?"

"그렇다면 당연히 너희 아버지지."

황용은 의기양양해져서 활짝 웃었으나 금세 다시 한숨을 지었다.

"그러기에 이상하다는 거예요."

"뭐가?"

"생각해봐요. 일등대사의 무공이 이렇게 강하고 네 명의 제자도 만만치 않은 고수들인데, 대체 뭐가 그리 무서워서 이런 첩첩산중에 숨어 사는 걸까요? 게다가 누군가 찾아오면 마치 무슨 큰 재난이라도 생긴 것처럼 벌벌 떨잖아요. 당대 여섯 명의 고수 중 서독과 구천인이 혹시 그의 적이 될는지 모르지만, 그들도 무림에서 이름난 사람들인데 설마 함께 공격해오지는 않을 것 아니에요?"

"용아, 설사 구양봉과 구천인이 함께 와서 공격한다 해도 걱정할 필요 없어."

"왜요?"

곽정은 웬지 우물쭈물하며 무언가 부끄러운 듯 말을 꺼내지 못했다. 황용이 웃으며 물었다.

"왜 그래요? 무엇이 부끄러운 사람처럼."

"일등대사의 무공은 결코 서독에게 뒤지지 않아. 적어도 비기면 비겼지, 지진 않을 거야. 게다가 내 보기에 일등대사의 반수점혈법反手點穴法은 합마공과 상극이 될 것 같아."

"구천인은 어떻게 하고요? 네 명의 제자가 함께 공격한다 해도 그의 적수는 못 될걸요."

"맞아. 동정 군산과 철장봉에서 그와 겨룬 적이 있었지. 한 50초식은 나도 버틸 수 있을지 몰라도 100초식이 넘으면 아마 지고 말 거야. 그런데 오늘 일등대사가 너의 부상을 치료하면서 사용하는 점혈법을 보니……."

황용은 뛸 듯이 기뻐하며 물었다.

"배운 거예요? 구천인을 이길 수 있을 것 같아요?"

"너도 내가 얼마나 둔하고 어리석은지 잘 알잖아. 게다가 점혈법은 상승의 무공이라 그렇게 쉽게 배울 수 있는 게 아니야. 더욱이 일등대사께서 내게 전수해주겠다고 하신 것도 아닌데, 내가 어찌 몰래 배울 수가 있어? 그러나 대사님의 점혈법을 자세히 보니 〈구음진경〉 중에서 이해할 수 없었던 여러 구절이 이해가 가더라. 글쎄…… 구천인을 이길 수는 없어도 상당히 오래 버틸 수는 있을 것 같아."

그런데 웬일인지 황용이 탄식을 했다.

"오빠가 잊고 있는 것이 있어요."

"그게 뭔데?"

"대사님이 독약에 중독되셨으니 언제 나을지 모르잖아요."

곽정은 한참 동안 아무 말도 하지 않다가 분한 듯이 말했다.

"영고는 정말 음험한 사람이야."

그러다 갑자기 소리를 쳤다.

"아, 이런!"

황용이 덩달아 깜짝 놀랐다.

"왜요?"

"다 낫게 되면 1년간 함께 살겠다고 영고와 약속했잖아. 그 약속을 지켜야 할까?"

"오빠 생각은 어때요?"

"만약 영고의 도움이 없었다면 일등대사를 찾을 수 없었겠지. 너도 치료를 받을 수 없었을 가능성이 크고……."

"가능성은 무슨 가능성이에요? 일등대사를 찾을 수 없었다면 전 이미 죽은 목숨이겠죠. 남아일언중천금이니 나더러 약속을 지키라는 거죠?"

황용은 곽정이 화쟁과의 혼약을 어기지 않으려 했던 것을 떠올리며 어두운 얼굴로 고개를 숙였다. 둔한 곽정이 여자들의 마음을 이해할 리가 없었다. 황용은 우울한 생각에 눈물을 흘리기 시작했지만, 곽정은 황용이 대체 왜 우는지 도무지 알 수 없었다.

"영고는 스스로도 너희 아버지의 재주가 비상해서 자기보다 백배는 뛰어나다고 말했잖아. 네가 산수를 가르쳐준다고 해도 너희 아버지처럼 될 수 없다는 걸 뻔히 알 텐데, 왜 1년 동안 같이 살자는 걸까?"

황용은 양손으로 얼굴을 가린 채 아무런 대꾸도 하지 않았다. 그런데 곽정이 눈치 없이 또 질문을 하자 그만 화를 버럭 내고 말았다.

"정말 바보 같아. 오빤 아무것도 몰라요!"

곽정은 황용이 화내는 까닭을 알 수가 없었다.

"용아, 난 원래 바보니까 그래서 너한테 물어보는 거 아니니?"

황용은 화를 내놓고 금세 후회했다. 그리고 곽정의 부드러운 목소리를 듣자 더 이상 참지 못하고 곽정의 품에 안겨 울음을 터뜨리고 말았다. 곽정은 더더욱 영문을 몰라 그저 그녀의 등을 가볍게 두드려줄 뿐 위로할 말을 찾지 못했다.

황용은 곽정의 옷자락으로 눈물을 닦았다.

"오빠, 내가 잘못했어요. 다시는 오빠한테 바보라고 하지 않을게요."

"나야 뭐 원래 바보인걸. 바보한테 바보라고 하는 게 어때서?"

"아이, 오빤 참 착해요. 내가 나빴어요. 내가 설명해줄게요. 생각해봐요, 영고는 우리 아버지에게 원한이 있잖아요. 원래는 무공과 산술 실력을 쌓아 도화도로 찾아가 복수할 생각이었는데, 보아하니 산술로는 나를 당할 수 없고 무공으로는 오빠를 당할 수 없자, 복수할 방법이 없다는 걸 깨달은 거죠. 그러나 날 인질로 잡고 아버지에게 구하러 오도록 하면 영고가 계교를 써 아버지를 해치는 데 훨씬 유리하잖아요."

곽정은 그제야 영고의 속셈을 깨닫고 무릎을 쳤다.

"아하! 그렇구나. 그렇다면 약속을 지킬 필요 없겠다."

"왜요? 당연히 지켜야죠."

"왜?"

"보아하니 영고는 보통 사람이 아니에요. 구화옥로환에 독약을 섞어 일등대사를 해치려는 수법 하나만 봐도 얼마나 교활하고 음험한 사람인지 알 수 있죠. 만약 영고를 제거하지 않으면 결국 언젠가는 우리 아버지를 해치려 들 거예요. 차라리 같이 살면 내가 미리 조심하면 되니까 다시는 속지 않을 테고, 그녀가 어떤 음모를 꾸미는지 내가 다 알아낼 수 있을 것 아니에요?"

"음, 호랑이를 잡으러 호랑이 굴로 들어가는 격이군."

황용이 막 대답하려는 순간 밖에서 비명 소리가 들려왔다. 두 사람은 깜짝 놀라 서로 마주 보았다. 잠시 후 비명 소리가 그쳤다.

"대사님은 괜찮으실까?"

곽정의 말에 황용이 고개를 저었다.

"용아, 이제 밥 좀 먹고 쉬려무나."

여전히 고개를 내저었던 황용이 나직이 말했다.

"누가 왔어요."

과연 발소리가 들렸다. 몇 사람이 다가오는 것 같았는데, 갑자기 그 중 한 사람이 씩씩거리며 말했다.

"그 교활한 계집애를 먼저 없애버려야 해요."

목소리로 보아 농부였다. 곽정과 황용은 깜짝 놀랐다. 이어 나무꾼의 목소리가 들렸다.

"경솔히 행동해서는 안 됩니다. 우선 분명히 물어봅시다."

"묻긴 뭘 물어요? 분명 사부님의 적이 보낸 놈들입니다. 먼저 계집애를 없애버리고 물어볼 게 있으면 그 멍청한 녀석한테 물어보면 될 것 아닙니까?"

어느새 네 사람은 문밖에 와 있었다. 그들은 출구를 막고 섰다. 곽정과 황용이 들을까 조심하는 기색조차 없었다. 곽정은 더 이상 망설이지 않고 항룡유회 장법으로 뒷벽을 밀었다. 쿵, 하는 소리가 나면서 흙담이 무너졌다. 곽정은 황용을 둘러업고 무너진 담을 뛰어넘으려 했다. 그런데 농부가 바람처럼 손을 뻗더니 곽정의 왼발을 잡았다. 황용은 왼손을 가볍게 휘둘러 농부 손등의 양지혈陽池穴을 스쳤다. 이는 황용 집안에 전해져 내려오는 난화불혈수였다. 비록 아직 몸이 회복되지 않아 기력이 없었으나 점혈의 위치는 매우 정확했다. 농부도 점혈법에 매우 정통한 사람인지라 황용의 손놀림을 보자 깜짝 놀라며 손을 돌려 막았다. 비록 혈은 찍히지 않았지만 결국 곽정의 발을 놓치고 말았다. 곽정은 황용을 업은 채 담을 훌쩍 뛰어넘었다.

그러나 곽정은 몇 발짝 가지 않아 그만 멈춰 설 수밖에 없었다. 절의 뒤뜰에 사람 키만 한 큰 가시덤불이 빽빽이 자라 있어 더 이상 갈 곳이 없었던 것이다. 뒤돌아서니 이미 어부, 나무꾼, 농부, 서생이 길을 가로막고 서 있었다.

"대사님께서 우리에게 돌아가라 명하신 것을 분명 들으셨을 텐데, 어찌 사부님의 명령을 어기고 우리를 가로막으려 하십니까?"

어부가 눈을 부릅뜨고 우레와 같이 고함을 질렀다.

"사부님께서 측은히 여겨 목숨을 포기해가며 구해주셨거늘, 너희가 어찌……."

곽정과 황용은 깜짝 놀랐다.

"목숨을 포기하다니요?"

"흥!"

어부와 농부가 동시에 코웃음을 쳤다. 서생이 냉소 띤 목소리로 물었다.

"사부님께서 목숨을 걸고 낭자를 구해주셨거늘, 정말 모르신단 말씀이십니까?"

"무슨 얘기이신지 소상히 말씀해주십시오."

서생은 두 사람의 태도가 진실되어 보이자 나무꾼을 바라보았다. 나무꾼이 고개를 끄덕였다.

"낭자께서는 심한 내상을 입으셨기에 일양지법과 선천공先天功으로 기경팔맥의 각 혈도를 통하게 해야만 목숨을 보전할 수 있었습니다. 전진교주 중양 진인이 돌아가시고 당대에 일양지와 선천공, 양대 신공을 할 수 있는 사람은 저희 사부님밖에 없습니다. 그러나 만약 이 무공으로 사람을 치료하면 본인은 원기를 크게 상해 결국 5년 동안 무공을 모두 잃게 됩니다."

"뭐라고요?"

황용은 깜짝 놀라 소리를 질렀다.

"앞으로 5년 동안 밤낮으로 힘든 수행을 하셔야 합니다. 만약 추호라도 착오가 있으면 무공을 회복하기 어려울 뿐만 아니라 자칫 잘못하면 불구가 되거나 목숨을 잃을 수도 있습니다. 저희 사부님께서 이렇듯 큰 은혜를 베풀어주셨건만, 어찌 양심도 없이 은혜를 원수로 갚으십니까?"

황용은 곽정의 등에서 내려와 일등대사가 기거하는 선방을 향해 네 번 절을 올리고 흐느껴 울었다.

"대사님께서 이렇듯 목숨을 걸고 저를 구해주신 것을 미처 몰랐습니다."

네 제자는 황용이 진실된 모습으로 절을 올리는 것을 보고 노기가 다소 누그러졌다. 어부가 물었다.

"혹시 당신 아버지가 당신을 보내어 우리 사부님을 해하려 한 것인데, 낭자도 잘 모르고 있었던 것은 아니오?"

"아버지가 무엇 때문에 나를 보내어 대사님을 해친단 말씀이십니까? 도화도주가 어떤 분인데 그런 비겁한 짓을 하시겠습니까?"

"오해였다면 제가 무례를 범했습니다. 용서하십시오."

어부가 읍을 올렸다.

"흥! 저희 아버지가 들으셨다면 아무리 대사님의 제자라 해도 용서하지 않았을 거예요."

"낭자의 아버님께서는 별호가 동사이시니 언행이……. 흠, 흠! 저희는 원래 서독이 할 수 있는 일이라면 동사께서도 할 수 있으리라 여겼는데, 아마도 잘못 생각한 모양입니다."

"어찌 구양봉같이 간사한 놈과 비교를 하십니까?"

서생이 나서서 중재를 했다.

"좋습니다. 우리 일단 방으로 돌아가서 허심탄회하게 이야기를 나누어봅시다."

여섯 사람은 방으로 돌아왔다. 어초경독은 각각 자리를 잡고 앉았는데 우연인지 각기 문과 창문 등 빠져나갈 수 있는 통로를 막고 앉았다. 황용은 자기가 도망갈까 봐 미리 막고 있다는 것을 알고 있었지만, 잠자코 미소만 지을 뿐 아무 말도 하지 않았다. 서생이 먼저 입을 열었다.

"〈구음진경〉 사건에 대해 알고 계십니까?"

황용이 대답했다.

"알고말고요. 그러나 이번 일이 〈구음진경〉과 무슨 관계라도 있단 말씀이십니까? 〈구음진경〉이란 책이 참 여러 사람을 해치는군요."

문득 어머니의 죽음도 〈구음진경〉과 관련되어 있었던 것에 생각이 미쳤다.

"화산논검대회의 목적은 바로 이 책을 쟁취하기 위해서였습니다. 전진교주의 무공이 천하제일인지라 그 책은 결국 그에게 돌아갔지요. 나머지 네 분도 마음으로 깨끗이 패배를 인정했기에 더 이상 다른 말이 없었습니다. 그해 논검대회에서 모두들 각자의 무공을 마음껏 발휘했습니다. 그때 중양 진인은 우리 사부님의 일양지공을 보고 매우 탄복하셨습니다. 하여 다음 해 그의 사제와 함께 대리국으로 사부님을 찾아오셔서 함께 무공을 논하고 수련을 하셨지요."

"그의 사제라면 노완동 주백통 말씀이십니까?"

"예, 맞아요."

"낭자께서는 아직 어린 나이에 참으로 박학하십니다."

"별말씀을요."

"주 사숙께서는 참으로 장난을 좋아하시는 분이셨지요. 그러나 노완동이라 불리는 줄은 몰랐습니다. 그때만 해도 저희 사부님이 아직 출가하시지 않았을 때입니다."

"아, 그렇다면 황제의 신분이셨겠군요?"

"그렇습니다. 전진교주 두 형제께서는 황궁에서 10여 일을 거하셨습니다. 저희 네 사람이 그분들의 시중을 들었지요. 사부님께서는 중양 진인께 일양지의 요지와 비결을 모두 전수해주셨습니다. 중양 진인께서는 크게 기뻐하셨고, 자신이 가장 자랑으로 삼는 선천공을 사부님께 전수해주셨습니다. 두 분께서 무공을 논하실 때 저희는 비록 옆에 있기는 했으나, 식견이 좁고 우둔한지라 듣고서도 깨닫지 못했습니다."

"그럼 노완동은요? 그분도 무공이 상당하시잖아요?"

"주 사숙께서는 돌아다니는 것을 좋아하시는지라 그렇게 차분히 앉아서 무공을 논하는 것을 원치 않으셨습니다. 며칠 동안 황궁 안을 이리저리 돌아다니며 이런저런 장난을 치셨습니다. 심지어는 황후와 왕비의 처소에까지 드나드셨지요. 태감과 궁녀들은 그가 황야의 귀빈인 것을 알고 있었기 때문에 함부로 저지하지 못했습니다."

황용과 곽정은 웃음이 나왔다.

"중양 진인께서 황궁을 떠나시기 전 사부님께 남긴 말씀이 있습니다. 당신께서 건강이 좋지 않아 머지않아 세상을 떠날 것 같다며 다행히 선천공을 전수하셨으니, 선천공에 황야의 일양지신공을 더하면 구양봉을 상대할 수 있을 것이라는 말씀이었지요. 사부님께서는 그제야 중양 진인께서 멀리 대리국까지 오신 목적이 바로 선천공을 전수하기 위함이었다는 것을 깨달으셨지요."

그의 말이 이어졌다.

"중양 진인께서는 당신이 죽기 전에 선천공을 전수해 구양봉을 상대할 수 있는 사람을 남기려 하셨던 것입니다. 동사, 서독, 남제, 북개, 중신통 이렇게 다섯 사람의 명성이 무림에 워낙 유명했기 때문에 사부님에 대한 결례가 될까 우려해 차마 무공을 전수하러 왔다고 말씀하지 못한 것이지요. 그래서 먼저 사부님의 일양지공을 전수해주기를 청하고 답례로 선천공을 전수하신 것입니다. 사부님께서는 이런 사실을 깨닫고 진심으로 중양 진인을 존경해 마지않았습니다. 그래서 더욱 열심히 선천공을 익히셨지요. 듣자 하니 중양 진인께서는 그 일이 있은 뒤 얼마 지나지 않아 세상을 뜨셨다 합니다. 물론 스스로 일양지공을 연마하시지도 않았고, 남에게 전수하지도 않으셨다지요. 나중에 대리국에 불행한 사건이 발생했고, 저희 사부님께서는 스스로 불가에 귀의하셨습니다."

'황제의 자리를 버리고 승려의 길을 택했을 때는 무언가 좋지 못한 일이 있었겠지. 먼저 말해주지 않는 한 나도 묻지 않는 것이 예의겠군.'

신중한 황용과 달리 곽정은 곧 그 이유를 물으려 했다. 황용은 얼른 눈짓을 보냈다. 곽정은 황용의 눈짓을 알아채고 입을 다물었다. 서생은 과거 일을 되새기며 표정이 암담해졌다.

"그런데 어찌 된 일인지 저희 사부님께서 선천공을 연마하셨다는 소문이 세간에 퍼졌습니다. 어느 날, 제 사형께서……."

서생은 농부를 가리키며 말을 이었다.

"사형께서 사부님의 명을 받들고 약초를 캐러 갔는데, 운남의 대설산大雪山에서 누군가에게 합마공으로 당했습니다."

"합마공이라면 당연히 노독물의 짓이겠지요."

농부는 지금도 그때의 분이 풀리지 않는 듯 격앙된 목소리로 말을 받았다.

"그자가 아니면 누구겠습니까? 먼저 웬 어린 공자가 까닭 없이 시비를 걸어오더군요. 대설산은 자기 집안의 산이니 외부인이 함부로 약초를 캐서는 안 된다는 것이었습니다. 대설산이 얼마나 큰데 그 사람 집안의 산이라는 게 말이 됩니까? 일부러 시비를 걸려는 수작이었지요. 그러나 평소 사부님의 가르침도 있고 하여 몇 차례 참았습니다. 그러나 그 공자가 점점 무리한 요구를 했습니다. 나더러 자기에게 절을 300번 해야 보내주겠다나요? 더 이상 참을 수가 없었습니다. 결국 싸움이 벌어지고 말았지요. 그 공자는 무공이 상당했습니다. 반나절을 싸웠는데도 여전히 승부가 나지 않았습니다. 그런데 갑자기 산모퉁이에서 노독물이 나오더니 아무 말도 하지 않고 장력을 발해 저를 공격했습니다. 결국 당하고 말았지요. 공자는 사람을 시켜 나를 업어 당시 사부님이 기거하시던 천룡사天龍寺 밖에 버리도록 했습니다."

"그 원한은 이미 갚은 셈이군요. 구양 공자는 이미 죽었어요. 살해당했지요."

농부가 깜짝 놀라며 화를 냈다.

"뭐라고요? 이미 죽었다고요? 누가 죽였죠?"

"이런, 당신의 원수가 죽었다는데 왜 화를 내시는 거죠?"

"내 손으로 직접 원수를 갚아야지요."

"안됐지만 이미 늦었어요."

"누가 죽였답니까?"

"그 사람도 나쁜 사람이에요. 무공으로는 구양 공자보다 훨씬 못한 자였지만, 속임수를 써서 죽였지요."

서생이 끼어들었다.

"잘 죽였군요. 낭자께서는 구양봉이 우리 사형을 다치게 만든 이유가 뭔지 아십니까?"

"그거야 쉽게 추측이 가능하죠. 서독의 무공으로 보아 일장에 죽일 수 있는데, 안 죽이고 중상만 입힌 이유가 뭐겠어요? 대사님께서 보시면 틀림없이 내공을 써서 제자를 치료하실 터이니 적어도 5년은 원기를 회복하기 힘들 것이고, 그렇게 되면 다음 화산논검대회에서 막강한 경쟁 상대가 하나 줄어드는 셈이잖아요."

서생이 감탄을 했다.

"정말 영리하시군요. 절반 정도는 맞습니다. 그 구양봉이라는 자의 교활함과 간계는 상상을 초월합니다. 그자는 사부님이 사형의 부상을 치료하기 위해 내공을 소모한 틈을 타서 사부님을 해치려 했던 것입니다."

곽정이 끼어들어 물었다.

"대사님께서는 이토록 자상하시고 온화하신데, 구양봉과 원한을 맺을 만한 일이라도 있었단 말씀이십니까?"

"글쎄요, 질문 자체가 말이 안 되는 듯합니다. 첫째, 인자한 마음을 가진 선인과 음흉한 계교를 가진 악인은 근본적으로 서로 적이 되게 마련이지요. 둘째, 구양봉이란 자는 꼭 원한이 있어야만 사람을 해치는 게 아닙니다. 우리 사부님의 선천공이 합마공의 상극이란 걸 안 거지요. 그러니 어떻게 해서든 사부님을 해하려 한 것입니다."

곽정은 연신 고개를 끄덕였다.

"그래서 어찌 되었습니까?"

"사부님께서는 구양봉의 음모를 간파하시고 밤낮을 달려 이곳으로 옮겨 오셨습니다. 그러나 구양봉이 순순히 포기할 사람이 아니지요. 사방으로 수소문해 사부님께서 여기 계시는 것을 알아낸 모양입니다.

우리는 사부님의 공력이 회복되면 백타산으로 그자를 찾아가 끝장을 볼 생각이었습니다. 그러나 사부님께서는 이런 식으로 원한이 쌓이는 것을 원치 않으셔서 우리가 함부로 복수한다고 나서는 것을 허락하지 않으셨습니다. 몇 년 동안 이곳에서 평온한 나날을 보냈는데, 뜻밖에 당신들이 찾아온 겁니다. 구지신개의 제자시라니까 사부님을 해칠 리는 없다는 생각에 전력을 다해 막지는 않았지요. 그렇지 않았다면 저희 목숨이 끊어지는 한이 있어도 두 분을 보내주지 않았을 겁니다. 그런데 뜻밖에도 저희는 그렇게 호의를 베풀었건만 두 분께서 우리 사부님을 해치려 할 줄은 꿈에도 몰랐습니다."

서생은 말을 마치더니 비장한 태도로 천천히 일어나 장검을 빼어 들었다. 칼날의 광채 때문에 눈이 부실 지경이었다. 어부, 나무꾼, 농부 세 사람도 동시에 일어나 각자 무기를 빼어 들었다.

그들의 태도에 놀란 황용이 말했다.

"저희는 대사님께서 제 병을 고치면서 그처럼 내공을 소모하시는 줄 몰랐습니다. 약에 독약이 섞여 있는 것도 저희 짓이 아닙니다. 대사님의 은혜가 하늘과 같은데, 제가 어찌 은혜를 원수로 갚겠습니까?"

어부가 날카로운 목소리로 소리쳤다.

"그렇다면 왜 사부님의 공력이 쇠한 이때에 그자를 산으로 끌어들인 겁니까?"

곽정과 황용은 깜짝 놀랐다.

"그자라니요? 저희는 모르는 일입니다."

"그렇다면 왜 하필 사부님이 독약에 중독되자마자 적의 옥환玉環(옥가락지)을 받으셨겠습니까? 미리 계획된 음모가 아니라면 천하에 이런 우연이 있을 수 있습니까?"

"옥환이라니요?"

"아직도 모르는 척 시치미를 떼다니!"

어부는 양손에 든 철장을 각각 종횡으로 휘둘러 곽정과 황용을 동시에 공격했다. 곽정과 황용은 원래 어깨를 나란히 한 채 방석 위에 앉아 있었다. 곽정은 철장이 날아오는 것을 보자 훌쩍 뛰어 일어나 오른손을 뻗어 횡으로 공격해오는 철장을 밀어내면서 왼손으로는 철장을 잡아 위아래로 흔들었다. 곽정이 내공을 실어 흔들었기 때문에 힘이 엄청났다. 어부는 가슴에 격렬한 통증을 느끼면서 자기도 모르게 손을 놓아버리고 말았다.

곽정이 철장을 휘두르자 농부의 써레와 맞부딪쳐 불꽃이 사방으로 튀었다. 곽정은 철장을 다시 어부에게 돌려주었다. 어부는 뜻밖에 곽정이 무기를 돌려주자 잠시 멈칫했으나 곧 손을 내밀어 철장을 받아 들었다. 이번에는 나무꾼의 도끼와 어부의 철장이 동시에 공격해 들어왔다. 곽정은 쌍장을 뻗어 두 사람의 가슴을 공격했다. 서생은 항룡십팔장의 위력을 잘 아는 터라 급히 외쳤다.

"어서 물러서!"

어부와 나무꾼은 고수의 수제자답게 무공이 상당했다. 두 사람은 즉시 힘을 거두고 뒤로 물러나려 했다. 그러나 갑자기 몸이 멈춰지면서 뒤로 물러날 수가 없었다. 알고 보니 손에 들고 있는 병기가 이미 곽정의 장력에 말려 앞으로 당겨지고 있었다. 두 사람은 다급한 나머지 하는 수 없이 병기를 놓고 뒤로 물러났다. 곽정은 철장과 도끼를 들어 가볍게 되던졌다.

"받으십시오."

"훌륭한 무공입니다!"

서생이 칭찬을 하며 장검을 비스듬히 휘둘러 곽정의 오른쪽 겨드랑이를 노렸다. 곽정은 검의 공세를 보며 은근히 놀라움을 감출 수 없었다. 일등대사의 네 제자 중 이 서생이 가장 고상해 보이면서도 무공 또한 가장 월등한 듯했다. 곽정은 방심해서는 안 되겠다는 생각이 들었다. 곽정은 손을 춤추듯 휘둘러 황용과 자신의 몸을 장력으로 감쌌다. 장력이 매우 안정된 원을 형성하고 있어서 전혀 허점을 찾을 수 없었다.

시간이 흐를수록 장력의 범위가 점점 넓어졌다. 어부, 나무꾼, 농부, 서생은 그 기세에 밀려 점차 벽 쪽으로 밀려나기 시작했다. 공격은커녕 그 자리에서 버티기도 힘든 상황이었다. 만약 곽정이 장력을 강하게 발하면 필경 누군가는 상처를 입을 수밖에 없는 상황이었다.

다시 한참을 싸웠다. 곽정은 더 이상 장력을 발하지 않고 상대가 강하게 공격해오면 강하게, 약하게 공격해오면 약하게 받아내면서 시종 승도 패도 아닌 국면을 유지했다.

그때, 서생이 갑자기 검법을 바꾸었다. 장검이 진동하면서 웅, 하는 소리가 오래도록 들렸다. 서생은 상하, 전후, 좌우 각각 여섯 차례씩 서른여섯 차례를 연이어 찔러댔다. 이것은 운남애뢰산삼십육검雲南哀牢山三十六劍으로 천하 검법 중 공세가 날카롭기로 유명한 검법이었다.

곽정은 왼손으로 어부, 나무꾼, 농부가 사용하는 세 가지 병기의 공격을 막아내면서 오른손으로는 서생의 장검 공격을 막았다. 비록 서생의 검법이 변화무쌍하기는 했으나 곽정은 시종일관 장력으로 검의 공

일등대사의 네 제자 어초경독이 각자 무기를 빼어 들고 공격에 나섰다.

격 방향을 바꾸어놓았다. 서생의 검은 매번 곽정의 옷 바로 곁을 스칠 뿐 제대로 공격하지는 못했다.

서른여섯 번째 공격을 맞은 곽정은 오른손 중지와 검지로 검의 칼날을 튕겼다. 이는 탄지신통으로 황약사의 절세 무공 중 하나였다. 당시 황약사가 주백통과 돌 튕기기를 할 때와 귀운장에서 돌을 튕겨 매초풍을 지도할 때 사용했던 무공이 모두 바로 이 탄지신통이었다.

곽정은 임안 우가촌에서 황약사가 전진칠자와 겨루는 모습을 지켜보며 어느 정도 이 비결을 터득한 바 있었다. 비록 탄지 수법이 황약사의 수준에는 미치지 못하지만 워낙 힘이 강했기 때문에 쨍하는 소리가 나더니 칼날이 크게 진동했다. 서생은 팔이 저려오면서 하마터면 검을 놓칠 뻔했다. 서생은 깜짝 놀라 뒤로 물러나며 소리쳤다.

"멈추시오!"

어부와 나무꾼, 농부 세 사람은 일시에 뛰어 물러났다. 그러나 이미 담장 앞까지 밀려나 있는 상태여서 더 이상 물러날 공간이 없었다. 결국 어부는 문밖으로 뛰어 물러났고, 농부는 절반 정도 무너진 담장 위로 뛰어올라갔다. 나무꾼은 웃으면서 도끼를 허리춤에 꽂았다.

"내 진작에 이 두 분이 나쁜 의도가 없는 듯하다 말했건만, 어찌 형제들은 믿지 않았소?"

서생은 검을 거두어 칼집에 꽂고 곽정을 향해 읍을 했다.

"젊은이가 많이 봐주셨습니다. 감사합니다."

곽정은 급히 허리를 굽혀 예로 답하기는 했으나, 속으로는 이해할 수가 없었다.

'내 본디 나쁜 뜻이 없었거늘, 저들은 왜 처음부터 내 말을 믿지 않

다가 무공을 사용한 뒤에야 믿는 것일까?'

황용은 곽정의 낯빛을 보고 곽정이 무슨 생각을 하는지 알 수 있었다. 황용은 곽정의 귀에 대고 나지막한 소리로 속삭였다.

"만약 오빠가 나쁜 뜻이 있었다면 벌써 네 사람을 다치게 했겠지요. 일등대사도 지금으로서는 오빠의 적수가 못 될 것 아니에요?"

듣고 보니 그 말이 맞는 듯해 곽정은 연신 고개를 끄덕였다. 농부와 어부가 돌아왔다. 황용이 물었다.

"대사님의 적이라는 자는 어떤 사람인가요? 그리고 그가 보내왔다는 옥환은 또 무슨 물건인지요?"

서생이 대답했다.

"제가 알려드리기 싫어서가 아니라 사실 저희도 자세한 사정을 잘 모릅니다. 그저 저희 사부님께서 출가하신 것이 그자와 관계가 있다는 것만 알 뿐입니다."

황용이 다시 질문을 하려는데 갑자기 농부가 펄쩍 뛰어 일어났다.

"이런, 이렇게 위험할 수가!"

어부가 급히 물었다.

"왜요?"

농부가 서생을 가리키며 소리쳤다.

"우리 사부님께서 부상을 치료하시느라 내공을 소모해버린 사실을 사형이 숨김없이 말했으니 만약 이 두 사람이 나쁜 생각이 있다면 우리로서는 막을 수 없을 테고, 그렇게 되면 우리 사부님의 생명이 위험하지 않겠습니까?"

"장원공은 지혜가 뛰어난 사람인데 그 정도도 예측하지 못했겠습니까? 그러지 않고서야 어디 대리국의 재상이라 할 수 있겠습니까? 장원공께서는 이미 두 분이 적이 아니라는 것을 알고 계셨던 거지요. 방금 무공을 겨루신 이유도 하나는 두 분의 무공을 시험하려는 것이고, 다른 하나는 사형이 저분들을 믿도록 하기 위한 것 아닙니까?"

나무꾼의 말에 서생은 엷은 미소를 지었다. 농부와 어부는 서생을 한 번 흘겨보았다. 감탄과 원망이 섞인 눈초리였다. 이때 문밖에서 발소리가 나더니 사미가 들어와 합장을 하며 말했다.

"사부님께서 네 분 사형께 손님을 배웅하라고 명하셨습니다."

이 말을 듣고 모두들 자리에서 일어났다. 그때 곽정이 말했다.

"대사님께서 곤경에 처하셨다는데 저희가 어찌 이대로 모른 척할 수가 있겠습니까? 제 무공이 비록 미천하지만 네 분 사형과 함께 적을 물리치는 데 힘을 보태겠습니다."

어초경독은 곽정의 말에 서로 얼굴을 마주 보았다. 반가운 표정이었다. 서생이 먼저 입을 열었다.

"제가 가서 사부님께 여쭈어보지요."

네 사람은 함께 안으로 들어갔다. 한참이 지나서야 방에서 나오는 그들의 표정은 어두웠다. 그들의 표정으로 일등대사가 허락하지 않았음을 짐작할 수 있었다. 아니나 다를까, 서생이 곽정과 황용을 향해 말했다.

"사부님께서 호의는 감사하나 모든 것이 개인의 업보요, 인과니 다른 사람이 간섭할 수 없다 하십니다."

"오빠, 우리가 직접 대사님을 찾아뵙고 말씀드려요."

두 사람이 일등대사를 찾아 갔으나 나무로 만든 선방의 문은 굳게 잠겨 있었다. 곽정이 한참을 두드렸으나 아무런 응답이 없었다. 물론 곽정이 문을 열려고만 하면 쉽게 열 수 있었지만 어찌 감히 함부로 무례한 행동을 할 수 있겠는가? 나무꾼이 어두운 표정으로 입을 열었다.

"사부님께서는 두 분을 만나실 생각이 없으신 듯합니다. 후에 또 기회가 있겠지요."

곽정은 일등대사에 대한 고마움과 안타까움으로 가슴이 뜨거워지며 벅차오르는 감정을 억누를 수가 없었다.

"용아, 대사님께서 허락하시든 안 하시든 우리가 내려가 산 밑에서 시끄럽게 구는 무리들이 있으면 깨끗이 손을 봐주자꾸나."

"좋은 생각이에요. 만약 대사님의 적이 대단한 자들이어서 그들의 손에 죽게 된다면 그것도 대사님의 은혜를 갚는 좋은 방법이 되겠네요."

곽정은 정말로 감정이 북받쳐 한 말이지만, 황용은 일등대사가 들으라는 듯 일부러 목소리를 높여 크게 말했다. 두 사람이 막 몸을 돌리려는데 문이 열리더니 날카로운 노승의 목소리가 들려왔다.

"대사께서 들어오라십니다."

곽정은 뛸 듯이 기뻐하며 황용과 함께 안으로 들어갔다. 일등대사와 천축의 승려는 여전히 바닥에 좌정하고 있었다. 곽정과 황용은 바닥에 엎드려 예를 갖추었다. 고개를 들어보니 일등대사의 얼굴이 초췌하고 창백하게 변해 있었다. 처음 만났을 때 위엄과 기상이 서린 모습과는 완전히 딴판이었다. 둘은 고맙기도 하고 마음이 아프기도 해 무슨 말을 해야 할지 몰랐다. 일등대사는 문밖의 제자들을 향해 말했다.

"모두 함께 들어오너라. 할 말이 있구나."

어초경독은 선방으로 들어가 사부와 사숙을 향해 예를 갖추었다.

천축의 승려는 고개를 한 번 끄덕했을 뿐, 이내 미간을 찌푸리며 생각에 잠긴 채 더 이상 이들을 상대하지 않았다. 일등대사는 모락모락 피어오르는 푸른 연기에 넋을 잃은 채, 손으로는 백옥으로 만든 둥근 가락지를 만지작거리고 있었다. 황용은 의아한 생각이 들었다.

'저건 여자들이 하는 가락지인데, 대사님의 적이 저것을 보내온 의도가 무얼까?'

얼마나 지났을까, 일등대사가 한숨을 쉬더니 곽정과 황용을 향해 입을 열었다.

"너희들의 호의는 고맙게 받겠다. 중간의 인과를 밝히지 않으면 쌍방이 이로 인해 다투게 될 터인데, 이는 결코 내가 바라는 바가 아니다. 두 사람은 내가 누구인지 알고 있느냐?"

"사백께서는 원래 운남 대리국의 황제이시지요. 그 이름도 유명한 천남일제天南一帝를 누가 모르겠어요?"

일등대사는 미소를 지었다.

"황제도 가짜고, 노승도 가짜요, 유명하다는 건 더욱이 가짜이거늘……."

황용은 그의 말을 이해하지 못해 맑고 투명한 눈을 빤히 뜬 채 그를 바라볼 뿐이었다. 일등대사는 천천히 입을 열었다.

"대리국은 신성문무제태조神聖文武帝太祖께서 정유년에 개국하셨다. 송의 태조 조광윤趙匡胤 황야가 진교병변陳橋兵變을 일으켜 제위에 오르신 것보다 23년이나 일렀지. 신성문무제로부터 제7대 황제가 바로 병의제秉義帝이신데, 병의제께서는 4년간 제위에 계신 후 황위를 조카이신 성덕제聖德帝에게 물려주시고 출가해 승려가 되셨다. 그 뒤로 성덕

제, 홍종 효덕제興宗 孝德帝, 보정제保定帝, 헌종 선인제憲宗 宣仁帝, 그리고 내 부왕이신 경종 정강제景宗 正康帝 등이 모두 황제 자리를 버리고 출가하셨지. 태조부터 나까지 18대 황제 중 일곱 명이 출가해 승려가 되셨다."

어초경독은 모두 대리국 사람이었기 때문에 선대의 역사를 잘 알고 있었다. 그러나 곽정과 황용은 이해할 수가 없었다.

'일등대사가 황제 자리를 마다하고 승려가 된 것도 이상한 일인데, 선왕 중 상당수가 출가해 승려가 되었다니…… 승려가 되는 것이 황제 자리보다 좋다는 말인가?'

"우리 단씨 가문이 천운을 얻어 황제 자리에 앉긴 했으나 항상 이런 중임을 맡기에 부족함이 너무 많음을 잘 알고 있었다. 하여 재위 기간 동안 행여 우를 범하지 않을까 두려운 마음으로 국정을 살피도록 노력해왔다. 그러나 황제라는 자리가 밭을 갈지 않아도 먹을 것이 풍족하고, 옷감을 짜지 않아도 입을 것이 넉넉하며, 화려한 마차를 타고 들어와서는 편안한 궁중에 거하는 자리 아니더냐? 그러다 보니 재위 말기가 되어 되돌아보면 역시 백성을 위한 일보다는 황제로서 누린 것이 더 많아 항상 죄스러운 마음이 들곤 하지. 그래서 많은 조상들이 재위에서 물러나면 출가해 승려가 된 것이다."

일등대사는 잠시 말을 멈추고 밖을 바라보았다. 입가엔 엷은 미소를 띠고 있었으나 미간에 처량한 표정을 감출 수 없었다. 여섯 사람은 묵묵히 듣기만 할 뿐 감히 대꾸하지 못했다. 일등대사는 왼손 식지를 들고 옥환을 손가락에 끼운 뒤 몇 차례 돌렸다.

"그러나 나는 결코 이 때문에 출가를 한 것은 아니다. 말하자면 길지. 결국은 화산논검대회와 관련이 있구나. 그해 전진교주 중양 진인이 〈구음진경〉을 얻고 다음 해 대리국으로 나를 찾아와서 선천공의 무공을 전수해주었다. 약 반년을 궁에서 머물렀는데, 나와 그 사람은 함께 무술을 논하고 연마하면서 마음이 잘 통했다. 그런데 그의 사제 주백통은 궁에서의 생활을 무척이나 지루해하고 힘들어하더니 어느 날, 결국 사고를 치고 말았지."

'노완동이 사고를 안 치면 그게 이상하지.'

황용은 웃음이 나왔다.

인연의 사슬

일등대사는 무거운 한숨을 내쉬었다.

"사실 화근은 내게 있었지. 대리국처럼 작은 나라의 군주인 내가 비록 중화中華의 천자처럼 후궁 3천을 거느린 것은 아니지만, 왕비와 후궁의 수가 상당히 많았다. 후! 모든 게 내 업보야. 그렇게 많은 왕비와 후궁이 있으면서도 워낙 무공을 좋아한 나머지 무술을 연마하느라 그들을 거의 돌보지 못했어. 황후조차도 며칠에 한 번 얼굴을 대할 정도였으니 다른 후궁들은 더 말할 필요도 없었지."

일등은 네 명의 제자를 바라보았다.

"너희도 당시 사정이 어땠는지 잘 몰랐을 텐데, 오늘에야 알게 되겠구나."

'거짓말이 아니라 정말 모르고 있었던 모양이군.'

황용은 그제야 그들의 말을 믿게 되었다.

"후궁 중에는 내가 무공을 연마하는 것을 보고 흥미를 느껴 자기도 배우겠다며 조르는 이들이 있었는데, 그때마다 별생각 없이 조금씩 가르쳐주곤 했어. 적당히 무공을 익히는 것은 건강에도 도움이 되니까. 그중 유劉씨 성을 가진 귀비가 있었는데, 참 영리해서 하나를 가르쳐 주면 열을 터득하곤 했지. 젊고 총명해서 열심히 무공을 연마하더니 어느새 실력이 크게 늘었더군. 어느 날 그녀가 후원에서 무공을 익히고 있는데, 주백통이 그 모습을 본 거야. 주백통도 무공을 좋아하는 데다 워낙 천진하고 세상 물정 모르는 사람이라 귀비가 무공 연마에 몰두해 있는 모습을 보고 가까이 다가가 실력을 겨룬 모양이야. 주백통은 왕 진인에게서 직접 무공을 전수받았는데, 귀비가 어찌 그의 상대가 되겠느냐……."

황용이 말을 받았다.

"노완동이 그만 귀비를 다치게 만들었군요?"

"부상을 입히지는 않았어. 그저 점혈법으로 유 귀비의 혈도를 찍은 후 승복하겠냐고 물었지. 유 귀비는 물론 그의 무공에 감탄하며 항복했어. 주백통은 그녀의 혈도를 풀어주고 아주 득의양양했지. 두 사람이 이런저런 이야기꽃을 피우던 중 주백통이 점혈 무공의 비결에 대해 이야기한 모양이야. 유 귀비가 나한테 점혈 무공을 전수해달라고 부탁한 적이 있었거든. 그러나 그런 심오한 무공을 어떻게 일개 후궁에게 전수해줄 수 있겠나? 어쨌든 유 귀비는 주백통이 마침 점혈 무공에 대해서 말하자 공손하게 가르침을 청했지."

"흠, 노완동이 참 우쭐해졌겠군요."

"네가 주 형을 아느냐?"

"그럼요. 우린 오랜 친구예요. 노완동 아저씨는 도화도에서 10년이 넘게 한 발짝도 나가지 않았어요."

"그 성질에 어떻게 꼼짝도 하지 않을 수 있었지?"

"우리 아버지가 가두었다가 얼마 전에 풀어주셨거든요."

황용이 웃으며 말하자, 일등은 고개를 끄덕였다.

"그럼 그렇지. 주 형은 잘 계시냐?"

"건강이야 하지만 정신이 없는 건 나이가 들수록 더 심해지는 것 같아요. 지금은, 아유, 말이 아니에요."

황용은 곽정을 가리키며 미소를 지었다.

"노완동 아저씨와 오빠는 의형제를 맺었어요."

일등대사는 잠시 빙그레 미소를 짓고는 말을 이었다.

"그 점혈 무공이란 것은 부녀간, 모자간, 부부간을 제외하고는 남자는 여자에게, 여자는 남자에게 전수해주지 않는 법이다."

"왜요?"

"남녀유별이지 않느냐. 생각해보거라. 온몸의 혈도를 하나하나 만져야 하는데 어떻게 남녀 간에 전수할 수가 있겠느냐?"

"하지만 사백님은 내 온몸의 혈도를 찍었잖아요?"

어부와 농부는 황용이 쓸데없는 말로 사부의 말 도중에 계속 끼어들자 일제히 황용을 흘겨보았다. 황용도 두 사람을 마주 흘겨보고는 말했다.

"왜요? 난 묻지도 못해요?"

일등대사는 웃으며 말했다.

"물어도 되고말고. 넌 어린 데다 생명이 위급하지 않았느냐. 그러니 그건 상황이 다르지."

"맞아요. 제 생명을 구해준 은인이신데……. 그다음에는 어떻게 됐어요?"

"유 귀비는 주 형에게 점혈법을 전수받았단다. 그러나 주 형은 혈기 왕성한 나이이고 유 귀비 또한 한창 나이라, 서로 살을 맞대자 점차 이상한 감정이 생긴 거야. 결국은 수습할 수 없는 지경까지 가고 말았단다."

황용은 또 묻고 싶어서 입이 근질근질했으나 억지로 참고 다음 말을 기다렸다.

"누군가 나에게 그 사실을 고했지. 나는 너무 화가 났으나 왕 진인의 얼굴을 봐서 모른 척하고 있었단다. 그러다 나중에 왕 진인이 그 사실을 알게 되었지. 아마 주 형은 성격이 솔직하고 직선적인 데다 남을 속이는 데 서툴러서……."

황용은 더 이상 궁금한 것을 참지 못했다.

"무슨 일이 일어났는데요? 뭐가 수습할 수 없는 지경이라는 거예요?"

일등대사는 잠시 어떻게 대답해야 할지 머뭇거렸다.

"두 사람이 부부가 아닌데도 부부간의 정을 통한 거지."

"아, 알았다. 주백통 선배님이랑 유 귀비가 아이를 낳았군요."

"이런, 그건 아니지. 서로 안 지 10일 정도밖에 안 됐는데 어떻게 자식을 낳겠느냐? 왕 진인은 사실을 알고, 주 형을 묶어서 내 앞으로 데려와 마음대로 처분하라고 했지. 우리처럼 무학을 하는 자들은 인의를 중시 여기고 여자를 멀리한단다. 그런데 어찌 여자 하나 때문에 우정을 무너뜨릴 수가 있겠느냐? 나는 즉시 주 형을 풀어주고 유 귀비를 불러서 부부가 되도록 명했다. 그런데 뜻밖에 주 형은 그게 잘못된 일인 줄 전혀 몰랐다며 오히려 고래고래 고함을 치는 거야. 잘못인 줄 알았다면 목에 칼이 들어와도 안 했을 거라며 절대 유 귀비와 혼례를 올릴 수 없다고 난리를 쳤지. 당시 왕 진인은 '저놈이 저렇게 멍청하고 사리 분별을 못해서 사문을 망신시키는 대죄를 저지를 줄 알았더라면 진즉 단칼에 베어버렸을 텐데……' 하며 한탄을 했지."

황용은 혀를 쑥 내밀며 웃었다.

"노완동 아저씨는 걸어 다니는 사고뭉치라고요."

"이번엔 나도 정말 화가 났다. 그래서 주 형에게 이렇게 말했지. '주 형, 내 기꺼이 유 귀비를 주 형께 바치겠소. 다른 뜻은 없습니다. 자고로 형제는 수족과 같고, 부부는 옷과 같다고 했소. 일개 아녀자에 불과하니 뭐, 그리 큰일이겠소?'"

"피! 대사님, 너무 여자를 무시하는 거 아니에요? 그런 말도 안 되는 소리가 어디 있어요?"

이번엔 농부도 더 이상 참지 못하고 벌컥 호통을 쳤다.

"자꾸 끼어들지 마시오! 아셨소?"

"틀린 말을 하면 틀렸다고 해야 할 거 아니에요?"

어초경독에게 일등대사는 군주요, 스승이었다. 그가 무슨 말을 하든 한마디도 대든 적이 없고 마음속으로도 그를 신처럼 존경하고 떠받들고 있었다. 그런데 황용이 이렇게 방자하게 지껄이자 놀라움과 분노를 참기 힘들었다. 그러나 일등대사는 그런 황용을 전혀 개의치 않고 계속 말을 이어나갔다.

"주 형은 그 말을 듣고도 여전히 고개를 흔들었지. 나는 더욱 화가 나서 말했어. '당신이 그녀를 사랑한다면 어찌 굳이 마다하는 거요? 또 사랑하지 않는다면 어찌 이런 일을 저질렀소? 우리 대리국을 이렇게 멋대로 모욕하는 것은 참을 수 없소이다.' 주 형은 잠시 묵묵히 있다가 갑자기 땅에 무릎을 꿇더니 나에게 절을 하고 이렇게 말하더구나. '단황야, 제가 잘못했습니다. 저를 죽이십시오. 저는 죽어도 마땅합니다.' 난 그가 이렇게 나오리라고는 생각지도 못했어. 그래서 잠시 어떻게 대답해야 할지 말문이 막혔지. '내가 어찌 당신을 죽이겠소?' 하니 주 형은 '그럼 저는 가겠습니다'라고 말하더군. 그리고 품에서 비단 손수건을 꺼내어 '돌려주겠소' 하며 유 귀비에게 주었어. 유 귀비는 참담하게 웃으며 받지 않았지. 주 형은 그대로 손을 놓아버렸고, 비단 손수건은 내 발아래로 떨어졌어. 주 형은 더 이상 아무 말도 않고 황궁을 나가버렸지. 그렇게 떠난 후 10여 년 동안 그의 소식을 듣지 못했어. 왕 진인은 나에게 여러 번 미안하다고 사과를 하고 주 형을 따라갔지. 그리고 다음 해 가을, 세상을 떴다고 하더군. 왕 진인은 참으로 인仁과 협俠을 두루 갖춘 영웅이야. 그런 의인은 다시는 없을 텐데. 아……."

"왕 진인께서 무공은 대사님보다 조금 높으실지 몰라도 영웅적인 면모나 인, 협으로 따진다면 대사님보다 못할 것 같은데요. 그분의 일곱 제자는 모두 그저 그런 사람들로, 대사님의 발치에도 못 미쳐요. 그런데 그 비단 손수건은 어떻게 됐어요?"

네 제자는 황용이 여자아이라 어쩔 수 없이 손수건이니 옷이니 하는 작은 일에 연연하는구나 하며 속으로 탓하고 있는데, 뜻밖에 일등 대사의 말은 달랐다.

"나는 유 귀비가 넋이 나간 사람처럼 멍하게 있는 것을 보자 화가 치밀어 올랐어. 손수건을 집어 들었는데, 거기에 연못에서 노니는 원앙이 수놓여 있었지. 분명 유 귀비가 그에게 준 정표였어. 나는 냉소를 지었지. 그때 원앙 옆에 수놓인 사가 눈에 들어오더군."

황용은 짚이는 바가 있어 황급히 물었다.

"그게 혹시, 원앙직취욕쌍비가 아닌가요?"

농부가 엄한 소리로 꾸짖었다.

"우리도 모르는데 뭘 안다고 또 나서시오? 계속 헛소리하며 끼어들 거요?"

그러나 뜻밖에도 일등대사는 한탄을 하며 말했다.

"이 사를 네가 어찌 아느냐?"

네 제자는 어안이 벙벙해 서로를 쳐다보았다. 그때 곽정이 펄쩍 뛰며 소리쳤다.

"나도 생각났어. 전에 도화도에서 주 형이 독사한테 물려서 정신이 혼미해졌을 때 이 사를 계속 중얼거렸어. 바로, 바로…… 베틀 속 원앙이 날아갈 듯하네…… 또 무슨 무슨 머리가 먼저 허옇게 세고 하면서……. 용아, 뭐였지? 기억이 안 나."

"원앙직취욕쌍비, 가련미노두선백, 춘파벽초, 효한심처, 상대욕홍의鴛鴦織就欲雙飛 可憐未老頭先白 春波碧草 曉寒沈處 相對浴紅衣."

곽정은 손바닥으로 허벅다리를 탁 쳤다.

"바로 그거야. 주 형은 아름다운 여자는 보면 안 된다고 했어. 한번 보면 친구에게 못할 짓을 하게 되고, 사형을 노하게 할 거라고 하면서 말이야. 또 절대 여자가 자신의 혈도를 만지지 못하게 해야 한다고 그랬지. 그러지 않으면 큰 낭패를 볼 거라고. 용아, 너하고 잘 지내지 말라고 하기도 했어."

"피! 다음에 노완동 아저씨를 만나면 귀를 비틀어주겠어요."

황용은 갑자기 풋, 하고 웃음을 터뜨렸다.

"예전 임안부에 있을 때 주백통 아저씨한테 마누라를 얻지 못할 거라고 농담했더니 하루 종일 화를 낸 적이 있었잖아요. 바로 이런 사연이 있었군요."

"영고가 이 사를 읊는 것을 들어본 적이 있는 것 같은데……. 근데 용아, 영고는 어떻게 이 사를 알지?"

"아이참, 영고가 바로 유 귀비잖아요."

네 제자 중에 서생만이 어느 정도 짐작했을 뿐이라, 나머지 세 제자는 모두 놀라움을 감추지 못하고 일제히 사부를 바라보았다. 일등이 나지막이 말했다.

"너는 참으로 총명하구나. 과연 황약사의 딸답다. 유 귀비의 혼전 이름에 영瑛 자가 있었다. 그날 난 손수건을 그녀에게 던져버리고 다시는 찾지 않았지. 그 후, 마음이 울적해서 국사도 돌보지 않고 하루 종일 무공을 연마하면서 시간을 보냈다."

"대사님, 마음속으로는 유 귀비를 사랑하고 있었군요. 만약 사랑하지 않았다면 왜 기분이 안 좋았겠어요?"

황용이 또 무례하게 끼어들자 네 제자는 벌컥 화를 내며 일제히 소리쳤다.

"낭자!"

"왜요? 내가 틀린 말을 했어요? 대사님, 제 말이 틀렸어요?"

일등대사의 목소리가 어두워졌다.

"그 후 수 개월 동안 난 유 귀비를 찾지 않았지. 하지만 꿈속에서는 자주 그녀의 얼굴을 보았단다. 어느 날 저녁 깊은 밤, 문득 잠에서 깨어났는데 그녀가 보고 싶어 견딜 수가 없었어. 난 찾아가보리라 결심했지. 다른 궁녀나 태감들에게 들키고 싶지 않아서 조용히 그녀의 침소를 찾아갔어. 그저 그녀가 뭘 하고 있는지 보고 싶었어. 막 침소의 지붕에 도착하자 아기 울음소리가 들리더군. 아, 서리가 내리고 찬 바람이 부는 지붕 위에서 한참 넋을 잃고 서 있다가 동이 트고서야 내려왔지. 그리고 한바탕 큰 병을 앓았어."

황용은 황제의 신분으로 한밤중 궁궐 지붕을 타고 월담해서 자신의 후궁을 보러 간다니 정말 이상한 일도 다 있다고 생각했다. 그러나 네 제자는 예전에 사부의 병세가 아주 심각하고 오래도록 쾌차하지 않은 일을 떠올렸다. 당시 사부의 무공이면 찬 바람이 몸을 상하게 할 수 없고, 병을 얻는다 해도 오랫동안 낫지 않을 리 없었다. 오늘에서야 사부가 그때 마음의 병을 얻었고 자포자기하는 심정이어서 내공이 병마를 억누르지 못했다는 것을 깨달았다.

"유 귀비가 대사님의 자식을 낳았군요. 그럼 좋은 거 아닌가요? 왜 기분이 안 좋았어요?"

"바보 같기는……. 그 아이는 주 형의 자식이야."

"노완동 아저씨는 이미 떠났잖아요? 그럼 몰래 다시 돌아와서 유 귀비와 만나기라도 한 거예요?"

"아니지. 너는 열 달 동안 배 속에 아이를 품고 있는다는 사실도 모르느냐?"

황용은 그제야 깨달았다.

"아, 이제야 알겠다. 그 아이는 노완동 아저씨처럼 두 귀가 밖으로 튀어나왔고 코가 우뚝 솟았겠군요? 아니면 어떻게 사백님의 자식이 아니라는 것을 알았겠어요?"

"그걸 꼭 봐야만 알 수 있느냐? 오랫동안 유 귀비를 가까이하지 않았으니 그 아이는 당연히 내 자식이 아니지."

황용은 알 듯 모를 듯 했으나 계속 물으면 안 될 것 같아 더 이상 캐묻지 않고 입을 닫았다.

"그때 얻은 병이 반년을 갔다. 병이 완쾌되자 난 더 이상 그 일을 생각지 않기로 했지. 그리고 2년의 시간이 흘렀단다. 어느 날 저녁 침실에서 좌정하고 있는데, 갑자기 문의 휘장이 걷히면서 유 귀비가 뛰어들어왔다. 태감과 시위가 황급히 말리려고 했으나 모두 그녀의 일장에 맞아 나가떨어졌지. 나는 고개를 들고 팔에 아이를 안고 있는 그녀를 보았어. 얼굴에 공포와 놀라움이 가득했지. 그녀는 바닥에 무릎을 꿇고 앉아 연신 절을 하며 울먹이는 목소리로 말했어. '황야, 은혜를 베풀어 제발 이 아이를 살려주십시오.'"

일등의 말이 계속 이어졌다.

"몸을 일으켜 아이를 보았어. 아이는 온 얼굴이 발갛게 달아오르고 숨소리가 아주 거칠었지. 아이를 안고 자세히 살펴보니, 등 뒤의 늑골이 이미 다섯 개나 부러져 있었어. 유 귀비는 울며 매달렸어. '황야, 신첩의 죄는 죽어 마땅하나 제발 이 아이의 목숨만은 구해주십시오.' 이상한 생각이 들어 물었지. '이 아이가 왜 이렇게 된 거냐?' 하지만 그녀는 여전히 절을 하며 애원했어. '누가 이 아이를 이렇게 만들었느냐?' 유 귀비는 대답은 않고 그저 울면서 애원을 했지. '황야께서 은혜를 베푸셔서 이 아이를 살려주십시오.'"

일등은 한숨을 내쉬었다.

"나는 도무지 영문을 알 수 없었어. 유 귀비가 다시 말했지. '황야께서 저더러 죽으라고 하시면 아무 원망 없이 따를 것입니다. 하지만 이 아이만은…… 이 아이만은…….' 나는 다시 물어보았어. '누가 이 아이를 죽이려 했단 말이냐? 도대체 어떻게 다친 거냐?' 유 귀비는 고개를 들고 떨리는 목소리로 묻더구나. '그럼 황야께서 시위를 보내시어 이 아이를 해치려 한 것이 아니란 말입니까?' 나는 그제야 그 일에 대해 갈피를 잡고 황급히 물었어. '시위가 해쳤단 말이냐? 어느 신하 놈이 그렇게 간덩이가 부었단 말이냐?' '아, 황야의 성지가 아니시라면 그럼 이 아이는 이제 살았군요!' 유 귀비는 그렇게 소리치고는 그 자리에서 혼절해버리고 말았어. 난 그녀를 일으켜 침대에 눕히고 아이를 그 옆에 눕혔지. 잠시 뒤, 그녀가 깨어났어. 깨어나자마자 다시 내 손을 잡고 울며 하소연하기 시작했어. 아이를 재우고 있는데 창문에서 복면을 한 어전 시위가 뛰어 들어와서 아이를 잡아채고 등에 일장을 날렸다는 거야. 유 귀비는 황급히 나서서 막아보았지만 시위는 그녀를 밀치고 다시 아이의 가슴에 일장을 날리고는 큰 소리로 웃으며 창문을 뛰어넘어 나갔다고 하더군. 시위의 무공이 상당히 높았고, 내가 아이를 죽이려 보낸 사람인 줄 알고 감히 쫓아가지 못하고 곧장 내 침궁으로 뛰어 들어온 거지. 들을수록 점점 이상했어. 다시 아이의 상처를 살펴보았는데, 무슨 무공에 당했는지 알아낼 수가 없었어. 그저 대맥帶脈이 이미 끊긴 걸로 보아 자객의 솜씨가 보통이 아니라는 것만 알 수 있었지. 그런데 자객은 아이를 죽이려고 한 것 같지는 않았어. 그렇게 어리고 연약한 아기가 두 번이나 장력을 당하고도 숨이 붙어 있었으니 말이야."

다들 조용히 그의 말에 귀를 기울였다.

"나는 즉시 그녀의 침실로 가서 살펴보았지. 기와와 창틀에 희미한 발자국이 남아 있었어. 유 귀비에게 말했지. '자객은 무공이 높고 특히 경공이 뛰어난 자다. 대리국에는 나를 제외하고 아무도 이런 무공을 가진 자가 없다.' 유 귀비는 놀라서 소리쳤어. '설마, 그 사람인가요? 왜 자신의 아들을 죽이려는 거죠?' 그녀는 이 말을 하면서 얼굴이 사색이 되었지."

황용도 낮은 탄식을 내질렀다.

"노완동 아저씨가 그런 짓을 할 리가 없어요."

"당시엔 난 주 형이 한 짓이라고 생각했어. 그가 아니면 당대 고수 중에 누가 아무 이유도 없이 어린아이를 해치려고 했겠나? 내가 '주 형은 자신의 사생아를 남겨서 무림에 수치가 되고 싶지 않았던 거지' 라고 말하자 유 귀비는 수치심, 분노, 놀라움과 참담함에 어찌해야 할 바를 모르더군. 그러다 갑자기 말했어. '아니에요, 결코 그분이 아니에요. 그 웃음소리는 분명 그분의 것이 아니었어요.' '그 경황 중에 어찌 소리를 구별할 수 있단 말인가?' '그 웃음소리는 죽어서 귀신이 되어도 잊지 못합니다. 그래요, 절대 그분이 아니에요.'"

모두들 이 말을 듣고 온몸에 서늘한 한기를 느꼈다. 곽정과 황용은 영고의 말투와 얼굴을 떠올리며 당시 이를 악물고 이 말을 했을 표정이 생각나서 더욱 오싹해졌다.

"그녀가 그렇게 단호하게 말하자 나는 자연히 믿게 되었어. 그러나 그 자객이 도대체 누구인지 아무리 생각해도 알 수가 없었지. 혹시 왕중양의 제자인 마옥, 구처기, 왕처일 중 한 명일까 하는 생각도 해보았어. 전진교의 명예를 지키기 위해 천 리 길을 마다 않고 찾아와 화근을 없애려고 한 것일지도 모르지."

곽정은 입술이 들썩거리며 무슨 말을 하고 싶었으나 일등대사의 말을 감히 끊지 못했다. 일등은 그런 그를 보고 말했다.

"자네, 무슨 생각을 하는지 말해보게나."

"마 도장, 구 도장께서는 의협의 영웅이십니다. 결코 그런 일을 할 리가 없습니다."

"왕처일은 화산에서 본 적이 있다. 인품이 훌륭하시더구나. 다른 사람은 어떤지 잘 모르나, 만약 그들이라면 일장 한 번으로 쉽게 죽일 수도 있었을 테니 살려두었을 리가 없지."

그는 고개를 들어 창문을 바라보았다. 얼굴에 잠시 망연한 기색이 떠올랐다. 10년 동안 풀리지 않는 의혹을 생각하고 있는 듯했다. 잠시 고요한 정적이 흘렀다. 잠시 뒤 일등은 말문을 열었다.

"그럼 계속 이야기하지."

그때 황용이 갑자기 소리를 쳤다.

"틀림없어요. 분명 구양봉 짓이에요."

"나중에 나도 그의 짓이라고 짐작했어. 그러나 구양봉은 서역 사람이라 키가 보통 사람보다 머리 하나는 더 큰데, 유 귀비의 말에 따르면 그 자객은 보통 사람보다 작다고 했어."

"그것참, 이상하네요."

"당시 내가 어찌 된 일인지 생각하고 있는 동안, 유 귀비는 아이를 안고 울고 있었지. 아이의 상처는 너처럼 심하지는 않았지만 어른도 아닌 아기의 몸이니 얼마나 견디기 힘들었겠느냐. 그러나 치료하려면 내 원기를 많이 소진해야 했지. 나는 잠시 망설이다가 유 귀비의 우는 모습을 보고 너무 가련해서 몇 번이나 고쳐주겠다고 말하고 싶었어. 그러나 지금 내공을 소모해버리면 다음 화산논검대회에서 우승할 수 없고, 〈구음진경〉도 취할 수 없다는 생각이 들었어. 아! 왕 진인께서 그 책은 무림의 큰 화근으로 인명을 해치고 인심을 어지럽힌다고 하셨는데, 정말 그 말이 틀리지 않았지. 그 경전 때문에 나의 인仁과 애愛의 마음이 모두 사라져버렸으니 말이야. 반 시진 정도를 망설이다가 결국 그 아이를 고쳐주기로 결심했어. 난 정말 짐승만도 못한 비열한 소인배였지. 더욱 견디기 힘든 사실은, 나중에 고쳐주겠다고 결심한 것도 마음을 고쳐먹었기 때문이 아니라 유 귀비의 하소연을 견디지 못했기 때문이었어."

"대사님, 제가 대사님께서 그녀를 깊이 사랑한다고 말하지 않았어요? 그 말이 맞네요."

일등은 황용의 말을 못 들은 듯 계속 말을 이어갔다.

"내가 고쳐주겠다고 하자 그녀는 너무 기쁜 나머지 혼절해버렸어. 난 우선 그녀의 몸에서 피를 뽑아 깨우고, 선천공을 불어넣어주려고 아이의 포대기를 풀었어. 포대기를 풀자 아이의 가슴을 덮은 수건이 드러났지. 나는 그것을 보고 넋이 나가 아무 소리도 못 하고 망연해졌어. 그 수건에는 원앙 한 쌍과 사가 수놓여 있었지. 그 수건은 바로 예전 주 형이 유 귀비에게 던져준 비단 손수건으로 만든 것이었어. 유 귀비는 내 표정을 보고 일이 틀려버렸다는 것을 알았지. 얼굴이 사색이 되어 이를 악물고는 허리춤에서 비수를 꺼내어 자신의 가슴을 겨냥했어. '황야! 나는 더 이상 살아갈 면목이 없습니다. 그저 대은을 베푸셔서 내 생명과 아이의 목숨을 바꾸게 해주십시오. 그럼 저는 내세에 개나 말이 되더라도 황야의 은혜에 보답하겠습니다.' 그러곤 심장을 향해 비수를 찔렀어."

모두들 유 귀비가 아직 살아 있다는 것을 알면서도 나지막이 비명을 질렀다. 일등은 이제 사람들에게 과거사를 이야기하는 것이 아니라 혼잣말을 하듯이 중얼거렸다.

"나는 급히 금나법으로 비수를 뺐지. 조금만 늦었다면 큰일 날 뻔했어. 그러나 비수는 이미 그녀의 살을 파고들어 가슴은 온통 피로 흥건했어. 나는 또 자결하려 할까 봐 손과 발의 혈도를 찍고 가슴의 상처를 동여맨 뒤, 의자에 앉혀 쉬게 했어. 그녀는 그저 애절함이 가득한 눈으로 나를 바라만 보았어. 우리 두 사람은 한마디도 하지 않았어. 궁궐에는 단지 아이의 거친 숨소리만 들렸지."

일등은 눈을 지그시 감았다 떴다.

"나는 아이의 거친 숨소리를 들으며 숱한 지난 일들을 떠올렸어. 그녀가 어떻게 황궁에 들어오게 되었는지, 어떻게 내가 무공을 가르쳤는지, 그녀를 얼마나 아꼈는지 하는 기억들이 하나하나 스쳐 지나갔지. 그녀는 항상 나를 존경하고 두려워하면서도 부드럽게 나를 모셨어. 내 심기를 불편하게 하는 일은 한 번도 없었지. 그러나 나를 진심으로 사랑한 적도 한 번도 없었어. 처음엔 그걸 몰랐지……."

그의 말이 이어졌다.

"그러나 그날 주 형을 바라보는 그녀의 눈빛을 본 순간 깨달았지. 한 여자가 한 남자를 진심으로 사랑할 때는 그런 눈빛이 된다는 것을……. 그녀는 주 형이 손수건을 땅에 던지고 황궁을 나가는 뒷모습을 넋을 잃고 바라보고 있었지. 그 눈빛 때문에 난 잠을 잘 수도 없었고, 제대로 먹지도 못한 채 몇 년을 보냈어. 그런데 또 한 번 그 눈빛을 보게 된 거야. 그녀는 또다시 한 사람 때문에 가슴이 찢어지는 마음의 고통을 겪고 있었어. 그러나 이번에는 사랑하는 사람 때문이 아니라 그녀의 아들 때문이었지. 바로 사랑하는 사람과 낳은 아들 때문에 말이야. 사내대장부가 세상에 태어나서 이런 수모를 당하면서도 일국의 군주라 칭할 수 있단 말인가!"

일등의 눈빛이 강하게 빛났다.

"이런 생각이 들자 나는 가슴속에 분노가 가득 찼어. 난 발로 상아 의자를 차서 산산조각을 내버렸지. 고개를 드는 순간 난 넋이 나가버렸어. '네, 네 머리가 어떻게 된 거냐?' 그녀는 내 말을 못 들은 듯 아이만 쳐다보고 있었어. 난 예전에는 정말 몰랐지. 한 사람의 눈빛에 그렇게 많은 사랑과 연민이 담길 수 있다니……. 그녀는 내가 절대 아이를 구해주지 않으리라는 것을 알고 아이가 살아 있을 때 조금이라도 더 보려고 한 거야. 난 거울을 그녀 앞에 들이대고 말했어. '네 머리를 보아라!' 그렇게 짧은 시간이 그녀에게는 몇십 년과 같았던 거야. 아직 스무 살도 안 되었지만 그동안 놀람, 공포, 걱정, 후회, 실망, 상심 등의 감정이 한꺼번에 몰려오자 머리가 백발로 변해버린 거지. 그녀는 자신의 모습이 어떻게 변했는지는 전혀 관심이 없고, 거울이 앞을 가로막아 아이를 보지 못하는 것만 탓했어. '거울, 치워요!' 내가 황야이자 자신의 주군이라는 것을 망각한 듯한 무례한 말투였어. 그녀는 오로지 아이만을 바라보고 있었지. 나는 한 사람이 그렇게 무언가를 간절히 바라는 눈빛을 본 적이 없었어. 그녀는 아이가 살아 있기만을 바랐어. 자신의 생명을 아이의 몸속에 불어넣어 점점 소멸해가는 아이의 목숨

四張機鴛鴦織就欲雙飛
可憐未老頭先白
春波碧草曉寒深處
相對浴紅衣
志清

"나는 한 사람이 그렇게 무언가를 간절히 바라는 눈빛을 본 적이 없었어."

을 대신할 수 없는 것이 원망스러운 듯했지.”

곽정과 황용은 동시에 서로를 바라보며 같은 생각을 했다.

‘내가 중상을 입고 치료할 길이 없을 때, 당신도 그런 눈으로 나를 바라보았지.’

두 사람은 자신도 모르게 서로의 손을 잡았다. 심장이 두근거리면서 온몸에 따뜻함이 퍼졌다. 인간이란 다른 사람이 슬프고 절망스러울 때, 자신의 행복을 돌아보게 되는 것이다. 이들의 마음속에서 상대방은 영원히 죽지 않는다는 걸 두 사람은 잘 알고 있었다.

일등대사는 계속 말을 이어갔다.

“나는 차마 두고 볼 수가 없어 몇 번이나 손을 뻗어 아이를 구하려고 했지. 그러나 아이의 가슴을 덮고 있던 비단 손수건을 보자 또 마음이 흔들렸어. 손수건에는 한 쌍의 원앙이 다정하게 서로 머리를 기대고 있었지. 그 원앙의 머리는 흰색이었고, 그것은 백년해로를 뜻했지. 그런데 왜 ‘늙기도 전에 머리부터 세니 애처롭도다可憐未老頭先白’라고 했을까? 그때 그녀의 허연 머리가 눈에 들어왔어. 나도 모르게 온몸에 식은땀이 났지. 나는 다시 마음을 독하게 먹고 말했어. ‘좋다. 너희 두 연놈들은 검은 머리 파뿌리가 되도록 살고, 나는 이 황궁에 쓸쓸하게 처박혀서 황제 노릇이나 하라고? 너희들이 낳은 아이를 내가 왜 힘을 소진시켜가며 구해줘야 하느냐?’ 그녀는 나를 쳐다보았어. 그것이 나에게 보낸 마지막 눈빛이었지. 원한과 복수로 가득한 눈빛이었어. 그 이후 난 다시는 그녀의 눈길을 받지 못했지. 그러나 그때의 눈빛을 평생 잊을 수 없어. 그녀는 차갑게 말했어. ‘풀어주세요. 아이를 안아야겠어요!’ 아주 위엄 있는 말투였지. 마치 그녀가 내 주인이라도 된 듯

거역할 수가 없어 혈도를 풀어주었고, 그녀는 아이를 품에 안았어. 아이는 분명 견딜 수 없이 아플 텐데도 전혀 울지 않고 퍼렇게 부어오른 얼굴로 엄마를 바라보았어. 마치 살려달라고 하는 듯이 말이야."

일등은 다시 한숨을 내쉬었다.

"그러나 나는 이미 마음을 독하게 먹은 터라 전혀 자비심이 들지 않았지. 그녀의 머리카락이 한 올 한 올 검은색에서 회색으로 다시 흰색으로 변하는 것을 바라보면서 이것이 환상인지, 아니면 현실인지 구별이 가지 않았지. 그녀의 부드러운 음성이 들렸어. '아가, 엄마는 너를 구해줄 능력이 없단다. 그러나 다시는 아프지 않게 해줄게. 조용히 잠들거라. 자장, 자장…… 우리 아가, 다시는 깨어나지 마라.' 그녀는 나지막이 노래를 하듯이 아이를 달랬어. 너무 듣기 좋은 소리였지. 자장, 자장…… 바로 이렇게 말이야. 들어봐!"

모두 귀를 기울였으나 노랫소리는 전혀 들리지 않았다. 그들은 어리둥절해 서로를 망연히 쳐다보았다.

"사부님, 말씀하시느라 지치신 듯합니다. 그만 쉬십시오."

서생이 말했지만 일등대사는 듣지 못한 듯 계속 말을 이었다.

"아기는 잠시 웃는 표정을 짓더니 곧 아픔으로 온몸을 뒤틀었어. 그녀는 다시 부드러운 음성으로 노래했지. '우리 예쁜 아가, 착하지. 잠이 들면 하나도 아프지 않단다. 하나도 아프지 않단다.' 그때 퍽, 하는 소리가 들렸어. 그녀가 비수를 아이의 심장에 꽂은 거야."

황용은 놀라 비명을 지르며 곽정의 팔을 꽉 잡았다. 다른 사람들의 얼굴에도 모두 핏기가 사라졌다. 그러나 일등대사는 여전히 모른 척하고 계속 말을 이었다.

"나는 헉, 소리를 지르며 뒤로 물러났어. 하마터면 쓰러질 뻔했어. 마음이 혼란스럽고 머릿속이 텅 빈 듯했지. 그녀는 천천히 일어나더니 조용히 말했어. '언젠가 이 비수를 네 가슴에 꽂아주겠다.' 또 손가락의 옥환을 가리키며 말했어. '이것은 내가 궁에 들어오던 날, 네가 준 것이다. 기다려라. 언젠가 이 옥환을 너에게 돌려주는 날, 비수도 따라올 것이다!'"

일등은 옥환을 손가락에서 한 바퀴 돌리고 조용히 미소를 지었다.

"바로 이 옥환을 기다린 지 10여 년이 되었지. 오늘 드디어 나에게 왔구나."

황용이 나섰다.

"대사님, 아이를 죽인 것은 유 귀비니까 대사님과는 상관이 없잖아요? 아이를 대사님이 다치게 한 것도 아니고요. 게다가 유 귀비는 독약으로 대사님을 위독하게 했으니 그때 무슨 원한이 있었다 하더라도 복수는 한 번으로 끝내야지요. 산으로 내려가서 떠나라고 할게요. 다시는 소란을 못 피우게……."

황용이 말을 마치기도 전에 어린 사미가 뛰어 들어왔다.

"사부님, 산 아래에서 또 물건을 보내왔습니다."

사미가 두 손으로 작은 천 꾸러미를 받쳐 올렸다. 일등대사가 펼치자 모두 일제히 비명을 질렀다. 그 천 꾸러미는 바로 아이의 가슴을 덮고 있던 그 수건이었다. 비단은 이미 색이 바랬지만 수놓인 한 쌍의 원앙은 여전히 선명하게 빛나고 있었다. 두 원앙 사이에 구멍이 뚫려 있었고, 구멍 옆에는 검은색으로 변해버린 핏자국이 얼룩져 있었다. 일등대사는 아무 말도 하지 않고 망연자실, 처량하게 그 수건을 바라보다가 한참 뒤 입을 열었다.

"베틀 속 원앙이 곧 날아갈 듯하네. 허, 날아가고 싶었으나 결국은 꿈이 되고 말았구나. 그녀는 아이의 시체를 끌어안고 긴 웃음을 날리며 창문으로 뛰쳐나갔어. 지붕 위로 오르더니 순식간에 사라져버렸지. 그 후로 나는 먹지도, 마시지도 않고 3일 밤낮으로 생각하다가 큰 깨달음을 얻었어. 황위를 장자에게 물려주고 그길로 출가해서 승려가 되었지."

일등은 네 제자를 가리키며 말했다.

"이들은 오랫동안 나와 함께한 자들이라 떠나려 하지 않았어. 그래서 나와 함께 대리국 밖의 천룡사天龍寺로 오게 된 거야. 처음 3년 동안 이 네 사람은 대리국으로 돌아가 조정에서 내 아들을 보좌했지. 나중에 아들은 정사에 익숙해지고 국가도 태평성대가 되었어. 그러다가 대설산에서 약초를 캐고 있는데 구양봉이 공격하자 모두 이곳으로 옮겨와서 다시는 대리국을 찾지 않게 되었지."

일등은 고개를 절레절레 흔들었다.

"난 마음을 독하게 먹고 아이의 목숨을 구해주지 않았어. 그 이후 10여 년 동안 그 일은 밤낮으로 나를 괴롭혔어. 하나라도 더 많은 사람을 구해주어야만 대죄를 속죄할 수 있을 것 같았지. 그러나 제자들은 내 마음을 모르고 항상 말렸지. 아! 내가 천 명 만 명의 목숨을 구한다 한들 무슨 소용이 있겠나. 그 아이는 이미 죽었으니 살릴 길이 없어. 내가 내 생명을 바쳐 그 아이를 되살리지 않고서는 이 업보를 어찌 씻을 수 있겠는가? 나는 매일 영고의 소식을 기다렸어. 그녀가 비수를 내 심장에 꽂는 그날을 기다린 거지. 만약 그녀가 오기도 전에 내 명이 다해 업보를 씻지 못하면 어쩌나 하고 늘 노심초사했지. 그런데 드디어 그날이 온 거야. 왜 하필 구화옥로환에 독을 넣었을까? 만약 독을 먹고 영고가 찾아온다는 사실을 알았더라면 그냥 버텨볼 텐데……. 그리고 제자들이 해독하느라 애를 쓸 필요도 없었을 텐데……."

황용은 화가 나서 소리쳤다.

"그 여자는 참 못돼먹었어요! 자신의 무공이 떨어진다는 것을 알고 미리 대사님의 처소를 알아놓고 때를 기다린 거예요. 마침 내가 구천인에게 부상을 당해서 병을 고치러 오자 길을 가르쳐주면서 두 가지 음험한 수법을 쓴 거죠. 먼저 나를 치료하느라 대사님의 진력을 소진시키고, 다시 독을 쓴 거예요. 내가 그런 요부의 도구로 이용되다니……. 대사님, 그런데 구양봉의 그림이 어떻게 영고에게 있는 거죠? 그 그림은 무슨 상관이 있나요?"

일등대사는 작은 탁자 위의 《대장엄론경大藏嚴論經》을 집어 들고 한 장을 편 뒤 읽어 내려갔다.

"옛날 시비尸毗라고 불리는 왕이 있었는데, 고행을 통해 바른 깨달음을 얻으려고 했단다. 하루는 큰 매가 비둘기 한 마리를 쫓고 있었는데, 비둘기가 시비왕의 겨드랑이로 날아와서 벌벌 떨었지. 큰 매는 왕에게 비둘기를 돌려달라고 하면서 이렇게 말했단다. '왕께서 비둘기를 구해주시면 매는 굶어 죽을 수밖에 없습니다.' 왕은 하나를 살리고 하나를 죽이는 것은 도리에 맞지 않다고 생각했어. 그래서 칼을 꺼내어 자신의 살점을 잘라 매에게 주었다. 그 매는 다시 말했다. '왕께서 자르신 살은 비둘기의 무게와 똑같아야 합니다.' 시비왕은 저울을 가져오라 명하여 비둘기와 자신의 살점을 각각 저울에 달았지. 그러나 살점을 다 잘라내도 저울은 여전히 비둘기 쪽으로 기울었단다. 계속 가슴, 등, 팔, 옆구리를 다 잘라내도 여전히 비둘기 쪽으로 기울자 왕은 직접 저울로 올라갔지. 그러자 대지가 진동하고 하늘에서 풍악이 울려퍼지며 선녀들이 내려와 춤을 추고 향기가 온 거리를 뒤덮었단다. 천룡天龍과 야차夜叉(둘 모두 불교를 지키는 신)가 하늘에서 탄식했지. '선하도다, 선하도다. 이렇게 용감한 자는 일찍이 본 적이 없노라.'"

이것은 모두 신화로 알고 있는 이야기였지만, 일등대사가 자비롭고 장엄한 목소리로 읽으니 모두 새삼 감동을 받았다.

"대사님, 영고는 대사님이 저를 고쳐주시지 않을까 걱정되어 이 그림을 보내 마음을 움직이려 한 거로군요."

일등은 미소를 지으며 대답했다.

"그렇지. 영고는 그날 대리국을 떠나면서 마음 가득 복수심을 품었지. 분명 강호의 고수들을 찾아다니며 복수를 위해 무예를 익히려 했을 것이다. 그러던 중 구양봉을 만나게 된 거지. 그녀의 마음을 알게 된 구양봉은 대신 이 방법을 생각해내고 그림을 영고한테 준 게 틀림없어. 이 이야기는 서역에서도 널리 유행해 구양봉도 알고 있었던 거지."

"노독물은 영고를 이용하고, 또 영고는 나를 이용한 거로군요. 남을 이용해 살해하는 독계를 쓰다니!"

황용은 분한 듯 이를 갈았다.

"너무 자책할 필요 없다. 네가 영고와 만나지 못했다면, 영고는 분명 아무에게나 부상을 입히고 나한테 보냈겠지. 그러나 무공의 고수가 데리고 오지 않으면 쉽게 산을 올라올 수 없었을 거야. 구양봉은 이미 오래전부터 마음속에 이런 계획을 세웠을 것이다. 아마 10년은 더 됐을 거야. 그동안 기회를 찾지 못했을 뿐이지. 이것도 다 운명인 거야."

"대사님, 알겠어요. 영고는 대사님을 해치는 것보다 더 중요한 일이 또 있었어요."

"응? 무슨 일이냐?"

"노완동 주백통 아저씨는 우리 아버지 때문에 도화도에 갇혀 있었어요. 영고는 주백통 아저씨를 구해주려 했을 거예요."

황용은 영고가 산수를 익힌 일들에 대해 한바탕 이야기했다.

"그런데 나중에 100년을 더 연마해봤자 우리 아버지를 따라올 수 없다는 것을 깨달은 거죠. 또 마침 내가 부상을 입은 것을 보고……."

일등대사는 긴 웃음을 한 번 날리고는 자리에서 일어섰다.

"좋아, 좋아. 일이 그렇게 된 거로군. 모든 일이 잘 맞아떨어져서 오늘 드디어 영고의 소원이 이루어지겠구나."

그러곤 다시 엄숙한 얼굴로 네 제자에게 당부했다.

"유 귀비, 아니 영고를 산 위로 잘 모셔라. 조금이라도 불경한 말을 해서는 안 된다."

"사부님!"

네 제자는 약속이라도 한 듯이 일제히 바닥에 엎드려 사부를 부르며 통곡했다.

"나와 그렇게 오랜 세월을 함께 지냈으면서도 이 사부의 마음을 모르겠느냐?"

일등은 탄식을 하고 곽정과 황용을 돌아보았다.

"두 사람에게 부탁할 말이 있다."

"무슨 일이든 분부만 하십시오."

"좋다. 지금 산을 내려가거라. 난 평생 영고에게 너무 많은 빚을 졌어. 앞으로 영고에게 위험이 닥치면 이 노승의 얼굴을 봐서라도 도와주어라. 그리고 주 형과 영고가 부부의 연을 맺을 수 있도록 도와준다면 이 노승은 그 은혜를 잊지 않겠다."

곽정과 황용은 뜻밖의 부탁에 멍하니 서로를 쳐다보며 감히 대답을 하지 못했다. 두 사람이 대답하지 않자 일등대사는 재차 부탁했다.

"노승이 이렇게 간청하는데도 들어주기 어려운가?"

황용은 잠시 머뭇거리더니 입을 열었다.

"대사님께서 그리 말씀하시니 따르도록 하겠습니다."

황용은 곽정의 옷을 당기며 그만 가자는 뜻을 보였다.

"너희들은 영고와 만날 필요가 없지. 그만 하산하거라."

다시 황용이 대답을 하고 곽정의 손을 끌고 문을 나섰다. 네 제자는 자신을 구해준 은인이 위험에 처해 있는데도 전혀 아무렇지도 않은 듯한 황용의 표정을 보고 속으로 욕을 했다.

곽정은 황용이 결코 수수방관하지 않을 것이라는 것을 알기에 속으로 다른 계책을 세웠겠지 생각하며 순순히 따라나섰다. 입구에서 황용이 곽정의 귀에 대고 뭐라고 속삭이자, 곽정은 걸음을 멈추고 고개를 끄덕였다. 그리고 두 사람은 천천히 다시 돌아왔다.

일등대사가 곽정에게 다시 말했다.

"너는 우직하고 충성스러워 앞으로 대성할 것이다. 영고 일을 너에게 부탁하마."

"알겠습니다. 대사님의 뜻에 따르겠습니다."

곽정은 그렇게 대답하고는 돌연 출수하여 일등대사 옆에 앉은 천축 승려의 손목을 낚아채고 얼른 그의 화개혈과 천축혈을 찍었다. 화개혈은 손을, 천축혈은 발을 관장하는 것으로 승려는 두 혈을 찍히자 사지를 꼼짝하지 못하게 되었다. 이 뜻밖의 공격에 일등대사와 네 제자는 대경실색해 소리쳤다.

"뭐 하는 짓이냐?"

그러나 곽정은 대답 대신 다시 왼손으로 일등대사의 어깨를 잡으려 했다. 일등대사는 곽정이 공격해오자 오른손 장을 번개같이 뻗어 그의 왼손을 잡았다. 곽정은 흠칫 놀랐다. 속으로 일등대사의 온몸이 이미 자신의 장력 아래 있다고 생각했는데 뜻밖에 반격을 할 뿐 아니라 자신의 급소를 맞히다니 예상도 못 한 일이었다.

일등대사의 무공은 실로 심오한 경지에 있었다. 일등의 손바닥이 손목 맥에 닿자마자 곽정은 곧 진력이 약해지면서 일장의 공격마저 흔들리기 시작했다. 곽정은 즉시 역습을 가해 그의 손등의 약점을 내리치고, 오른손 장으로 신룡파미 초식을 써서 공격했다. 이는 어부와 나무꾼을 물리칠 때 썼던 초식으로, 곽정은 왼손 식지로 일등대사의 옆구리 봉미鳳尾, 정촉精促 두 혈을 찍었다.

"대사님, 정말 죄송합니다."

이때 황용은 이미 타구봉법으로 농부를 문밖으로 몰아낸 뒤였다. 서생은 갑자기 일어난 일이라 곽정과 황용의 의도를 짐작하지 못한 채 연신 호통을 쳤다.

"할 말이 있으면 말로 해라. 무공을 쓰지 말고!"

농부는 사부가 제압당하자 죽기 살기로 돌진했다. 그러나 오묘한 타구봉법에 연이어 세 차례 공격을 당하고 번번이 다시 쫓겨 나갔다.

곽정의 쌍장이 원을 그리며 선방에서부터 뻗어나가자 어부, 나무꾼, 서생은 그의 장력에 쫓겨 한 걸음 한 걸음 방문 밖으로 밀려났다. 황용은 급히 일 초식을 발해 타구봉으로 농부의 미간을 찍었다. 전광석화같이 빠른 공격에 농부는 억, 하며 수 척 뒤로 나가떨어졌다.

"좋아!"

황용은 소리치며 방문을 닫고 웃음을 띠며 말했다.

"여러분, 멈추세요. 할 말이 있어요."

나무꾼과 어부는 곽정의 일장을 받아 손이 욱신거리고 다리가 휘청거렸다. 곽정이 다시 공격하면 두 사람이 합심해 막을 태세였다. 곽정은 황용의 말을 듣고 뻗은 일장을 중도에 거두고 포권의 예를 취했다.

"실례했습니다."

어초경독 네 제자는 어안이 벙벙해 서로를 바라보았다.

"저는 대사님의 깊은 은혜를 입었습니다. 지금 대사님께서 어려움에 처해 있는데 어찌 수수방관할 수 있겠습니까? 이런 실례를 범한 것은 다 도움을 주기 위해서입니다."

서생은 앞으로 다가가 깊이 머리를 숙였다.

"사부님의 적은 우리 네 제자의 국모 되시는 분으로, 저희와는 신분이 다른 귀한 분이십니다. 그런 분이 오시겠다니 저희들이 어찌 출수를 할 수 있겠습니까? 게다가 사부님께서는 그 일로 10여 년 동안 마음이 불편하셨습니다. 공력이 소진되고 독에 당하지 않았다 하더라도 유 귀비가 찾아오면 그냥 칼을 맞을 것이 분명합니다. 우리는 사부님의 명을 거역할 수 없으니 마음만 졸일 뿐입니다. 지혜가 모자라니 도대체 어찌해야 좋을지요? 낭자는 절세의 재능을 가졌으니 방법을 가르쳐준다면 분골쇄신하며 그 큰 은혜에 보답하겠습니다."

황용은 이렇게 간곡히 부탁하는 것을 듣고는 웃음을 거두고 진지하게 말했다.

"대사님께 감사하는 저희 마음은 네 분과 다를 바 없습니다. 마땅히 전력을 다해 도울 것입니다. 영고를 선원禪院에 들어오지 못하도록 하는 것이 가장 좋은 일이겠지요. 그러나 영고는 산 아래 진흙 연못에서 10여 년 동안 복수의 칼날을 갈며 기회를 노렸습니다. 복수를 위한 준비가 끝났으니 이곳에 오는 것을 막기는 힘들 것입니다. 제 계책대로 하면 위험하기는 하나, 성공하기만 하면 영원히 후환을 없앨 수 있습니다. 하지만 위험이 너무 크고, 영고는 교활하고 똑똑한 데다 무공까지 높으니 실패할 수도 있습니다. 그러나 제 능력으로는 다른 완벽한 방법이 떠오르지 않습니다."

"그 계책을 듣고 싶습니다."

네 제자는 입을 모아 간청했다. 황용은 자신의 계책을 들려주었다. 네 사람은 숨소리도 내지 않고 경청했다.

영고의 복수

유시가 되자 태양은 산 아래로 서서히 기울기 시작했고, 산바람이 강해졌다. 산바람에 절 앞 종려나무가 끊임없이 춤을 추고, 연못 속 이지러진 연꽃과 마른 잎들이 우수수 메마른 소리를 내며 울었다. 게다가 산봉우리 그림자가 거대한 괴물처럼 땅에 내비치니 분위기가 더욱 음산해졌다.

네 제자는 돌다리가 끝나는 곳에 좌정해 두 눈을 크게 뜨고 앞을 응시했다. 마음속은 불안으로 가득했다. 한참이 지나자 하늘이 점점 어두워지고 까마귀 몇 마리가 을씨년스럽게 울며 계곡으로 내려갔다. 계곡에는 흰 안개가 피어오르고 있었다. 그러나 돌다리 저쪽 절벽 모퉁이에는 사람 그림자도 얼씬하지 않았다.

'유 귀비가 마음이 변해서 그 일이 사부 탓이 아니라고 생각했으면 좋으련만……. 그걸 갑자기 깨닫고 영원히 오지 않았으면 좋겠다.'

어부가 생각했다.

'유 귀비는 지략이 뛰어나고 교활한 여자이니 분명 무슨 계략을 꾸

미는 중일 거야.'

나무꾼의 생각이었다. 네 제자 중 농부가 가장 초조한 심정으로 기다리고 있었다.

'얼른 와서 결단이 났으면 좋겠군. 화가 될지 복이 될지 얼른 끝장을 봐야지. 온다고 해놓고 안 오면 난 화가 나서 죽어버릴지도 몰라.'

그러나 서생의 생각은 달랐다.

'늦게 올수록 일은 더욱 흉악하고 위험해질 것이다.'

서생은 현명하고 지혜로운 사람으로, 대리국에서 10여 년 동안 재상을 하면서 큰 전쟁도 여러 차례 겪었다. 그러나 이번만큼은 초조한 마음과 갖가지 잡념이 머리를 꽉 채워 도무지 해결 방법이 생각나지 않았다. 주위가 컴컴해지면서 저 멀리 올빼미 울음소리가 들려왔다. 그 소리를 듣자 갑자기 어릴 때 들은 이야기가 생각났다.

'어둠 속에서 밤 고양이가 몰래 숨어 사람의 눈썹을 센단다. 눈썹 수를 정확히 다 세면 그 사람은 날이 밝을 때 살아 있지 못하지.'

이 이야기는 분명 어린아이를 속이려고 지은 것이지만, 올빼미 소리를 들으니 온몸이 부르르 떨렸다.

'사부님은 정녕 화를 피하지 않고 그대로 그 여자 손에 죽기를 기다린단 말인가?'

서생이 이런 생각을 하고 있는데 갑자기 나무꾼이 떨리는 목소리로 나지막이 소리쳤다.

"왔다!"

고개를 들자 검은 그림자가 돌다리까지 나는 듯이 걸어왔다. 그리고 돌다리가 끊긴 곳을 만나자 가볍게 몸을 날려 훌쩍 뛰어넘었다. 너무나 날렵한 몸놀림이었다. 네 제자는 바짝 긴장했다.

'저 여자가 사부님께 무예를 전수받을 당시, 우리도 사부의 무학을 전수받았다. 그런데 어떻게 그녀의 무공이 우리를 능가할 수 있지? 20여 년 동안 어디서 저런 무공을 익혔단 말인가?'

검은 그림자가 점점 가까이 다가오자 네 사람은 자리에서 일어나 두 줄로 나뉘어 섰다. 검은 그림자가 돌다리를 모두 건너오자 여자의 윤곽이 드러났다. 바로 단황야가 너무나 아끼고 사랑하던 유 귀비였다. 네 사람은 일제히 땅에 머리를 조아리며 예를 갖추었다.

"소인, 귀비께 인사 올리옵니다."

영고는 코웃음을 치며 네 사람의 얼굴을 하나하나 쏘아보았다.

"귀비라니? 유 귀비는 이미 죽었다. 나는 영고다. 대승상, 대장군, 수군도독水軍都督, 어림군총관御林軍總官이 모두 여기에 있구나. 난 황야가 정말로 세상 이치를 깨닫고 삭발해 중이 된 줄 알았더니, 이 깊은 산속에 숨어서 태평천국의 황제 노릇을 하고 있었구나."

독기와 원한에 가득 찬 말을 듣고 모두들 마음이 섬뜩해졌다.

"황야께서는 이미 예전의 모습이 아니십니다. 귀비께서도 아마 그분을 못 알아보실 것입니다."

서생의 말에 영고는 차가운 웃음을 지었다.

"꼬박꼬박 귀비라고 하는 것은 분명 나를 조롱하는 말이렷다? 깍듯이 꿇어앉아 있는 것은 내가 죽으라고 고사를 지내는 것이냐?"

영고는 손을 내저으며 말했다.

"단황야가 너희들에게 내가 오면 막으라고 지시했을 텐데, 이 무슨 거짓 놀음이냐? 공격하려거든 어서 해라. 네놈들은 군주는 군주대로,

신하는 신하대로 그렇게 많은 백성을 괴롭혔으면서 나 같은 일개 여자한테는 이 무슨 거짓 수작이란 말이냐?"

"저희 황야께서는 백성을 자식처럼 사랑하며 인덕을 베푸셨습니다. 대리국의 신하와 백성 중에 그분을 칭송하지 않는 이들이 없습니다. 황야께서는 평생 무고한 사람을 괴롭힌 일이 없고, 중죄를 저지른 사람에게까지 인정을 베푸셨습니다. 귀비께서는 정녕 이를 모르신단 말이십니까?"

서생의 말에 영고는 얼굴이 붉으락푸르락해지며 노한 음성으로 소리쳤다.

"너희들이 감히 나를 가르치려 드느냐?"

"신이 감히 어찌 그러겠습니까?"

"입으로는 예의를 차리는 척하면서 속마음은 다를 테지. 난 단지흥段智興을 만나려 가야 한다. 비켜라!"

단지흥은 바로 일등대사의 본명이다. 네 제자는 한 번도 감히 입에 올려본 적이 없는데, 영고가 그 이름을 이야기하자 모두 가슴이 부글부글 끓어올랐다. 조정에 있을 때 단황야의 어림군총관을 지냈던 농부가 더 이상 참지 못하고 소리를 질렀다.

"한번 군주는 영원한 주인인데, 어찌 그리 무례한 말을 하십니까?"

영고는 긴 웃음을 날리며 대꾸하지 않고 앞으로 뚫고 가려 하자 네 사람이 양팔을 벌리며 막고 나섰다. 그들의 생각은 똑같았다.

'귀비의 무공이 제아무리 높다 한들 우리 네 사람이 힘을 합치면 막을 수 있을 것이다. 오늘 비록 사부님의 명을 어겼으나 일이 화급하니 어쩔 수 없다.'

그러나 영고는 출장出掌을 하지도, 주먹을 휘두르지도 않고 경공을 써서 정면으로 돌진했다. 나무꾼은 그녀가 곧장 돌진해오자 감히 몸으로 막지 못하고 옆으로 살짝 비켜 손을 뻗어 어깨를 잡으려 했다. 나무꾼의 출수는 매우 민첩하고 힘도 맹렬했다. 그러나 손바닥이 어깨에 닿자마자 마치 미끌미끌한 것을 만진 것처럼 손에 아무것도 쥐어지지 않았다. 농부와 어부도 일제히 고함을 지르며 좌우 양쪽에서 달려들었다.

영고는 고개를 숙이며 마치 물뱀과 같이 어부의 겨드랑이 밑으로 빠져나갔다. 어부는 코에 난초 향기 같기도 하고 사향 같기도 한 그윽한 향취를 맡고 마음이 두근거려 팔로 영고의 몸을 누르기는커녕 혹시 그녀의 몸에 닿을까 봐 황급히 팔을 밖으로 돌렸다.

"뭐 하는 거요?"

농부는 노해 소리치며 열 손가락을 갈고리 모양으로 만들어 영고의 허리를 움켜쥐려 했다. 나무꾼이 소리쳤다.

"무례를 범해서는 안 되오!"

그러나 농부는 못 들은 척했다. 삽시간에 농부의 열 손가락 끝이 영고의 허리에 닿았다. 그러나 어찌 된 영문인지 손가락 끝에 미끌미끌한 감촉이 느껴지더니 그녀의 몸에서 주르륵 미끄러졌다. 영고는 진흙 연못에서 익힌 니추공을 사용한 터였다. 그들이 더 이상 자신을 막지 못한다는 것을 알자 영고는 즉시 장력을 발해 농부를 공격했다.

서생은 팔을 거두고 손가락을 써서 그녀의 손목 혈도를 찍으려 했다. 그러나 영고는 돌연 전광석화같이 빠르게 식지를 뻗었다. 두 사람의 손가락 끝이 공중에서 정확히 부딪쳤다. 서생은 온몸의 정기를 오른손 식지에 모았던 터라 갑자기 손가락 끝이 마비되는 것 같았다. 서생은 "어이쿠!" 비명을 지르며 땅으로 굴러떨어졌다. 나무꾼과 어부는 황급히 다가가 서생을 부축했다. 이번에는 농부가 왼쪽 주먹을 곧장 날리며 공격했다. 마치 무거운 철추가 영고의 몸으로 돌격하는 듯했다.

농부의 주먹은 매서운 바람을 일으키며 영고의 얼굴을 향해 날아들었다. 그러나 영고가 꿈쩍도 하지 않자 농부는 속으로 흠칫 놀랐다. 이 주먹을 맞으면 머리가 산산조각 날 텐데 걱정이 되어 황급히 초식을 거둘 수밖에 없었다.

그러나 주먹은 이미 영고의 코끝을 치고 말았다. 영고가 머리를 옆으로 살짝 돌렸을 뿐인데 농부의 주먹은 그녀의 코끝에서 미끄러지며 빰을 살짝 스치고 지나갔다. 농부는 왼팔을 거두지 못한 채 손목을 이미 영고에게 붙잡히고 말았다. 급히 빼내려고 했으나 손목에서 우두둑, 소리가 났다. 아픔을 느끼기도 전에 손목 관절을 모두 꺾어 버린 것이다. 농부는 이를 악물며 고통을 참고 오른손 식지로 영고의 팔꿈치 혈도를 공격했다.

네 제자의 점혈술은 일등대사에게 친히 전수받은 필살의 공력이었다. 일등대사의 일양지만큼 출신입화出神入化하지는 않지만 무림 최상승의 무공으로 인정받을 만했다. 그러나 영고는 이 점혈법의 천적이었다. 그녀는 아들을 잃은 원한을 갚기 위해 오랫동안 이를 갈며 복수를 꿈꿨다. 그래서 일등대사의 점혈법이 대단하다는 것을 알고 이를 제압할 방법을 찾는 데 주력했다.

그녀는 수를 놓는 도중에 절묘한 방법을 생각해냈다. 바로 오른손 식지 끝에 작은 금반지를 낀 채 반지에 3분分 길이의 금침 하나를 꽂아두고 침에는 극독을 발라놓는 것이다. 그녀는 눈이 매섭고 팔 힘도 안정적이라 수년 동안 수련을 거듭한 끝에 공중에서 날아가는 파리 한 마리도 침으로 맞힐 수 있게 되었다.

오늘, 드디어 적과 대결할 기회가 오자 영고는 먼저 금침으로 서생의 식지를 찔렀다. 그다음 농부의 손가락이 공격해오자 차가운 웃음을 흘리고는 가녀린 손가락을 살짝 굽혀 농부의 손가락 끝을 정확히 겨냥한 뒤 식지 끝의 중심을 정확히 찔렀다.

"열 손가락은 심장과 통한다"는 말이 있다. 식지 끝은 수양명手陽明 대장경大腸經에 속하는 것으로, 침이 그곳을 찌르면 상양혈商陽穴이 곧 막혀버린다. 농부는 그 와중에도 손가락에 전력을 싣고 영고의 혈도를 찍으려 들었고, 반대로 영고는 전혀 힘을 주지 않고 적절한 시기에 적절한 부위에 슬쩍 금침을 갖다 대기만 했다. 다시 말해 영고가 금침으로 농부를 찌른 것이 아니라 농부가 전력을 실어 손가락을 금침에 찔러 넣은 것이다. 침이 파고들자 농부는 비명을 지르며 땅에 쓰러지고 말았다.

"대총관, 잘했다."

영고는 차가운 웃음을 터트리고는 선원을 향해 달려갔다.

"마마, 멈추십시오."

어부가 소리치자 영고는 걸음을 멈추고 뒤를 돌아보며 싸늘한 웃음을 지었다.

"네가 어쩔 셈이냐?"

영고는 이미 연꽃 연못 앞까지 도달해 있었다. 연못에서 작은 돌다리만 건너면 바로 대사가 기거하는 선원이었다. 영고는 다리 앞에 서서 눈을 부릅뜨고 선원을 응시했다. 비록 어두운 밤이었지만 어렴풋이 얼굴을 볼 수 있었다. 어부는 영고와 얼굴을 마주 대하고 서 있었다. 영고의 차가운 두 눈과 마주치자 어부는 자신도 모르게 마음이 섬뜩해 감히 앞으로 다가갈 수 없었다.

"대승상, 대총관 두 사람은 나의 칠절금七節金을 맞았으니 아무도 그들의 목숨을 구할 수 없을 것이다. 너도 죽고 싶은 거냐?"

영고는 그의 대답을 기다리지 않고 몸을 돌려 천천히 걸어갔다. 그가 뒤에서 기습을 하든 말든 신경도 쓰지 않는 듯 고개도 돌리지 않았다. 다리에 들어선 지 20여 보만에 곧 다리 끝이 보였다. 그때 어둠 속에서 누군가 나타나 공수를 하며 말했다.

"선배님, 안녕하십니까?"

영고는 흠칫 놀라며 생각했다.

'분명 아무 소리도 나지 않았는데 어디서 나타난 거지? 만약 저자가 몰래 독수를 썼다면 이미 나는 이 세상 사람이 아니었을 것이다.'

자세히 보니 우람한 신체에 진한 눈썹, 부리부리한 눈으로 자신을 바라보고 있는 사내는 다름 아닌 곽정이었다.

"낭자의 병은 치유되었나?"

곽정은 몸을 굽혀 인사했다.

"모두 선배님 덕분입니다. 제 사매는 일등대사님의 은덕을 입고 치유되었습니다."

영고는 콧방귀를 뀌고 말했다.

"그런데 왜 직접 와서 나에게 인사를 하지 않는 건가?"

영고는 말을 하면서도 걸음을 멈추지 않고 곧장 앞으로 향했다. 곽정은 다리 끝에 서서 그녀가 앞으로 곧장 다가오자 급히 앞을 가로막았다.

"선배님, 돌아가십시오."

영고가 그의 말을 들을 리 없었다. 몸을 약간 옆으로 기울이더니 니추공을 펴서 그의 옆으로 미끄러지듯 빠져나갔다. 곽정은 진흙의 집에서 영고와 대적한 적이 있었으나 몸이 이처럼 미끄럽게 변해 교묘히 빠져나갈 줄은 전혀 예상도 못 했다. 상황이 다급해지자 곽정은 왼팔을 뒤로 휙 잡아채고 팔을 휘돌렸다. 이것은 주백통에게 배운 공명권 중 절묘의 초수였다.

영고는 이미 곽정의 옆으로 빠져나가 안심하던 터에 매서운 권풍이 얼굴 정면에서 불어닥치자 뒤로 주춤 물러났다. 그러나 여기서 후퇴할 수는 없었다. 영고는 곽정의 맹렬한 권풍에도 아랑곳하지 않고 그저 앞으로 달리며 뚫고 지나가려 했다.

"조심하세요!"

곽정은 급한 마음에 소리를 질렀다. 그때 부드러운 여인의 몸이 자신의 팔에 느껴졌다. 대경실색하는 사이, 영고가 곽정의 발을 거는 바람에 두 사람은 동시에 연못으로 떨어졌다.

두 사람의 몸이 공중에 떠 있을 때, 영고는 왼손을 곽정의 오른쪽 겨드랑이 밑으로 뻗어 등을 휘감고 그의 왼쪽 어깨를 움켜쥐었다. 또 중지를 구부려 곽정의 목젖을 누르고 엄지와 식지로 목을 꽉 죄었다. 이것은 금나수 중 전봉후폐기前封喉閉氣 수법으로, 제대로 움켜쥐기만 하면 상대는 기관이 막히고 숨이 끊어지는 무시무시한 초식이었다.

곽정은 몸이 측면으로 떨어지면서 어깨가 잡히자 큰일 났다 싶어

오른팔을 즉시 굽혀 영고의 머리와 목을 팔에 꼈다. 이것 역시 금나수 중에서 숨을 끊는 방법으로 후협경폐기候挾頸閉氣라 불렀다. 영고는 자신의 힘이 곽정의 팔 힘보다 약하다는 것을 알고 있었다. 먼저 선제공격을 하긴 했지만 그와 정면으로 맞붙으면 불리한 상황이라 급히 팔을 풀어 그의 어깨를 놓아주고 즉시 손가락으로 찍으려 했다. 곽정은 왼팔로 그녀의 손목을 쳤다. 돌다리에서 연못으로 떨어지는 것은 아주 찰나의 시간이었다. 그러나 두 사람의 공격은 워낙 빨라서 그 짧은 시간 동안 이미 서로 세 초식을 주고받았다.

두 사람은 가까운 거리에서 엉겨 붙어 번개같이 빠른 금나수로 상대를 공격했다. 영고는 무공의 뿌리가 깊고, 곽정은 힘이 세서 이 세 초식으로 서로의 우열을 가리지 못하고 풍덩 연못으로 떨어졌다.

연못에는 진흙이 3척 정도 깔려 있고 깊이는 가슴까지 찼다. 영고는 왼손을 아래로 뻗더니 진흙 한 움큼을 집어 곽정의 입에 처발랐다. 곽정은 깜짝 놀라 급히 고개를 숙여 피했다. 영고는 사방이 진흙으로 덮인 못에서 10여 년을 살며 미꾸라지가 진흙 속을 유유히 헤엄치는 것을 보고 니추공이라는 무공을 터득했다. 육지에서 싸울 때도 미끄럽기 그지없었는데 진흙 속으로 들어가니 그야말로 호랑이가 날개를 단 격이었다.

영고가 곽정을 잡고 연못에 빠진 것은 그의 무공이 자기보다 한 수 위라는 것을 알고 그를 곤경에 빠뜨리지 않고는 다리를 건너기 힘들 것이라 판단했기 때문이다. 진흙 속에서 그녀의 무공은 수십 배 더 빠르고 강해졌다. 또 수시로 진흙덩이를 집어 들어 정신없이 곽정에게 내던졌다. 곽정은 두 발이 진흙 속에 깊게 빠진 데다 상대에게 부상을 입혀서도 안 되는 입장인지라 4~5초식 만에 아주 곤란한 상황이 되고 말았다.

그때 또다시 휙, 하는 바람 소리가 나더니 구린내 나는 진흙덩이가 얼굴을 향해 날아왔다. 곽정은 급히 옆으로 피했으나 영고는 진흙 여러 덩이를 동시에 던졌다. 다행히 두 덩이는 피했으나 세 번째 진흙덩이가 얼굴 정면에 맞고 말았다. 코, 입, 눈이 온통 진흙투성이가 되었다.

곽정은 오랫동안 강남칠괴의 가르침을 받아 몸에 암기를 당할 때 황급히 그 암기를 뽑아서는 안 된다고 배웠다. 적이 그 틈을 노리고 살수를 쓸 것이기 때문이었다. 그는 숨을 쉴 수도, 눈을 뜰 수도 없었지만 연달아 세 장을 발해 적이 접근하지 못하도록 한 뒤에야 얼굴에서 진흙을 훑어내렸다. 그러나 눈을 떠보니 영고는 이미 돌다리를 뛰어넘어 선원으로 향하고 있었다. 영고는 곽정에게서 벗어난 뒤 속으로 한숨을 쉬었다.

'수치스럽구나! 이곳에 연못이 있었기에 망정이지, 아니었으면 어찌 저 아이를 물리칠 수 있었겠는가? 하늘이 나의 복수를 도와주는구나.'

영고는 선원을 향해 걸음을 재촉했다. 문 앞에 당도해 손으로 밀자 뜻밖에 삐걱, 소리를 내며 열렸다. 의외로 순순히 문이 열리자 영고는 문 뒤에 누군가 매복하고 있을 것 같아 밖에서 잠시 기다렸다. 안에서 아무런 기척이 들리지 않는 것을 확인하고 나서야 안으로 들어갔다. 은은한 등불 빛을 받은 대전 앞 불상이 엄숙한 분위기를 자아냈다. 영고는 불상을 보자 마음이 뜨끔해 얼른 꿇어앉아 속으로 염불을 외웠다.

그때 갑자기 등 뒤에서 가벼운 웃음소리가 들렸다. 즉시 왼손을 뒤로 휘둘러 적의 기습을 방비하고, 오른손으로는 불단을 짚고 그 힘으로 날아올라 공중에서 가볍게 한 바퀴 돌아 착지했다.

"와! 훌륭한 무공이네요."

어떤 여자가 환호성을 내질렀다. 자세히 보니 푸른 옷에 붉은 허리띠를 매고, 머리에는 반짝이는 황금 머리 장식을 꽂은 미인이 웃음을 띤 채 자신을 보고 있었다. 옥빛이 감도는 죽봉을 들고 있는 그녀는 바로 황용이었다.

"영고 선배님, 먼저 제 목숨을 살려주신 것에 감사드려요."

"너에게 이곳을 가르쳐준 것은 너를 구하기 위해서가 아니라 나의 복수를 위해서였다. 나한테 고마워할 필요 없다."

"세상의 은혜와 복수라는 것은 참으로 구별하기 힘든 것 같아요. 우리 아버지는 도화도에서 주백통 아저씨를 15년이나 가두었지만, 그렇다고 어머니를 다시 구할 수는 없었죠."

영고는 '주백통'이라는 말을 듣자 온몸이 떨려왔다. 즉시 무섭게 다그쳤다.

"네 어머니와 주백통은 무슨 관계냐?"

영고의 태도로 보아 주백통이 황용의 어머니와 어떤 불륜 관계를 맺어 황약사가 그를 도화도에 가두었다고 생각하고 있는 듯했다. 헤어진 지 10여 년이 지났건만 여전히 영고는 주백통을 잊지 못하고 있었다. 황용은 고개를 푹 숙이고 슬픈 듯이 말했다.

"노완동 아저씨가 어머니를 너무 피곤하게 해서 돌아가신 거예요."

영고는 더욱 의심이 들었다. 등불 아래 백옥같이 흰 황용의 피부와 그림같이 수려한 이목구비를 보자 자신의 미모가 한창일 때도 황용보다 못했다는 생각이 들었다. 또 황용이 어머니를 닮았다면 그 어머니의 미모에 주백통이 자연 마음을 빼앗겼을 것 같았다. 영고는 자신도 모르게 눈살을 잔뜩 찌푸리고 상심에 젖었다.

"멋대로 추측하지 말아요. 어머니는 선녀 같은 분이셨는데, 그런 고집스럽고 여우같이 교활한 주백통한테 넘어갔겠어요? 눈이 삔 여자가 아니고서야 누가 그런 사람을 좋아해요?"

영고는 자신을 조롱하는 말을 듣고서도 오히려 안심이 되었다. 그러나 냉랭한 얼굴에는 아무런 표정도 떠오르지 않았다.

"우둔하고 곰같이 미련한 곽정을 좋아하는 사람도 있는데, 교활한 여우를 좋아하는 사람이 왜 없겠느냐? 네 어머니는 어떻게 주백통에게 죽임을 당했느냐?"

"제 사형을 욕하다니…… 대답하지 않겠어요."

황용은 소매를 떨치며 몸을 획 돌리고 나가면서 화가 난 척했다. 영고는 사실을 알고 싶은 마음에 급히 달랬다.

"좋다. 앞으로 조심하지."

황용은 걸음을 멈추고 고개를 돌렸다.

"노완동 아저씨가 일부러 어머니를 죽이려 한 것은 아니지만, 어머니가 돌아가신 건 어쨌든 그 아저씨 때문이었어요. 아버지는 화가 나서 주백통 아저씨를 도화도에 가두었고요. 하지만 나중에는 후회를 하셨어요. 누군가 사랑하는 사람을 해쳤다면 하늘 끝 땅끝이라도 찾아가서 복수를 해야 옳겠지요. 그러나 화가 난다고 아무한테나 뒤집어씌우는 게 무슨 소용이 있겠어요?"

황용의 말이 정곡을 찌르자 영고는 한마디도 대꾸하지 못한 채 멍하니 서 있었다.

"아버지는 이미 주백통 아저씨를 풀어주시고……."

영고는 놀랍고 기쁜 마음에 급히 말했다.

"그럼 내가 구해주러 갈 필요가 없게 되었구나!"

"아버지가 안 풀어줬으면 아저씨를 구하러 가려고 했어요?"

영고는 묵묵히 말이 없었다. 그녀는 대리국을 떠나자마자 주백통을 찾으러 다녔다. 그러나 몇 년 동안 아무런 소식을 듣지 못하다가 우연히 흑풍쌍살에게 주백통이 황약사한테 잡혀 도화도에 있다는 말을 들었다. 그러나 무슨 이유인지는 알아낼 수 없었다. 주백통이 대리국에서 자신을 버리고 떠난 날, 영고는 절망했다. 하늘이 변하지 않는 한 다시 만나기는 힘들 것이라 생각했는데, 주백통이 갇혀 있다는 말을 듣자 자신도 모르게 슬픔과 기쁨이 교차했다. 사랑하는 사람이 화를 당한 것이 슬프면서도 한편으론 이것이 기회라는 생각에 기뻤던 것이다. 그녀는 자신이 구해주면 고마운 마음이 생겨 주백통이 마음을 돌릴지도 모른다고 생각했다. 그러나 그녀가 찾아간 도화도의 길은 복잡하게 얽혀 있어 구해주기는커녕 자신도 3일 동안 길을 잃어 굶어 죽을 판이었다. 다행히 황약사가 벙어리 하인을 보내 길을 안내해주어서 겨우 섬을 떠날 수 있었다. 그 후 영고는 진흙 연못에 은거하며 기행술수를 연구하기 시작했다. 그런데 지금 주백통이 이미 풀려났다는 말을 들으니 망연자실해 기쁨, 슬픔, 고통 등 온갖 감정이 한꺼번에 밀려왔다.

"노완동 아저씨는 내 말을 제일 잘 들어요. 내가 뭐라고 하면 토를 달지 못하죠. 만약 아저씨가 보고 싶으면 저랑 산을 내려가요. 두 분이 다정하게 살도록 해드려야 저도 목숨을 구해주신 은혜에 보답할 수 있지 않겠어요?"

이 말을 듣자 영고는 두 빰이 발그레해지면서 가슴이 두근거렸다. 한바탕의 복수극이 경사스러운 일로 바뀌는 듯하자 황용은 크게 안도했다. 그러나 영고는 쌍장을 서로 부딪치더니 서늘한 표정과 노한 소리로 말했다.

"주백통이 네 말을 듣는다고? 왜 네 지시를 따르지? 네 미모 때문에? 너에게 은혜를 베푼 적이 없으니 네 보답은 바라지 않는다. 어서 길을 비켜라. 가로막으면 더 이상 사정을 봐주지 않을 것이다."

"아이, 절 죽이시려고요?"

황용이 웃으며 말했으나 영고는 두 눈을 부릅뜨고 차갑게 말했다.

"왜? 못할 것 같으냐? 다른 사람들은 황약사를 무서워하는지 몰라도 난 천하에 두려운 것이 없다."

황용은 연신 헤헤거리며 말했다.

"절 죽이는 건 괜찮지만, 그럼 누가 그때 낸 세 문제의 해답을 가르쳐주겠어요?"

일전 황용이 영고에게 문제 세 개를 남기고 떠났는데, 영고는 밤낮을 고심했지만 전혀 풀 수가 없었다. 원래 그녀가 산술을 공부한 것은 주백통을 구하기 위해서였다. 하지만 연구를 거듭할수록 그 오묘하고 복잡한 이치에 사로잡혀 침식을 전폐할 정도로 문제 해결에 몰두하게 되었다. 영고는 이 문제를 푼다 하더라도 황약사의 학문을 따라잡으려면 멀었고 주백통을 구하는 일에도 전혀 도움이 되지 않는다는 사실을 알고 있었지만, 호기심에 점점 빠져들어 해답을 얻어야만 비로소 마음을 놓을 수 있을 것 같았다. 그런데 황용이 그 문제에 대해 얘기를 꺼내자 세 가지 문제가 선명하게 머릿속에 떠올랐다. 영고의 얼굴에 망설이는 빛이 역력했다.

"저를 죽이지 않으면 가르쳐드릴게요."

황용은 불상 앞에서 등잔을 가지고 와 땅에 내려놓고 금침 하나를 뽑아 들어 땅 위에 글자를 써 내려갔다. 첫 번째 문제인 칠요구집천축필산七曜九執天竺筆算에 대한 답이었다. 영고는 눈이 휘둥그레지며 황용의 손길을 바라보았다.

황용은 이어서 두 번째 문제인 입방초병지은급미제立方招兵支銀給米題를 풀어 내려갔다. 이 문제는 더욱 심오하고 오묘했다. 영고는 마지막 문제에 대한 답을 기다리며 절로 한숨을 내쉬었다.

"그 문제 속에 이런 오묘한 이치가 있었구나."

잠시 뒤 영고는 다시 말을 이었다.

"세 번째 문제는 쉽다고 하면 아주 쉽지만, 어렵다고 하면 또 어렵기 그지없지. 어떤 수가 있는데 셋씩 묶으면 2가 남고, 다섯씩 묶으면 3이 남고, 일곱씩 묶으면 2가 남는다고 했지? 나는 해답이 23인 것을 알아냈어. 그러나 그건 억지로 끼워 맞춘 거야. 모든 수에 통하는 산술식이 무엇인지 아무리 생각해도 떠오르지 않아."

"그건 아주 쉬워요. 셋씩 묶어서 남는 수 2에 70을 곱하고, 다섯씩 묶어서 남은 수 3에 21을 곱하고, 일곱씩 묶어서 남은 수 2에 15를 곱해요. 그 세 수를 합해도 105보다 크지 않으면 그게 해답이에요. 만약 그보다 크다면 105나 그 배수를 빼면 돼요."

영고는 속으로 계산을 한번 해보더니 딱 들어맞자 중얼중얼 외웠다.

"셋씩 묶어서 남은 수를 70으로 곱하고, 5씩 묶어서……."

"그렇게 억지로 외울 필요 없어요. 제가 그걸로 시를 지어서 읊어볼게요. 그럼 쉽게 기억할 수 있을 거예요. 세 사람이 70리를 동행하고, 다섯 그루 나무에 스물한 송이 매화꽃이 피었네. 일곱 명이 보름을 함께 하면 나머지가 105임을 알 수 있네."

영고는 '세 사람이 70리를 동행하고' '보름을 함께하면' 등의 말을 듣고 움찔했다.

'저 계집은 주백통을 알고 또 내 계략도 이미 알고 있군. 세 사람이 동행한단 말은 내가 이부종사한 것을 비웃는 말이고, 보름은 주백통과 내가 열흘 정도밖에 함께하지 않았다고 조롱하는 것 아닌가?'

영고는 예전 양심에 꺼리는 일을 저지르고부터 부쩍 의심이 많아졌다.

"좋다. 그렇게 가르쳐주다니 고맙군. '아침에 가르침을 받으면 저녁에 죽어도 좋다'라는 공자님의 말이 있지. 계속 그렇게 나불거리면 내가 용서해줄 것 같으냐?"

"아침에 가르침을 받으면 저녁에 죽어도 좋다. 그러니까 죽는 사람은 가르침을 받는 사람이라고요. 가르침을 주는 사람이 죽는다는 말은 들어 본 적이 없는걸요."

황용은 헤헤거리며 말했다. 영고는 선원을 살펴보고는 단황야가 필시 이곳에 있을 것이라 단정 짓고, 황용이 계속 자기를 붙잡아두는 데도 무슨 계략이 있을 것이라 짐작했다.

'저 계집은 나이는 어리지만 영악하기가 제 아비에 뒤떨어지지 않으니 정신을 바짝 차려야겠다. 문제를 푸느라 너무 많은 시간을 허비했어. 큰일을 앞두고 기문 술수 같은 것에 마음을 뺏기다니…….'

영고는 더 이상 상대하지 않고 즉시 걸음을 옮겼다. 불전을 돌자 등불 하나 없는 캄캄한 어둠이 주위를 에워쌌다. 영고는 혼자 몸으로 들어갔다가 위험을 당할까 봐 감히 발을 내딛지 못하고 소리만 질렀다.

"단지흥! 나를 보았느냐? 비겁하게 어둠 속에 숨다니, 그러고도 사내대장부라 할 수 있느냐?"

"여기 등불이 없어서 못 들어가는 거예요? 대사님께서 등불이 너무 많으면 선배님이 놀라실까 봐 일부러 끄게 하셨어요."

영고를 곧장 뒤따라온 황용이 웃으며 말했다.

"흥! 나는 살아서 지옥까지 내려갔다 온 사람이다. 칼산과 유황 솥도 두렵지 않아."

"그럼 너무 잘됐네요. 마침 선배님과 칼산 놀이를 하려던 참이었어요."

황용은 손뼉을 치며 신나게 웃었다. 황용은 즉시 부싯돌을 꺼내 불을 켜고 몸을 굽혔다. 영고는 발아래 등잔을 보았다. 너무나 뜻밖이라 자세히 들여다보니 그건 여느 등잔이 아니라 찻잔에 기름을 반 정도 붓고 솜으로 불꽃심을 만들어놓은 것이었다. 찻잔 옆에는 끝이 예리한 대나무 꼬챙이가 세워져 있었다. 약 1척 정도 길이에 한쪽 끝은 땅에 박혀 있고, 다른 쪽 끝은 하늘을 향하고 있었는데, 아주 날카로웠다.

황용은 계속해서 찻잔에 불을 붙여나갔다. 잠시 뒤, 하늘에 총총히 별이 박힌 것처럼 땅바닥이 등불과 대나무 꼬챙이로 가득 찼다. 모든 찻잔 옆에 대나무가 꽂혀 있던 것이었다. 황용이 불을 다 붙였을 때 영고는 이미 그 수를 세었다. 찻잔은 113개이고, 대나무도 113개였다. 영고는 강한 의문이 들었다.

'이것이 매화장법梅花樁法이라면 72개가 아니라 108개여야 맞다. 그런데 113개라니, 대체 무슨 이치일까? 배열한 방법 또한 구궁팔괘九宮八卦도 아니고 매화오출梅花五出도 아니다. 게다가 대나무 끝이 이렇게 날카로운데 어떻게 올라설 수 있지? 맞다. 필시 철로 된 내 신발 밑창을 찌르려는 거야. 저 계집이 이런 대비를 했으니 이 위에서는 싸워서 이기지 못할 것이다. 그럼 모른 척 그냥 지나가면 되겠군.'

영고는 거침없이 성큼 걸어 나갔으나 대나무가 촘촘히 박혀 있어 지나가기 힘들었다. 발을 횡으로 내리치니 대나무 대여섯 개가 한꺼번에 부러졌다.

"무슨 수작을 부린 거냐? 이 어르신은 어린 계집과 놀아줄 시간이 없다."

"아이, 안 돼요. 그러지 말고 우리 칼산 놀이 해요."

영고는 모른 척하고 계속 대나무를 걷어찼다.

"좋아요. 그렇게 멋대로 하시면 나도 등불을 꺼버릴 거예요. 얼른 대나무의 방위를 잘 보고 기억해두세요."

'만약 여러 명이 한꺼번에 달려든다면 어떡하지? 그자들은 분명 이 방위를 다 기억했을 테니 이 암흑 속 대나무 꼬챙이 위에서 죽을 수밖에 없구나. 어서 이곳을 벗어나야겠다.'

영고는 숨을 훅 들이켜고 걸음을 빨리하며 더욱 세게 발을 찼다.

"귀신도 안 무섭다더니…… 순 거짓말!"

황용은 죽봉을 들고 영고 앞에 섰다. 등불 빛을 받은 죽봉의 은은한 옥색 줄기가 어둠 속을 휙 가로질렀다. 영고가 보기에 황용은 겨우 10대의 철부지 여자아이일 뿐이었다. 영고는 전혀 거리낌 없이 왼손을 바로 뻗었다. 단숨에 죽봉을 부러뜨릴 셈이었다. 그러나 황용의 이

일방은 바로 타구봉법 중 막기封 공법으로 죽봉을 옆으로 마구 내리치면서도 적은 해치지 않고 벽을 만들어 문을 지키는 것이었다. 적이 다가서지 않으면 괜찮지만 만약 공격한다면 즉시 벽에 부딪치게 된다. 영고가 내리친 일장은 오히려 타구봉법에 당해 손목을 찍히고 말았다. 급히 손을 움츠렸으나 시큰거리고 마비된 듯했다. 황용의 공격이 요혈을 맞힌 것은 아니었지만 아주 심한 통증을 안겨주었다.

영고는 원래 황용의 무공을 시원찮다고 생각했는데 갑자기 이런 공격을 당하자 놀랍고 화가 났다. 그러나 전혀 조급해하지 않고 숨을 고른 뒤 방비 태세를 철저히 했다. 먼저 황용의 무공이 어느 정도인지를 정확히 파악하는 것이 급선무였다.

"예전 흑풍쌍살을 만난 적이 있는데, 무공이 대단하더군. 그러나 그들은 30~40대의 장년이었다. 너는 그 어린 나이에 어찌 이런 무공을 익혔느냐? 필시 황약사가 평생의 절기를 모두 무남독녀 외동딸에게 전수해줬겠지."

영고는 일전 도화도에서 황약사를 보지도 못하고 목숨을 잃을 뻔한 적이 있어 도화도주를 매우 두려워하고 있었다. 그러나 황용의 타구봉법은 개방 방주의 절기로서 황약사가 친히 상대한다 하더라도 바로 공격을 깨뜨릴 수 없을 터였다.

영고가 공격을 하지 않고 방어에 집중하고 있는 동안 황용의 죽봉은 여전히 막기의 요결을 구사하며 영고의 앞을 가로막고 있었다. 또 계속 방위를 바꿔가며 마치 꽃밭을 날아다니는 나비처럼 대나무 사이에서 춤을 추듯 옮겨 다녔다. 순식간에 황용은 113개의 등불 중 절반 이상을 발끝으로 껐다. 그런 와중에도 찻잔은 하나도 깨지지 않았고 찻잔 속의 기름도 전혀 흘러나오지 않았다.

황용의 무공은 바로 도화도의 소엽퇴법掃葉腿法으로 발의 움직임이 민첩하고 발끝으로 겨냥하는 것이 아주 정확했다. 그러나 영고는 황용의 이 퇴법이 아직 상승의 경지에 도달하지 못했고, 죽봉의 공격처럼 변화무쌍하지 않음을 파악했다. 게다가 황용은 아직 원기를 완전히 회복하지 못한 상태였다. 만약 영고가 지금 황용의 하체를 공격한다면 수십 초식 만에 이길 수 있을 테지만, 그녀는 등잔의 방위를 기억하는 데 정신이 팔려 있었다. 불꽃은 이미 동북쪽에만 예닐곱 개가 남아서 저녁 바람에 가볍게 흔들렸다. 나머지 방향은 컴컴한 암흑 속에 빠져들었다.

그때 황용의 죽봉이 순식간에 공격해오자 영고는 흠칫 놀라며 어슴푸레한 등불에 의지해 대나무 사이의 빈틈을 찾아 황급히 1보 후퇴했다. 황용이 죽봉으로 땅을 짚고 몸을 옆으로 날리며 긴소매를 후룩 떨치자 남은 예닐곱 개의 불꽃마저 꺼지고 말았다.

'비록 이길 수 있는 방법은 있지만 총총한 대나무 사이에서 자칫 한 걸음이라도 잘못 놀리면 대나무가 발을 파고들 것이다. 어떻게 싸운담?'

영고는 고심했다. 어둠 속에서 황용의 소리가 들렸다.

"대나무의 방위를 다 기억했죠? 30초식 동안 선배님이 저를 해친다면 단황야를 만날 수 있게 해드릴게요. 어때요?"

"대나무는 네가 설치한 것이고, 또 이곳에서 얼마나 긴 시간 동안 연마를 했겠느냐? 그런데 내가 어떻게 짧은 시간 동안 이 많은 등불의 방위를 기억할 수 있겠느냐?"

황용은 나이가 어려서 지는 걸 싫어하고 평소 기억력이 남보다 뛰어나다고 자부하던 터였다.

"뭐가 어렵다고 그러세요? 그럼 선배님이 등불을 켜고 대나무를 뽑아서 다시 배치하세요. 꽂고 싶은 곳에 꽂은 다음 등불을 끄고 다시 겨루는 건 어때요?"

'이건 무공을 겨루는 것이 아니고 기억력을 시험하는 거로구먼. 이 계집아이는 총명하고 날래기 그지없다. 원수도 갚기 전에 왜 목숨을 담보로 이런 기억력 놀이 같은 것을 해야 한단 말이냐?'

영고는 이미 마음속으로 대책을 다 세워놓고 말했다.

"좋다. 그래야 공평하지. 이 할멈이 너랑 놀아주마."

영고는 부시를 꺼내어 등불을 붙였다.

"할멈이라니요? 아직도 꽃다운 얼굴이신데요. 그러니 스물두 명의 첩을 물리치고 단황야의 사랑을 받았지요. 왜 단황야가 그렇게 총애하셨는지 알겠는걸요."

영고는 대나무를 하나씩 뽑아 위치를 옮기다가 이 말을 듣고 잠시 멍하게 있더니 냉소를 지었다.

"나를 총애했다고? 입궐한 지 2년 동안 그 사람이 누군가를 사랑하는 것을 보지 못했다."

"아이, 그건 단황야께서 선천공을 연마해야 했기 때문에 선배님께 잘할 수 없었던 거예요."

영고는 콧방귀를 뀌었다.

"네가 뭘 아느냐? 그럼 황태자는 어떻게 낳았단 말이냐?"

황용은 고개를 갸우뚱하며 잠시 생각했다.

"황태자는 그 전에 생겼을 거예요. 그때는 선천공을 연마하지 않았겠지요."

영고는 다시 콧방귀를 뀌며 더 이상 상대하지 않고 그저 묵묵히 대나무를 뽑아 위치를 옮겼다. 황용은 하나씩 뽑을 때마다 주의 깊게 살펴보았다. 목숨이 달려 있는 일이니 조금이라도 틀리게 기억한다면 싸우다가 대나무에 발을 찔리게 될 것이다. 잠시 뒤, 황용이 다시 말했다.

"단황야가 선배님의 아기를 구해주지 않은 것은 선배님을 사랑했기 때문이에요."

"네가 뭘 안다고 그러느냐? 흥! 나를 사랑했기 때문이라고?"

말속에 가슴 깊이 사무친 원한이 묻어났다.

"황야는 주백통 아저씨를 질투한 거예요. 만약 선배님을 사랑하지 않았다면 왜 질투를 했겠어요? 황야는 원앙이 수놓인 수건을 보고 너무 상심했어요."

영고는 단황야가 자신을 사랑했다는 생각은 해본 적이 없어 잠시 넋이 나간 표정이 되었다.

"제가 볼 때 돌아가시는 것이 좋겠어요."

"그래, 네 능력으로 나를 막을 수만 있다면 그렇게 하지."

"좋아요. 목숨을 다해서 겨루지요. 나를 뚫고 지나갈 수 있다면 보내드릴게요. 그렇지만 그 반대일 경우는?"

"다시는 산을 오르지 않으마. 그리고 나랑 1년을 함께 보내자는 약속도 취소하지."

황용은 손뼉을 치며 말했다.

"와! 잘됐다. 진흙 연못의 조그만 집에서 1년을 살 생각을 하면 가슴이 답답해 미칠 것 같았는데……."

이렇게 말을 주고받는 사이 영고는 이미 대나무 50~60개를 뽑아 위치를 바꾸고 발로 차서 등불을 껐다.

"나머지는 바꿀 필요 없다."

어둠 속에서 다섯 손가락이 황용을 향해 맹렬히 파고들었다. 방위를 잘 기억해둔 황용은 옆으로 몸을 날려 피해 전혀 기우뚱하지 않고 두 대나무 틈으로 오른발을 안정되게 착지했다. 그리고 즉시 죽봉을 휘둘러 영고의 왼쪽 어깨를 공격했다. 그러나 영고는 전혀 반격하지 않고 성큼 앞으로 나가며 뚜두뚝, 대나무 수십 개를 순식간에 부러뜨리며 곧장 후원으로 향했다. 황용은 잠시 멍해 있다가 그제야 영고의 계략을 알아차렸다.

'이런, 함정에 걸렸구나. 대나무 위치를 바꾸면서 손에 힘을 줘서 몰래 부러뜨려놓았어.'

영고는 후원으로 뛰어들어 문을 밀었다. 후원 안 불단에 한 노승이 좌정하고 있었다. 그는 은빛 수염을 가슴까지 늘어뜨리고 두꺼운 승복으로 얼굴을 감싼 채 앉아 있었다. 양옆으로는 어초경독 등 4대 제자와 노승 몇 명 그리고 어린 사미가 앉아 있었다.

선방에는 등불 하나만이 밝혀져 있어 얼굴을 자세히 볼 수 없었다. 영고는 단황야가 출가했다는 것은 이미 알고 있었으나 10년 동안 이렇게 초췌한 노승으로 변해 있을 줄은 생각지도 못했다.

방금 황용이 했던 말이 생각나자 황야가 자신에게 전혀 정이 없는 것은 아니었던 것 같아 마음이 조금 누그러지며 칼을 잡고 있던 손에 서서히 힘이 풀렸다. 고개를 숙이자 불단 앞에 놓인 아기의 수건과 옥가락지가 눈에 들어왔다. 순간, 그녀의 머릿속에는 입궐해 무예를 배우고, 주백통을 만나고, 실연을 당하고, 아기를 낳고, 또 그 아기를 잃은 옛일이 하나하나 주마등처럼 스쳐갔다.

그리고 마지막에는 사랑하는 아기가 고통받으며 구해달라고 애원하는 듯한 눈빛이 떠올랐다. 비록 어린 아기였지만 그 눈 속에는 수천수만 가지 말이 담겨 있었다. 마치 자신의 고통을 덜어주지 못하는 어미를 원망하는 듯한 눈빛이었다.

영고는 다시 마음이 독해졌다. 비수를 잡은 손에 힘을 주고 단황야의 가슴을 찔렀다. 그러나 칼 손잡이 끝까지 찌르지는 않았다. 단황야는 무공이 세어서 이 단칼로는 죽지 않을 것이라 생각했다. 그래서인지 비수가 살에 닿을 때 느낌이 이상했다. 영고는 칼을 뽑아서 다시 한 번 찌르려고 했다. 그러나 비수는 그의 늑골에 단단히 박혀 뽑히지 않았다. 4대 제자는 비명을 지르며 동시에 앞을 가로막고 섰다.

영고는 10여 년 동안 혹독한 수련을 거듭하며 단칼에 사람을 찌르는 동작을 수도 없이 연습했다. 그녀는 단황야가 필시 철통같은 방어를 할 것이라 생각하고 오른손으로는 비수를 들고 찌르고, 왼손으로는 춤추듯 장법을 날려서 좌, 우, 등 삼면을 방어했다. 그런데 그의 몸에 박힌 비수는 아무리 뽑으려 해도 뽑히지 않았다. 상황이 위급해졌다고 판단한 영고는 두 발로 땅을 차고 문 쪽으로 날아간 다음 뒤를 돌아보았다. 단황야는 왼손으로 가슴을 어루만지며 매우 고통스러운 듯했다. 드디어 복수를 했지만 조금도 즐거운 기분이 들지 않았다. 문득 이런 생각이 들었다.

'사사로이 정을 통해 아기를 낳았는데 한 번도 나를 탓하지 않았고 계속 궁궐에서 살게 해주었지. 나를 죽이지 않았을 뿐 아니라 예전보

다 더 후하게 대접했어. 그는 나에게 항상 잘해주었어.'

영고는 늘 단황야가 자신의 아기를 구해주지 않은 것만 기억하며 독심을 품어왔다. 그러나 단황야의 가슴에 비수를 꽂은 뒤에야 그가 베풀어준 은혜가 불현듯 생각난 것이다. 그녀는 한숨을 길게 내쉬며 몸을 돌려 문을 나섰다. 몸을 돌리자마자 영고의 입에서 날카로운 비명이 터져 나왔다. 영고는 온몸의 털이 쭈뼛 곤두서는 것 같았다. 한 노승이 가슴에 합장을 하며 문 앞에 서 있었다.

등불이 그의 얼굴을 비추자 인자한 눈빛이 드러났다. 비록 승복을 입고 있었지만 분명히 한때 황제의 신분으로 일국을 호령했던 단황야가 틀림없었다. 영고는 마치 귀신을 본 듯했다. 순간 전광석화처럼 생각이 번뜩 떠올랐다.

'방금 내가 엉뚱한 사람을 죽였구나.'

그녀는 놀라 사방을 돌아보았다. 자신이 단칼에 찔렀던 승려가 천천히 일어나더니 승복을 벗고 왼손으로 아래턱을 잡아당기자 흰 수염이 툭 떨어졌다. 영고는 다시 한번 비명을 질렀다. 그 승려는 바로 곽정이었다. 이것은 모두 황용의 계책이었다. 곽정은 일등대사의 혈도를 찍고 그를 대신해 칼을 맞은 것이다.

곽정은 천축 승려의 무공이 대단하다고 생각했다. 그래서 먼저 출수해 공격했지만 그는 전혀 무공을 하지 못하는 사람이었다. 황용이 영고에게 세 문제에 대한 답을 알려주고, 타구봉법으로 길을 막고, 등잔과 대나무를 배치해 시간을 버는 사이, 네 제자는 곽정의 진흙을 급히 씻겨주고 머리를 깎았다. 턱에 붙인 흰 수염도 일등대사의 수염을 깎아 붙였다. 네 제자는 사부님을 욕보인 불경죄를 저지르고 곽정에게 위험을 무릅쓰게 해서 마음이 편치 않았지만, 모두 사부님의 목숨을 구하기 위해서이니 다른 도리가 없었다. 만약 네 제자 중 한 명이 분장을 했더라면 무공이 영고보다 떨어져서 한칼에 죽고 말았을 것이다.

영고가 칼을 곧추세워 들고 달려들었을 때, 곽정은 이미 승복에서 손가락 두 개를 내어 양 칼날을 잡았다. 그러나 영고의 공격은 악랄하고 매서웠다. 곽정의 손가락 힘이 세었기에 살에 반 촌 정도밖에 파고들지 않아 다행히 늑골은 다치지 않았다. 만약 연위갑을 입고 있었더라면 칼을 막을 수는 있었겠지만 영고를 속일 수는 없었을 것이다. 비수가 갑옷에 부딪치면 분명 알아차렸을 것이고, 그럼 영원히 화를 피할 수 없게 될지도 모른다. 공격이 성공하지 못하면 나중에 다시 복수하러 올 것이 분명했기 때문이다.

이제 성공을 눈앞에 둔 듯했다. 그런데 갑자기 일등대사가 나타나니 영고뿐 아니라 다른 사람들도 당황스러웠다. 일등은 옆방에서 내공을 운행해 천천히 자신의 혈도를 풀고 선방 입구까지 온 것이다. 영고는 얼굴이 사색이 되었다. 적들에게 둘러싸이게 되었으니 필시 목숨을 부지하기 어려울 것이라 생각했다.

"비수를 돌려주어라."

일등이 곽정에게 말했다. 곽정은 감히 거역하지 못하고 비수를 다시 돌려주었다. 영고는 어안이 벙벙한 채 비수를 받아 들고는 일등을 보았다. 마음속으로 저자가 어떻게 자신을 괴롭힐지 모르겠다는 생각이 들었다. 그때 일등이 천천히 승복을 벗더니 내의까지 풀어 헤쳤다.

"모두들 영고를 괴롭히지 말고 산 아래로 보내주어라. 자, 와서 나를 찔러라. 너를 너무나 오랫동안 기다렸다."

이주 인자한 말투였지만 영고는 벼락을 맞은 듯 넋이 나갔다. 손에 힘이 풀리면서 비수를 땅에 떨어뜨렸다. 영고는 두 손으로 얼굴을 감싸며 뛰쳐나갔다. 그녀의 발소리가 점점 멀어지더니 사방은 정적에 휩싸였다.

잘못된 만남

모두들 멍하니 서로를 바라보며 아무 소리도 내지 못했다. 갑자기 쿨룩쿨룩 하는 기침 소리가 두 번 나더니 서생과 농부가 땅에 고꾸라졌다. 두 사람은 손가락에 독을 맞았지만 억지로 참고 있다가 사부가 무사한 것을 보자 기쁜 마음에 일시에 긴장이 풀어져서 더 이상 버티지 못한 것이다.

"어서 사숙을 모셔오너라!"

나무꾼의 말이 끝나기도 전에 황용이 천축 승려를 모시고 나타났다. 그는 독을 해독하는 고수였다. 약을 처방해 두 사람에게 먹이고 손가락을 베어 검은 피를 쏟아내었다. 그 승려는 매우 엄숙한 표정으로 뭔가를 중얼거렸다.

"아마리, 합실토, 사골이阿馬里 哈失土 斯骨爾……."

일등은 범어梵語를 알기 때문에 두 사람의 생명은 지장이 없지만 깊게 중독되어 두 달은 요양해야 한다는 말을 알아들었다. 곽정은 이미 승복을 벗고 가슴의 상처를 싸맨 뒤 무릎을 꿇고 절하며 일등대사에게 용서를 청했다. 일등은 급히 그를 부축했다.

"목숨을 버리면서까지 나를 구하다니, 이런 송구할 데가 있나."

일등은 고개를 돌려 자신의 사제에게 곽정이 한 행동을 범어로 이야기해주었다. 그러자 천축 승려가 말했다.

"사리성, 앙의납득斯里星 昂依納得……."

곽정은 어리둥절해졌다. 이 두 마디는 자신이 전에 외운 적이 있는 말이었다. 곽정은 곧 그다음 말을 외웠다.

"사열확허, 합호문결영斯熱確虛 哈虎文缺英……."

이것은 주백통이 외우라고 시킨 〈구음진경〉의 내용이었다. 그 책의 마지막 한 편은 모두 이상한 말로 가득 차 있어 곽정은 그 뜻도 모르고 그저 통째로 술술 외워버려 입에서 나오는 대로 말한 것이다. 일등과 천축 승려는 곽정이 범어를 하자 흠칫 놀랐다. 또 그가 말한 것이 상승 내공을 연마하는 비결이라 더욱 이상하게 생각했다. 일등이 어떻게 된 일인지 묻자, 곽정은 사실대로 대답했다. 일등은 놀라움을 금할 수 없었다.

"그런 일이 있었구나. 왕 진인께서 말하는 것을 들은 적이 있다. 〈구음진경〉의 고수인 황상은 도장 사상을 두루 섭렵했고, 내전內典에 더욱 정통했으며, 범어도 안다고 했지. 그분은 〈구음진경〉을 완성하고 상권의 마지막 한 장에 경전의 정수를 요약해놓았지. 그러다 문득 이 경전이 사악한 무리의 손에 들어가면 그 힘을 빌려 천하를 종횡할 것이고, 아무도 이를 막지 못한다는 생각이 드셨다는 거야. 그러나 이 장을 없애버리려니 너무 아까워서 범어로 고쳐놓고 한어로 음역을 해놓았다고 한다. 그리고 이 경전이 후세에 전해지기는 어렵다고 생각하셨지. 중원에는 범어를 할 수 있는 사람이 아주 적고, 상승의 무학을 겸비한 자 중에는 더욱 드물었지. 경전을 얻은 사람이 천축인이라면 범어는 할 수 있어도 한어를 이해할 수 없으니 해독을 못 하겠지. 그분이 이렇게 해놓으신 것은 후세에 경전을 전하고 싶지 않기 때문이었어. 그래서 범어로 된 마지막 장은 왕 진인도 그 뜻을 알 수 없었지. 그러나 참으로 오묘한 일이로구나. 범어를 모르는 네가 마치 주문 같은 긴 문장을 술술 암기할 줄이야. 참으로 만나기 힘든 인연이로구나."

일등은 곽정에게 범어로 된 구절을 하나하나 천천히 암기하라고 시키고, 바로 한어로 풀어서 종이에 적어 곽정과 황용 두 사람에게 주었다. 〈구음진경〉의 요지는 참으로 오묘하고 심오했다. 무학이 깊고 내공이 쌓인 일등대사조차 일시에 그 뜻을 다 이해하지 못했다.

"너희는 산에서 며칠 더 머무르거라. 내가 상세히 연구한 뒤 너희에게 전수해주마. 나는 현공이 손상되어서 5년을 수행해야 회복할 수 있다. 그러나 〈구음진경〉대로 수련하면 이틀도 안 되어 금방 회복할 수 있을 것 같구나. 비록 내가 배운 것은 불문佛門의 무공으로 〈구음진경〉의 도가 내공과는 전혀 다르지만, 이 요지를 보니 무학의 가장 높은 경지에 이르면 모든 무공이 하나로 통합되는 법이로구나. 그러니 불문의 무공과도 큰 차이가 없을 것이야."

홍칠공이 구양봉에게 부상당한 일을 황용이 말하자 일등대사는 매우 걱정했다.

"너희가 〈구음진경〉의 공력을 사부에게 알려드리거라. 이 방법대로 하면 무공을 회복할 수 있을 거다."

곽정과 황용은 그렇게 산에서 열흘 정도를 보내게 되었다. 그동안 일등대사는 매일 〈구음진경〉의 요지를 해석해주었고, 황용은 이 덕분에 더욱 잘 요양할 수 있었다.

어느 날 두 사람은 선사 밖에서 한가롭게 산책을 즐기고 있었다. 그때 갑자기 하늘에서 매우 다급하게 수리의 울음소리가 들렸다. 흰 수리 한 쌍이 저 멀리 동쪽에서 날아오고 있었다. 황용은 손뼉을 치며 소리쳤다.

"황금와와어가 오고 있나 봐요."

그러나 수리가 날개를 접고 땅에 착지하는데, 그 모습이 매우 위태로워 보였다. 두 사람은 깜짝 놀라 달려갔다. 암컷 수리 왼쪽 가슴이 피로 얼룩져 살이 드러나 있었다. 화살을 맞은 것 같았다. 그리고 수컷 수리 다리에는 푸른 천이 감겨 있었지만 황금와와어는 보이지 않았다.

황용은 그 천이 아버지 것이라는 걸 알아보았다. 수리들은 확실히 도화도로 간 것이 분명했다. 그렇다면 도화도에 강적이 찾아와 황약사가 적을 상대하느라 정신이 없어 딸의 부탁을 잊은 것일까? 화살을 쏜 자는 필시 무공이 뛰어난 사람임에 틀림없었다. 곽정은 황급히 암컷 수리의 상처에 약을 바르고 싸매주었다.

황용은 하루 종일 무슨 일일까 추측해보았지만 도무지 알 수가 없었다. 수리는 말을 하지 못하니 도화도의 일을 목격했다 하더라도 알아낼 도리가 없었다. 두 사람은 황약사의 안위가 걱정되어 즉시 일등대사에게 떠나겠다고 말했다.

"며칠 더 머무르기로 했지만 도화도에 일이 있다니 더 이상 붙잡아 둘 수는 없지. 황약사는 무공이 높고 지혜가 뛰어나신 분이니 당대에 그를 해칠 자는 아무도 없을 것이다. 너무 걱정하지 말거라."

일등은 네 제자를 모두 불러 모으고 곽정과 황용을 불전 앞에 앉힌 뒤 무학의 정의를 설명해주었다. 그렇게 한 시진이 지나서야 일등의 말은 끝이 났다.

곽정과 황용은 아쉽지만 작별을 고하고 산을 내려왔다. 서생과 농부는 아직 완쾌되지 않은지라 문 앞까지만 전송했고, 어부와 나무꾼은 산허리까지 전송 나와서 두 사람이 홍마를 탄 뒤에야 정중하게 작별을 고했다.

돌아가는 길은 올 때와 같은 길이고 경치도 변함없었지만 두 사람의 마음은 사뭇 달랐다. 일등대사의 깊은 은혜가 떠오르자 황용은 자신도 모르게 산을 향해 공손히 절했고, 곽정도 따라서 머리를 숙였다.

황용은 걱정되긴 했지만 아버지가 평생 천하를 종횡하며 위험을 당한 일이 없고, 강적을 만나면 이기지 못하더라도 스스로를 지킬 수는 있을 것이라 생각했다. 게다가 '당대에 그를 해칠 자는 아무도 없다'라는 일등대사의 말에 더욱 안심이 되었다. 그래서 두 사람은 홍마에 올라타 이런저런 이야기를 하며 홍겨운 마음으로 길을 가고 있었다.

"우리가 서로 알게 된 뒤 정말 많은 위험을 겪었어요. 그래도 위험한 일을 당할 때마다 항상 얻는 게 있었던 것 같아요. 이번에도 내가 구천인의 장력에 당했지만 그 덕분에 왕중양도 몰랐던 〈구음진경〉의 오묘한 이치를 습득했잖아요."

"나는 무공이 하나도 없어도 좋으니까 너만 무사했으면 좋겠어."

황용은 속으로 기쁨이 차올랐다.

"아이, 아첨도 잘해. 괜히 허풍 떨지 말아요. 오빠가 무공을 못한다면 벌써 죽었을걸요. 구양봉, 사통천은 말할 것도 없고 철장방의 검은 옷 사내들도 단칼에 오빠의 머리를 베었을 거예요."

"어찌 됐건 다시는 너를 아프게 하지 않을 거야. 지난번 임안부에서 내가 부상당했을 때는 차라리 괜찮았어. 이번에 네가 고통스러워하는 것을 보니까…… 휴, 정말 견디기 힘들었어."

"흥! 정말 양심도 없어."

황용이 웃으며 말했다.

"뭐라고?"

"오빠가 부상당하는 게 차라리 낫다고요? 그럼 난 맘이 편할 것 같아요?"

곽정은 말문이 막혀 한참을 웃으며 발끝으로 홍마를 가볍게 찼다. 홍마는 마치 발이 공중에 떠 있는 것처럼 나는 듯 내달렸다. 정오 무렵이 되자 벌써 도화현에 도착했다. 황용은 원기가 아직 완전히 회복되지 않은 상태에서 말을 타고 반나절을 달린 터라 금세 볼이 달아오르고 호흡이 거칠어졌다. 도화현에는 그럴듯한 주점이 한 곳밖에 없었다. 피진避秦 주루라는 곳으로 도연명陶淵明의 〈도화원기桃花源記〉에서 딴 이름이었다. 두 사람은 주루로 들어가서 음식을 시켰다. 곽정이 점원에게 말했다.

"여보게, 우리는 한구漢口로 가고 있소. 강에서 배 한 척을 불러 사공에게 이곳으로 와달라고 전해주게나."

"다른 손님들과 함께 타면 돈이 절약될 겁니다. 두 분이 배 한 척을 빌리면 은자가 꽤 많이 들 텐데요."

황용은 그를 흘겨보며 다섯 냥짜리 은전 한 닢을 탁자에 던졌다.

"이 정도면 되겠지?"

"물론입니다. 충분하지요."

점원은 웃으며 대꾸하고는 주루를 내려갔다. 곽정은 황용의 부상에 좋지 않을까 봐 술은 아예 시키지도 않았다. 밥을 반 그릇 정도 비웠을 때 하인이 사공 하나를 데리고 왔다. 한구까지 데려다주고 무조건 세 냥 육 전을 받겠다는 걸 황용은 더 흥정하지도 않고 아까 꺼냈던 다섯 냥을 사공에게 주었다. 사공은 돈을 받고 고맙다는 듯 연신 굽실대며 손으로 자신의 입을 가리켰다. 자꾸만 아, 아, 소리만 내는 것이 벙어리였던 것이다. 그가 한참 손짓, 발짓으로 뭔가 이야기를 하자 황용도 고개를 끄덕이며 수화를 했다. 옆에서 보기에 굉장히 복잡한 손짓이 한참 동안 오갔다. 벙어리는 얼굴에 기쁜 기색이 가득해 연방 고개를 끄덕이고는 밖으로 나갔다. 곽정이 궁금증을 참지 못하고 물었다.

"둘이 무슨 얘기를 한 거야?"

"우리가 식사를 마치면 바로 출발하겠대요. 사공에게 돈은 나중에 얼마든지 줄 테니 닭이랑 고기, 술과 음식을 넉넉히 준비하라고 일렀어요."

"나 혼자서 벙어리를 만났다면 어쩔 뻔했어?"

도화도의 하인들이 모두 벙어리이다 보니 황용은 두 살도 되기 전에 이미 수화를 할 줄 알았다. 이 주점에서 제일 잘한다는 생선 요리는 과연 맛이 일품이었다. 몇 조각 집어 먹다 보니 곽정은 홍칠공이 생각났다.

"사부님은 어디 계실까? 상처는 어찌 되었는지…… 정말 마음이 편치 않구나."

생선을 싸서 홍칠공에게 가져다주지 못하는 것이 안타까울 따름이었다. 황용이 막 뭐라고 대답을 하려는데 계단에서 발소리가 들리더니 한 비구니가 올라왔다. 회색 도포 차림에 입과 코를 가린 채 눈만 내놓고 있었다. 비구니는 주점 구석의 한 탁자에 자리를 잡았다. 하인이 다가가자 나직한 목소리로 주문을 했는데, 나중에 하인이 받쳐 들고 가는 것을 보니 간단한 국수였다. 황용은 비구니 모습이 아무래도 눈에 익은데, 어디서 만났는지 도통 생각이 나질 않았다. 황용이 곁눈질하는 것을 보고 곽정도 비구니를 돌아보았다. 비구니는 급히 고개를 돌려버렸다. 비구니도 곽정 쪽을 바라보고 있던 참인 듯했다. 황용이 피식 웃었다.

"오빠, 오빠 인물에 비구니도 마음이 흔들렸나 봐요."

"치, 그런 말 하는 거 아니야. 출가한 사람을 놀리다니……."

"못 믿겠다면 그만두고요."

두 사람은 식사를 마치고 계단 쪽으로 걸어갔다. 황용은 아무래도 꺼림칙해 비구니 쪽을 다시 한번 돌아보았다. 그때 비구니가 가리개를 살짝 들어 얼굴을 드러냈다. 황용은 하마터면 놀라 소리를 지를 뻔했다. 비구니는 다시 가리개를 쓰고 고개를 숙인 채 국수를 먹기 시작했다. 곽정은 앞서가고 있던 탓에 전혀 눈치를 채지 못했다. 주점에서 내려와 계산을 하는데, 사공은 이미 주점 문 앞에서 기다리고 있었다. 황용은 손짓으로 뭔가 살 물건이 있으니 좀 더 기다렸다 출발하자는 뜻을 알렸다. 벙어리 사공은 고개를 끄덕이고 강에 떠 있는 배 한 척을 가리켰다. 알았다고 고개를 끄덕이는데도 사공이 자리를 뜨지 않자 황용은 곽정을 데리고 동쪽으로 걸어가 거리로 나섰다. 황용은 모퉁이를 돌자 벽에 붙어 몸을 숙이고 주점 입구를 살펴보았다. 잠시 후, 비구니가 문간의 홍마와 수리를 보고는 곽정과 황용을 찾는 듯 주위를 두리번거리다 서쪽으로 발길을 돌렸다. 황용이 나지막이 중얼거렸다.

"그렇지, 그래야지."

황용은 곽정의 소매를 잡아끌며 동쪽으로 내달렸다. 곽정은 어찌된 영문인지도 모른 채 아무 말 없이 황용을 따라 달렸다. 도원현 마을이 그리 크지 않았기 때문에 이내 동문東門을 벗어날 수 있었다. 거기서부터 황용은 남쪽으로 방향을 틀어 남문을 지나 다시 서쪽으로 방향을 잡았다. 곽정은 끝내 한마디 던졌다.

"우리, 비구니를 쫓아가는 거야? 놀리지 좀 마."

"놀리긴요? 비구니가 선녀 같던데, 그런 사람을 안 쫓아가면 후회할걸요?"

곽정은 기가 차 걸음을 멈추었다.

"용아, 또 그런 소리 하면 나 정말 화낼 거야."

"안 무서워요. 제발 화 좀 내보세요. 어떨지 궁금한걸요."

곽정은 황용을 따라갈 수밖에 없었다. 50~60리 길을 가니 멀리 그 비구니가 홰나무 아래에 앉아 있는 것이 보였다. 그녀는 곽정과 황용이 가까이 오는 것을 보고는 자리에서 일어나 작은 길을 따라 산속의 비교적 평평한 곳으로 향했다. 황용은 곽정의 손을 잡아끌며 작은 길로 들어섰다. 곽정은 급히 황용에게 다짐을 해두었다.

"용아, 또 엉뚱한 짓 하면 내가 업고 돌아갈 거야."

"피곤해서 더 못 걷겠어요. 혼자 쫓아가세요."

곽정은 즉시 얼굴에 근심 어린 기색을 띠더니 몸을 숙였다.

"더 갈 것 없어. 내가 업고 돌아갈게."

황용은 깔깔 웃음을 터뜨렸다.

"제가 비구니 얼굴의 가리개를 벗겨 보여드릴게요."

말을 마치고는 걸음을 더 재촉해 비구니를 쫓았다. 비구니는 몸을 돌려 두 사람을 기다리고 있었다. 황용은 냅다 뛰어가 비구니를 얼싸 안으며 얼굴의 가리개를 풀었다.

"용아, 그만둬!"

곽정은 황용의 뒤를 쫓으며 만류하려다가 비구니의 얼굴을 보고는 얼어붙은 듯 말을 잃고 자리에 멈춰 섰다. 눈썹을 살짝 찌푸리고 두 눈에 눈물을 머금은 그 모습은 바로 목염자였던 것이다. 황용은 목염자의 허리를 안고 반가워했다.

"언니, 어떻게 된 거예요? 양강이 또 언니를 속였나요?"

목염자는 고개를 떨군 채 말이 없었다. 곽정이 다가가 "누이" 하고 불러도 "예" 하고 대꾸만 했다. 황용은 목염자의 손을 끌고 시냇가 버드나무 아래에 앉았다.

"언니, 그놈이 어떻게 하던가요? 우리가 아주 혼내줄게요. 나랑 오빠도 그놈에게 걸려 하마터면 세상을 하직할 뻔했단 말이에요."

목염자는 여전히 고개를 숙인 채 아무 말도 하지 않았다. 그녀와 황용 두 사람의 그림자가 시냇물에 비쳤다. 수면에 떨어진 꽃잎이 그림자 위에서 흔들리며 떠내려갔다.

곽정은 두 사람에게서 조금 떨어져 바위 위에 앉았다. 목염자가 어찌 비구니 차림을 하고 있는 것인지, 주점에서는 왜 알은척을 하지 않았는지, 양강은 또 어디로 갔는지 궁금한 게 한둘이 아니었다. 목염자가 풀이 죽어 있는 것을 보고 황용도 더 묻지 않고 조용히 그녀의 손을 잡고 앉아 있었다. 한참이 지나자, 목염자가 입을 열었다.

"용아, 그리고 오라버니, 둘이 타려는 배는 철장방 거예요. 놈들이 두 사람을 해치려는 흉계를 꾸미고 있어요."

곽정과 황용은 깜짝 놀라 동시에 외쳤다.

"그 벙어리 사공의 배가?"

"그래요. 그리고 그 사람도 벙어리가 아니에요. 철장방의 고수인데, 목소리가 워낙 커서 말을 하면 무공을 익힌 사람으로 의심받을까 봐 벙어리인 척하는 거예요."

황용은 가슴이 서늘해지는 것을 느꼈다.

"언니 아니었으면 깜박 속을 뻔했네요. 벙어리 손짓이 익숙한 것을 보면 아마도 종종 벙어리 행세를 했나 봐요."

곽정은 냉큼 버드나무 위로 솟구쳐 올라가 사방을 살펴보았다. 밭에서 일하는 농부 두어 명 외에는 인적이 없었다.

'한 바퀴 빙 돌아오지 않았다면 철장방 사람이 쫓아왔겠구나.'

목염자는 한숨을 푹 내쉬며 천천히 입을 열었다.

"전에 양강과 있었던 일은 모두 알고 계시죠? 그 후 저는 의부모님의 영구를 끌고 남쪽으로 내려갔답니다. 그런데 원수는 외나무다리에서 만난다더니, 임안 우가촌에서 그와 또 맞닥뜨리고 말았죠."

"그건 저희도 알아요. 그가 구양극을 죽이는 것도 봤어요."

황용이 끼어들어 말하자, 목염자는 눈이 휘둥그레지며 도무지 믿지 못하겠다는 표정이었다. 황용은 곽정과 밀실에서 부상을 치료한 일을 간단히 설명해주었다. 그리고 그 뒤 개방 방주를 다투던 일, 그곳을 어렵게 벗어난 일 등을 이야기해주었다. 워낙 우여곡절을 겪다 보니 모두 이야기하자면 너무 길어질 것 같아 간략하게 줄여 말했다. 이야기를 들은 목염자는 부드득 이를 갈았다.

"양강은 정말 나쁜 자로군요. 절대 제명에 못 죽을 거예요. 나도 눈이 멀었지, 전생에 무슨 죄를 지어 그런 자를 만나게 되었을까요?"

황용은 손수건을 꺼내 가만히 눈물을 닦아주었다. 목염자는 마음이 산란했다. 자기가 겪은 그 많은 일을 이야기하려니 어디서부터 시작해야 할지 알 수가 없었다. 일단 마음을 가라앉힌 뒤 천천히 이야기를 시작했다. 목염자는 황용의 손을 잡고 수면에 뜬 꽃잎을 바라보며 입을 열었다.

"그가 구양극을 죽이는 것을 보고 서는 이제 그 사람이 잘못을 뉘우치고 바른길로 들어서나 보다 했어요. 또 개방의 고수 두 분이 그를 공손히 대하는 것도 보았지요. 그 두 고수는 나도 본 적이 있는 분들이에요. 홍칠공께서 신임하는 분들이죠. 그런 분들이 공손하게 대해주시니 저도 기꺼이 함께 서쪽으로 길을 나섰죠."

그녀의 말은 계속되었다.

"악주에 도착하고 나서 그가 저에게 이런 말을 가만히 해주더군요. 개방 모임이 군산에서 열리는데, 홍칠공께서 자기더러 개방 방주 자리를 이으라는 유명遺命을 남기셨다고요. 저는 놀라웠지만 한편 기쁘기도 했답니다. 물론 믿기 어려운 말이었지만, 그래도 개방에서 가장 연배가 높으시다는 장로님들도 그를 정말 공손히 대하기에 저로서는 믿을 수밖에 없었지요."

목염자는 가볍게 한숨을 내쉬었다.

"저는 개방 사람이 아니어서 방회에 참석할 수 없었기 때문에 악주

성에서 그를 기다렸어요. 기다리면서 이런 생각이 들더군요. 이제 그가 개방 방주가 되어 군웅을 이끌게 되면 나라와 백성을 위해 큰일을 해내고야 말 거라고요. 또 그리되면 의부모의 원수도 갚을 수 있겠구나 했죠. 그날 밤 저는 이런저런 생각으로 잠을 이룰 수가 없었답니다. 모든 일이 너무 순조로워 가슴이 두근거리는 통에 동틀 무렵이 되어서야 깜빡 잠이 들었던 것 같아요. 그때, 그가 갑자기 창으로 뛰어 들어왔지요."

모두들 목염자 말에 귀를 기울였다.

"저는 깜짝 놀라 몸을 일으켰어요. 또 무슨 못된 짓을 하려는 것인지 덜컥 의심이 들더군요. 하지만 그 사람은 가만가만 속삭였어요. '누이, 일을 크게 그르쳤소. 어서 갑시다.' 저는 도대체 어떻게 된 일이냐고 물었지요. 그는 개방 내에서 내란이 일어나 오의파가 홍칠공의 유명을 받들지 않고 있다고 하더군요. 오의파와 정의파 사이에 새 방주를 세우는 일로 싸움이 벌어져 여러 사람이 다쳤다나요. 저는 놀랄 수밖에 없었어요. 이제 어쩌면 좋으냐고 물었더니, 그는 너무 많은 사람이 다쳤으니 차라리 뒤로 물러나 방주를 하지 않는 것이 낫겠다더군요. 제가 생각해도 모두를 위해서라면 그렇게 할 수밖에 없을 것 같았어요. 그는 또 '정의파의 장로가 나를 놓아주려 하지 않았지만 다행히 철장방 구 방주가 도와주어 군산을 빠져나올 수 있었다오. 우리 철장산으로 가 잠시 몸을 피하고 다시 의논을 해봅시다' 하고 저를 설득했어요. 저는 철장방이 좋은 무리인지 나쁜 무리인지는 모르지만, 그가 그렇게 이야기하니 일단 따르기로 했지요."

목염자의 말은 줄줄 이어졌다.

"철장산에 도착하니 철장방 구 방주라는 사람은 보이지도 않더군요. 제가 살펴보니 철장방 무리는 음흉한 흉계나 꾸미는 사문邪門이라는 확신이 들었어요. 그래서 그에게 말했죠. '개방의 방주 자리를 양보하더라도, 이렇게 몸을 피하고 끝낼 수는 없는 일이 아닙니까? 그래도 스승이신 장춘자 구 도장과 의논해 강호 사존들의 힘을 빌려 개방에서 덕이 높고 존경받는 분을 방주로 선출하도록 도와야 할 것입니다. 그래야 개방 내 분쟁과 희생을 막고, 홍칠공께서 맡기신 중책을 잘 마무리할 수 있겠지요.' 하지만 그는 우물쭈물하며 가타부타 말이 없더군요. 그저 저와 혼인하겠다는 말만 꺼내는 거였어요. 제가 정색을 하고 몇 마디 이픈 소리를 했더니, 그 사람도 화가 나 한바탕 다투고 말았지요."

아무도 그녀의 말에 끼어들지 않았다.

"하루가 지나 저는 조금씩 후회가 되기 시작했어요. 그 사람이 비록 일의 경중을 가리지 못하고 원수도 잊은 채 혼인 이야기나 꺼내긴 했지만, 그래도 제게는 잘해주었고 제가 말을 심하게 한 것도 사실이었으니까요. 그가 화내는 것도 탓할 일은 아니었죠."

목염자는 다시 한숨을 내쉬었다.

"그날 밤, 저는 생각할수록 불안해져 불을 밝히고 그에게 사과하는 편지를 썼답니다. 그러고는 조심조심 그의 방 창가로 갔지요. 편지를 창틈으로 밀어 넣으려는 순간, 그가 누구와 이야기하는 소리가 들리더군요. 창틈으로 들여다보니 몸집이 작은 백발노인과 이야기를 나누고 있었어요. 황갈색 짧은 적삼을 입고 손에는 부들 부채를 든 사람이었지요."

곽정과 황용은 서로 마주 보며 같은 생각을 했다.

'구천인일까, 구천장일까?'

목염자가 이야기를 이어갔다.

"노인이 품에서 작은 병을 꺼내 탁자에 내려놓고 나지막이 속삭이더군요. '양 공자, 여자가 말을 듣지 않는가 본데, 그리 어려운 일이 아닙니다. 이 병 안의 약 가루를 차에 타서 마시게 하면 당장 신방을 차릴 수 있을 겁니다.'"

곽정과 황용은 여기까지 듣고 나서 고개를 끄덕였다.

'구천장이었군.'

목염자의 이야기가 계속되었다.

"양강 이놈은 얼굴이 환해지더니 연방 고맙다고 인사를 하더군요. 저는 화가 나 쓰러질 지경이었어요. 그 노인네는 곧 인사를 하고 밖으로 나왔어요. 저는 조용히 그의 뒤를 밟았지요. 한참을 따라가다 달려들어 등을 한 대 갈기자 그대로 쓰러지더군요. 그곳이 안전한 장소였다면 칼로 끝장냈을 거예요. 저는 노인이 정신을 잃을 때까지 몇 대를 더 갈기고 그의 몸을 훑었지요. 노인네가 가지고 다니는 물건이 많기도 하더군요. 무슨 반지며, 끊어진 검, 돌덩이 등등 이상한 물건들이 쏟아져 나오는 거예요. 아무래도 좋은 일에 쓸 것 같지는 않았어요. 또 책이 한 권 나왔는데, 뭔가 중요한 내용이 있을 것 같아 챙겨 넣었지요. 그러고 나서 돌아오며 생각해보니 아무래도 화가 풀리지 않았어요. 그래서 양강과 결판을 내야겠다고 결심했죠."

목염자는 입술을 지그시 깨물었다.

"저는 양강의 방으로 갔어요. 뜻밖에 문 앞에서 기다리고 있다가 미소를 지으며 반기더군요. 저는 이미 결심이 섰기 때문에 그 자리에서 모든 것을 확실히 해야겠다는 생각뿐이었어요. 방에 들어서자 그가 손가락으로 탁자 위에 있는 병을 가리키며 묻더군요. '누이, 이 병에 뭐가 들어 있는지 알아요?' 저는 화가 나서 뭐가 있는지 알게 뭐냐고 쏘아붙였지요. 그는 계속 웃으며 설명을 해주었어요. '내 친구가 아까 내게 준 건데, 이 약을 차에 타서 누이한테 먹이면 내 뜻대로 할 수가 있다고 알려주었어요.' 뜻밖에 사실대로 털어놓으니 저는 화가 조금 누그러졌답니다. 그래도 그 병을 들어 창밖으로 집어 던졌지요. 이런 물건을 왜 가지고 있느냐고 했더니, 그는 자기가 나한테 그런 비열한 짓을 할 사람으로 보이냐고 오히려 반문하더군요."

곽정도 고개를 끄덕였다.

"그건 아우가 잘했네."

곽정의 말에 목염자는 흥, 하고 콧방귀를 뀌고 말이 없었다. 황용은 당시 철장산에서 창 너머로 방 안의 정경을 살펴보았던 일이 떠올랐다. 그때 양강은 침대 모서리에 앉아 목염자를 끌어안고 뭔가 이야기를 하고 있었다. 또 목염자의 얼굴에는 수줍은 빛이 가득했지만, 미소를 잃지 않은 채 부드러운 표정이었다. 아마도 약병을 집어 던진 뒤의 상황이었던 듯했다.

"그래서 어떻게 됐어?"

곽정이 다음 이야기를 채근했다. 그는 주백통에게 배워 누가 이야기를 하다가 잠시 중단되면 그다음에 어찌 되었냐고 물으며 말하는 사람의 흥을 돋워주는 버릇이 생겼다. 그런데 목염자는 얼굴이 온통 붉어지며 고개를 모로 꺾고 대답이 없었다. 그 모습을 보고 황용이 외쳤다.

"아! 언니, 알았어요. 그래서 둘이 예를 올리고 부부가 되었군요."

목염자가 고개를 다시 돌리는데, 얼굴색이 창백해져 아랫입술을 질끈 깨문 채 이제껏 본 적이 없는 눈빛을 지어 보였다. 황용은 제가 말을 잘못 뱉은 것을 알고 찔끔 놀랐다.

"미안해요. 제가 말을 잘못했네요. 언니, 화내지 마세요."

목염자는 가라앉은 목소리로 중얼거리듯 내뱉었다.

"잘못 말한 것이 아니라, 내가 정신이 나간 거지요. 나…… 그 사람과 정말 부부가 됐어요. 하지만…… 예를 치른 것은…… 아니에요. 그저 내가…… 내가 버티지 못한 게 정말……."

황용은 목염자의 표정이 심상치 않은 것을 보고 왼팔로 그녀의 어깨를 감싸 안았다. 뭐라 위로하고 싶은 마음에 황용은 곽정을 가리키며 짐짓 밝은 목소리로 말했다.

"언니, 그럴 것 없어요. 그건 별것도 아니에요. 지난번 우가촌에서 오빠가 저와 부부의 연을 맺으려고 했는걸요."

이 말이 떨어지자 곽정은 그만 할 말을 잃고 몸 둘 바를 몰랐다. 쥐구멍이라도 찾고 싶은 심정이었다.

"그…… 우리는…… 아직……."

황용이 그 모습을 보고 까르르 웃었다.

"그럼 뭘 하려고 그랬는데요?"

곽정은 얼굴이 귓불까지 온통 붉어져 목소리가 기어들어갔다.

"내가 잘못했어."

황용은 오른손을 뻗어 곽정의 어깨를 가볍게 두드렸다.

"오빠가 저와 부부가 되고 싶어 해서 정말 기뻤어요. 뭘 잘못했다고 그러세요?"

듣고만 있던 목염자가 한숨을 내쉬었다.

'이 아이는 영리하기는 하지만 아직 어려 남녀 간의 일을 잘 모르는 거지. 이렇게 착하고 너그러운 오라버니를 만났으니 정말 다행이야.'

황용이 목염자를 돌아보았다.

"언니, 그래서 어떻게 됐어요?"

목염자는 시냇물을 바라보며 천천히 입을 열었다.

"그래서…… 그러다가…… 창밖에서 누군가 싸우는 소리가 들렸어요. 그가 나더러 가만있으라고 하면서 철장방 내부의 일이니 상관할 필요 없다고 했지요. 한참이 지나니까 누군가 방문을 두드리며 그 사람을 불렀어요. 구 방주라면서 좀 보자고 했지요. 양강은 벌떡 일어나 나에게 이불 속에서 꼼짝 말고 있으라 이르고는 등불을 켰어요. 누군가 방으로 들어오는데, 침대 휘장 사이로 비치는 모습이 아까 본 그 못된 늙은이인 거예요. 그가 바로 철장방 방주였다는 것을 알고 나는 몹시 불안해졌어요. 아까 왜 공격했냐고 따지면 내가 뭐라고 할 수 있겠어요? 그런데 다행히 그 이야기는 꺼내지 않고 어떻게 개방을 없앨지, 금병의 남하를 어떻게 맞이할지 등을 양강과 의논하는 거였어요."

가만히 듣고 있던 황용이 가볍게 웃었다.

"언니, 그 늙은이는 한 명이 아니에요."

목염자는 무슨 말인지 얼른 알아들을 수가 없었다.

"한 사람이 아니라니요?"

"그 사람, 쌍둥이예요. 두 사람이 똑같이 생겼다고요. 언니가 때려

준 사람은 구천장이라는 자예요. 무공은 별 볼 일 없고, 허풍이나 칠 줄 아는 작자죠. 하지만 구 방주, 구천인은 대단한 사람이에요. 언니가 혼내준 자가 가짜였기에 망정이지, 진짜였다면 그 사람 철장 한 방에 언니는 이미 저세상 사람이 됐을 거예요."

목염자가 고개를 끄덕였다.

"그랬구나. 그날 만난 사람이 진짜 구 방주여서 한 손에 나를 죽여주었다면 모든 게 깨끗이 해결되는 건데……."

"그러면 우리 양강 오빠가 서운하죠."

황용의 장난스러운 말에 목염자는 몸을 홱 돌려 황용의 손에서 제 어깨를 빼내며 쏘아붙였다.

"다신 그런 말 하지 마요!"

황용은 혀를 쏙 내밀며 겸연쩍게 웃었다.

"알았어요. 미안해요."

목염자가 자리에서 벌떡 일어났다.

"오라버니, 용아, 그만 가봐야겠어요. 두 사람 부디 조심하고, 철장방의 흉계에 넘어가지 않도록 정신 바짝 차려요."

황용은 얼른 따라 일어나 목염자의 손을 붙잡았다.

"언니, 화내지 마세요. 다음부턴 그런 말 하지 않을게요."

목염자가 한숨을 내쉬었다.

"화가 난 게 아니에요. 그저…… 그저 마음이 아플 뿐이죠……."

"왜요? 양강, 그놈 때문에요?"

황용은 억지로 그녀를 끌어 앉혔다. 목염자가 다시 이야기를 시작했다.

"그날 밤, 침상 휘장 너머로 양강과 그 구씨 늙은이가 나라와 백성을 팔아먹을 음모를 꾸미는 것을 내 귀로 똑똑히 들었어요. 들을수록 화가 나 차라리 귀를 막고 싶었어요. 그때 뛰어나가 그 늙은이를 죽이지 못한 게 지금까지도 한스러울 뿐이죠. 둘이서 한참을 쑥덕거리는데, 밖에서 시끄러운 소리가 들렸어요. 그 늙은이는 '소왕야, 나가서 살펴보고 오겠습니다. 잠시 후 다시 이야기하지요' 하고는 방을 나갔지요."

"맞아요, 저랑 오빠를 쫓느라 그런 거예요."

목염자가 고개를 끄덕이고 이야기를 이어갔다.

"그 늙은이가 가고 나서 양강은 또 변명을 늘어놓더군요. 나는 아까 그 늙은이와 주고받은 이야기가 진심인지, 거짓인지 물었죠. 그는 이제 부부가 되었으니 뭘 속이겠냐면서 속내를 드러냈어요. 금국의 대군이 곧 남하할 것이고, 철장방의 힘을 빌릴 수 있게 되었으니 안팎에서 힘을 모으면 이 땅도 완전히 차지할 수 있게 된다는 거였어요. 그는 아주 신이 나서 그의 부왕인 조왕이 보위에 올라 금의 황제가 될 것이 분명하니, 자기는 자연히 황태자가 될 것이고, 그때는 부귀영화가 쏟아져 들어올 것이라고 떠들어댔어요."

목염자는 입술에 침을 발랐다.

"나는 말없이 듣고만 있었죠. 그랬더니 이번에는 나를 황후 자리에 앉혀주겠다는 거예요. 나는 더 이상 듣고 있을 수가 없어 그의 따귀를 때리고 말았죠. 그리고 뛰어나와 곧장 산 아래로 내달렸어요. 그때 철장봉 위쪽은 무슨 난리라도 난 듯 떠들썩했고요. 수많은 철장방 무리가 손에 횃불을 들고서 가장 높은 봉우리로 일제히 뛰어올라가고 있었어요. 내가 혼자 산을 내려오는 동안 가로막는 사람 하나 없더군요."

목염자는 더 이상 양강을 믿지 못하겠다며 이별을 선언했다.

그녀의 말은 계속되었다.

"그런 일을 겪고 나니 그에 대한 정이 사라지고, 그저 죽고 싶은 마음뿐이었어요. 어디가 어딘지도 모르고 정신없이 달리기만 했죠. 그러다 저 앞에 웬 도원道院이 하나 보였고, 나는 무조건 거기로 뛰어 들어갔어요. 그러고는 정신을 잃었던 거예요. 다행히 그곳의 늙은 비구니께서 나를 받아주셨어요. 나는 한동안 앓아누웠다가 얼마 전에야 기운을 찾을 수 있었죠. 그리고 임안 우가촌으로 가기 위해 비구니 차림을 하고 길을 나섰는데, 이렇게 오라버니와 용이를 만날 줄은 정말 몰랐어요."

"언니, 우리는 도화도로 가는 길이니 마침 길이 같네요. 함께 가면 기분도 좀 나아질 거예요. 언니만 괜찮다면 무공도 몇 가지 가르쳐드릴 수 있고요."

"아니, 난…… 나는 혼자서 갈게요. 호의는 고맙게 생각해요."

목염자는 고개를 젓고는 몸을 일으켰다. 그녀는 품속에서 책을 하나 꺼내 곽정에게 건네주었다.

"오라버니, 이 책에 적힌 내용은 철장방과 관계가 있어요. 홍칠공을 만나면 그분께 드리세요. 모르긴 해도 쓸모가 있을 거예요."

"응."

곽정은 짧게 대답하고 책을 받았다. 목염자는 빠른 걸음으로 두 사람을 지나 고개도 돌리지 않고 멀어졌다. 곽정과 황용은 목염자의 모습이 버드나무 사이로 사라지는 것을 말없이 바라보고 있었다.

"여자 혼자서 먼 길을 가려면 힘들 텐데……. 도중에 험한 일이나 겪지 않기를 바랄밖에……. 그래도 무공이 있으니 좀도둑이나 건달패 정도는 걱정하지 않아도 될 거야."

"그야 모르죠. 오빠나 나 같은 사람도 나쁜 놈들에게 당한걸요."

곽정은 한숨을 푹 내쉬었다.

"둘째 사부님께서 자주 그러셨어. 난세에는 사람이 개만도 못해지는 것은 어쩔 수 없는 일이라고……."

"그래요. 그럼 우리 벙어리 개를 잡으러 가요!"

황용이 밝은 목소리로 외쳤다.

"벙어리 개라니?"

황용은 입으로 웅웅거리며 손짓, 발짓을 했다. 곽정은 그제야 알아채고 웃음을 터뜨렸다.

"가짜 벙어리의 배를 타자는 거야?"

"물론 타야죠. 구천인이 저를 그렇게 때렸는데, 여기서 끝낼 수 있나요? 그자를 이기지 못하면 우선 그를 따르는 무리부터 혼내줘야죠."

두 사람은 다시 주점으로 돌아갔다. 벙어리는 주점 앞에서 애가 타는 듯 두리번거리다 두 사람을 발견하고 희색이 만면해져서는 얼른 다가왔다. 두 사람은 아무것도 모르는 척하며 벙어리가 이끄는 대로 나루터로 갔다. 배는 크지도 작지도 않았다.

원강沅江에는 이런 배가 많이 오갔다. 상서湘西의 산간 지방에서 가져온 물건을 내려놓고 호빈湖濱의 쌀을 싣고 가는 배들이었다. 배에는 두 젊은이가 웃통을 벗은 채 갑판을 닦고 있었다. 두 사람이 배에 오르자 사공은 배를 묶었던 줄을 풀고 배를 강심江心으로 몰고 가 돛을 활짝 폈다. 마침 남풍이 세차게 불고 있어 배는 바람 따라 물결 따라 쏜살같이 하류로 내려갔다. 곽정은 양강과 목염자의 일이 떠올라 절로 한숨이 새어나왔다.

'양강은 나의 의제다. 형제의 의를 맺었으면 기쁨도 고난도 함께 나누어야 하는 것인데, 나는 그가 그렇게 그릇된 길로 빠지도록 내버려두고 있었구나. 어찌 되었든 잘못을 뉘우치고 바른길로 돌아오도록 해야 했는데…….'

곽정은 배에 기대선 채 멍하니 먼 하늘만 바라보고 있었다.

"언니가 준 책 좀 보여주세요. 뭐라고 쓰였는지 궁금해요."

황용의 말에 곽정은 퍼뜩 정신이 들어 품속에서 책을 꺼냈다. 황용은 한 장 한 장 넘겨보다 갑자기 외쳤다.

"아, 그랬구나! 오빠, 이것 좀 보세요!"

곽정은 황용 곁에 앉아 그녀 손에 있는 책을 읽어보았다. 날이 저물어가느라 붉은 놀이 강심을 비추고 있었다. 이 타는 듯한 붉은빛이 물결에 반사되어 황용의 얼굴에, 옷에, 책에 은은히 묻어나고 있었다. 이 책은 철장방의 제13대 방주였던 상관검남上官劍南이라는 사람이 쓴 것으로 철장방의 중요한 일들이 기록되어 있었다.

상관검남은 원래 한세충 수하의 장수였다. 진회가 권력을 잡은 뒤 악비가 살해되고 한세충은 병권을 빼앗긴 채 물러나 있었다. 그가 이끌던 병사들도 대부분 갑옷을 벗고 귀향하고 말았다. 상관검남은 간신의 횡포에 분노해 무리를 이끌고 형양荊襄 일대의 산적이 되었다가 철장방에 들어갔다. 얼마 후 연로한 방주가 죽자 그가 방주 자리를 이어받았다.

원래 철장방은 작은 패거리에 불과했으나 상관검남의 노력으로 의협을 좇는 무리로 탈바꿈했다. 이에 근방의 영웅호걸, 충의지사들이 소문을 듣고 모여드니 몇 년 만에 그 세력이 엄청나게 강대해져 북방의 개방과 어깨를 나란히 할 정도가 되었다.

상관검남은 가슴에 충의를 품은 인물이었다. 몸은 초야에 묻혀 있을지언정 나라를 지키고 원수를 주살誅殺해 과거의 땅을 되찾겠다는 야망을 잊지 않고 있었다. 이를 위해 부하를 임안과 변량 등지로 보내 소식을 알아보며 때를 기다렸다.

수년이 지난 후 한 철장방 사람이 과거 악비가 갇혔던 옥의 파수꾼과 친해졌다. 그리고 파수꾼을 통해 악비가 죽은 뒤 그의 유품이 시신과 함께 관에 안치되었으며, 그중 병서가 한 권 섞여 있다는 사실을 알게 되었다. 이리저리 수소문한 끝에 그 책이 황궁 안에 있다는 사실도 확인했다.

이 소식은 즉시 철장방에 알려졌고, 상관검남은 방중의 고수들을 모조리 모아 동쪽으로 향했다. 밤을 타 황궁으로 침입한 뒤 전혀 힘들이지 않고 병서를 훔쳐냈다. 그리고 그날 밤 곧바로 책을 가지고 과거 자신이 모시던 한세충에게 달려갔다.

한세충은 이미 연로해 부인인 양홍옥梁紅玉과 서호西湖 호숫가에서 은거하고 있었다. 그는 상관검남이 가져 온 악비의 유서이자 병서를 보고는 영웅의 억울한 죽음과 끝내 다 펴지 못한 웅지를 한탄하며 검을 뽑아 탁자를 두 동강 냈다. 그리고 옛 친구를 기리기 위해 악비가 평생 지은 시와 서찰, 상소 등을 모아 책 한 권으로 엮고, 이 책의 사본을 상관검남에게 주었다. 악무목의 유지를 받들어 중원의 호걸들을 이끌고 이민족을 몰아내 조국 산천을 되찾으라는 격려도 덧붙였다.

한세충은 상관검남과 이야기를 나누던 중 갑자기 다른 생각이 떠올랐다. 악비는 이 병법을 통해 진충보국盡忠報國을 제 임무로 삼을 것을 강조하고 있으니, 책을 통해 말하고자 하는 다른 목적이 있을 듯했다. 아마도 악비는 경비가 삼엄해 이 병서를 밖으로 빼돌리지 못했을 것이다.

그러나 악비는 워낙 비상한 사람이라 분명 이에 대한 대책을 세웠을 터였다. 그러고 보니 그가 병서를 전하고 싶은 사람은 따로 있을지도 모른다는 생각이 들었다. 그렇다면 그가 뒤늦게 소식을 접하고 황궁으로 찾으러 간다 해도 이미 없어진 병서를 찾지 못할 것이었다. 그래서 두 사람은 의논한 끝에 상관검남이 철장산의 모습을 그린 종이를 상자에 숨겨놓기로 했다. 그 종이에는 '〈무목유서〉는 철장산 중지봉 둘째 마디에 있다武穆遺書 在鐵掌山 中指峯上 第二指節'라는 열여섯 자가 적혀 있었다. 한세충은 뒤에 오는 사람이 잘 알아보지 못할까 봐 그림 위에 악비의 옛 시도 적어놓았다. 이 병법을 전해 받는 사람은 악비의 자제가 아니라면 옛 수하일 테니 틀림없이 시를 알아보고 그림을 세밀하게 연구할 것이라고 생각했다. 상관검남은 다시 황궁으로 가 그림을 남겨두고 뒤에 오는 사람이 이를 단서로 철장방에 와 책을 찾아갈 수 있도록 했다.

상관검남도 악무목의 병서를 읽어보았으나 이치를 이해하지는 못했다. 얼마 되지 않아 그는 중한 병에 걸려 철장방 방주 자리를 구천인에게 물려주었다. 상관검남은 구천인이 무공이 뛰어나고 재주도 많지만, 병법에 대해서는 아는 바가 많지 않아 〈무목유서〉도 그에게는 별 소용이 없다는 것을 알고 있었다. 또한 그 병서가 그릇된 곳에 쓰일까

염려하는 마음에서 그림에 그려둔 대로 임종 할 때 병서를 철장산 중지봉의 동굴로 가지고 들어갔다.

곽정은 책을 덮고 가만히 한숨을 쉬었다.

"상관검남이라는 방주는 참으로 영웅이었구나. 죽으면서까지도 그 유서를 꼭 지키고 있었다니……. 나는 그가 금나라와 결탁해 일신의 영화를 위해서 나라를 팔아먹으려는 구씨 형제와 비슷할 거라 생각했는데, 정말 부끄럽구나. 진작 이런 줄 알았다면 그의 유골에 공손히 절이라도 올렸을 텐데……. 과거 철장방은 충신, 지사들의 모임이었는데 이제는 도적 떼로 변하고 말았으니……. 상관 방주가 지하에서 이 사실을 안다면 얼마나 탄식할까."

이야기를 나누는 사이, 날은 이미 어두워졌다. 사공은 배를 어느 마을 옆에 대고 닭을 잡아 식사를 마련했다. 황용은 그가 음식에 무슨 수작이라도 부렸을까 봐 음식이 더럽다는 트집을 잡고 닭고기와 채소를 가져다 곽정과 마을의 농가에 가서 따로 밥을 해 먹었다. 사공은 눈을 부릅뜨고 수염을 부들부들 떨며 화를 냈지만 벙어리 행세를 하는 처지라 말은 못 하고 어쩔 줄 몰라 했다. 게다가 황용이 손짓으로 제 할 말을 다하자 아무리 해도 황용을 이길 수 없을 것 같아 그저 이를 악물고 참을 따름이었다. 사공은 두 사람이 강가에 내리고 나서야 선실로 들어가 욕을 퍼부어댔다. 식사를 마치고 곽정과 황용 두 사람은 농가의 나무 그늘에 앉아 바람을 쐬었다.

"상관 방주의 이 책이 어떻게 구천장의 손에 들어갔는지 모르겠어. 이걸 어디에 쓰려고 했을까?"

"그 늙은이 얼굴이 동생과 똑같이 생겼으니까 이 책을 훔치는 거야 어렵지 않았겠지요. 밖에 나가 휘젓고 다니며 방주 행세를 하려면 방중의 옛일도 잘 알아야 들통이 나지 않을 테고요."

잠시 후 황용이 갑자기 생각났다는 듯 말을 돌렸다.

"그러고 보니, 곡영풍 사형이 큰 공을 세웠네요."

곽정은 어리둥절한 표정이었다.

"이 〈무목유서〉는 원래 취한당 옆 폭포 안쪽 동굴에 숨겨져 있던 거잖아요? 상관검남은 이 책을 훔쳐온 뒤, 자신이 그린 그림을 당연히 원래 책이 숨겨져 있던 곳에 두었겠죠?"

"그렇지."

곽정이 고개를 끄덕였다.

"곡 사형은 도화도에서 쫓겨난 뒤 줄곧 사문으로 돌아가기를 소원했어요. 아버지가 서화와 골동품을 좋아하신다는 것을 알고 있었고요. 천하의 귀중한 보물들이야 당연히 황궁에 가장 많을 테니 목숨 걸고 황궁으로 들어갔겠죠. 거기서 명화며 서첩을 훔치다가……."

"그래, 맞다. 곡 사형이 이 그림을 다른 서화와 함께 훔쳐 우가촌 밀실에 숨겨둔 것이구나. 너희 아버지께 드리려고 모아두었다가 황궁 시위에게 죽임을 당하고 말았고. 완안홍열 그놈이 황궁에 도착했을 때는 악무목의 유서뿐 아니라 단서로 남겨둔 그림까지 없어진 후였던 거야. 아, 진작 이런 줄 알았다면 폭포 동굴에서 죽을힘을 다해 싸울 필요도 없었는데……. 또 내가 노독물과의 싸움에서 부상을 입지 않았다면 네가 7일 밤낮으로 고생할 필요도 없었잖아."

"아니죠. 우가촌 밀실에서 상처를 치료하지 않았다면 이 그림을 어떻게 찾았겠어요? 그리고 또…….”

황용은 이야기를 하다가 우가촌에서 화쟁과 만난 일이 떠오르자 갑자기 서글퍼졌다.

“아버지는 지금 뭘 하고 계실까요?”

고개를 들어 하늘에 뜬 달을 바라보았다.

“8월 중추절이 다가오네요. 가흥 연우루에서 무예를 겨룬 다음 몽고 사막으로 돌아가는 건가요?”

“아니야. 먼저 완안홍열을 죽여 우리 아버지와 양 숙부의 원수를 갚아야지.”

황용은 여전히 달을 응시하고 있었다.

“그를 죽인 다음에는요?”

“그러고도 할 일이 많지. 사부님의 부상을 치료해드리고, 주 대형과 영고를 만나게 해드려야지. 또 여섯 사부님 댁으로 가 모두들 무사하신지 둘러볼 거야. 그다음에는 아버지 묘에도 가보고…….”

“그 모든 일을 하고 나면 몽고로 돌아가겠네요?”

곽정은 간다고도, 안 간다고도 할 수가 없었다. 또 자신도 어찌해야 할지 알 수가 없었다. 옆에서 황용이 갑자기 웃음을 터뜨렸다.

“나도 참 멍청하지. 지금 이런 생각을 해서 어쩌겠다고? 이렇게 같이 있는 동안에는 조금이라도 더 즐겁게 보내야 하는데……. 함께 있을 수 있는 날이 점점 줄어들잖아요. 오빠, 우리 배로 돌아가요. 가짜 벙어리를 놀려줘야죠.”

두 사람이 배로 돌아와보니 사공과 두 젊은이는 선미에서 잠을 자고 있었다. 곽정이 황용의 귓가에 속삭였다.

"너도 좀 자. 내가 지키고 있을게."

"제가 벙어리들에게 욕하는 손짓을 가르쳐드릴 테니 내일 한번 해 보세요."

"네가 하면 되잖아?"

"그건 워낙 험해서 여자애가 하기는 부끄러운 말이에요."

황용의 말에 곽정은 고개를 끄덕였다.

'벙어리들도 욕을 하는구나…….'

"우선 좀 쉬어. 내일 욕해도 늦지 않으니까."

황용은 부상을 입고 아직 원기가 회복되지 않은 터라 피로가 밀려오는 것을 느꼈다. 곽정의 다리를 베자마자 그녀는 스르르 잠이 들었다.

곽정은 바로 앉아 연공을 하고 싶었지만 사공의 의심을 살까 봐 그냥 갑판에 드러누워 일등대사가 가르쳐준 〈구음진경〉 가운데 범문으로 기록한 내공을 가만히 외워보았다. 그 방법대로 반 시진쯤 연습을 하고 나니 온몸에 힘이 넘치고 정신이 한결 맑아지는 듯했다. 스스로도 흡족해하는데 황용이 잠꼬대를 하는지 웅얼거리는 소리가 들렸다.

"오빠, 화쟁 공주와 혼인하지 마세요. 제가 오빠한테 시집갈래요."

곽정이 깜짝 놀라 대답할 바를 모르고 쩔쩔매는 사이, 황용의 목소리가 이어졌다.

"아니에요, 제가 말을 잘못했어요. 아무것도 바라지 않을게요. 오빠가 마음속으로는 저를 좋아하신다는 것을 알고 있어요. 그럼 됐어요."

곽정은 황용을 가만히 불러보았다.

"용아, 용아."

황용은 아무런 대답도 없이 코를 가볍게 쌕쌕거리며 깊은 잠에 빠져 있었다. 곽정은 황용이 사랑스러우면서도 측은한 생각이 들었다. 은은한 달빛이 그녀의 얼굴을 비추었다. 상처가 회복되는 중이라 혈색은 아직 돌아오지 않았다. 달빛을 받은 얼굴은 희다 못해 투명하기까지 했다. 곽정은 오랫동안 넋을 잃은 듯 황용의 얼굴을 바라보았다. 황용의 눈썹이 조금 찡그려지는 듯하더니 어느새 눈에서 눈물이 흘러내렸다.

'꿈에서 우리의 앞날을 생각하는 거지. 평소에는 아무 걱정 없는 듯 밝게 웃으면서도 마음은 괴로웠나 보구나. 아…… 내가 용이를 이렇게 만들어놓고 말았군. 그때 장가구에서 서로 만나지 않았다면 용이에게 더 좋았을 텐데. 하지만 나는? 나는 용이를 놓아줄 수 있을까?'

귀에 익은 웃음소리

한 사람은 꿈속에서, 한 사람은 두 눈을 말똥거리며 각자 수심에 잠겨 애를 태우고 있었다. 이때 갑자기 물소리가 들리더니 배 한 척이 상류에서 미끄러져 내려왔다.

'원강은 물살이 급하고 위험한데 웬 배가 대담하게 야심한 밤에 다닐까?'

곽정이 고개를 내밀고 살피려는 순간, 그가 탄 배의 후미에서 누군가 가볍게 박수 치는 소리가 들렸다. 박수 소리가 가볍기는 했지만 조용한 밤이라 수면 위로 멀리까지 퍼져 나갔다. 뒤이어 돛과 노를 거두는 소리가 들리고 강심에서 하류로 내려가던 배가 오른쪽 강가로 방향을 바꾸었다. 잠시 후, 배는 곽정이 탄 배와 나란히 서게 되었다.

곽정은 황용을 가만히 흔들어 깨웠다. 그리고 배가 살짝 흔들리자 얼른 거적을 젖히고 밖을 내다보았다. 웬 그림자가 곽정이 탄 배에서 다른 배 쪽으로 건너가고 있었다. 그 모습은 분명 벙어리 사공이었다.

"내가 가서 좀 살펴볼 테니 여기 가만히 있어."

황용은 고개를 끄덕였다. 곽정은 몸을 숙이고 뱃머리로 다가가 옆에 선 배가 아직 흔들리는 틈을 타 몸을 솟구쳐 그 배로 건너갔다. 다행히 배의 정중앙에 떨어져 배가 좌우로 흔들리지 않아 사람들은 전혀 눈치채지 못했다.

곽정은 선창을 덮은 천에 눈을 대고 그 틈으로 아래를 내려다보았다. 선창 안에는 검은 옷을 입은 사내가 셋 있었는데, 모두 철장방 무리의 복장을 하고 있었다. 그중 한 사람은 몸집이 유난히 크고 머리에 푸른 두건을 둘렀는데, 그가 우두머리인 듯했다. 곽정의 몸이 어찌나 빨랐던지 벙어리 행세를 하던 사공은 곽정보다 먼저 옮겨 타고도 이제야 선창에 들어와 몸집이 큰 사내 앞에 몸을 숙이고 예를 올렸다.

"교 채주."

교 채주라는 사람이 물었다.

"두 연놈은 있느냐?"

"예."

"의심하는 기색은 없더냐?"

"의심하는 것 같지는 않으나 그것들이 배에서 밥을 먹으려 하지 않아 손을 쓸 수가 없었습니다."

교 채주는 흥, 하고 콧방귀를 뀌었다.

"어쨌든 청룡탄青龍灘에서 끝장을 내야 한다. 모례 정오, 너희 배가 청룡탄을 지나 3리쯤 떨어진 청룡집青龍集에 이르거든 배의 키를 부숴버려야 한다. 그러면 우리가 그곳에서 기다렸다가 힘을 보태주마."

사공이 "예" 하고 대답했다.

"그 두 연놈의 무공이 대단하니 조심해야 한다. 일이 성공하고 나면 방주께서 큰 상을 내리실 거야. 그만 돌아가라. 물로 들어가 배에 올라야 한다. 배가 흔들리면 그것들이 깰지 모르니까."

"예, 더 분부하실 것은 없습니까?"

"없네."

교 채주가 손을 내젓자 사공은 절을 하고 가만히 물로 들어가 헤엄쳐 돌아갔다. 곽정은 돛대에 두 발을 버티고 몸을 날려 배로 돌아와 황용에게 방금 들은 이야기를 해주었다. 황용은 빙긋 웃었다.

"일등대사가 계신 곳의 그 급류도 거슬러 올라갔던 우리가 청룡탄이나 백호탄이 겁날 게 뭐 있겠어요? 잠이나 자요."

적들의 흉계를 이미 잘 알고 있는지라 두 사람은 여유만만이었다. 다음 날에는 배에서 주변 경치를 둘러보며 푹 쉬었고, 저녁에도 별다른 경계를 하지 않았다. 셋째 날 아침, 사공이 막 배를 출발시키려는데 황용이 입을 열었다.

"잠깐만요. 청룡탄에서 배가 뒤집히면 위험하니까 먼저 말을 육지에 내려둘래요."

사공은 순간 안색이 변했지만, 짐짓 못 알아듣는 척했다. 황용은 약이 올라 사공에게 욕을 해주려고 두 팔을 들었다. 도화도의 벙어리들은 모두 악인이었던 자들이라 손을 쓰는 욕지거리도 보통 험한 것이 아니었다. 황용은 어려서부터 익혀 알고 있었지만, 그 의미를 정확히 알지는 못했다. 이번에도 왼손 두 손가락으로 원을 만들다가 아무래도 점잖지 못한 짓 같아 그냥 웃으며 그만두었다. 그리고 곽정과 함께 말을 끌어다 육지에 내려주었다.

"용아, 괜히 장난치지 말고 여기서부터 말을 타고 가자."

"왜요?"

곽정의 말에 황용이 의아하다는 듯 물었다.

"철장방 조무래기들과 싸울 필요 있겠니? 그냥 우리 둘이 함께 있으면 그걸로 됐잖아."

"우리가 정말 한평생 함께할 수 있을까요?"

곽정은 입을 다물었다. 황용은 홍마의 고삐를 풀고 북쪽 길을 가리켰다. 홍마는 매우 영특해 이미 여러 차례 주인과 떨어지고도 다시 만났다. 이번에도 잠시 떨어져 있을 뿐이라는 것을 알고 있었으므로 전혀 망설이지 않고 줄이 풀리자마자 북쪽으로 내달려 금세 사라졌다. 황용이 탁탁 손을 털었다.

"그만 배로 가요."

"아직 몸도 성치 않은데 위험한 짓을 굳이 해야겠어?"

"오기 싫으면 그만두세요."

황용은 한마디 툭 던지고는 강변 내리막길을 걸어 내려가 배에 올라탔다. 곽정도 하는 수 없이 따라 올랐다. 그 모습을 보며 황용은 피식 미소를 지었다.

"오빠도 참…… 우리가 지금 함께 재미있는 일을 조금이라도 더 겪으면 나중에 헤어져서도 추억할 일이 많아 좋지 않겠어요?"

"우리가…… 우리가 정말 헤어져야 하는 거야?"

황용은 말없이 곽정의 얼굴을 바라보았다. 곽정은 가슴속이 텅 비는 듯했다. 우가촌에서 일시적인 충동으로 화쟁과 혼인하겠노라 대답했을 때는 몰랐는데, 이제는 그 말이 황용에게 얼마나 큰 상처와 고통을 주었는지 알 수 있을 것 같았다.

한 시진 정도를 가다 보니 해가 중천에 떠 있었다. 원강 양쪽의 산들은 갈수록 험준해 보였다. 아무래도 청룡탄이라는 곳이 멀지 않은 듯했다. 곽정과 황용은 뱃머리에 서서 앞쪽을 바라보았다. 상류로 올라가는 배들은 모두 사람이 끌고 있었다. 큰 배는 많게는 수십 명이 끌었고, 가장 작은 배도 끄는 사람이 서너 명은 되었다. 배를 끄는 일꾼들은 허리를 잔뜩 숙이고 한 걸음 한 걸음 상류를 향해 걸음을 옮기고 있었다. 이마가 땅에 닿을 듯 구부리고 힘을 써도 휘몰아치는 급류에 밀려 배는 바닥에 박아놓은 듯 꿈쩍도 하지 않았다.

일꾼들은 모두 머리에 흰 천을 동여매고 웃통을 벗고 있었다. 구릿빛 피부는 땀으로 범벅이 되어 작열하는 태양 아래 번들번들 빛이 났다. 그들이 기운을 돋우느라 연방 소리를 질러대는 바람에 수 리 이어진 골짜기마다 기합 소리가 여기저기서 울려 퍼졌다. 하류로 내려가는 배는 물결을 타고 빠르게 미끄러져 순식간에 일꾼들을 지나쳐갔다. 곽정은 이런 모습들을 보며 불안한 마음이 들었다.

"용아, 원강의 물살이 거세다는 말을 듣고도 별로 마음에 두지 않았는데, 지금 실제로 보니까 아무래도 급류가 길게 이어지는 것 같다. 배가 뒤집히기라도 하면 너는 아직 회복하지도 않았는데 잘못될까 걱정이야."

"오빠는 그럼 어떻게 하자는 거예요?"

"벙어리 사공을 죽이고 배를 강가에 대자."

황용은 고개를 저었다.

"그건 재미가 없잖아요."

"지금 재미있고 없고를 따질 때야?"

곽정이 다급히 외치는데도 황용은 입을 삐죽이며 웃을 뿐이었다.

"나는 원래 재미있는 걸 좋아하잖아요!"

혼탁한 강물이 양쪽 산봉우리 사이에 걸려 휘몰아치는 것을 보며 곽정은 조급해졌다. 뭔가 꾀를 내보려고 했지만 워낙 생각이 느린 지라 뾰족한 수가 떠오르지 않았다.

강이 몇 굽이를 돌자 멀리 수십 호의 인가가 보였다. 산을 따라 높고 낮은 집들이 늘어서 있었다. 급류를 탄 배는 달리는 말보다 빠르게 흘러 내려가 잠깐 사이에 인가에 닿았다. 강가에는 수십 명의 장정이 배를 기다리고 있었다. 벙어리 사공이 뱃전에 있던 줄을 던지자 장정들이 받아 감아서는 배를 끌어 올렸다. 이때 하류에서 또 한 척의 배가 거슬러 올라왔다. 30여 명의 일꾼이 숨을 헐떡였고, 어떤 이는 그대로 쓰러져 누워 있었다. 곽정은 더욱 걱정이 되었다.

'하류의 물살은 여기보다 더 거친 모양인데…….'

일꾼 중에는 머리가 하얗게 센 노인이 있는가 하면, 열네댓 살쯤 되어 보이는 어린아이도 있었다. 모두가 피로로 얼굴이 누렇게 뜨고 가슴팍에 뼈가 튀어나와 있는 것으로 보아 힘들게 살아가는 듯했다. 배를 강가에 대고 사공은 닻을 던져 내렸다. 곽정이 둘러보니 산 절벽 근처에도 20여 척의 배가 떠 있었다. 황용이 곁에 있던 장정에게 물었다.

"여기가 어디인가요?"

"청룡집입니다."

황용은 고개를 끄덕이며 벙어리 사공의 동정을 유심히 살폈다. 그는 언덕길에서 한 장정과 손짓을 나누더니 갑자기 도끼를 꺼내 줄을 끊어버린 다음 손을 뻗어 닻을 들어 올렸다. 배는 급류에 부딪쳐 기우뚱거리며 몇 바퀴를 돌더니 나는 듯 하류로 떠내려갔다. 강가에 있던 사람들이 놀라 소리를 질렀다.

청룡집을 지나자 강바닥이 기울었는지 강물이 쏟아지듯 급류를 이루며 흘렀다. 벙어리 사공은 두 손에 키를 움켜쥐고 수면을 뚫어지게 바라보았다. 두 젊은이는 각기 긴 삿대를 잡고 서서 사공 양쪽에 서 있었다. 급류의 변화에 대비하는 것 같기도 하고, 곽정과 황용의 공격에서 사공을 보호하려는 것 같기도 했다. 점차 급해지는 물살에 배는 미친 듯 흘러 내려가며 금방이라도 바위에 부딪쳐 산산조각이 나버릴 것 같았다. 곽정이 참다못해 외쳤다.

"용아, 키를 빼앗아!"

곽정은 저도 얼른 배 뒤쪽으로 내달렸다. 젊은이 둘이 외침을 듣고는 삿대를 치켜든 채 각자 배의 양쪽을 지키고 섰다. 곽정은 이들은 아랑곳하지 않고 좌현으로 달려들었다.

"잠깐만요!"

황용의 외침에 곽정은 발을 멈추고 돌아보았다.

"왜 그래?"

"수리를 잊었어요? 배가 뒤집혀도 우리는 수리를 타고 날아오를 수 있잖아요."

황용의 말에 곽정은 그제야 얼굴이 환해졌다.

'이 급류 속에서도 겁을 내지 않더라니, 일찌감치 이런 방법을 생각해두었구나.'

곽정은 손짓해 수리 두 마리를 곁으로 불러놓았다. 벙어리 사공은 곽정이 달려들다가 갑자기 그만두자 두 사람에게 다른 방도가 있어서 그러는 줄은 모른 채 어린것들이 급류에 겁을 먹고 꼼짝 못 하는 줄 알고 속으로 비웃었다.

물소리가 울리는 가운데 갑자기 멀리서 사람들의 함성이 섞여 들려왔다. 순식간에 맞은편에서 또 다른 배가 물결을 거슬러 올라오는 것이 보였다. 돛대에는 검은 깃발이 나부끼고 있었다. 벙어리 사공은 그 배를 보더니 날이 시퍼렇게 선 도끼를 들어 쿵쿵, 키를 찍어버리고는 좌현에 서서 검은 깃발을 단 배가 옆으로 지나기를 기다렸다가 몸을 날려 얼른 옮겨 탔다. 곽정은 암수리의 등을 누르고 있다가 외쳤다.

"용아, 먼저 타!"

"급할 것 없어요."

황용은 갑자기 다른 생각이 났다.

"오빠, 닻을 던져서 저 배를 부숴버려요."

곽정은 황용의 말대로 쇠로 만든 닻을 집어 들었다. 배는 이미 방향을 잃고 물결 따라 제멋대로 흔들리고 있었다. 두 배의 거리가 몇 장 정도 벌어지자 다른 배는 방향을 돌려 곽정이 탄 배를 피하려고 했다. 배 위에 있던 사공과 일꾼들이 일제히 함성을 울리는 사이, 곽정은 있는 힘껏 닻을 던졌다. 닻은 허공을 가르며 날아가 뱃머리에 부딪쳤다.

마침 활처럼 휘어 있던 막대에 닻이 떨어지자 우지끈, 소리와 함께 막대가 두 동강이 났다. 수십 명의 일꾼이 힘껏 당기고 있던 줄이 갑자기 헐거워지며 사람들은 우르르 땅에 엎어지고 말았다. 배는 끈 떨어진 연이 되어 물 위에서 몇 바퀴 맴을 돌더니 방향이 뒤집힌 채 하류로 떠내려가기 시작했다. 사람들은 깜짝 놀라 고함을 쳐댔고, 골짜기는 사람들의 함성과 물소리로 한바탕 시끄러웠다. 워낙 예상치 못한 일이고 보니 사공은 얼굴이 하얗게 질려버렸다.

"어이! 사람 살려요, 사람 살려!"

황용이 피식 웃었다.

"벙어리가 말을 하다니, 별 이상한 일도 다 있군요."

닻은 아직 하나가 더 남아 있었다. 배 두 척이 나란히 하류로 떠내려가는 상황이었다. 곽정은 두 배의 거리가 가까워졌을 때 숨을 한 번 크게 들이마시고는 남은 닻을 들어 몇 바퀴를 돌렸다. 그리고 그 반동으로 다른 배의 키를 향해 닻을 힘껏 던졌다. 닻에 맞은 키는 박살이 났다. 이제 두 배 모두 산산조각이 나는 것은 시간문제였다. 이때 갑자기 다른 배의 선창에서 한 사람이 나왔다. 그가 긴 삿대를 휘두르자 삿대는 가볍게 흔들리며 닻에 달라붙었다. 그가 공력을 모으자 삿대는 활처럼 휘더니 빡, 소리와 함께 부러지고 말았다. 그러나 닻은 삿대에 가로막혀 힘이 반감되어 물방울을 튀기며 부러진 삿대와 함께 강으로 떨어지고 말았다. 삿대를 쥔 사람은 황갈색 적삼을 걸치고 하얀 수염을 바람에 날리며 요동치는 뱃전에서 미동도 하지 않고 위풍당당하게 서 있었다. 그는 바로 철장방 방주, 구천인이었다.

곽정과 황용은 갑자기 그가 배 위에 모습을 나타내자 그만 깜짝 놀랐다. 이때 콰지직, 소리와 함께 배가 암초에 부딪쳤고 두 사람은 그 충격으로 몸이 솟구쳐 올라 선창 문에 처박혔다. 강물이 세차게 흘러들어오며 이미 종아리까지 물이 차올랐다. 이제 수리의 등에 올라타려고 해도 너무 늦어버렸다. 급박한 상황이고 보니 다른 생각을 할 겨를이 없었다. 곽정은 몸을 날리며 외쳤다.

"날 따라와!"

그는 비룡재천을 쓰며 구천인에게 달려들었다. 이렇게 생사가 달린 위급한 상황에서 적선의 아무 곳에나 떨어진다면 그가 자세를 잡기도 전에 구천인이 공격을 해올 것이고, 자신의 힘으로는 그 공격을 막을 수 없을 테니 먼저 공격해 구천인이 방어를 하는 사이 자리를 확보하려는 생각이었다. 구천인은 그의 생각을 알고 삿대를 흔들어 여러 차례 공중에서 곽정을 찌르려 했다. 곽정이 방향을 정확히 잡지 못하도록 허와 실을 섞어가며 어지럽게 공격을 퍼부었다.

곽정은 내심 놀라며 팔을 뻗어 삿대 끝을 잡고 적선에 내려서려 했다. 그러나 팔을 내밀면 비룡재천의 위력이 떨어지는 것이 문제였다. 구천인은 길게 소리 지르며 삿대를 내던지고 곽정의 가슴을 가격했다. 그는 안정되게 버티고 서 있었고, 곽정은 허공에 떠 있는 상태인지라 강한 장력을 받으면 곽정은 강으로 떨어질 수밖에 없었다.

그런데 삿대가 아직 떨어지기도 전에 누군가 죽봉으로 가로막으며 뛰어들었다. 황용이었다. 그녀가 죽봉을 앞세우고 나타나 날카로운 공격을 펼치며 살수를 연달아 세 차례나 전개했다.

구천인은 그녀의 죽봉에 왼쪽 눈을 찔릴 뻔했다. 그가 황용의 공격을 막는 틈을 타 곽정은 얼른 배에 올라 협공에 나섰다. 그러자 구천인의 움직임이 한층 빨라졌다. 그는 몸을 비틀어 죽봉을 피하면서 오른쪽 다리를 휘둘러 곽정을 떨어뜨리며 이어 쌍장으로 공격했다.

그의 철장은 결코 평범한 것이 아니었다. 철장방은 자신의 방을 세우고 수백 년간 중원에 그 이름을 드높였다. 그렇게 될 수 있었던 것은 바로 이 장법 덕분이었다. 게다가 근자 들어 상관검남과 구천인에 의해 더욱 정교하고 고강한 초술로 거듭났다. 그 위력이 비록 항룡십팔장에는 미치지 못하나, 장법의 정교함은 오히려 항룡십팔장보다 우위에 있었다. 두 사람은 눈 깜짝할 사이에 이미 예닐곱 초식을 겨루었지만, 공격이 이루어지기도 전에 상대방에 의해 차단되는 터라 서로 잔뜩 경계할 수밖에 없었다. 골짜기 전체에 울려 퍼지는 웅장한 물소리도 네 개의 손바닥이 내는 바람 소리는 삼키지 못했다.

이때 철장방 중 한 사람이 배의 키를 잡고 천천히 배를 돌렸다. 벙어리 사공이 타고 있던 배는 이미 두 동강이 나 갑판과 돛, 사공과 두 젊은이가 모두 소용돌이에 휩쓸려 뱅글뱅글 돌고 있었다. 벙어리 사공이 외치는 비명 소리가 멀리에서 들렸다. 과연 목소리가 남달리 우렁찼다.

황용은 그 와중에도 왼손을 몸 뒤로 휘둘러 손짓으로 사공에게 욕지거리를 해주었다. 어쨌든 보는 사람도 없으니 저급하다 해도 별 상관없었다. 사공 등 세 사람은 죽을힘을 다해 발버둥 쳐보았지만 급류의 힘을 당해낼 수는 없었다. 그들은 순식간에 소용돌이에 휘말리더니 어느덧 가라앉아 흔적조차 찾을 수 없었다.

검은 깃발을 단 배가 물결을 따라 미끄러져 오고 있었다. 황용이 고개를 돌려보니 이미 3~4리 가까이까지 다가왔다. 수리들은 공중을 선회하며 계속 울부짖었다.

황용은 죽봉을 휘둘러 배에 있던 철장방 무리를 뱃머리 쪽으로 몰았다. 그리고 몸을 돌려 곽정을 도와 구천인과 맞서려는 순간, 언뜻 선창에서 빛나는 것이 눈에 띄었다. 누군가 칼을 들고 뭔가를 내려치고 있었다. 그 사람이 내려치는 것이 무엇인지 확인할 틈도 없이 황용은 왼손을 휘둘러 금침을 뿌렸다. 금침이 팔과 어깨에 박히자 그는 칼을 떨어뜨리고 말았다. 그런데 칼이 하필 그의 다리에 박혔다. 비명 소리가 울리는 가운데 황용은 선창으로 뛰어들어 그를 걷어찼다.

둘러보니 갑판에 누군가 누워 있는데, 손발이 묶여 꼼짝도 하지 못하는 상황이었다. 차가운 눈으로 황용을 올려다보는 그 사람은 다름 아닌 신산자 영고였다. 황용은 이런 곳에서 영고의 목숨을 구하리라고는 생각지도 못했다. 일단 갑판에 떨어진 칼을 주워 그녀의 손에 묶인 밧줄을 끊었다. 영고는 두 손이 풀리자 갑자기 오른손을 뻗어 금나수로 황용의 손에서 칼을 빼앗았다.

황용이 놀라 당황하는 순간, 칼날이 번뜩이더니 방금 자신을 죽이려 했던 검은 옷 입은 사내를 단칼에 베어버렸다. 그런 후에야 허리를 굽혀 발에 묶인 밧줄을 마저 잘랐다.

"네가 나를 구해주기는 했지만, 보답은 바라지도 마라."

"누가 보답을 바란다던가요? 저를 구해주신 적이 있으니 저도 구해드린 거지요. 피차 비긴 셈이니 이제 서로 빚은 없는 거예요."

황용은 말을 마치기도 전에 곽정을 돕기 위해 선창으로 나갔다. 구천인은 앞뒤로 공격을 받으면서도 더욱 힘을 내어 버티고 있었다.

풍덩! 풍덩!

"으악!"

"어이쿠!"

갑자기 배 위가 요란해졌다. 영고가 칼을 들고 철장방 무리들을 하나하나 강물에 처넣고 있었다. 이런 급류에서는 아무리 헤엄을 잘 치는 자라도 살아 나오기는 어려울 듯했다. 구천인은 곽정과의 대결에서 점차 우위를 굳혀가던 중이었다. 그러나 황용이 타구봉을 들고 덤벼들어 둘을 상대로 싸우려니 10여 초식을 겨루고 나서는 점차 수세에 몰리기 시작했다. 그는 배를 돌며 뒤로 물러서다 등을 강 쪽으로 향하고 황용이 뒤에서 공격하지 못하게 했다. 곽정이 맹렬하게 공격해 들어갔지만 구천인은 두 다리를 갑판에 박은 듯 버티고 서서 조금도 밀리지 않았다. 거기서 조금만 물러서면 바로 강물에 떨어질 판이었다.

'당신이 철장수상표로 불린다지만 경공술이 뛰어나 얻은 별호일 뿐, 정말로 강물 위를 다닐 수 있다는 것은 아니지. 물결이 잔잔하다고 해도 수면 위를 걸을 수는 없는 일. 혹, 당신 형이 쓴 수법처럼 물 밑에 기둥을 박아두지 않는다면 말이야.'

황용은 이런 생각을 하며 이길 방도를 궁리했다. 여전히 구천인의 장법은 안정되고 무게가 있었다. 황용의 눈은 계속 강 쪽을 살피며 다른 배가 와주기를 바라는 듯했다.

'당신 무공이 대단하다고는 하지만 오늘 우리는 세 사람이니, 그래도 당신을 이기지 못한다면 우리가 쓸모없는 얼간이들인 거지.'

황용이 머릿속으로 이런저런 생각을 하는 동안 영고는 이미 배 위에 있던 무리들을 모조리 강물에 쓸어 넣고 키를 잡은 한 사람만 남겨둔 상태였다. 그녀는 곽정과 황용이 힘을 쓰지 못하는 것을 보고는 차갑게 웃으며 나섰다.

"낭자는 물러서. 내가 맡지."

황용은 그녀의 무시하는 듯한 말에 왈칵 화가 치밀어 죽봉을 휘둘러 연이어 공격해 들어갔다. 이것은 들어가는 듯하면서도 물러서는 초식으로 구천인이 몸을 틀어 피하는 사이 뒤로 두 발짝 물러나며 곽정의 옷소매를 잡아당겼다.

"영고에게 맡겨보세요."

곽정은 장력을 거두고 방어하며 물러났다. 영고는 냉소를 짓고 있었다.

"구 방주, 강호에 이름도 높은 분이 내가 객점에서 잠든 사이에 마취향으로 공격하다니……. 당신이 그런 비열한 수작을 부릴 줄은 몰랐소."

"내 부하에게 잡히고도 무슨 말이 많소? 내가 직접 나섰다면 내 쌍장만 가지고도 신산자쯤은 열 명이라도 붙잡아 왔을 거요."

"내가 철장방에 뭘 잘못했기에 이러시오?"

"이 두 놈이 우리 철장봉 성지에 멋대로 침입했건만 당신이 뭔데 이들을 당신 집에 숨겨준 거요? 애초에 점잖게 내놓으라고 했을 때도 당신은 거짓말로 나를 속였소. 당신이 보기에는 나 구천인이 그렇게 만만한 사람이오?"

"아, 저 두 아이 때문이군요. 그럼 당신이 재주껏 데려가시오. 나는 끼어들고 싶은 마음이 없소."

영고는 뒤로 물러나더니 무릎을 싸고 앉아 조용히 운기를 가라앉히기 시작했다. 정말 곽정과 황용 두 사람과 구천인이 모두 타격을 입어도 그저 강 건너 불구경하듯 바라만 볼 것 같은 자세였다. 그녀가 이렇게 나오는 것은 구천인, 곽정, 황용 모두에게 예상 밖의 일이었다.

영고는 일등대사를 찾아갔다가 산에서 내려온 뒤 객점에 머물렀다. 객점에서 혼란과 분노를 가눌 길 없어 정신이 산란한 사이, 철장방이 마취향으로 수작을 부린 것이다. 그러지 않았다면 영리한 그녀가 이름 없는 졸개에게 잡힐 리 없었다. 그리고 이제 곽정과 황용을 보니 토해 낼 길 없는 원한이 가슴 가득 차올라 차라리 저 세 사람이 모두 강물에 빠져 죽어버렸으면 좋겠다는 생각이 든 것이었다. 황용은 이를 악물었다.

'좋아, 먼저 구천인을 상대하고 그다음에 두고 보자.'

그녀는 곽정에게 눈짓을 보내 한 명은 죽봉으로, 한 명은 장법으로 동시에 공격을 개시했다. 순식간에 세 사람이 또 엉켜 막상막하의 대결을 벌이기 시작했다. 영고는 가만히 싸움을 지켜보았다. 구천인의 장력이 날카로워 두 사람이 상대하기에 벅차기는 하지만, 구천인은 구천인대로 다리를 움직일 수 없는 상황이라 뭔가 특별한 방법을 써야 둘을 이길 수 있을 듯했다. 곽정 또한 싸움을 오래 끌면 황용이 탈진할 것이 염려되었다.

"용아, 좀 쉬어. 이따가 다시 도와줘."

"그래요!"

황용은 웃으며 죽봉을 들고 물러났다. 영고는 두 사람이 서로 위해주는 모습을 보고 갑자기 엉뚱한 생각이 들었다.

'살아오는 동안 누가 나를 저렇게 보살펴주었나?'

그러고 보니 부러움이 시샘으로, 시샘이 증오로까지 번져갔다. 영고는 벌떡 일어났다.

"둘이서 한 사람을 공격하고도 무슨 재주랄 수 있겠느냐? 자! 2대2로 공평하게 승부를 가리자."

그러더니 품 안에서 대나무 살籌을 꺼내 황용이 뭐라 입을 열기도 전에 황용을 향해 흩뿌렸다. 황용은 도저히 참을 수가 없었다.

"미친 할멈 같으니라고! 노완동이 싫어하실 만도 하네요!"

영고의 눈썹이 일그러지더니 더욱 맹렬히 공격해왔다. 그녀의 공격으로 선상의 형세는 완전히 바뀌어버렸다. 황용의 타구봉법이 대단하기는 하지만 영고의 심후한 공력에는 미치지 못했다. 그런 데다 중상을 입은 몸이었으니 내공도 아직 회복되지 않아 움직임이 훨씬 둔했다. 그저 타구봉법 중 막기의 요결로 간신히 버틸 뿐이었다.

영고는 마치 물속의 물고기처럼 유연하게 몸을 놀리며 허점을 파고들었다. 그런 움직임은 심하게 흔들리는 배 위에서 더욱 위력을 발휘했다. 한쪽에서는 곽정이 구천인과 맞서고 있었다. 아직은 막상막하, 우열을 가리기 힘들었다. 곽정은 일등대사가 무학을 전수해준 뒤 공력이 더욱 깊어진 듯했다. 힘이 부치는 감이 없지 않았지만 자기 몸은 충분히 지켜내고 있었다.

구천인은 적이었던 영고가 아무도 도와주지 않겠다고 빠져 있다가 갑자기 나서 자기편이 되어주자 어리둥절하면서도 내심 쾌재를 불렀다. 정신을 가다듬고 나니 장력도 더욱 강력해져 대결이 계속 이어지면 상대가 두 손을 들고 말 것이라고 생각했다.

곽정이 날카롭게 공격해오자 구천인은 몸을 틀어 예봉을 피하면서 오른손은 높게, 왼손은 낮게 하여 함께 공격해 들어갔다. 곽정 역시 이에 대응하니 손바닥 네 개가 부딪쳐 팽팽하게 균형을 이루었다. 두 사람은 동시에 외마디 소리를 내지르며 두어 걸음 뒤로 물러났다.

구천인은 배의 후미로 물러서며 자세를 바로잡았다. 곽정은 왼발이 배 위에 늘어진 줄에 걸려 하마터면 넘어질 뻔했다. 섣불리 균형을 잡으려다 적이 그 틈을 타 공격할까 봐 아예 한 바퀴 구르고 일어나 방어 자세를 취했다. 구천인은 승산이 있다고 자신하던 터에 곽정이 바닥을 구르는 모습을 보고는 껄껄 웃음을 터뜨렸다.

영고는 황용을 숨이 헐떡거리도록 몰아붙이고 있었다. 이마에 땀이 흐르는 것을 느끼며 이제 곧 끝장내리라 생각하는 참에 구천인의 웃음소리를 듣고 가슴이 내려앉는 듯했다. 갑자기 얼굴빛이 변한 영고는 왼손으로 뿌린 대나무 살을 거두는 것도 잊고 잠시 망연히 서 있었다. 황용은 그 틈을 노려 죽봉을 돌려 그녀의 앞가슴을 찍었다. 봉 끝이 신장혈神藏穴에 맞으려는 순간, 영고는 온몸을 부들부들 떨며 신들린 듯 외쳤다.

"네놈이었구나!"

그러고는 마치 미친 호랑이 같은 기세로 구천인에게 달려들었다. 구천인은 그녀가 두 팔을 벌리고 달려드는 것을 보고 깜짝 놀랐다. 그 기세가 목숨은 안중에도 없는 듯했고, 얼굴은 무시무시한 표정으로 일그러져 하얀 이를 드러내고 있었다. 자기를 붙잡기만 하면 그 이로 물어뜯을 것만 같았다. 그가 무공이 높기는 하지만 이렇게 죽을 각오로 덤벼드니 소름이 끼칠 수밖에 없었다. 그는 일단 얼른 몸을 피했다.

"왜 이러시오?"

영고는 아무 말 없이 두 다리를 들어 그를 걷어차려 했다. 구천인은 왼손으로 장력을 써 그녀의 어깨를 공격했다. 그녀가 팔을 들어 막으려니 했는데, 영고는 이깟 공격쯤은 신경도 쓰지 않는 듯 전혀 상관하지 않고 그대로 밀고 들어왔다. 구천인은 크게 놀랐다. 이 미친 여자에게 붙잡히기라도 하면 곧바로 빠져나오기는 힘들 터였다. 거기에 곽정까지 공격에 가세한다면 목숨을 건지기는 다 틀린 일이라는 생각이 들었다. 그는 적들이야 어찌 되든 일단 목숨을 지키는 일이 급하다고 판단하곤 얼른 몸을 숙여 쥐새끼처럼 몸을 날려 빠져나갔다.

황용은 곽정의 손을 잡고 한쪽에 물러나 있었다. 그들은 갑자기 발광하는 듯한 영고의 모습에 그만 섬뜩해졌다. 그저 영고가 미친 듯 공격을 퍼부으며 소리를 질러대고 이가 다 보이도록 입을 벌린 채 구천인을 붙잡으려 하는 모습을 바라만 보고 있었다. 구천인은 영고가 제 목숨도 돌보지 않는 기세로 덤벼드니 어떻게 해볼 도리가 없이 이리저리 몸을 피하기만 했다. 그녀의 일그러진 얼굴을 흘깃 보니 점점 겁이 나기 시작했다.

'응보로다, 응보야! 오늘 이렇게 미친 여자의 손에 죽게 되는구나.'

영고가 몇 차례 더 공격하는 사이, 구천인은 배의 키가 있는 쪽으로 몰렸다. 영고는 눈으로 피를 뿜을 듯한 기세로 덤벼들었다. 그녀의 공격이 빗나가자 그 서슬에 키를 잡았던 사내가 풍덩, 하고 강으로 빠져버리고 말았다. 영고는 이어 발을 날려 키를 부숴버렸다. 이제 배는 방향을 잃고 급류 위에서 흔들렸다. 황용은 걱정이 되기 시작했다.

'이 할멈이 왜 하필 지금 발광을 해서 난리람? 네 사람 다 살아 돌아가기는 틀렸네.'

황용은 입술을 모아 휘파람을 불어 수리를 불렀다. 순간, 배가 갑자기 비스듬히 기울며 강가의 바위에 부딪쳐 쿵, 하는 소리와 함께 뱃머리에 커다란 구멍이 뚫려버렸다. 구천인은 영고가 키를 부숴버리는 것을 보고 그녀가 이미 자기와 함께 죽을 각오를 했음을 알았다. 이제 강가와 멀지 않은 곳까지 흘러왔다. 그는 죽든 살든 모험을 걸어 목숨을 도모하기로 하고 몸을 솟구쳤다. 그러곤 있는 힘껏 뛰어오르기는 했지만 애초에 강가에 내려서기는 어려운 일이었다.

풍덩, 소리와 함께 강물에 빠져 바닥으로 가라앉기 시작했다. 그는 즉시 수면으로 올라가면 급류에 휘말릴 것이라는 생각에 잠시 움직이지 않고 강바닥의 돌을 잡아가며 손발을 부지런히 놀려 강가를 향해 기어갔다. 무공으로 다진 몸이었고, 강가의 물살은 강심처럼 거세지는 않아 비록 물을 좀 먹기는 했지만 끝내 강가로 올라올 수 있었다.

그는 기진맥진해 바위 위에 앉아 숨을 몰아쉬었다. 아까 탔던 배는 이미 까만 점이 되어 있었다. 이를 드러내고 달려들던 영고의 모습이 떠오르자 소름이 끼쳤다. 영고는 구천인이 배에서 벗어나는 것을 보고 고함을 쳤다.

"천하에 나쁜 놈! 어딜 가느냐?"

그러고는 뱃전으로 달려가 그를 따라 강물로 뛰어들려 했다. 배는 이미 급류에 휘말려 강심으로 끌려가고 있었다. 이처럼 거센 물살 속으로 그냥 뛰어들어 어찌 목숨을 보전할 수 있겠는가. 곽정은 안 되겠다 싶었는지 뒤에서 영고를 붙들었다. 영고는 화를 벌컥 내며 주먹을 휘둘렀지만 곽정은 얼른 고개를 숙여 피했다. 수리는 선창 위에 내려앉아 있었다.

"오빠, 저 미친 할멈을 상대해 뭘 해요? 우리나 가요."

강물은 세차게 휘몰아쳤다. 눈 깜짝할 사이에 물이 발밑에 차올랐다. 곽정이 붙잡았던 손을 놓자 영고는 두 손으로 얼굴을 감싸고 목 놓아 울었다.

"아가야, 아가야!"

황용이 계속 곽정을 재촉했다. 곽정은 영고를 부탁한다는 일등대사의 분부가 생각났다.

"용아, 네가 먼저 수리를 타고 강가에 내린 다음 우리에게 다시 보내줘."

"그럴 여유가 없어요."

"어서 가! 일등대사의 부탁을 저버릴 수는 없어."

황용도 자신의 목숨을 구해준 일등대사가 떠올라 잠시 망설였다. 어찌할 바를 모르고 고민하는데, 갑자기 몸이 흔들리더니 쿵, 하는 소리가 울렸다. 배가 강심의 암초에 또 부딪친 것이다. 물이 선창으로 흘러 들어왔다. 선체는 이미 수 척이나 가라앉아 있었다.

"암초로 뛰어요!"

황용의 외침에 곽정은 고개를 끄덕이고 얼른 달려가 영고를 부축했다. 영고는 뭔가에 취한 듯 정신이 나가 곽정이 내미는 손을 바라만 볼 뿐 뿌리치지 않았다. 두 눈은 초점을 잃고 강심을 멀거니 바라보고 있었다. 곽정은 오른손을 영고의 겨드랑이에 끼웠다.

"뛰어요!"

세 사람은 함께 암초에 올라섰다. 암초는 수면 아래로 한 척 정도 잠겨 있었다. 강물이 세 사람의 옆을 휘감고 흘러갔다. 물보라가 튀어 옷자락이 흠뻑 젖어버렸다. 세 사람이 어느 정도 자리를 잡자 배가 암초 옆으로 가라앉았다.

황용은 어려서부터 물과 가까이 지냈으나 넘실넘실 흘러가는 거대한 탁류를 보며 눈앞이 아찔해지는 것은 어쩔 수 없었다. 도저히 강물을 바라볼 수가 없어 차라리 고개를 들어 하늘을 올려다보았다. 곽정은 휘파람을 불어 수리를 불렀다. 뜻밖에 수리는 물을 두려워해 공중에서 선회할 뿐 물에 잠겨 있는 암초에 내려서지 못했다. 황용은 사방을 둘러보았다. 왼쪽 강가에 커다란 버드나무가 서 있는 것이 눈에 들어왔다. 암초에서는 10여 장밖에 되지 않는 거리였다. 황용에게 계책이 하나 떠올랐다.

"오빠, 내 손을 잡아주세요."

곽정은 황용의 말대로 그녀의 왼손을 잡았다. 황용은 그대로 풍덩 하고 물속으로 뛰어들었다. 곽정은 깜짝 놀라 물 아래로 가라앉는 황용을 따라 몸을 구부렸다. 곽정은 상반신이 물에 잠겨 흠뻑 젖으면서도 가능한 한 팔을 뻗어 황용을 붙잡고 암초의 튀어나온 부분에 두 발을 대고 버텼다. 물살이 너무 세서 손을 놓치기라도 하면 황용은 다시는 올라오지 못할 터였다.

황용은 물 밑으로 가라앉은 배에 다가가 돛을 맨 줄을 풀어 암초로 돌아왔다. 그리고 두 손으로 배에 있는 돛 줄을 감아 올렸다. 황용은 약 20여 장쯤 감아 올린 뒤 비수를 꺼내 줄을 잘랐다. 그런 다음 팔을 들어 수리에게 어깨에 앉으라는 손짓을 했다. 이제 수리는 많이 자라 무게도 상당히 무거웠다. 곽정은 황용이 버티지 못할까 봐 팔을 들어 수리를 받았다.

황용은 줄의 한쪽 끝을 수리의 발에 묶고 손으로 버드나무를 가리키며 날아가라는 손짓을 했다. 수리는 줄을 끌고 날아가 버드나무 위에서 몇 바퀴를 돌고 난 뒤 되돌아왔다.

"아니, 나무를 감은 다음에 오란 말이야!"

황용이 안타깝게 외쳤지만 수리가 말을 알아들을 리 만무했다. 황용은 점차 조급해지며 한숨을 내쉬었다. 그렇게 예닐곱 차례를 하고 나서야 수리는 운 좋게 줄로 버드나무를 감고 다시 돌아왔다. 곽정과 황용은 뛸 듯이 기뻐하며 줄의 양쪽 끝을 팽팽하게 당겨 암초의 튀어나온 부분에 단단히 묶었다.

"용아, 네가 먼저 올라가."

곽정의 말에 황용이 도리질을 쳤다.

"아니에요, 오빠랑 같이 갈래요. 영고를 먼저 보내요."

영고는 두 눈을 부릅뜨고 두 사람을 노려보다가 일언반구도 없이 두 손으로 줄을 잡고 손을 바꿔가며 강가에 내려섰다. 황용이 밝게 웃으며 곽정을 돌아보았다.

"어릴 때 하던 놀이를 보여줄게요. 오빠, 잘 봐요."

황용은 줄 위로 훌쩍 뛰어올라서는 경신술을 써 곡예하는 아가씨처럼 줄 위를 걸어갔다. 그렇게 포효하듯 소리를 내며 흐르는 강물 위를 죽봉으로 균형을 잡으며 버드나무에 닿았다. 곽정은 그런 재주를 연습한 적이 없어 자칫 실수라도 할까 봐 황용을 따라 하지는 못했다. 그는 영고가 했던 대로 두 손으로 줄을 잡고 매달려 반대편으로 건너갔다. 이제 강가까지 얼마 남지 않았을 때, 갑자기 황용의 외침이 들려왔다.

"아니, 어딜 가는 거예요?"

뭔가에 놀라는 목소리였다. 곽정은 영고가 정신이 이상해 무슨 난리라도 부리는 것이 아닌가 싶어 두 손을 더욱 재빠르게 놀렸다. 급한 마음에 아직 버드나무에 닿기도 전에 몸을 솟구쳐 뛰어내렸다. 황용은 남쪽을 가리키며 말했다.

"저쪽으로 갔어요."

곽정이 멀리 바라보니 영고가 돌산을 이리저리 내달리고 있었다.

"지금 정신이 이상해 혼자 다니면 위험할 테니 우리가 따라가보자."

"그래요."

황용은 곽정의 말에 찬성하고 발을 내딛다 갑자기 다리에 힘이 풀리며 그만 주저앉고 말았다. 황용은 부상을 입고 너무 몸을 혹사해서 더 뛸 힘이 없었다.

"너는 앉아서 좀 쉬어. 내가 갔다 올게."

곽정은 영고가 간 방향을 향해 달리기 시작했다. 산 하나를 돌고 보니 앞에 길이 세 갈래로 갈라지고 영고는 어디로 갔는지 그림자조차 보이지 않았다. 그곳은 바위가 이곳저곳에 널려 있고 풀은 가슴까지 자라 인적도 드문 지역이었다. 이제 석양이 지고, 하늘이 점차 어두워지자 곽정은 황용이 걱정되어 영고를 찾는 것을 그만두고 되돌아갔다.

평생 너와 함께 살 거야

두 사람은 꼬박 굶으며 하룻밤을 지새웠다. 다음 날 아침 깨어나서는 강가의 작은 길을 따라 걷다 홍마를 찾아 대로로 나왔다. 한나절을 걸어 작은 객점에서 닭을 세 마리 사서 둘이 한 마리를 먹고 두 마리는 수리에게 먹였다.

수리가 높은 나무에 앉아 닭을 쪼느라 바람에 닭 털이 이리저리 날렸다. 두 마리 수리가 닭을 먹던 중 갑자기 암수리가 긴 울음소리를 내더니 반 정도 남은 닭을 팽개치고는 북쪽으로 날아갔다. 그러자 수컷도 높이 날아올라 함께 울고는 암컷 뒤를 따라 날아갔다.

"우는 소리가 왠지 화가 난 것 같은데? 무슨 일인지 모르겠네."

"우리 따라가봐요."

두 사람은 큰길을 따라 달렸다. 위를 올려다보니 수리 두 마리가 멀리서 날갯짓을 하며 맴돌다 갑자기 내려갔다 다시 올라와 또 몇 바퀴를 돌고는 쏜살같이 내려가는 것이 보였다.

"적을 만났나 봐."

두 사람이 발걸음을 재촉하니 앞쪽에 가옥이 늘어선 마을이 나왔다. 두 마리 수리는 공중에서 적의 행방을 찾는 듯했다. 두 사람은 마을에 들어서서 수리에게 내려오라고 했지만 수리들은 아랑곳하지 않고 계속 공중을 선회했다.

"누가 저렇게 수리의 원한을 샀는지 모르겠네?"

한참이 지나서야 수리들이 나란히 돌아왔다. 수컷은 오른쪽 발에 피가 범벅이 되어 있었다. 상처도 상당히 깊어 뼈가 단단하지 않았다면 발이 잘렸을 터였다. 암컷을 보니 오른쪽 발톱으로 시커먼 물건을 꼭 움켜쥐고 있었다. 받아서 살펴보니 사람의 머리 가죽이었다. 머리카락이 수북하게 붙어 있는 것이, 멀쩡히 살아 있는 사람의 머리에서 잡아 뜯은 모양이었다. 황용은 수컷의 상처에 약을 발라주었다. 곽정은 머리 가죽을 이리저리 뒤집어가며 살펴보다 신음 소리를 냈다.

"이 수리들은 잘 길들여져서 누가 건드리지만 않으면 함부로 사람을 다치게 하지 않아. 그런데 웬일로 사람에게 덤볐을까?"

"뭔가 까닭이 있겠지요. 머리 가죽을 뜯긴 사람을 찾으면 알게 되지 않겠어요?"

두 사람은 마을 객점에 들어가 묵으며 각자 찾아보기로 했다. 그러나 사람이 많이 사는 큰 마을이라 날이 저물도록 다녀도 작은 실마리조차 찾을 수 없었다.

"여기저기 찾아봤지만 머리 가죽을 뜯긴 사람은 찾을 수 없었어."

곽정의 말에 황용은 미소를 지었다.

"그 사람은 머리 가죽을 뜯겼으니 모자로 가리고 다니겠죠."

"아!"

곽정은 그제야 퍼뜩 정신이 들었다. 아까 마을을 돌아다닐 때 모자 쓴 사람이 적지 않았던 것이다. 그렇다고 사람들의 모자를 일일이 벗겨볼 수도 없는 노릇이었다.

다음 날 수리가 날아가 홍마를 데리고 왔다. 곽정과 황용은 홍칠공의 부상도 마음에 걸리고 중추절에 연우루에서 대결하기로 한 약속도 생각나 마음이 바빴다. 수리의 원한은 그다지 중요한 일이 아니라 여긴 두 사람은 동쪽으로 길을 떠나기로 했다.

둘은 홍마에 함께 올라타고 길을 나섰다. 홍마는 나는 듯 내달렸고, 수리도 하늘에서 이들을 따랐다. 가는 길에 황용이 재미있는 이야기를 많이 해주어 웃음이 끊이지 않았다. 밤이 되어도 황용은 잠자는 것도 잊은 듯 쉴 새 없이 종알거렸다. 곽정은 그녀가 피곤할 것 같아 일찍 자라고 권했지만 황용은 좀처럼 말을 들으려 하지 않았다. 어떤 때는 밤이 이슥하도록 무릎을 세우고 앉아 별의별 이야기를 다 꺼내가며 수다를 떨었다.

이날은 강남에서 출발해 양절兩浙의 남쪽 경계에 도착했다. 홍마가 하루를 꼬박 달린 끝에 동해에 가까워진 것이었다. 두 사람은 객점에서 잠시 쉬기로 했다. 황용은 객점에서 장바구니를 빌려 시장에 가겠다고 나섰다.

"하루 종일 피곤했을 텐데, 객점에 있는 걸로 사 먹지, 뭐."

곽정이 말려보았지만 황용은 막무가내였다.

"내가 해줄 거예요. 내가 만든 음식이 싫어요?"

"물론 나야 용이가 만들어준 음식이 좋지. 다만 용이가 좀 쉬고 몸을 회복한 뒤에 해줘도 늦지 않잖아."

"다 낫고 나서 천천히 하라고요?"

황용은 장바구니를 들쳐 메고 한 발은 이미 문턱 밖으로 내놓은 채 멈춰 섰다. 곽정은 황용이 어떤 생각을 하는지 알지 못한 채 그녀의 어깨에서 장바구니를 살그머니 벗겼다.

"그래, 사부님을 찾으면 그때 함께 용이가 해준 음식을 먹자."

황용은 잠시 멍하니 서 있다 방으로 돌아와 옷을 입은 채 그대로 침상에 털썩 쓰러져 잠이 들었다. 객점에서 음식을 내왔다. 곽정이 깨우자 황용은 벌떡 일어나 빙그레 미소를 지었다.

"오빠, 이거 먹지 말고 나를 따라오세요."

곽정은 황용의 말대로 그녀를 따라 객점을 나서 마을로 들어섰다. 황용은 흰 벽에 검은 문을 단 저택을 골라 뒷담으로 돌아가더니 마당으로 뛰어 들어갔다. 곽정은 영문도 모른 채 따라갔다. 황용은 대청으로 들어섰다. 대청에서는 휘황찬란하게 등불을 밝히고 주인이 손님들을 대접하고 있었다.

"잘됐는걸. 내가 집을 잘 골랐어."

황용은 좋아라 하며 대청으로 올라가서는 냅다 고함을 질렀다.

"모두 비키거라!"

대청에 있던 주인과 손님 30여 명이 깜짝 놀라 눈이 휘둥그레졌다. 게다가 고함을 지른 사람이 아리따운 소녀라 더욱 놀라운 듯 서로 얼굴을 마주 보았다. 황용은 손에 잡히는 대로 뚱뚱한 손님을 하나 잡고 다리를 걸어 넘어뜨렸다.

"그래도 안 비킬 테냐?"

손님들이 우르르 일어나며 일대 혼란이 일어났다.

"여봐라! 누구 없느냐?"

주인이 큰 소리로 사람을 불렀다. 대청이 온통 소란스러운 가운데 교두教頭 두 명이 장정 10여 명을 이끌고 칼과 몽둥이를 휘두르며 들어왔다. 황용은 피식 웃으며 앞으로 나서 손짓 몇 번으로 두 교두를 쓰러뜨렸다. 그리고 교두 손에 들려 있던 칼을 빼앗아 사람을 찌르는 시늉을 했다. 손님과 하인들은 비명을 지르며 이리저리 넘어지고 뒹굴다 앞다퉈 뛰어나갔다.

주인은 상황이 어려워지자 슬그머니 빠져나가려 했다. 황용은 성큼성큼 다가가 주인의 수염을 잡아채서는 오른손에 든 칼을 대며 자르는 시늉을 했다. 주인은 사지를 부들부들 떨며 무릎을 꿇고 엎드렸다.

"여, 여왕님…… 아, 낭자…… 돈이 필요하시다면…… 즉시…… 지금 바로…… 가져오겠습니다. 목숨만은……."

황용은 깔깔거리며 웃었다.

"누가 돈을 달래요? 일어나 우리에게 술 대접을 하세요."

황용은 오른손으로 수염을 잡고 주인을 일으켜 세웠다. 주인은 아파 눈물을 찔끔거리면서도 찍소리조차 내지 못했다. 황용은 곽정을 이끌고 상석에 앉았다.

"모두들 앉아요. 왜들 앉지 않는 거예요?"

황용이 손을 들어 번쩍거리는 칼을 탁자 위에 꽂았다. 손님들은 놀랍고 겁이 나 모두 멀찍이 떨어져 상석으로 다가오려 하지 않았다.

"나와 함께 앉기가 싫은 건가요? 멀리 앉은 사람부터 죽이면 되겠군요."

황용의 말이 떨어지기 무섭게 사람들이 우르르 상석으로 몰려가느라 서로 부딪치며 넘어지고 의자가 뒤집히는 등 또다시 소란이 일었다.

"세 살 먹은 애들도 아니면서 얌전히 앉지 못하겠어요?"

손님들은 서로 밀고 밀리다 한참 만에야 자리를 잡고 앉았다. 황용은 제 잔에 술을 따라 마시며 주인에게 물었다.

"왜 손님을 불렀소? 집안에 사람이 죽었소? 몇이나 죽었을까?"

주인이 더듬더듬 입을 열었다.

"소인이 말년에 자식을 하나 얻었습니다. 오늘이 태어난 지 꼭 한 달 되는 날이라 가까운 친구들과 자리를 마련했습니다."

"거 잘됐군요. 아기를 데려와보시오."

주인은 황용이 아기를 해칠까 봐 얼굴이 흙빛이 되었다. 그러나 탁자에 꽂힌 칼을 보니 또 데려오지 않을 수도 없었다. 할 수 없이 유모에게 아이를 데려오라고 일렀다. 황용은 아이를 안아 들고는 촛불에 얼굴을 비추어보다가 다시 주인에게 눈을 돌렸다. 그리고 고개를 갸우뚱하더니 시치미를 떼고 입을 열었다.

"하나도 안 닮았네. 당신 자식이 아닌 모양이오."

주인은 난처한 얼굴로 온몸을 부들부들 떨었다.

"예, 예."

자기 자식이라고 말했으면서도 입은 황용에게 맞장구를 치느라 정신이 없었다.

"낭자 말씀이 옳습니다."

손님들은 주인이 하는 꼴이 우스웠지만 감히 웃을 수는 없었다. 황용은 품에서 금전을 꺼내 유모에게 주고 아기도 돌려주었다.

"받아두시오. 아기 외할머니 되는 사람 성의라고 생각하시오."

아직 어린 여자아이가 외할머니 운운하는 것도 그렇지만 그렇게 큰 돈이 쉽게 나오는 것이 놀라워 손님들은 입을 떡 벌린 채 할 말을 잃었다. 주인은 뜻밖의 횡재에 거듭 고맙다는 인사를 올렸다.

"자, 한 잔 드시오."

황용은 큰 술잔을 끌어다 술을 따라 주인 앞에 놓았다.

"소인이 술이 약하니 용서해주십시오."

주인이 우물쭈물 입을 열자 황용의 눈썹이 치켜 올라가는가 싶더니 어느새 손으로 주인의 수염을 움켜잡고 있었다.

"그래서? 안 마시겠다는 거요?"

주인은 할 수 없이 잔을 들어 꿀꺽꿀꺽 술을 마셨다. 황용이 밝게 웃었다.

"좋아요. 그래야 즐겁죠. 자, 우리 벌주 놀이를 하죠!"

황용이 벌주 놀이를 하자는데 싫다고 할 사람은 없었다. 이날 모인 사람들은 돈푼깨나 있는 상인이거나 지방의 부호, 혹은 글 좀 읽은 것을 자랑으로 여기는 선비 나부랭이였지, 정말 학식이 있는 사람은 없었다. 모두가 전전긍긍, 어찌할 바를 모르고 운韻을 맞춘답시고 내놓는 답이 정말 가관이었다. 황용은 듣다 못해 벌컥 소리를 질렀다.

"모두 일어나 한쪽에 서요!"

사람들은 이제야 끝난 듯싶어 얼른 일어났다. 그때 옆에서 주인이 의자와 함께 뒤로 벌렁 나가떨어졌다. 그는 원래 술이 약해 아까 마신 술의 취기를 이길 수 없었던 것이다.

황용은 깔깔 웃으며 곽정과 즐겁게 술을 마셨다. 참으로 방약무인한 태도였다. 그렇게 사람들을 한쪽에 세워둔 채 밤늦도록 술을 마시고는 흥에 겨워 객점으로 돌아왔다. 객점에 돌아와서도 황용은 웃음을 그치지 않았다.

"오빠, 오늘 재미있었지요?"

"아무 잘못도 없는 사람들을 그렇게 괴롭히다니, 무슨 짓이야?"

"그저 좀 즐거워지고 싶었어요. 다른 사람이야 죽든 살든 무슨 상관이에요?"

곽정은 어안이 벙벙해졌다. 말하는 투가 평소의 황용과 다른 것 같았다. 그러나 그 말속에 담긴 뜻을 곽정이 알 턱이 없었다.

"나는 나가 놀고 싶어요. 오빠는 어떻게 할래요?"

"지금 또 나간다고?"

"아까 본 아기가 귀여워서요. 외할머니가 가서 며칠 놀아주다가 돌려주려고요."

"그게 무슨 짓이야?"

황용은 이미 웃으며 방문을 나서 담을 넘었다. 곽정은 급히 뒤쫓아 나가 그녀의 팔을 붙잡고 말렸다.

"용아, 그렇게 늦게까지 놀고도 아직도 부족하단 말이야?"

황용이 우뚝 멈춰 섰다.

"당연히 부족하죠!"

잠시 침묵이 흘렀다.

"나는 오빠가 있어야 즐겁단 말이에요. 그런데 며칠 후면 오빠는 날 떠날 거잖아요. 오빠는 화쟁 공주랑 함께 있을 거고, 그 여자는 오빠가 날 보러 오게 해주지 않을 테죠. 오빠랑 있을 수 있는 날은 하루가 지날 때마다 하루씩 줄어들어요. 나는 하루가 이틀, 사흘, 나흘이 되게 보낼 거예요. 그렇게 지내도 내게는 부족한걸요. 오빠, 내가 밤늦도록 잠도 안 자고 쉴 새 없이 떠들어댄 이유를 이제 알겠어요? 그래도 날 말릴 거예요?"

곽정은 여전히 그녀의 손을 잡고 있었다. 황용에 대한 사랑과 측은함이 동시에 밀려왔다.

"용아, 나는 태어나면서부터 우둔한 놈이라 나에 대한 용이의 마음을 여태 모르고 지냈어. 난, 난……."

곽정은 더 이상 무슨 말을 해야 할지 알 수가 없었다. 황용은 가볍게 미소를 지었다.

"전에 아버지가 제게 사를 많이 가르쳐주셨어요. 모두 수심愁心이니, 한恨이니 하는 내용이었지요. 나는 그냥 아버지가 돌아가신 엄마를 그리워해서 내용이 모두 그런가 보다 했어요. 그런데 이제 생각해보니 기쁨은 잠깐 스쳐가는 것이고, 슬픔과 번뇌야말로 평생을 함께하는 것 같아요."

버드나무 위로 달이 떠올랐다. 밤공기는 차가웠고, 미풍이 옷자락을 어루만지며 지나갔다. 곽정은 지금까지 마음속이 혼란스럽기만 했다. 황용이 그저 자신을 좋아하고 따르는 줄만 알았지, 이렇게 번뇌와 한으로 괴로워하고 있는 줄은 몰랐다. 황용의 말을 들으며 그녀와 함께한 날들을 떠올려보았다.

'나는 참으로 무디고 미련한 놈이다. 용이와 헤어진다면 자주 용이를 떠올리고 그리워하겠지만, 그래도 견딜 수 있을 거야. 하지만 용이는? 용이는 혼자 도화도에서 아버지를 모시고 살겠지. 얼마나 외롭고 쓸쓸할까? 언젠가는 아버지도 세상을 떠나면 그때는 벙어리 하인 몇

이 용이 곁에 있겠지. 혼자서 나를 그리워하고 생각한다면 그건 무덤 속이나 마찬가지야.'

생각이 여기에 이르자 저도 모르게 부르르 몸서리가 쳐졌다. 곽정은 황용의 손을 꼭 잡고 얼굴을 뚫어지게 바라보았다.

"용아, 하늘이 무너지는 한이 있어도 나는 도화도에서 평생 용이와 살 거야!"

황용이 흠칫 놀라며 고개를 들었다.

"오빠…… 지금…… 뭐라고 했어요?"

"더 이상 테무친과 화쟁 공주의 일로 고민하지 않을 거야. 이제 평생 용이 곁에만 있을 거야."

황용이 짧게 숨을 내쉬며 곽정의 품에 안겼다. 곽정은 팔을 돌려 그녀를 꼭 감싸 안았다. 그동안 줄곧 그를 괴롭히던 문제였다. 이제 완전히 마음을 정하니 더할 수 없이 후련했다. 두 사람은 꼭 껴안은 채 마치 그림처럼 한동안 움직이지 않았다. 한참이 지나고 황용이 입을 열었다.

"오빠, 어머니는요?"

"도화도로 모시고 와서 살아야지."

"철별 사부님이나 타뢰는 걱정되지 않아요?"

"그 사람들과 정이 깊다고는 하지만 그래도 마음을 둘로 나눌 수는 없잖아."

"강남 여섯 사부님은요? 마 도장, 구 도장은 뭐라고 하실까요?"

곽정은 한숨을 내쉬었다.

"물론 내게 화를 내시겠지. 하지만 나는 천천히 설득할 거야. 용아,

너는 날 떠날 수 없어. 나도 용이 곁을 떠나지 않을 거야."

황용이 웃으며 곽정을 바라보았다.

"나한테 좋은 생각이 있어요. 우리 도화도에 들어가 평생 나오지 말아요. 섬에 아버지가 만든 길은 복잡하고 어려워서 아무도 우릴 찾아와 욕할 수 없을 거예요."

곽정은 아무래도 그렇게 하기는 어려울 것 같았다. 황용에게 다른 생각은 없냐고 물어보려는데, 갑자기 10여 장쯤 떨어진 곳에서 발소리가 들려왔다. 두 사람이 경신술을 써 밤길을 가고 있었다. 남쪽에서 북쪽으로 가는 사람들이었고 희미하게 말소리도 들렸다.

"노완동이 팽 형에게 속았으니 겁낼 것 없어요. 빨리 갑시다."

곽정과 황용은 둘이서 즐겁던 참이라 번거로운 일에 관여하지 않으려고 했다. 그런데 뜻밖에 '노완동'이라는 말이 들리자 귀가 번쩍 뜨였다. 둘은 동시에 몸을 날려 서둘러 그들을 쫓았다. 앞서가는 사람들은 무공이 별 볼 일 없는 듯 뒤에서 누군가 쫓아오고 있다는 것도 눈치채지 못했다. 마을을 벗어나 5~6리를 더 가니 두 사람이 산모퉁이를 꺾어 들어가는 것이 보였다. 그런데 갑자기 욕하는 소리며 고함치는 소리가 산 뒤쪽에서 들려왔다.

곽정과 황용은 다리를 더욱 재게 놀려 산모퉁이를 돌아갔다. 한 무리의 사내들이 모여 있는데, 두 사람은 손에 횃불을 들었고, 그들 사이에 주백통이 미동도 않고 앉아 있었다. 움직임이 전혀 없어 죽었는지 살았는지 알 길이 없었다. 주백통 맞은편에도 한 사람이 책상다리를 하고 앉아 있었다. 붉은 가사를 걸친 그는 바로 영지상인으로, 그 역시 꼼짝도 하지 않고 있었다.

주백통의 왼쪽으로 굴이 하나 보였다. 한 사람이 허리를 구부려야 겨우 들어갈 수 있을 정도로 입구가 좁았다. 굴 밖에서는 대여섯 명이 고래고래 소리를 지르면서 서성대고 있었다. 마치 굴 안의 무언가를 두려워하는 듯했다.

곽정은 밤길을 가던 사람들이 '노완동이 팽 형에게 속았다'고 말한 것이 떠올랐다. 그러고 보니 주백통이 마치 시체처럼 움직임이라곤 없으니 무슨 일이 생긴 게 아닌가 걱정되었다. 마음이 조급해져 뛰쳐나가려는데, 황용이 그의 팔을 끌었다.

"일단 좀 살펴봐요."

두 사람은 바위 뒤로 몸을 숨겼다. 굴 밖에 있는 몇몇 사람을 둘러보니 모두가 아는 얼굴이었다. 삼선노괴 양자옹, 귀문용왕 사통천, 천수인도 팽련호, 삼두교 후통해, 그리고 방금 밤길을 가던 두 사람이 있었다. 불빛이 얼굴을 비추는 틈을 타 자세히 보니 그들은 양자옹의 제자였다.

곽정은 처음으로 항룡십팔장을 배울 때 그들과 맞선 일이 있었다. 황용은 그들이 이제 곽정과 자신의 적수가 아니라고 생각했다. 이리저리 둘러보아도 더 이상 다른 사람은 없는 것 같았다.

"노완동의 무공이면 저 몇 사람이 이길 수 없을 텐데, 이상하군요. 상황을 보아하니 서독 구양봉이 어딘가 숨어 있는 모양이에요."

어찌 된 일인지 좀 더 알아보려는데, 팽련호의 고함이 들렸다.

"망할 놈! 그래도 나오지 않으면 내 불을 질러 연기를 피워주겠다."

"재주가 있으면 어디 다 부려보려무나!"

굴속에서 낮은 목소리가 들려왔다. 곽정은 그 목소리가 자기의 첫째 사부인 가진악의 것이란 걸 금방 알 수 있었다. 그는 구양봉이 근처에 숨어 있는지 없는지 가릴 새가 없었다.

"사부님, 곽정이 왔습니다!"

고함이 터지기 무섭게 곽정은 팔을 휘두르며 눈 깜짝할 사이에 후통해의 등을 낚아채 집어 던졌다. 굴 밖에 모여 있던 자들은 한바탕 우왕좌왕하며 어찌할 바를 몰랐다. 사통천과 팽련호가 나란히 공격해 들어오는 사이, 양자옹은 곽정의 뒤로 돌아가 기습할 태세를 취했다. 가진악은 굴속에서 바깥 상황을 알아채고 팔을 휘둘러 독릉毒菱을 양자옹의 등에 날렸다.

휙!

암기가 허공을 가르며 바람 소리를 내자 양자옹이 급히 고개를 숙였다. 독릉이 정수리를 스쳐가자 그의 머리카락 몇 가닥이 잘려 나갔다. 가진악의 암기에 독이 묻어 있는 것을 알고 있는 터라 양자옹은 등줄기로 식은땀이 흘러내리는 것을 느꼈다. 양자옹은 얼른 자리에서 벗어나 손으로 머리 위를 만져보았다. 다행히 머리의 피부는 다치지 않았다.

그는 품속에서 투골정을 꺼내 들고 살금살금 돌아 굴 쪽으로 다가갔다. 틈을 보아 굴속으로 투골정을 날려 보복할 참이었다. 손을 막 뻗으려는데, 갑자기 뭔가에 맞은 듯 손이 저려왔다. 쨍하는 소리와 함께 투골정이 떨어지며 웬 여자아이의 목소리가 들렸다.

"무릎을 꿇어요! 몽둥이 맛을 더 보기 전에."

양자옹이 고개를 돌려보니 황용이 죽봉을 들고 미소 띤 얼굴로 서 있었다. 양자옹은 놀라우면서도 화가 치밀어 왼손 장력으로 그녀의 어깨를 공격하며 오른손으로 죽봉을 빼앗으려 했다.

황용은 번개같이 그의 왼손을 피했지만, 죽봉은 그냥 잡게 내버려 두었다. 양자옹은 옳다구나 싶어 죽봉을 잡아당겼다. 힘껏 당기는 힘에 죽봉은 딸려오는데, 죽봉 끝이 떨리더니 손에서 미끄러져 나갔다. 그러나 죽봉 끝은 아직 손에 닿는 거리에 있었다. 그래서 그는 다시 두 손을 휘둘러 죽봉을 붙잡았다.

그러나 눈앞이 번쩍하더니 빡, 하는 소리와 함께 죽봉이 그의 머리를 사정없이 내리쳤다. 양자옹도 무공이 약한 사람은 아니었다. 재빨리 몸을 뒤집어 데굴데굴 굴러 멀찍이 떨어져서는 몸을 일으켜 황용을 멍하니 바라보았다. 머리는 아파오고 도대체 어찌 된 영문인지 알 수가 없는 듯 얼굴에는 난처한 빛이 역력했다.

황용은 가볍게 미소를 지었다.

"이 봉법의 이름을 아시나요? 이 죽봉에 맞으면 뭐가 되는지 궁금하시죠?"

양자옹은 이 타구봉법에 호되게 당한 적이 있었다. 홍칠공에게 걸려 한바탕 혼쭐났던 일은 몇 년이 지났지만 아직도 기억이 생생했다. 그런데 지금 눈앞에서 흔들리는 이 죽봉이 바로 그날 홍칠공의 타구봉이고, 봉법 역시 홍칠공의 타구봉법인 데다 그 봉법에 얻어맞은 것도 바로 자신이니, 아무래도 이 계집애가 홍칠공에게 전수를 받은 것이 틀림없다는 생각이 들었다. 흘깃 옆을 보니 사통천과 팽련호 역시 곽정의 장력에 밀려 열세를 면치 못하고 있었다.

"홍 방주의 얼굴을 봐서 일단 물러나자꾸나!"

양자옹은 두 제자를 불러들이더니 몸을 돌려 줄행랑을 놓고 말았다. 곽정은 왼쪽 팔꿈치로 사통천을 세 걸음 정도 밀어붙이면서 그대로 공격을 전개했다. 팽련호는 곽정의 장력이 날카로운 것을 보고 그대로 받아낼 엄두를 내지 못한 채 피하기에 바빴다.

곽정은 오른손을 둥글게 말아 팽련호의 등을 붙잡아서는 그대로 들어 올렸다. 팽련호는 몸집이 작아 유달리 높이 올라갔다. 두 다리가 허공에서 흔들리는 동안 주먹과 발을 휘두르며 방어해보려 했지만 사지에 힘만 빠졌다. 게다가 곽정이 왼쪽 주먹을 불끈 쥐고 제 가슴을 망치처럼 두드리려고 하자, 팽련호는 정신이 아득해져 입에서 나오는 대로 말을 내뱉었다.

"도대체 신의는 어디 갔소? 사내대장부가 한번 말을 했으면 지켜야 할 것 아니오?"

"뭐요?"

되물으면서도 곽정은 여전히 팽련호를 높이 치켜들고 있었다.

"우리가 8월 15일 가흥 연우루에서 겨루기로 하지 않았소? 여기가 연우루도 아니고, 또 때가 중추절도 아닌데 내가 다치기라도 하면 어쩔 셈이오?"

곽정이 생각을 해보니 그 역시 일리가 있는 말이라, 그를 내려주려는데 갑자기 또 다른 일이 떠올랐다.

"우리 주 대형을 어떻게 한 거요?"

"노완동은 저 영지상인과 먼저 움직이는 사람이 지는 것으로 하고 시합을 하는 중이오. 나와는 전혀 상관이 없소."

곽정은 바닥에 앉아 있는 두 사람을 흘깃 쳐다보며 안도의 한숨을 내쉬었다.

'시합을 하는 것이었구나.'

"첫째 사부님, 괜찮으십니까?"

가진악은 굴속에서 헛기침으로 대답을 대신했다. 곽정은 손을 놓아 주면 팽련호가 발로 가슴을 찰까 봐 오른손을 바깥쪽으로 휘두르며 그를 멀찍이 던져버렸다.

"가시오!"

팽련호의 몸이 솟구쳤다가 땅에 떨어졌다. 그는 사통천과 양자옹이 이미 멀리 도망가는 것을 보고는 의리 없는 것들이라고 욕을 퍼부으며 곽정을 향해 포권의 예를 취했다.

"7일 뒤, 연우루에서 다시 승부를 겨룹시다."

말을 마치고는 얼른 몸을 돌리더니 경공술을 써 바람처럼 멀어져갔다. 도망을 가면서 팽련호는 고개를 갸웃거렸다.

'저 녀석은 만날 때마다 무공이 한층 늘어 있단 말이야. 정말 모를 일이야……. 무슨 약이라도 먹었단 말인가, 아니면 남들이 모르는 비법이라도 있단 말인가?'

황용은 주백통과 영지상인 옆으로 다가갔다. 두 사람은 두 눈을 부릅뜨고 서로를 노려보며 눈꺼풀도 움직이지 않았다. 황용은 그 모습을 보고는 밤길을 가던 사람들이 주고받던 말이 떠올랐다. 아하, 팽련호의 계략이었구나. 팽련호 무리가 주백통의 무공을 두려워한 나머지 먼저 움직이는 사람이 지는 것이라며 영지상인과 시합을 붙여놓은 것이었다. 영지상인의 무공은 주백통에게 한참 뒤떨어지지만 이런 방법을 쓰면 주백통을 꼼짝도 못 하게 붙잡아두고 다른 사람들은 마음 놓고 가진악을 상대할 수 있을 터였다.

주백통은 노완동이라는 별호답게 다른 이가 그와 놀아주는 것을 좋아하고, 또 잔꾀도 부릴 줄 모르는 사람이라 그 술수에 넘어가고 말았다. 옆에서는 한창 싸움이 벌어지고 있는데도 태산처럼 버티고 앉아 손가락 하나 까딱하지 않고 영지상인을 이기는 데만 온 신경을 집중했던 것이다.

"노완동 아저씨, 제가 왔어요."

옆에서 황용이 외쳤지만 주백통은 그 말을 듣고도 시합에서 질까 봐 대답도 하지 않았다. 황용이 의견을 냈다.

"두 분이 몇 시진을 이렇게 버티고 계셔도 승패를 가릴 수 없을 것 같네요. 그럼 무슨 소용이 있겠어요? 이렇게 하죠. 제가 증인이 되기로 하고, 두 분의 소요혈을 동시에 찍을게요. 두 손에 힘을 똑같이 줄 거예요. 그래서 먼저 웃는 분이 지는 것으로 하죠."

주백통은 그러잖아도 좀이 쑤시던 참이라 황용의 말을 듣고 뛸 듯이 반겼다. 다만 그 말에 드러내놓고 맞장구를 치지 못할 뿐이었다. 황용은 더 이상 말을 걸지 않고 두 사람 사이에 쪼그리고 앉아 타구봉을 내려놓았다. 그러고는 두 팔을 뻗어 식지로 두 사람의 소요혈을 각각 찍었다.

그녀는 주백통의 내공이 영지상인보다 훨씬 뛰어나다는 것을 알고 있었으므로 굳이 속임수를 쓰지 않고 정말 두 손에 힘을 똑같이 주었다. 예상대로 주백통은 역시 흔들림이 없었다. 그러나 영지상인도 전혀 동요하지 않는 것은 뜻밖이었다. 황용은 내심 깜짝 놀랄 수밖에 없었다.

'이 중놈이 보기보다 폐혈공閉穴功이 대단한 모양인걸. 누가 내 소요

혈을 이렇게 찍으면 나는 벌써 웃음을 터뜨렸을 텐데…….'
황용은 두 손에 더욱 힘을 주었다. 주백통은 내공을 끌어모아 황용의 점혈법에 맞서고 있었다. 그러나 소요혈은 늑골 아래에 있는 데다 근육이 말랑말랑한 곳이라 공력을 모으기가 가장 어려운 부위 중 하나였다. 허리를 곧게 펴 반격을 하면 힘의 균형이 깨지며 몸을 움직이게 될 테니, 그러면 역시 내기에서 지고 마는 것이었다.

게다가 혈을 찍은 황용이 손가락에 점점 힘을 주고 있으니 죽을힘을 다해 버티는 수밖에 없었다. 그렇게 한참을 버티던 주백통은 결국 늑골 아래 근육을 움직여 황용의 손가락을 피하다가 벌떡 일어나 웃음을 터뜨리고 말았다.

"뚱보 스님, 정말 대단하시오. 나, 노완동이 졌소이다!"

패배를 인정하는 주백통을 보면서 황용은 슬그머니 후회가 됐다.

'이럴 줄 알았으면 저 뚱보 화상에게 힘을 좀 더 쓸 걸 그랬네.'

황용은 따라 일어나 영지상인을 돌아보았다.

"이겼으니까 목숨은 살려드릴게요. 어서 가세요, 어서요!"

그러나 영지상인은 아무 소리도 듣지 못하는 듯 여전히 꿈쩍도 않고 앉아 있었다. 황용이 손을 뻗어 그의 어깨를 밀며 외쳤다.

"더 보기 싫단 말이에요! 죽었어요?"

황용은 가볍게 밀었을 뿐인데 영지상인의 비대한 몸이 옆으로 기울더니 그대로 바닥에 쓰러졌다. 그러면서도 책상다리 자세는 풀리지 않아 마치 바닥에 떨어진 불상 같은 꼴이 되고 말았다. 주백통과 곽정, 황용 모두는 깜짝 놀랐다.

'설마 폐혈공을 쓰다가 무리해서 죽어버린 것은 아니겠지?'

황용이 살짝 밀치자 영지상인의 비대한 몸이 그대로 바닥에 쓰러졌다.

황용은 얼른 그가 숨을 쉬는지 손을 대보았다. 다행히 숨은 쉬고 있었다. 황용은 뭔가 짚이는 바가 있었다. 그러고 보니 화가 나면서도 우습기도 했다.

"노완동, 그렇게 속아 넘어가고도 눈치를 못 채시다니……. 정말 미련하시네요."

주백통은 두 눈이 휘둥그레지더니 씩씩거리며 외쳤다.

"뭐야?"

"우선 혈도나 풀어주고 이야기하시죠."

주백통은 잠시 어안이 벙벙한 듯하더니, 허리를 숙여 영지상인의 몸을 몇 차례 쓰다듬어보고 두드려보기도 했다. 그제야 전신의 팔 대혈이 이미 찍혀 있음을 발견했다. 주백통은 펄쩍 뛰며 고함을 쳤다.

"무효야, 무효!"

"뭐가 무효라는 말씀이세요?"

"이자가 앉은 다음에 패거리들이 혈도를 찍어놓은 거야. 그러니까 꿈쩍도 하지 않는 것이 당연하지. 3일 밤낮을 더 해도 절대 지지 않을 텐데."

그러고는 고개를 돌려 땅바닥에 널브러져 있는 영지상인에게 외쳤다.

"이봐! 우리, 내기를 다시 합시다."

곽정은 주백통이 생생한 데다 상처도 전혀 없는 것을 보고 제 사부가 걱정되었다. 그는 주백통이 떠드는 소리를 뒤로한 채 가진악을 살펴보기 위해 굴로 뛰어 들어갔다. 주백통은 허리를 굽혀 영지상인의 혈도를 풀어주면서도 입은 쉴 줄을 몰랐다.

"자, 다시 합시다, 다시!"

황용이 차가운 목소리로 물었다.

"우리 사부님은요? 그분은 어디에 내던져둔 거죠?"

주백통은 잠시 멍한 채 대답이 없다가 외마디 비명을 지르며 동굴로 뛰어 들어갔다. 어찌나 급히 뛰어들었는지 굴에서 나오는 곽정과 정면으로 부딪칠 뻔했다.

불길한 징조

곽정은 가진악을 부축해 굴에서 나오며 그가 흰 건을 머리에 쓰고 흰옷을 입고 있는 것을 보고 마음이 덜컥 내려앉았다.

"사부님, 집안에 초상이라도 났나요? 둘째 사부님과 다른 사부님들은 어디 계신가요?"

가진악은 머리를 들어 하늘만 올려다볼 뿐 아무런 대답이 없었다. 두 줄기 눈물이 그의 뺨을 타고 흘러내렸다. 곽정은 불안했지만 감히 더 묻지 못했다. 그때 주백통이 굴에서 또 한 사람을 부축해 데리고 나왔다. 왼손에는 조롱박을 들고, 오른손에는 먹다 남은 닭고기를 든 채 닭 다리를 씹으며 흡족한 듯 웃고 있는 그 사람은 다름 아닌 구지신개 홍칠공이었다.

"사부님!"

곽정과 황용은 너무나 반가워 동시에 소리를 질렀다. 그런데 갑자기 가진악의 얼굴이 일그러지더니 철장을 곧추세우고 황용의 뒤통수를 내리쳤다. 번개 같은 이 솜씨는 복마장법伏魔杖法 중에서도 독수毒手

의 초법으로, 가진악이 과거 몽고에서 힘들게 수련해 얻은 것이었다. 시력을 잃은 매초풍이 공격을 피하지 못하도록 이 초법을 고안했다.

황용은 홍칠공을 보고 놀랍고 반가운 마음에 전혀 방비를 하지 않은 상황이었다. 누군가 뒤에서 기습하는 낌새를 챘을 때는 이미 철장에 이는 바람이 그녀를 덮친 뒤였다. 이 공격에 맞으면 그녀의 머리는 완전히 박살이 날 터였다.

곽정은 급한 마음에 왼손을 들어 가진악의 철장을 한쪽으로 물리치며 동시에 오른손을 뻗어 철장의 끝을 틀어쥐었다. 너무나 다급한 상황이라 그만 자기도 모르게 힘을 주어버린 데다 왼손으로는 항룡십팔장 중의 초법을 쓰고 말았다. 가진악은 엄청난 힘이 밀려오는 것을 느끼고 이를 막아낼 도리가 없자 철장을 놓치며 나동그라졌다.

"사부님!"

곽정은 깜짝 놀라 몸을 굽혀 가진악을 부축했다. 그러나 가진악은 이미 코가 퍼렇게 부어오른 데다 이가 두 개나 부러져 있었다.

가진악은 부러진 이 두 개와 피를 손바닥에 뱉어냈다.

"네가 가져라."

차가운 목소리였다. 곽정은 얼른 무릎을 꿇고 머리를 조아렸다.

"제가 잘못했습니다, 사부님. 벌해주십시오."

가진악은 여전히 손을 내민 채였다.

"가지라니까!"

"사부님……."

곽정은 목이 메이는 듯 울먹이며 몸 둘 바를 몰랐다. 주백통은 옆에서 뭐가 재미있는지 연신 빙글거리며 웃고 있었다.

"사부가 제자를 때리는 것은 많이 봤어도, 제자가 사부를 때리는 건 또 처음일세. 이것도 재미있다, 재미있어."

가진악은 주백통의 말에 분통을 터뜨리고 말았다.

"그래, 맞아서 빠진 이는 피와 함께 삼키라고 했다. 네게 주어 뭘 하겠느냐?"

그는 이 두 개를 입에 털어 넣고는 고개를 치켜들고 꿀꺽 삼켜버렸다. 주백통은 박장대소하며 환호성을 올렸다. 황용은 일이 잘못되고 있다는 생각이 들었다. 가진악이 뭔가 대단히 비통한 심정인 듯한데, 왜 자기를 죽이려는 것인지는 도통 알 수가 없었다. 그녀는 어찌 된 일인지 궁금하면서도 너무 무서워 슬금슬금 홍칠공 곁으로 다가가서는 그의 손을 꼭 잡았다. 곽정은 땅에 머리를 조아리고 있었다.

"제자, 만 번을 죽는다 해도 사부님을 범할 수 없는 법입니다. 제가 어리석은 탓에 잠시 실수를 저질렀으니 저를 벌해주십시오."

"자꾸 사부, 사부 하는데, 누가 네 사부란 말이냐? 너야 도화도주께서 장인이신데, 무슨 사부가 또 필요하겠느냐? 강남칠괴의 얕은 재주로 어찌 우리 곽 나리의 사부가 될 수 있겠느냔 말이다!"

가진악의 말이 점점 거칠어지고 있었다. 곽정은 그저 수없이 머리를 조아릴 뿐이었다. 옆에서 지켜보던 홍칠공이 보다 못해 끼어들었다.

"가 대협, 사제 간에 대결을 하다 보면 제자가 실수하는 것이야 늘 있는 일 아닙니까? 아까 보니 정이가 쓴 무공은 제가 가르친 것이던데, 그럼 이 늙은 거지 놈의 잘못 아니겠습니까. 제가 사죄드리겠습니다."

홍칠공은 손을 모으며 예를 올렸다. 주백통은 홍칠공의 말을 듣고는 자기도 한마디 해야겠다 싶었다.

"가 대협, 사제 간에 대결을 하다 보면 제자가 실수하는 것이야 늘 있는 일 아닙니까? 아까 보니 곽 아우가 철장을 잡는 솜씨는 제가 가르친 것이던데, 그럼 이 노완동의 잘못 아니겠습니까. 제가 사죄드리겠습니다."

역시 손을 모으고 예를 올렸다. 주백통이 이렇게 홍칠공의 말을 그대로 따라 한 것은 분위기를 좀 누그러뜨리고자 한 것이었다. 그러나 가진악은 잔뜩 화가 나 있던 터라 오히려 자기를 놀리는 말처럼 들렸다. 그러다 보니 홍칠공의 호의마저도 있는 그대로 받아들이지 못하고 분통을 터뜨리고 말았다.

"당신네 동사, 서독, 남제, 북개라는 분들은 무공만 믿고 세상을 아주 휘젓고 다니시는구려. 쳇, 하지만 그렇게 불의를 저지르면 끝이 좋을 수가 없을 거요."

가진악의 말에 주백통은 어리둥절했다.

"아니, 남제가 가 형에게 어쨌기에 그분까지 한데 묶어 욕을 하신단 말이오?"

황용이 듣고 있자니 이대로 가다가는 상황이 오히려 더 안 좋아질 것 같았다. 주백통이 계속 눈치 없이 떠들어대는데 가진악의 화가 가라앉을 리 없었다.

"노완동, '곧 날아갈 듯한 원앙'이 찾아왔는데, 가서 만나지 않으시겠어요?"

황용의 느닷없는 말에 주백통은 깜짝 놀라 펄쩍 뛰어올랐다.

"뭐라고?"

"'늙기도 전에 머리부터 셌다'고 한숨을 쉬던걸요."

주백통은 더더욱 놀라 눈이 휘둥그레졌다.

"어, 어디?"

황용은 남쪽을 가리켰다.

"저쪽이에요. 가서 만나보세요."

"나는 절대 만나지 않을 거야. 저, 착하지……. 앞으로 뭐든 하라는 대로 할 테니까. 그녀에게 나를 봤다는 말만 하지 말아줘."

말을 마치지도 못하고 주백통은 이미 북쪽을 향해 내빼고 있었다. 그런 그의 뒤통수에 대고 황용이 외쳤다.

"약속은 꼭 지키셔야 해요!"

"노완동은 내뱉은 말은 꼭 지킨다니까!"

멀리서 그의 말이 메아리가 되어 울릴 뿐, 이미 그의 모습은 보이지 않았다. 황용은 원래 주백통을 속여 영고를 만나러 가게 할 속셈이었다. 그러나 그가 영고를 뱀보다 무서워하며 순식간에 도망칠 줄은 몰랐다. 의도한 결과는 아니지만, 어쨌든 그를 속여 자리를 뜨게 하는 데는 성공한 셈이었다. 한편, 곽정은 여전히 가진악 앞에 무릎을 꿇고 눈물을 흘리고 있었다.

"일곱 사부님께서는 제자를 위해 사막까지 찾아오셨습니다. 제자는 온몸이 부서지게 노력하여도 그 깊은 은혜를 다 갚지 못할 것입니다. 이 손이 사부님께 죄를 저질렀으니 저도 이까짓 손은 필요 없습니다!"

곽정은 허리춤에서 단검을 뽑아 왼팔을 내려쳤다. 순간, 가진악이 철장을 뻗어 검을 막았다. 검이 가볍고 철장이 무겁기는 했지만, 두 무기가 부딪치자 불꽃이 사방으로 튀었다. 가진악은 손아귀가 은근히 저려왔다. 곽정이 있는 힘을 다해 검을 내려친 것으로 보아 팔을 자르겠다는 말은 진심이었던 것이다.

"그래, 이왕 이리 되었으니 그럼 내 말을 한 가지 들어주어야겠다."

가진악의 말에 곽정은 눈이 번쩍 뜨였다.

"첫째 사부님의 명이라면 제가 어찌 거스르겠습니까?"

"만일 내 말을 듣지 않는다면 앞으로 나를 볼 생각은 말아라. 사제지간의 의도 그걸로 끝나는 거다."

"제자, 모든 힘을 다하겠습니다. 분부대로 하지 못한다면 제 목숨을 바치겠습니다."

가진악은 철장으로 땅을 육중하게 내리쳤다.

"황 노사와 그 딸의 머리를 가지고 오너라."

곽정은 놀라 숨이 멎는 듯했다.

"대…… 사…… 사부님……."

목소리가 심하게 떨리고 있었다.

"뭐냐?"

"황 도주께서 사부님께 무슨 잘못을 하셨는지요?"

"허, 허……."

곽정의 말에 어이가 없는 듯 탄식하던 가진악은 갑자기 이를 부드득 갈았다.

"내 이런 배은망덕한 짐승 같은 놈! 이런 놈의 얼굴을 보게 해달라고 그렇게 하늘에 목숨을 구걸했다니!"

그는 철장을 들어 곽정의 머리를 내려쳤다. 가진악이 곽정에게 한 가지 부탁을 들어달라고 했을 때, 황용은 이미 어느 정도 짐작하고 있었다. 그런데 가진악이 철장을 매섭게 날리는데도 곽정은 전혀 피할 생각을 하지 않으니, 어쨌든 사람 목숨이 급하다는 생각에 악구란로惡狗欄路 초식으로 철장과 곽정의 머리 사이에 죽봉을 밀어 넣었다. 그리고 철장이 부딪치는 순간, 죽봉을 옆으로 비틀며 철장을 쳐냈다. 이 타구봉법은 대단히 오묘한 무공으로, 황용이 힘은 약했지만 공격해오는 철장의 힘을 역이용해 철장을 밀어낼 수 있었다. 가진악은 비틀거리면서도 몸을 가눌 생각은 하지 않고 제 가슴을 쳤다. 그러고는 북쪽으로 내달리기 시작했다. 곽정은 황급히 그를 뒤쫓았다.

"사부님, 잠깐만요!"

가진악은 돌아보며 날카로운 목소리로 쏘아붙였다.

"곽 나리께서 이 늙은 목숨을 남겨주시겠습니까?"

얼굴이 잔뜩 일그러져 있었다. 곽정은 우뚝 걸음을 멈추고는 더 이상 가로막지 못했다. 고개를 떨군 곽정의 귀에 가진악의 철장이 땅을 찍는 소리가 점차 멀어지다 마침내 사라져버렸다. 곽정은 지난날 사부님이 베풀어준 은혜를 생각하며 그만 그 자리에 주저앉아 목 놓아 울고 말았다.

홍칠공은 황용의 손을 잡고 곽정 곁으로 다가갔다.

"가 대협이나 황 노사나 모두 성격이 괴팍해 한번 틀어지면 골이 더욱 깊어지지. 할 수 없다. 그냥 내게 맡기거라. 천천히 해결해보마."

곽정은 눈물을 닦으며 일어났다.

"사부님, 도대체…… 도대체 무슨 일인지 아십니까?"

홍칠공은 고개를 가로저었다.

"주백통이 놈들에게 속아 몸을 움직이지 않는 시합을 했다. 놈들은 그 틈을 타 나를 해치려고 했지. 네 사부는 우가촌에서 나와 만나 이

가진악은 비통한 심정에 철장을 들어 곽정의 머리를 내리쳤다.

굴까지 나를 보호해 데리고 와주었다. 독룡 암기술이 워낙 뛰어나 놈들이 함부로 뛰어 들어오지 못한 덕에 지금까지 버틸 수 있었던 거야. 아…… 네 사부님은 참으로 의를 중히 여기는 분이더구나. 굴속에서 나를 지켜주며 적에 맞서는데, 진정 목숨을 바칠 각오시더구나."

홍칠공은 잠시 말을 멈추더니 술을 두어 모금 마시고 닭 다리를 입 안에 쑤셔 넣었다. 한참을 우물우물 씹어 삼키고 소매로 입가에 묻은 기름을 닦은 다음 다시 말을 이어갔다.

"아까는 싸움이 워낙 험악했고, 나는 또 무공을 잃은 몸이라 끼어들 수 없었다. 네 사부와 만나고 나서 이야기를 나누어볼 겨를도 없었지. 그러나 그분이 화내는 모습을 보니 네 실수로 넘어진 일 때문에 그러는 것 같지는 않더구나. 의협심이 더없이 강하신 분이던데 그리 속이 좁기야 하겠느냐? 며칠 후면 8월 중추절이니, 연우루에서 대결을 한 뒤에 내가 이야기를 해보마."

곽정은 눈물을 삼키며 연신 감사의 예를 표했다. 그 모습에 홍칠공은 빙그레 미소를 지었다.

"너희 둘 다 무공이 크게 늘었더구나. 가 대협도 무림에서 제법 이름을 날리는 분이신데 둘이서 그렇게 막아내다니…… 어찌 된 일이냐?"

곽정은 부끄러워 말을 꺼내지 못하고 머뭇거렸다. 그사이 황용이 그간 있었던 일들을 재잘재잘 떠들어댔다. 홍칠공은 양강이 구양극을 죽였다는 말을 듣고는 잘되었다며 무릎을 쳤고, 개방 장로들이 양강에게 속았다는 이야기를 들으면서는 욕을 퍼부어대기도 했다.

"이런, 잡것들! 정신없는 늙은이들 같으니. 노유각은 하여튼 발만 있고 머리는 없어!"

그리고 일등대사가 황용을 치료해준 일이며 영고가 복수하러 온 일을 이야기할 때는 가만히 듣고만 있다가 영고가 청룡탄에서 갑자기 미쳐버렸다는 말을 들었을 때는 안색이 바뀌며 낮은 신음 소리를 냈다.

"사부님, 왜 그러세요? 사부님도 영고를 아세요?"

황용은 홍칠공의 표정에 궁금증이 일면서도 엉뚱한 생각이 들었다.

'평생 혼인도 하지 않고 사시더니 혹시 영고에게 반하셨던 게 아닐까? 쳇, 영고가 뭐가 좋다는 거지? 음침하고 미친 사람처럼 괴상하던데, 그러면서도 무림 고수들을 홀리셨군.'

그러나 홍칠공의 대답은 그런 것이 아니었다.

"아니다. 영고는 잘 모른다만, 단황야가 머리를 깎고 출가할 때 나도 곁에 있었다. 그때 그가 북방으로 편지를 보내 나더러 남쪽으로 내려와달라고 했지. 무슨 중요한 일이 있지 않으면 절대 나를 그렇게 부를 리가 없었지. 그리고 나도 운남 지방의 돼지고기 훈제며 쌀국수 같은 음식이 먹고 싶더구나. 그래서 당장 그리로 갔지. 만나고 보니 많이 쇠약해져 있었어. 화산논검대회 때의 활기 넘치던 모습과는 너무나 딴판이어서 무슨 일인지 궁금하기도 했어. 내가 도착하고 며칠이 지나자 그는 서로 무공을 가르쳐주자는 핑계를 대면서 내게 선천공과 일양지를 전수해주려고 했지."

그의 말은 계속되었다.

"그래서 이상한 생각이 들었어. 그의 일양지, 나의 항룡십팔장, 노독물의 합마공, 황 노사의 벽공장과 탄지신통은 서로 우열을 가릴 수가 없는 무공이지. 그런데 이제 왕중양의 선천공을 얻었으니 제2차 화산논검대회의 천하제일 칭호는 자기 것이 될 텐데, 왜 이 두 가지 절기를 이유 없이 내게 전수하려는 것인지 알 수가 없더구나. 그리고 말로는 서로 무공을 가르쳐주자면서도 내 항룡십팔장을 전수해달라는 말은 하지 않는 거야. 분명 뭔가 연고가 있다는 생각에 나는 곰곰이 생각을 해보고, 또 그의 제자들과도 의논한 끝에 까닭을 알 수 있었지. 그는 내게 그 두 가지 무공을 전수해준 뒤 스스로 목숨을 끊으려고 한 거야. 하지만 무슨 일로 그렇게까지 상심했는지는 제자들도 모르고 있더구나."

"사부님, 단황야는 자기가 죽고 나서 구양봉을 막을 사람이 없을까 봐 염려하신 거예요."

황용이 끼어들었다.

"그렇지. 나도 그 까닭을 알고 나서는 그가 뭐라고 하든 무공을 배우려 하지 않았다. 그러자 결국은 진심을 털어놓더구나. 자신의 네 제자는 충성스럽고 성실하기는 하지만, 오랫동안 국사를 돌보던 사람들인지라 무공에만 전념하지 못해 큰 그릇은 되지 못한다는 거야. 전진칠자의 무공도 절정에 이른 것 같지는 않고. 일양지는 내가 배우지 않겠다면 어쩔 수 없지만, 선천공이 이어지지 않는다면 지하에서 어찌 중양 진인의 얼굴을 보겠냐며 간청하더구나. 그는 이미 심사숙고해서 결정을 내린 뒤라 내가 무슨 말을 해도 소용이 없을 것 같았지. 계속 배우지 않겠다고 버티는 것만이 그의 목숨을 구하는 길이었어. 단황야는 더 이상 어찌할 수 없다는 것을 알고 한발 물러나 황제 자리를 내놓고 중이 되었지. 그가 머리를 깎던 날, 나도 그 옆에 있었다. 그러고 보니 어느덧 10여 년 전의 일이구나. 아…… 그때의 원한이 이렇게 풀렸으니 잘된 일이구나."

"사부님, 우리 얘기는 끝났으니 이제 사부님은 어떻게 지냈는지 말씀해주세요."

"나 말이냐? 음, 궁궐에서 원앙오진회를 네 번이나 먹었단다. 아주 실컷 먹었지. 그리고 여지백요자荔枝百腰子와 암자갱鵪子羹, 양설첨羊舌簽, 강초향라姜醋香螺……."

그는 궁궐에서 먹은 진기한 요리 이름을 끝도 없이 주워섬겼다. 그러면서도 그 음식 맛이 다시 생각나는 듯 입맛을 다시며 침을 삼켰다.

"그런데 왜 노완동은 사부님을 찾지 못했을까요?"

황용이 고개를 갸우뚱하자 홍칠공은 피식 웃었다.

"정성껏 만들어놓은 요리가 하나둘 없어지니까 궁궐 요리사들은 이상하게 생각하다가 나중에는 여우가 나타났네, 귀신이 나타났네 떠들어대더니 향불을 피워 내게 제사까지 지내더구나. 그러다 궁궐 시위장수가 알고는 여우를 잡겠다며 궁중 시위 여덟 명을 주방으로 보냈지. 아무래도 일은 이상하게 돌아가지, 노완동은 어딜 갔는지 보이지 않지, 나는 구석진 곳으로 가 숨을 수밖에 없었다. 무슨 악녹화당萼綠華堂이라나? 매화나무가 가득 심어져 있는 곳이었지. 황제가 겨울에 매화를 감상하는 곳인가 보더구나. 날이 더워 매일 새벽 늙은 태감들이 와서 청소하는 것 말고는 사람 그림자는 찾아볼 수가 없었지. 이 늙은 거지 혼자서 유유자적하며 지냈단다."

홍칠공은 피식 웃었다.

"궁궐이야 먹을 것 천지이니 나 같은 거지 100명이 있어도 굶을 걱정은 없었지. 거기서 조용히 상처를 치료하면서 10여 일을 지냈다. 그러던 어느 날 밤, 갑자기 노완동의 목소리가 들리는 거야. 귀신 꼴을 하고 이상한 소리를 내질 않나, 고양이, 개 흉내까지 내가면서 아주 궁궐을 발칵 뒤집어놓더구나. 그러더니 또 '홍칠공, 홍 나리, 홍칠공 어르신……' 해가며 나를 부르는 소리가 여기저기서 들려오는 거야. 나가서 살펴보니 팽련호, 사통천, 양자옹 패거리가 함께 와 있었어."

황용은 의아한 생각이 들어 고개를 갸우뚱했다.

"그 사람들이 왜 사부님을 찾죠?"

"내가 생각해도 이상하더구나. 나는 그들을 보자마자 얼른 몸을 움츠렸지. 하지만 이미 노완동 눈에 띈 후였어. 노완동은 뛸 듯이 기뻐하며 달려와 나를 껴안고는 뭐가 그리 좋은지 '감사합니다, 감사합니다. 드디어 제가 찾아냈습니다' 하며 소리를 질러대더구나. 그러고는 양자옹 패거리에게 궁궐 뒤로 가 있으라고 지시하는데……."

황용은 의아한 생각이 들었다.

"양자옹 무리가 왜 노완동의 지시를 듣는 거죠?"

홍칠공은 너털웃음을 터뜨렸다.

"그때는 나도 뭐가 뭔지 모르겠더구나. 어쨌든 그 녀석들, 노완동이 무서워 뭐라고 하든 거스르지 못하는 눈치였어. 그는 양자옹 무리에게 궁궐 뒤쪽에 가 있으라 하고는 나를 업고 우가촌으로 가서는 너희들을 찾아야 한다고 하더구나. 가는 길에 그간 있었던 일을 대충 이야기해주었는데, 그는 여기저기 나를 찾아 헤매다가 급한 마음에 마침 성 안에서 만난 양자옹 무리를 흠씬 두들겨 패서 밤낮으로 나를 찾으라고 시켰다는 거야. 황궁도 이미 몇 차례 뒤져보았지만 워낙 넓은 데다 나도 꼭꼭 숨어 있었으니 찾지를 못한 거지."

"노완동에게 그런 재주가 있는 줄은 몰랐는걸요. 그 험악한 무리를 길들여놓다니. 그런데 그들은 왜 도망갈 생각을 못 했을까요?"

"노완동이 또 나름대로 손을 써놓은 거지. 그가 제 몸의 때를 벗겨서 그걸 환약 모양으로 둥글게 뭉쳐서는 놈들에게 먹이고 그것이 49일 만에 발작하는 독약이라고 속였다더라. 세상에 둘도 없는 독이라 자기 말고는 풀어줄 사람이 없다고 했다나. 그러고는 말을 잘 들으면 48일째 되는 날에 해독약을 주겠다고 한 거야. 놈들은 반신반의하면서도 목숨이 달린 일이라 결국은 그 말을 믿고 꼼짝없이 노완동이 시키는 대로 한 것이지."

곽정은 마음이 괴롭던 참이었는데도 홍칠공의 이야기를 듣고는 웃지 않을 수가 없었다.

"우가촌에 도착해 너희들을 수소문했지만 도무지 찾을 수가 없었다. 노완동은 놈들에게 찾아내라고 닦달을 하고……. 어젯밤, 녀석들이 풀이 죽어 돌아와서는 또 노완동에게 한바탕 욕을 먹었지. 노완동은 한참 욕을 퍼붓다 흥분했는지 '내일도 못 찾아내면 내 오줌으로 진흙을 뭉쳐 약을 만들어 먹이겠다'고 위협했어. 그 말이 놈들의 의심을 사고 말았지. 그래도 노완동은 계속 지껄여댔고, 그제야 놈들도 속은 것을 알았어. 제가 먹은 게 독약이 아니라는 것을 알게 된 거야. 나는 상황이 어렵게 된 것을 보고, 노완동에게 놈들을 남겨두면 후환이 될 테니 모조리 죽여버리라고 했지."

홍칠공은 헛기침을 하고 나서 말을 이었다.

"그런데 팽련호도 눈치가 이만저만이 아니라, 꾀를 내서는 그 서장의 뚱보 화상과 노완동에게 오래 앉아 있기 시합을 붙인 거야. 나로서는 막을 도리가 없어 우가촌을 빠져나오는데, 그 길에 가 대협을 만나게 된 것이다. 가 대협은 나를 보호해 이곳까지 왔고, 팽련호 무리가 줄곧 쫓아왔지. 노완동도 사람이 좀 정신없기는 하지만, 그래도 나를 그냥 두면 안 된다는 것을 알고 이곳으로 달려왔어. 하지만 그놈들이 계속 약을 올리며 자극하자 결국은 참지 못하고 그 화상과 다시 시합을 시작한 거야."

황용은 이야기를 듣다 보니 화가 나면서도 웃음이 나왔다.

"여기서 만나지 못했더라면 노완동 때문에 사부님이 목숨을 잃을 뻔하셨군요?"

"내 목숨이야 주워온 것이나 다름없으니 누구 때문에 죽든 무슨 상관이겠느냐?"

황용은 갑자기 생각나는 일이 있었다.

"사부님, 그날 우리가 명하도를 떠날 때……."

"명하도가 아니라 압귀도다."

"그래요, 압귀도라고 해두죠. 구양극이 죽어 귀신이 된 것은 사실이니까요. 그날 우리가 뗏목에서 구양 숙질을 구해주었을 때 노독물이 사부님의 부상을 치료해줄 수 있는 사람은 천하에 단 하나뿐이라고 했잖아요? 하지만 그분도 절세의 무공을 가진 분이라 억지로는 안 될 거라고 했죠. 또 사부님도 다른 사람에게 해를 끼쳐가면서 목숨을 구하고 싶지는 않다고 하시며 그분 이름을 말씀해주지 않으셨고요. 이번에 저와 오빠가 상서湘西에 다녀와 그분이 누군지 알게 되었어요. 바로 단황야, 지금의 일등대사님이시죠."

홍칠공은 한숨을 내쉬었다.

"그가 일양지로 나의 기경팔맥을 뚫어주면 부상을 치료할 수 있겠지만, 그렇게 하면 그의 원기가 크게 상해 길면 5년, 짧아도 3년은 회복이 불가능하다. 그가 세상일에 무심해져 제2차 화산논검대회의 승부는 안중에 없다고 하더라도 이미 60이 넘은 노인이니 살면 얼마나 더 살겠느냐? 또 그걸 뻔히 알면서도 내 어찌 내 목숨을 부탁하겠느냐?"

곽정이 기쁜 목소리로 외쳤다.

"사부님, 마침 잘되었습니다. 기경팔맥이라면 다른 사람의 도움 없이도 뚫을 수 있습니다!"

홍칠공이 깜짝 놀랐다.

"뭐야?"

황용도 얼른 나섰다.

"〈구음진경〉에 있던 그 알 수 없는 말들을 일등대사께서 가르쳐주셨어요. 또 그 무공으로 기경팔맥을 뚫을 수 있다고 사부님께 말씀드리라고 하셨어요."

황용은 그 자리에서 일등이 가르쳐준 부분을 외웠다. 그러자 이를 귀 기울여 듣던 홍칠공은 한참을 생각하다가 기쁨에 넘쳐 펄쩍 뛰어올랐다.

"그렇구나! 그 방법이면 되겠구나. 다만 1년 반은 걸려야 효과를 볼 수 있겠다."

"연우루 대결을 위해 상대방은 구양봉을 데려올 거예요. 노완동의 무공이라면 뒤지지 않겠지만, 워낙 제멋대로시니 그 자리에서도 무슨 일을 저지를지 알 수 없어요. 도화도에 가서 저희 아버지를 모셔와야 이길 수 있을 거예요."

황용의 말에 홍칠공도 고개를 끄덕였다.

"네 말이 맞다. 나는 먼저 가흥으로 갈 테니 너희는 도화도로 가거라."

곽정은 마음이 놓이지 않아 먼저 홍칠공을 가흥으로 모시겠다고 버텼다.

"내가 너의 홍마를 타고 가마. 가다가 무슨 일이 생기더라도 홍마를 채찍질해 도망가면 아무도 못 쫓아올 거다."

홍칠공은 말을 마치자마자 홍마에 올라타 술을 꿀꺽꿀꺽 들이켜고는 말 옆구리를 찼다. 홍마는 곽정과 황용에게 하직 인사라도 하는 듯 앞발을 올리며 힘차게 울더니 북쪽을 향해 바람처럼 내달렸다.

곽정은 멀어져가는 홍칠공의 뒷모습을 바라보다가 가진악이 황용을 죽이려 하던 일이 떠올라 마음이 답답해졌다. 황용도 뭐라 말을 붙이지 않았다. 두 사람은 배를 구해 묵묵히 돛을 올리고 도화도로 향했다. 섬에 도착해서는 먼저 사공을 돌려보냈다.

"오빠, 한 가지 부탁이 있는데 들어주실래요?"

"먼저 뭔지 얘기를 해봐. 내가 할 수 없는 일이면 안 되잖아."

황용은 피식 웃었다.

"여섯 사부님의 머리를 가지고 오라는 부탁은 하지 않을 거예요."

"용아, 그 얘기는 뭐 하러 꺼내?"

"못 꺼낼 거 있어요? 오빠는 그 말을 잊을 수 있을지 몰라도 나는 잊을 수 없어요. 오빠를 좋아하기는 하지만, 오빠 손에 죽고 싶지는 않아요."

곽정은 한숨을 내쉬었다.

"사부님께서 왜 그렇게 화가 나셨는지 모르겠다. 내가 너를 사랑하는 줄 아시면서……. 나는 천 번이고 만 번이고 죽을 수 있지만, 너는 털끝만큼도 다치게 하지 않을 거야."

황용은 곽정의 진심 어린 말에 크게 감동받아 그의 손을 잡고 어깨에 기대며 물가에 줄지어 늘어서 있는 버드나무를 가리켰다.

"오빠, 오빠 보기에 이 도화도가 아름다운가요?"

"정말 신선이 사는 곳 같아."

"나는 그저 여기서 살고 싶을 뿐이에요. 오빠 손에 죽는 건 싫어요."

곽정은 그녀의 머리카락을 가만가만 쓰다듬었다.

"용이도 참, 내가 왜 널 죽이겠어?"

"오빠의 여섯 사부와 어머니, 친구들이 모두 오빠에게 날 죽이라고 한다면 어쩌겠어요?"

"세상 사람들이 모두 용이를 괴롭혀도 나는 언제나 용이를 지켜줄 거야."

황용은 곽정의 손을 꼭 잡았다.

"나를 위해 모든 걸 버릴 거예요?"

곽정은 대답이 없었다. 황용은 천천히 고개를 들어 곽정의 두 눈을 바라보았다. 그녀는 불안한 표정으로 곽정의 대답을 기다리고 있었다.

"용아 나는 이 도화도에서 용이와 함께 평생을 살겠다고 했어. 그 말을 했을 때, 나는 이미 내 생각을 굳힌 거야. 절대 순간적으로 나오는 대로 한 말이 아니야."

"그래요. 그럼 오늘부터 오빠는 이 섬을 떠나지 않는 거예요."

곽정은 눈을 크게 떴다.

"오늘부터?"

"예, 오늘부터예요. 나는 아버지께 연우루에 가 대결을 도와달라고 할 거예요. 나와 아버지가 완안홍열을 죽여 오빠의 원수를 갚고 몽고에서 어머니를 모시고 올 거예요. 또 오빠의 여섯 사부님께 잘못을 인정하라고 부탁드릴 거고요. 오빠 마음의 근심은 모두 제가 해결하겠어요."

황용의 표정이 다른 때와 사뭇 다른 것 같았다.

"용아, 내가 용이에게 한 말은 다 생각이 있어 한 얘기야. 용이는 안심해도 돼. 그렇게까지 할 필요 없어."

황용은 한숨을 내쉬었다.

"세상일은 뭐라 말하기 어려운 거예요. 애초에 몽고 공주와 혼인하겠다고 대답해놓고 왜 나중에 와서 후회를 해요? 예전에 나는 뭐든 내가 하고 싶은 대로 했어요. 하지만 이제는…… 아, 오빠도 잘 생각해보세요. 하늘은 늘 오빠가 하는 일을 방해하고 있어요."

황용은 기어이 눈시울이 붉어지며 고개를 떨궜다. 곽정은 뭐라 할 말이 없었다. 머릿속에는 여러 가지 생각이 그물처럼 엉켜 있었다. 황용이 자신을 이렇듯 깊이 사랑하니 이 섬에서 평생 그녀만을 지켜주는 것이 옳을 것이나, 이대로 세상을 아예 등지는 것도 잘못된 일인 듯 싶었다. 그러나 또 어디가 잘못된 것인지도 정확히 알 수가 없었다.

황용이 다시 입을 열었다.

"오빠를 믿지 못하는 것이 아니에요. 또 오빠를 억지로 여기에 잡아두려는 것도 아니에요. 다만, 다만…… 무서운 생각이 들어서 그래요."

황용은 말을 하다가 갑자기 곽정의 어깨에 기대며 울음을 터뜨렸다. 너무 뜻밖의 일이라 곽정은 잠시 멍하게 바라보다가 겨우 입을 열었다.

"용아, 뭐가 무섭다는 거야?"

황용은 대답 없이 고개를 떨군 채 눈물만 흘렸다. 곽정은 그녀를 알고부터 온갖 위험과 고난을 함께 겪었다. 그러나 그럴 때도 황용은 항상 아무 일도 아니라는 듯 밝게 웃으며 재잘거리곤 했다. 그런 그녀가 이제 고향으로 돌아와 곧 아버지를 만나게 될 텐데 뭐가 무섭다는 것인지 알 수가 없었다.

"아버지께 무슨 일이라도 있을까 봐 그러는 거야?"

황용은 고개를 저었다.

"내가 섬을 떠나 돌아오지 않을까 봐 그래?"

역시 고개를 저었다. 곽정이 아무리 이것저것 물어보아도 황용은 고개만 저을 뿐이었다. 한참이 지난 후 황용이 고개를 들었다.

"오빠, 뭐가 무서운 건지 나도 모르겠어요. 다만, 오빠의 사부님이 날 죽이려고 했을 때 그 표정이 떠올라 무서워 견딜 수가 없어요. 언젠가 오빠가 사부님의 명령대로 날 죽일 것 같아요. 그래서 이곳을 떠나지 말아달라고 부탁하는 거예요. 대답해주세요."

"나는 또 뭐라고…… 겨우 그 일 때문이었어? 전에도 여섯 사부님께서 너를 요녀니 뭐니 욕을 하지 않았어? 그때도 나는 너와 함께 떠났지만, 나중에 아무 일도 없었잖아. 사부님들이 엄격하고 무섭기는 해도 마음은 얼마나 자상하신지 몰라. 차차 사부님들과 친해지면 그분들도 용이를 좋아하시게 될 거야. 둘째 사부님은 다른 사람 주머니에서 물건 훔치는 재주가 비상하시니 용이도 잘 배우면 정말 재미있을 거야. 또 일곱째 사부님은 참 온화하고 자상하시니……."

곽정이 애써 웃으며 달래는데, 갑자기 황용이 말을 막았다.

"그렇다면 기어이 이곳을 떠나겠다는 말인가요?"

"함께 떠나야지. 함께 몽고에 가서 어머니도 모셔오고, 함께 완안홍열도 죽이고, 그런 다음 함께 돌아오면 좋지 않겠어?"

"만일 그렇게 하면 우리는 영영 돌아오지 못할 거예요. 함께 평생을 보낼 수도 없을 테고요."

황용은 넋이 나간 듯 중얼거렸다.

"왜?"

"모르겠어요. 오빠 사부님을 보고 그런 생각이 들었어요. 그분은 나를 죽이는 게 문제가 아니라, 나를 골수에 사무치도록 증오하고 있는 것 같았어요."

황용의 말에 곽정은 가슴이 찢어지는 듯했다. 어린아이처럼 천진난만한 얼굴이었지만, 그녀의 찌푸린 미간은 마치 엄청난 불운이 닥칠 미래를 보고 있는 듯했다. 이제까지 황용이 예측한 일은 틀림없이 들어맞았다. 이번에 그녀의 말을 듣지 않았다가 나중에 정말 감당할 수 없는 재난이 닥치기라도 하면 그때는 어찌해야 좋단 말인가. 순간 곽정은 마음이 서늘해져 다른 것은 더 생각할 겨를도 없었다.

"그래, 내가 이 섬을 떠나지 않으면 되는 거야!"

황용은 곽정의 말을 듣고 그를 잠시 바라보았다. 어느새 두 줄기 눈물이 그녀의 뺨을 타고 내렸다. 곽정은 낮은 목소리로 물었다.

"용아, 더 부탁할 것이 있어?"

"뭘 더 바라겠어요? 아무것도 필요 없어요!"

황용의 미간이 순식간에 펴졌다.

"여기서 더 바란다면 하늘도 들어주지 않을 거예요."

황용은 긴소매를 들어 꽃나무 아래서 춤을 추기 시작했다. 그녀가 머리를 흔들면 금환이 햇빛을 받아 반짝였고, 팔을 들면 하얀 옷자락이 바람에 나부꼈다. 그녀의 춤사위가 빨라지면서 손을 뻗어 곁에 있던 꽃나무를 흔들자 꽃잎이 어지러이 떨어지며 붉은 꽃, 흰 꽃, 노란 꽃, 자색 꽃이 마치 나비처럼 황용의 주위를 맴돌았다. 그 모습은 아찔할 정도로 아름다웠다. 그렇게 춤을 추던 황용은 갑자기 몸을 솟구쳐 나무 위로 올라가더니 또 다른 나무로 옮겨가며 연쌍비燕雙飛와 낙영신검장을 섞어 춤을 추었다. 더없이 즐거운 모습이었다. 그 모습을 넋을 잃고 바라보는 곽정의 얼굴에 흐뭇한 미소가 떠올랐다.

'어머니가 옛날이야기를 들려주시며 동해에는 신선이 사는 산이 있고, 산 위에는 선녀들이 많이 산다고 하셨지. 세상에 도화도보다 아름다운 선산이 있을까? 세상 어느 선녀인들 용이보다 고울까?'

사부들의 죽음

한참 춤을 추던 황용이 낮은 소리로 외치더니 나무 아래로 뛰어내려 곽정에게 손짓을 하며 숲속으로 달려갔다. 곽정은 길을 잃을까 봐 황용 뒤를 바짝 쫓아갔다. 황용은 구불구불한 길을 한참 달려가더니 갑자기 걸음을 멈추고 앞에 있는 누런 물체를 가리켰다.

"이게 뭐죠?"

거기에는 웬 누런 말 한 필이 쓰러져 있었다. 좀 더 가까이 가 몸을 숙이고 자세히 살펴보니 셋째 사부 한보구가 타고 다니던 황마였다. 손을 뻗어 말의 배를 만져보았다. 차디찬 것이 죽은 지 이미 오래된 듯했다. 과거 한보구가 사막에 올 때도 타고 온 말이었다. 곽정은 어려서부터 이 말을 보고 자랐기 때문에 오랜 친구나 마찬가지였다. 그런 말이 여기에 죽어 있으니 마음이 저려왔다.

'나이는 많지만 튼튼한 말이었는데……. 여기저기를 다니면서도 다리 힘은 여전히 좋아 보였건만. 전혀 늙은 기색이 없더니, 어찌 이렇게 죽어 있는 거지? 셋째 사부께서 상심이 크시겠구나.'

다시 잘 살펴보니 황마는 가로누워 죽은 것이 아니라 네 다리를 구부린 채 둥그렇게 말려 죽어 있었다. 곽정은 갑자기 소름이 끼쳤다. 일전에 황약사가 화쟁 공주가 타고 다니던 말에 일장을 발해 죽였을 때도 이런 모습이었다.

황급히 왼쪽 어깨로 말의 목 아래를 받치고 오른손을 뻗어 양다리를 더듬어보니 과연 다리뼈가 산산조각 나 있었다. 말의 등을 만져보아도 역시 뼈가 부러져 있었다. 아무래도 이상하다는 생각을 하며 손을 들던 곽정은 다시 한번 소스라치게 놀랐다. 손바닥이 온통 피투성이었던 것이다. 혈흔은 이미 검게 변해 있었지만 아직 비린내를 풍기는 것이 사나흘 전에 흘린 피인 듯했다.

그는 말을 뒤집어가며 샅샅이 살펴보았지만 상처는 찾아볼 수 없었다. 곽정은 다리에 힘이 풀리며 땅바닥에 주저앉고 말았다.

'그렇다면 이게 셋째 사부님의 피란 말인가?'

황용은 옆에서 말을 살피는 곽정의 모습을 말없이 바라보다가 천천히 입을 열었다.

"급할 것 없어요. 자세히 살펴보면 어찌 된 일인지 알 수 있을 거예요."

황용은 꽃나무를 젖히고 땅바닥을 살피며 천천히 걸음을 옮겼다. 곽정은 땅에 방울방울 떨어져 있는 혈흔을 보고는 이제 길을 잃든 말든 생각할 겨를도 없이 황용의 앞으로 나섰다. 그리고 혈흔을 따라 곧장 걸어갔다. 혈흔이 사라졌다 나타났다 하는 통에 곽정은 몇 번이나 길을 잘못 들었다. 그러나 황용이 세심하게 살펴 풀숲이나 바위 옆에서 다시 혈흔을 찾아내곤 했다. 혈흔이 사라지면 또 그녀가 말발굽 자국이나 말의 털을 찾아내기도 했다. 그렇게 수 리를 따라가다 보니 앞에 키가 작은 꽃나무 숲이 나타났고, 숲 사이로 묘지가 보였다. 황용은 얼른 뛰어가 묘 앞에 엎드렸다.

곽정은 처음 도화도에 왔을 때 이 묘지를 본 적이 있었다. 바로 황용의 돌아가신 어머니가 묻힌 곳이었다. 묘비는 땅에 쓰러져 있었는데, 바로 세우고 보니 '도화도여주풍씨매향지총桃花島女主馮氏埋香之冢'이라는 글자가 새겨져 있었다. 황용은 묘문墓門이 열려 있는 것을 보고 섬에 뭔가 변고가 생겼음을 직감했다. 그러나 곧바로 묘지 안으로 들어가지 않고 주변을 자세히 살펴보았다.

묘 주위의 풀은 짓밟혀 뭉그러져 있고, 묘문 입구에는 무기에 부딪친 흔적이 남아 있었다. 그녀는 묘문 앞에서 한참 동안 귀를 기울여보았지만 안쪽에서는 아무런 기척이 없었다. 그제야 허리를 숙이고 묘 안으로 들어섰다. 곽정은 혹여 황용에게 무슨 일이라도 생길까 봐 뒤를 바짝 따라갔다.

묘 안으로 들어가는 통로의 석벽은 여기저기 부딪쳐 깨진 흔적이 있었다. 그것으로 보아 이곳에서 한바탕 싸움이 벌어진 듯했다. 두 사람은 놀라 잠시 말을 잊었다. 얼마를 더 가 황용이 허리를 굽혀 뭔가를 주워 들었다. 통로 안이 어둡기는 했지만 그 물건이 전금발이 쓰는 쇠저울의 저울대 반 토막이라는 것을 어렴풋하게나마 확인할 수 있었다. 이 저울대는 강철을 주조해 만든 것으로, 사람 팔뚝만 한 굵기였다. 그런 저울대가 누군가의 힘에 의해 두 동강이 났다니, 황용과 곽정은 서로 마주 보며 입을 떼지 못했다. 맨손으로 이 저울대를 부러뜨릴 사람은 세상에 몇 되지 않을 것이며, 하물며 이 도화도 안이라면 황약사 외에는 다른 사람이 없다는 것을 둘 다 알고 있었다. 부러진 저울대를 든 황용의 두 손이 파르르 떨렸다.

곽정은 황용의 손에서 저울대를 받아 들어 허리춤에 찼다. 허리를 굽혀 나머지 반 토막을 찾는 동안 그의 가슴은 심하게 요동쳤다. 몸으로는 나머지 반 토막을 찾고 있으면서도 마음만은 차라리 발견되지 않았으면 하고 바랐다. 몇 걸음을 더 가니 앞은 점점 더 어두워졌다. 손을 바닥에 대고 더듬어보는데, 웬 둥글고 딱딱한 물건이 만져졌다. 바로 저울대에 매달린 저울추였다. 전금발은 이 저울추를 날려 적과 싸우곤 했다.

곽정은 저울추도 주워 품속에 넣고 계속 바닥을 더듬어갔다. 갑자기 손에 차가운 것이 만져졌다. 물컹물컹한 이 물체는 분명 사람의 얼굴 같았다. 곽정은 흠칫 놀라 몸을 일으키다 꽝, 하고 천장을 들이받고 말았다. 그러나 그는 아픈 줄도 모르고 허둥지둥 부싯돌을 찾아 불을 밝히고 그 물체가 무엇인지 확인했다.

"허억!"

곽정은 외마디 비명을 내뱉었다. 하늘과 땅이 빙글빙글 도는 듯하더니 그예 바닥에 쓰러지고 말았다. 부싯돌의 불이 여전히 그의 손에서 빛을 내며 타고 있었다. 그 불빛에 의지해 황용이 바닥을 보니 전금발이 두 눈을 부릅뜬 채 죽어 있었다. 저울대의 남은 반 토막이 그의 가슴에 박혀 있었다. 이제 진상은 대충 밝혀진 셈이었다.

황용은 정신을 바짝 차리고 용기를 내 곽정의 손에서 불을 받아 들고 그의 코에 연기를 쐬어주었다. 연기가 코로 들어가자 곽정은 두어 번 기침을 하고 깨어났다. 그는 멍하니 황용을 바라보다가 몸을 일으켜 안으로 들어갔다. 묘실에 들어가니 그곳은 더욱 어지럽게 망가져 있었다. 그 와중에 남희인의 멜대가 땅바닥에 꽂혀 있는 것이 눈에 들어왔다.

묘실 왼쪽 구석에도 누군가 쓰러져 있는데, 머리에 망건을 쓰고 신발은 벗겨져 있었다. 그 뒷모습은 틀림없는 주총이었다. 곽정은 천천히 다가가 주총의 몸을 뒤집었다. 불빛 아래로 그의 얼굴이 드러났다. 입언저리에 묘한 미소를 띠고 있는 그의 얼굴을 보고 곽정은 소름이 끼쳤다. 이런 상황에서 보는 그 미소는 생경하기 그지없고, 한편으로는 처량하기까지 했다.

"둘째 사부님, 곽정이 왔습니다."

곽정은 나직이 중얼거리며 그의 몸을 부축해 일으켰다. 후두두 소리와 함께 주총의 품속에서 각종 보석이 떨어져 바닥에 흩어졌다. 황용은 보석들을 주워 들어 살펴보고는 다시 힘없이 떨어뜨리며 한숨을 쉬었다.

"우리 아버지가 엄마와 함께 묻은 보석이에요."

곽정은 그녀를 노려보았다. 마치 피라도 쏟아낼 듯한 눈초리였다.

"그럼…… 둘째 사부님께서 보석을 훔치러 오셨다는 거야? 네 생각에는 우리 사부님께서……."

곽정의 목소리는 차라리 신음에 가까웠다. 황용은 곽정의 험악한 눈초리에도 움츠러들지 않고 넋을 잃은 듯 그를 마주 바라보았다. 그녀의 눈빛에는 절망과 근심이 가득했다.

"우리 둘째 사부님은 강직한 대장부셨어. 그런 분이 네 아버지의 보석을 훔치러 이곳에 오셨겠어? 게다가…… 게다가 보석 따위를 훔치기 위해 네 어머니의 무덤까지 들어오셨을 리가 없어!"

황용의 표정을 보며 곽정의 말투는 점점 분노에서 비탄으로 바뀌어 가고 있었다. 눈앞에 모든 것이 펼쳐져 있고, 보석들은 주총의 품에서 쏟아져 나왔다. 둘째 사부의 별호는 묘수서생, 다른 사람의 주머니 안에 있는 물건은 무엇이든 힘들이지 않고 꺼낼 수 있는 사람이었다. 그가 정말 보석을 훔치기 위해 이 묘실에 들어왔단 말인가?

'아니다, 아니다! 둘째 사부는 누구보다 정정당당하고 결백한 분이다. 이런 비열한 수작을 부리실 분이 아니다. 분명 뭔가 사연이 있을 것이다!'

곽정은 비통함과 분노로 머리가 터져버릴 것만 같았다. 눈앞이 캄캄했다 환해졌다 하며 제정신이 아니었다. 온 힘을 다해 두 손을 움켜쥔 나머지 우두둑, 소리가 울렸다. 황용이 천천히 입을 열었다.

"오빠, 첫째 사부님의 표정을 보고 뭔가 좋지 않은 일이 벌어진 줄 짐작했어요. 나를 죽이겠다면 지금 죽여주세요. 우리 엄마도 여기 계시니 엄마 곁에 눕혀주세요. 저를 묻어주고 아버지와 맞닥뜨리지 않도록 곧바로 이 섬을 떠나세요."

곽정은 대답 없이 큰 걸음으로 왔다 갔다 하며 거친 숨만 몰아쉬고 있었다. 황용은 벽에 걸린 어머니의 화상畵像을 응시하다 얼굴 부분에 뭔가가 있음을 발견했다. 다가가 살펴보니 암기 두 개가 박혀 있었다. 가만히 뽑아 곽정에게 건네주었다. 바로 가진악이 쓰는 독릉이었다. 황용이 제사 때 쓰는 탁자 뒤에 있는 휘장을 걷으니, 어머니의 옥관玉棺이 드러났다. 황용은 옥관 곁으로 다가가다 "헉!" 하고 짧은 비명을 내뱉었다.

한보구와 한소영 남매가 나란히 옥관 뒤에 죽어 있었던 것이다. 한

소영은 스스로 자진을 한 듯 손에 칼자루를 쥔 채였고, 한보구는 상체를 관 위에 걸친 모습이었다. 그의 뇌문 한가운데에는 다섯 손가락에 뚫린 자국이 뚜렷이 남아 있었다. 곽정은 다가가 한보구의 시신을 부둥켜안고 혼잣말을 하듯 중얼거렸다.

"매초풍이 죽은 것은 내 눈으로 확인했어. 이제 구음백골조를 쓸 수 있는 사람은 황약사뿐이지……."

곽정은 한보구의 시신을 가만히 땅바닥에 내려놓고 한소영의 시신을 단정하게 바로잡았다. 성큼성큼 밖으로 걸어가는 곽정의 시선은 이미 초점을 잃어 황용 곁을 지나면서도 마치 아무것도 보지 못하는 듯했다. 황용은 가슴이 서늘해져 한참을 멍하게 서 있는데, 갑자기 눈앞이 캄캄해졌다. 불이 다 타 꺼져버린 것이었다.

이 묘실은 황용에게는 익숙한 곳이었지만, 네 구의 시체가 함께 있다는 생각을 하니 저도 모르게 오싹 소름이 끼쳤다. 겁에 질려 허둥지둥 밖으로 달려 나오는데, 발에 뭔가 걸려 넘어질 뻔했다. 황용은 묘지 밖으로 나오고서야 발에 걸린 게 전금발의 시신이었다는 것을 알았다. 그녀는 쓰러진 묘비를 바로 세우고 묘문을 닫기 위해 돌아섰다. 그런데 갑자기 이상한 생각이 들었다.

'아버지가 강남사괴를 죽였다면 왜 묘문을 닫지 않았을까? 아버지는 워낙 엄마를 아끼는 사람이라 아무리 경황이 없다고 해도 이렇게 문을 열어두는 법이 없었는데…….'

생각이 여기에 미치자 의구심을 누를 수가 없었다.

'아버지가 어째서 강남사괴를 엄마와 함께 있게 그냥 두었을까? 그럴 리가 없어. 아버지에게도 무슨 일이 생긴 것 아닐까?'

황용은 서둘러 묘비를 우로 세 번, 좌로 세 번 밀어 묘문을 닫고 집으로 달려갔다. 곽정은 황용보다 먼저 나가고도 몇십 걸음 만에 방향을 잃고 말았다. 그러다 황용이 오는 것을 보고는 그녀 뒤를 쫓기 시작했다. 두 사람은 서로 한마디도 건네지 않고 대나무 숲을 지나고 연꽃 연못을 지나 황약사가 기거하던 정사精舍에 닿았다. 정사는 이미 이리저리 기울고 허물어져 부러진 기둥이 사방에 흩어져 있었다.

"아버지, 아버지!"

황용이 집 안으로 뛰어 들어갔다. 집 안에는 탁자가 기울어지고 의자가 뒤집힌 채 널브러져 있고 책이며 벼루, 붓 등이 방 안에 어지럽게 널려 있었다. 벽에 걸려 있던 두루마리도 반쯤 찢겨 있었다. 그러나 황약사의 모습은 어디에도 보이지 않았다. 황용은 두 손으로 기울어진 탁자를 붙잡고 섰다. 비틀거리는 모습이 금방이라도 쓰러질 듯했다.

한참을 그렇게 서 있던 황용은 퍼뜩 정신이 든 듯 갑자기 뛰어나가 벙어리 하인들이 거처하는 곳으로 가 한 바퀴 둘러보았다. 역시 한 사람도 보이지 않았다. 부엌 아궁이도 불을 땐 지 오래된 듯 차가운 재만 남아 있었다. 모두들 죽지 않았으면 이미 오래전에 떠나버린 것 같았다.

이 섬에는 황용과 곽정 외에는 아무도 없었다. 황용은 천천히 서재로 돌아왔다. 곽정은 두 눈을 부릅뜨고 무표정한 얼굴로 방 한가운데에 꼿꼿이 서 있었다.

"오빠, 울어요. 우선 울고 나서 이야기해요."

황용의 목소리가 떨렸다. 그녀는 곽정과 여섯 사부의 정이 부자지간보다 깊었으므로 곽정의 상심이 얼마나 클지 잘 알고 있었다. 지금 곽정의 내공은 이미 상승의 경지에 올랐다. 그런 상황에서 엄청난 충격을 받고도 이를 외부로 쏟아버리지 못하면 중상을 입을 수도 있었다. 그러나 곽정은 들리지도, 보이지도 않는 듯 멍하게 황용만 응시했다. 황용은 다시 말을 해보려 했지만 자신도 이미 기진맥진해 더 이상 얘기할 힘도 없었다. 그저 "오빠" 하고 부르기만 할 뿐 더 말을 잇지 못했다. 두 사람은 그렇게 한참 동안 말을 잃은 채 서 있었다. 그러다 갑자기 곽정이 정신 나간 사람처럼 중얼거리기 시작했다.

"나는 용이를 죽일 수 없어. 죽이지 않아!"

황용은 또다시 가슴이 서늘해졌다.

"사부님들이 돌아가셨어요. 오빠, 먼저 한바탕 울어버리세요."

"안 울어. 울지 않을 거야."

그렇게 몇 마디 말이 오가고 두 사람은 다시 침묵을 지켰다. 멀리서 파도 소리가 어렴풋이 들려왔다. 잠깐 사이, 황용의 머릿속으로 오만 가지 생각이 스치고 지나갔다. 어려서부터 열다섯 살 나이까지 이 섬에서 자라며 겪은 갖가지 일들이 한 가지씩 또렷하게 생각났다. 그러다 갑자기 곽정이 중얼거리는 소리가 귀에 들어오자 황용은 퍼뜩 정신이 들었다.

"사부님들을 묻어드려야지. 그렇지? 먼저 사부님들을 묻어드려야지?"

"그래요, 묻어드려야죠."

황용은 앞장서 어머니의 묘지 앞까지 길을 인도했다. 곽정은 한마디 말도 없이 그 뒤를 따랐다. 황용이 팔을 뻗어 묘비를 밀려고 하자 곽정이 갑자기 앞으로 튀어나오더니 오른쪽 다리를 들어 묘비를 냅다 걷어찼다. 묘비는 단단한 화강암으로 만든 것이어서 곽정이 있는 힘을 다해 찼는데도 한쪽으로 조금 기울어지기만 했을 뿐 부서지지는 않았다. 오히려 곽정의 오른발에 선혈이 낭자하게 흘렀다. 그러나 곽정은 아픈 줄도 모르는 듯 이번에는 두 손으로 묘비를 힘껏 때리고 밀었다. 그리고 허리춤에서 전금발의 저울대 반 토막을 뽑아 들고는 묘비에 닥치는 대로 휘둘러댔다. 묘비에 저울대가 부딪치며 불꽃이 튀고 부서진 돌가루가 날리더니 딱, 하는 소리와 함께 저울대가 또 부러지고 말았다.

곽정은 그래도 그만두지 않고 쌍장을 들어 있는 힘을 다해 묘비를 밀었다. 묘비는 결국 허리 부분이 동강 나 그 속에 박힌 철심이 드러났다. 곽정이 철심을 잡고 힘껏 흔들자 철심이 구부러지기도 전에 끼익 하는 소리와 함께 묘문이 열렸다.

"황약사 말고 누가 이런 장치를 안단 말인가? 누가 우리 사부님들을 이 망할 묘지로 끌어들인단 말인가? 황약사 말고 누가 있어? 누가 있냐고?"

곽정은 하늘을 향해 울부짖으며 안으로 뛰어 들어갔다. 부러진 묘비는 흠집투성이가 되어 여기저기 선혈이 튀어 있었다. 황용은 곽정이 제 어머니의 묘지에 대한 분노가 깊은 것을 보고 혼자서 마음을 다잡았다.

'오빠가 엄마의 옥관을 부숴 화풀이를 하려고 하면 내가 먼저 관에 머리를 받고 죽어버려야지.'

황용이 묘 안으로 들어서려는데, 곽정은 이미 전금발의 시신을 안고 나왔다. 그는 시신을 내려놓고 다시 들어가 주총, 한보구, 한소영의 시신을 차례로 공손히 안고 나왔다. 황용이 흘깃 보니 곽정의 표정은 엄숙하기 그지없었다. 그런 그의 표정이 오히려 황용의 마음을 아프게 했다.

'사부님들에 대한 정이 나에 대한 사랑보다 훨씬 깊구나. 나는 아버지를 찾아야겠다. 아버지를 찾아야 해!'

곽정은 시신 네 구를 숲속으로 안고 들어갔다. 묘지에서 멀리 떨어진 곳까지 가서야 몸을 숙여 땅을 파기 시작했다. 처음에는 한소영의 장검으로 땅을 팠지만, 점차 파는 속도가 빨라지자 검의 자루가 뚝 부러지고 말았다. 그는 가슴에서 열기가 치밀어 오르는 듯 입을 벌리고 선혈을 토해내고야 말았다. 하지만 아랑곳하지 않고 두 손으로 땅을 파 흙을 밖으로 내던졌다. 마치 미친 사람 같았다.

황용은 꽃을 가꾸던 벙어리 하인의 집에 들어가 삽을 두 개 가져와 하나는 곽정에게 주고 하나는 제가 들고 도우려고 나섰다. 그러나 곽정은 말 한마디 없이 황용의 손에서 삽을 빼앗더니 뚝 부러뜨리고는 다른 삽으로 혼자서 땅을 팠다. 이렇게 되자, 황용은 눈물도 나오지 않았다. 그저 땅에 주저앉아 바라볼 뿐이었다.

곽정은 쉬지도 않고 계속 땅을 파 내려갔다. 잠시 후 크고 작은 구덩이 두 개가 만들어졌다. 곽정은 먼저 한소영의 시신을 작은 구덩이에 누이고 무릎을 꿇고 앉아 몇 차례나 절을 올렸다. 그러곤 한참을 멍하니 한소영의 얼굴을 바라보다가 흙을 덮었다. 그리고 이번에는 주총의 시신을 옮겼다. 주총의 시신을 큰 구덩이에 누이려던 곽정은 갑자기 생각나는 게 있었다.

'황약사의 더러운 보석을 어찌 둘째 사부님과 함께 묻겠는가?'

그는 주총의 품 안을 더듬어 보석을 꺼내기 시작했다. 그리고 하나

하나 확인하며 땅바닥에 던져버렸다. 그러다 주머니 밑바닥에서 백지 한 장이 나오자 얼른 펼쳐보았다.

도화도 황 도주 전상서.

들리는 소문에, 전진육자가 사람들의 말만 믿고 도화도로 갈 채비를 하고 있다 합니다. 다른 사람의 말로 생긴 오해 때문에 원한을 품게 된다면 참으로 안타까운 일입니다. 황 도주께서는 일찍이 왕중양 왕 진인과 어깨를 나란히 하신 선배이신데, 어찌 스스로 자리를 낮추어 그 후배들과 겨루시겠습니까. 옛날 조趙나라의 재상 인상여藺相如가 염파廉頗 장군을 일부러 피해 다툼을 막은 일은 후세까지 미담으로 전해오고 있습니다. 원대한 포부를 지닌 영웅호걸은 작은 시비에는 연연하지 않는 법. 잠시 물러나셨다가 후일 전진교 후배들이 스스로 도주님의 계단 아래 엎드려 사죄를 한다면 천하의 영웅호걸들은 도주님의 높은 의를 칭송해 마지않을 것입니다.

강남 후배 가진악, 주총, 한보구, 남희인, 전금발, 한소영 배상.

둘째 사부의 필체였다. 종이를 든 곽정의 손이 부르르 떨렸다.

'전진칠자와 황약사가 우가촌에서 맞설 때 구양봉이 독계를 써 장진자 담처단을 죽였지. 그때 구양봉이 말 한마디로 화를 황약사에게 뒤집어씌웠고, 어차피 안하무인인 황약사도 변명 한마디 하지 않아 전진교에서는 황약사를 미워하게 된 거야. 아마도 전진교에서 복수하기 위해 도화도로 온다니까 사부님들께서 모두 다치게 될까 봐 황약사에게 잠시 피해 있다가 천천히 진상을 밝히자는 편지를 쓰신 모양인데,

사부님들의 호의를 황약사는 어찌 이렇게 만들어놓았단 말인가?'

그러고 보니 또 다른 생각도 들었다.

'둘째 사부님은 편지를 쓰시고도 왜 보내지 않고 가지고 계셨을까? 아하, 상황이 긴박하게 되어 전진육자가 너무 빨리 도착하는 통에 편지를 보낼 틈이 없었을 수도 있겠군. 그래서 사부님들이 급히 오셔서 싸움을 말리려던 거였어. 그런데 황약사, 이자는 사부님들이 전진교를 도우러 온 줄 알고 자세히 알아보지도 않은 채 독수를 쓰고 말았구나.'

그는 한참 동안 생각에 잠겼다가 종이를 접어 품에 넣으려 했다. 그런데 언뜻 보니 뒤에도 글자가 적혀 있었다. 얼른 뒤집어보는데 가슴이 두근두근 뛰었다. 뒷면에는 구불구불 어지러이 글씨가 쓰여 있었다.

상황이 어려워졌으니 다들 방비를…….

마지막 글자는 세 획만 쓰여 있었다. 갑자기 일을 당해 미처 다 쓰지 못한 듯했다.

'이건 틀림없이 '동東' 자다. 둘째 사부님은 모두들 동사를 조심하라고 쓰시려다 변을 당하셨구나.'

곽정은 편지를 움켜쥐고 이를 부드득 갈았다.

"둘째 사부님, 둘째 사부님! 사부님의 호의를 황 노사는 악의로 받아들였군요."

곽정의 손에 힘이 풀리자 편지가 툭 떨어졌다. 곽정은 허리를 구부려 주총의 시신을 안아 올렸다. 황용은 편지를 읽고 있는 곽정의 표정을 보고 뭔가 중요한 내용이 있을 것이라 짐작했다. 그러다 구겨진 편지가 땅에 떨어지자 천천히 다가가 주워 들고는 앞뒤를 자세히 읽어 보았다.

'오빠의 여섯 사부께서는 호의로 도화도까지 오신 거였구나. 묘수서생의 덕이 부족한 것이 안타까운 일이야. 평생 남의 물건을 훔치더니 우리 엄마의 보석들을 보고는 사심이 생겨 아버지의 금기를 깨뜨려버렸으니…….'

황용은 원망스러운 마음이 들었다. 고개를 들어 곽정을 보니 그는 주총의 시신을 내려놓고 주총이 왼손에 움켜쥐고 있던 물건을 꺼내 들고 살펴보고 있었다. 황용이 보니 비취를 갈아 만든 여자 신발인 듯했다. 길이는 1촌 정도로 푸른빛을 내고 있었다. 장난감이지만 신발과 똑같이 정교하게 만들어 영롱한 빛을 발하는 것이 진귀한 물건임에 분명했다. 그러나 어머니의 묘지에서는 한 번도 본 적이 없는 물건인데, 주총이 어디서 구했는지 알 수가 없었다.

곽정은 이리저리 뒤집어보다가 신발 밑바닥에 '초招' 자가 쓰여 있는 것을 발견했다. 신발 안쪽 바닥에는 또 '비比' 자가 새겨져 있었다. 그 외에는 아무것도 찾을 수가 없었다. 이제 곽정은 보석이라면 신물이 날 지경이어서 벌컥 성을 내며 땅에 내동댕이쳤다.

곽정은 멍하니 서 있다가 천천히 움직이기 시작했다. 그리고 주총, 한보구, 전금발 세 사람의 시신을 구덩이로 옮겼다. 이제 흙을 덮어야 하건만 곽정은 손을 멈추고 세 사부의 얼굴을 물끄러미 바라보다 끝내 못 참겠다는 듯 비통한 목소리로 외쳤다.

"둘째 사부님, 셋째 사부님, 여섯째 사부님! 이렇게…… 이렇게 가십니까?"

목소리는 낮았으나 지난날 사부들을 대했던 존경이 그대로 묻어났다. 곽정은 흙을 덮지 못한 채 그렇게 또 한참을 망설이다가 구덩이 곁에 있는 보물들이 눈에 들어오자 화가 치미는 듯 그것들을 두 손에 움켜쥐고 묘지 쪽으로 성큼성큼 다가갔다. 황용은 그가 묘지에 들어가 어머니의 옥관을 상하게 할까 봐 급히 따라가 두 팔을 벌리고 묘문을 막고 섰다.

"뭐 하려는 거예요?"

곽정은 대답 없이 왼팔을 들어 황용을 가볍게 밀었다. 그리고 두 손을 안쪽으로 밀어 넣고는 힘껏 보물을 뿌렸다. 보석이며 장식물이 바닥을 구르는 소리가 한동안 끊이지 않고 울렸다. 황용은 아까 본 비취 신발이 제 발 옆에 떨어진 것을 보고 몸을 굽혀 주웠다.

"이건 우리 엄마 것이 아니에요."

황용이 신발을 내밀었지만 곽정은 무표정한 얼굴로 바라보기만 할 뿐이었다. 황용은 할 수 없이 신발을 그냥 제 품에 넣었다. 곽정이 몸을 돌려 구덩이로 돌아와 세 사람의 시신에 흙을 덮었다. 그렇게 반나절이 지나고 날은 점점 어두워졌다. 여전히 울지 않는 곽정 때문에 황용은 점점 조바심이 났다. 혹시 혼자 두면 울지도 모르겠다는 생각이 들어 집으로 갔다. 그리고 생선이며 고기를 찾아 대충 음식을 만들어 바구니에 담아 돌아왔다.

곽정은 여전히 사부들의 무덤 곁에 서 있었다. 황용이 식사를 준비하는 데 반 시진 정도가 걸렸는데도 그동안 곽정은 그 자리에서 조금도 움직이지 않았을 뿐만 아니라 자세도 전혀 달라지지 않았다. 어둠 속에 석상처럼 서 있는 곽정의 모습을 보고 황용은 덜컥 겁이 났다.

"오빠, 어떻게 된 거예요?"

곽정은 거들떠보지도 않았다.

"식사하세요. 하루 종일 굶었잖아요."

"나는 굶어죽어도 도화도의 음식은 먹지 않을 거야."

곽정의 대답에 황용은 조금 안심이 되었다. 원래 고집스러운 성품이니 이렇게 상심에 찬 마당에 이 섬의 음식은 누가 뭐래도 먹지 않을 것이 뻔했다. 황용은 천천히 바구니를 내려놓고 가만히 땅바닥에 주저앉았다. 한 사람은 선 채, 한 사람은 앉은 채 그렇게 시간이 흘러갔다. 바다 위로 떠오른 반달이 조금씩 두 사람의 머리 위로 옮겨왔다. 바구니 속의 음식은 이미 차디차게 식어버렸고, 두 사람의 마음도 황량하기만 했다.

쓸쓸한 바람과 차가운 달, 은은한 파도 소리 가운데 갑자기 어디선가 다른 소리가 섞여들었다. 너무나 날카롭고 처절한 이 소리는 늑대나 호랑이의 울부짖음 같으면서도 사람이 내는 소리 같기도 했다. 이상한 소리는 바람에 실려오다 한 줄기 바람이 지나가면서 멈추었다. 황용은 귀를 기울이고 가만히 들어보았다. 어렴풋이 들리는 소리로는 고통으로 몸부림치는 것 같기는 한데, 사람인지 짐승인지 구별할 수가 없었다. 주의 깊게 듣던 황용은 일단 어느 쪽에서 들려오는 소리인지 방향을 잡고 그쪽으로 달리기 시작했다. 곽정을 불러 함께 가고 싶었지만 그냥 생각을 바꾸었다.

'좋은 일은 아닌 듯하니 오빠가 본다면 더 괴롭기만 하겠지.'

온갖 험한 꼴을 보고 혼자서 밤길을 가려니 무섭기도 했지만, 다행히 도화도라면 풀 한 포기, 나무 한 그루도 모두 익숙한 황용인지라 용기를 내 앞으로 내달렸다. 10보 정도를 가자 갑자기 옆에서 휙, 하는 바람 소리가 나더니 곽정이 앞질러 갔다. 그러나 곧 길을 잃고 앞을 가로막고 있는 나무들을 향해 닥치는 대로 주먹과 발을 휘둘러댔다. 이미 제정신이 아닌 것 같았다.

"저를 따라오세요."

"넷째 사부님! 넷째 사부님!"

곽정은 그 소리를 듣고 넷째 사부 남희인이라는 것을 알아차린 것이다. 황용은 가슴이 다시 섬뜩해졌다.

'오빠의 넷째 사부님이 나를 보면 죽이려 들 거야.'

그러나 황용도 이미 모든 것을 포기한 상태였다. 큰 화가 기다리고 있는 걸 알면서도 피하고 싶지 않았다. 그녀는 곽정을 끌고 동쪽 숲으로 향했다. 나무 아래, 누군가 몸을 뒤틀며 데굴데굴 구르고 있는 것이 보였다. 곽정은 비명을 지르며 급히 달려가 안았다. 남희인은 얼굴에 웃음을 띠고 계속 허허, 실소를 하고 있었다. 곽정은 반가우면서도 그런 사부의 모습에 놀라움을 금치 못했다. 갑자기 왈칵 눈물이 쏟아졌다.

"넷째 사부님! 넷째 사부님!"

남희인은 대답 대신 그에게 일장을 날렸다. 곽정은 전혀 방비를 하지 않았지만 자신도 모르게 고개를 살짝 숙여 사부의 일장을 피했다. 남희인은 일장이 빗나가자 왼손으로 곧장 다시 일 권을 날렸다. 곽정은 사부가 자신을 책망하려는 것이라 생각하고 오히려 기뻐하며 꼼짝도 하지 않고 그의 일 권을 받았다. 뜻밖에 남희인의 이 일 권은 생각보다 훨씬 강해서 곽정은 나동그라지고 말았다.

어릴 때부터 사부와 수백수천 번을 대련했던 터라 사부의 장권이라면 눈을 감고도 훤히 아는 곽정이었다. 그러나 사부의 힘이 갑자기 이처럼 강해졌으리라고는 생각지도 못했다. 곽정은 강한 의혹이 들지 않을 수 없었다. 겨우 몸을 일으키는데 남희인이 다시 일 권을 가격해왔다. 곽정은 여전히 피하지 않았다. 이 일 권은 좀 전보다 훨씬 강했다. 곽정은 눈앞이 노래지면서 기절할 것 같았다. 그러나 여기서 그치지 않고 남희인은 몸을 굽혀 큰 돌을 집어 들고 곽정의 머리를 내리치려 했다.

곽정은 여전히 피하지 않았다. 이 돌에 맞으면 머리가 깨질 것이 틀림없었다. 황용은 곽정이 위험해지자 급히 둘 사이를 가로막고 왼손으로 남희인의 팔을 밀어냈다. 남희인은 돌과 함께 그대로 땅에 쓰러지고 말았다. 그러나 입에서는 여전히 허허, 실소를 터뜨리며 일어나지 못했다.

"왜 사부님을 미는 거야?"

곽정이 노해 소리쳤다. 황용은 곽정을 구해야겠다는 생각으로 가볍게 밀었는데 남희인이 그대로 쓰러지자 당황해서 급히 부축하러 달려갔다. 달빛 아래 온 얼굴 가득 웃음을 띠고 있는 그의 표정이 드러났다. 억지로 웃는 것 같은 그의 얼굴은 너무나 공포스러웠다.

황용은 "으악!" 비명을 지르며 감히 그의 몸에 손을 대지 못했다. 돌연 남희인이 일 권을 날려 황용의 왼쪽 어깨를 가격하자 두 사람은 동시에 비명을 질렀다. 황용은 연위갑을 입고 있었지만 아릿한 통증을 느끼며 몇 걸음 뒤로 물러났고, 남희인은 연위갑에 찔려 온 주먹이 피투성이가 되었다.

"사부님!"

곽정이 안타깝게 사부님을 불렀다. 남희인은 곽정을 힐끗 보았다. 겨우 그를 알아본 것 같았다. 입을 열고 무슨 말을 하려는 듯했으나 입 주변의 근육만 씰룩거릴 뿐 아무 소리도 나오지 않았다. 얼굴은 여전히 웃음을 흘렸지만 눈빛은 매우 실망한 기색이 역력했다.

"넷째 사부님! 쉬십시오. 할 말이 있으셔도 천천히 하세요."

남희인은 고개를 빳빳이 들고 전력을 다해 무엇인가 말하려 했다. 그러나 입술은 여전히 굳게 닫힌 채 열리지 않았다. 그렇게 잠시 버티다가 고개를 푹 숙이더니 뒤로 거꾸러졌다.

"넷째 사부님!"

곽정은 연신 사부를 부르며 달려가 부축하려 했다.

"오빠, 사부님께서 지금 글자를 쓰고 있어요."

곽정은 눈길을 옆으로 돌렸다. 과연 남희인은 오른손 식지로 땅에 천천히 글씨를 쓰고 있었다. 달빛 아래 비친 글자를 하나하나 읽어보았다.

"나를…… 죽인…… 자는…… 바로……."

황용은 남희인이 억지로 손가락을 움직이는 것을 보며 두근거리는 가슴을 누를 길이 없었다. 그러다 문득 이런 생각이 났다.

'그는 지금 도화도에 있으니 아무리 멍청한 사람이라도 아버지가 죽였다는 것을 알 거야. 그런데 왜 죽기 직전에 마지막 혼신의 힘을 다해 자신을 죽인 사람의 이름을 쓰는 것일까? 그럼 다른 사람이 죽였다는 말인가?'

황용은 점점 힘이 약해지는 그의 손가락을 뚫어지게 바라보면서 마음속으로 빌었다.

'다른 사람 이름을 쓸 거라면 제발 빨리 쓰세요.'

남희인은 왼편 위쪽에 '十' 자를 쓰자, 손가락이 떨리면서 더 이상 움직이지 못했다. 곽정은 땅에 엎드려서 사부를 안고 있다가 갑자기 사부의 몸이 심하게 떨리며 호흡이 멈추는 것을 느꼈다. 작게 그린 '十' 자를 보면서 소리쳤다.

"넷째 사부님, 황黃 자를 쓰려는 것이지요? 황黃 자를 쓰려고 하셨지요?"

곽정은 남희인의 몸에 쓰러지며 오열을 터뜨렸다. 가슴을 쥐어뜯으며 오열하니 하루 종일 가슴속에 쌓였던 분노와 슬픔이 한꺼번에 쏟아져 나왔다. 곽정은 그렇게 한참을 울다가 남희인의 시신 곁에서 기절하고 말았다. 시간이 얼마나 흘렀을까, 곽정은 천천히 의식을 되찾았다. 쏟아지는 햇빛을 받으며 날이 이미 밝았음을 짐작할 뿐이었다.

사방을 둘러보니 황용은 이미 보이지 않고 남희인의 시신만이 두 눈을 뜬 채 누워 있었다. 곽정은 "죽어도 편히 눈을 감지 못한다"라는 말을 떠올리며 다시 한번 뜨거운 눈물을 흘렸다. 사부의 눈을 살짝 감겨주면서 임종 시의 이상한 모습을 떠올렸다. 대체 무슨 부상을 당했기에 그렇게 돌아가셨을까 생각하며 사부의 옷을 풀어 헤치고 온몸을 살펴보았다.

그러나 어제저녁 황용을 치면서 입은 자상을 제외하고는 머리에서 발끝까지 아무 상처도 보이지 않았다. 가슴이며 등에도 내공 입화한 흔적을 찾아볼 수 없고, 피부도 검게 변하지 않았으니 독을 당한 것도 분명 아니었다. 곽정은 남희인의 시신을 안아 올렸다. 주총 등과 함께 안장하고 싶었으나 숲속에서 수십 보를 가도 길을 찾지 못하자 다시 돌아올 수밖에 없었다. 어쩔 수 없이 그 자리에 구덩이를 파고 넷째 사부를 안장했다.

하루 종일 아무것도 먹지 않아 허기로 앞이 어질어질했으나 어서 해변으로 가서 배를 타고 돌아가야겠다는 생각밖에 없었다. 그러나 아무리 가도 여전히 같은 길을 뱅뱅 돌기만 했다. 곽정은 잠시 앉아서 쉬며 다시 정신을 가다듬고 길을 재촉했다. 이제는 앞에 어떤 장애가 있더라도 무조건 태양을 따라 동쪽으로만 가자고 마음먹었다. 한참을 가자 눈앞에 도저히 뚫고 지나갈 수 없을 것 같은 밀림이 나타났다. 아주 으스스하고 기괴한 밀림이었다. 나무마다 가시가 달린 긴 넝쿨이 감겨 있어서 발을 들여놓기도 힘들었다.

'전진만 있을 뿐, 후퇴는 없다!'

곽정은 마음을 굳히고 나무 위로 몸을 날렸다. 나무 위에서 한 걸음을 떼자 찍, 하는 소리와 함께 바지가 가시에 걸려 찢어지고 종아리에 핏줄기가 선명하게 맺혔다. 다시 두 걸음 가자 이번에는 긴 넝쿨이 왼발을 감았다. 곽정은 비수를 꺼내 넝쿨을 잘라내고 먼 곳을 바라보았다. 무수히 많은 가시넝쿨이 빽빽하게 얽혀 있었다.

"내 다리가 베어 없어지는 한이 있더라도 이 귀신 섬을 빠져나가고 말겠다!"

막 몸을 날리려는데 갑자기 저 아래에서 황용의 소리가 들렸다.

"내려오세요. 제가 안내할게요."

고개를 숙이니 왼쪽 가시넝쿨 나무 아래에 서 있는 황용이 보였다. 곽정은 대답도 하지 않고 땅으로 내려왔다. 황용은 혈색이라고는 찾아

부모와 다를 바 없는 사부들의 무덤 앞에서 곽정은 다시 한번 복수를 다짐했다.

볼 수 없는 창백한 얼굴을 하고 있었다. 마음이 아리면서 상처가 재발했냐고 묻고 싶었지만 꾹 눌러 참았다. 황용은 곽정이 자신에게 뭐라고 말을 하려다가 입술만 실룩거리고는 고개를 돌려 피하는 것을 보았다. 잠시 기다려보았으나 아무 얘기가 없자 가볍게 한숨을 내쉬며 말했다.

"가요."

두 사람은 이리저리 길을 돌아 동쪽으로 향했다. 황용은 아직 상처가 완전히 회복되지 않은 데다 돌연 이런 큰 변을 당하니 하룻밤 사이에 심장이 터질 듯 아팠다. 곽정을 탓할 수도, 아버지를 탓할 수도, 더욱이 강남육괴를 탓할 수도 없는 일이었다. 왜 아무 이유도 없이 자기가 이런 하늘의 중벌을 고스란히 받아야 하는가. 왜 하늘은 세상 사람들이 행복하게 사는 것을 질투하는 것인가. 이렇게 가버리면 곽정은 영원히 돌아오지 않을 것이다. 그러면 다시는 곽정을 만나지 못할 것이다. 이런 생각을 하니 황용은 곽정과 함께 해변으로 한 걸음 한 걸음 발을 옮길 때마다 가슴이 한 조각 한 조각 찢어지는 것만 같았다.

넝쿨 숲을 지나니 해변이 나타났다. 황용은 더 이상 버틸 힘이 없었다. 금방이라도 쓰러질 것만 같아 가까스로 죽봉을 땅에 꽂아 몸을 기댔다. 그러나 팔에 힘이 빠지면서 죽봉이 휘청하더니 앞으로 쓰러지려 했다. 곽정은 급히 오른손을 내어 부축하려다가 황용의 어깨에 손가락이 닿자마자 사부에 대한 복수가 뇌리를 스치고 지나갔다. 다시 급히 왼손을 뻗어 자신의 오른쪽 손목을 내리쳤다. 이것은 주백통에게 전수받은 쌍수호박술이었다. 그러는 사이 황용은 이미 땅에 쓰러지고 말았다. 쓰러진 황용을 보자 일시에 후회와 한탄, 사랑과 연민, 슬픔과 분노가 파도처럼 밀려들었다.

곽정이 아무리 강철같이 독하게 마음을 먹었다고 하나, 쓰러져 있는 황용을 모른 척할 수는 없었다. 어쩔 수 없이 그녀를 안아서 푹신한 곳을 찾아 내려놓았다. 사방을 둘러보던 곽정은 동북쪽 바위틈에서 바람에 펄럭이는 청포를 발견했다. 눈을 뜬 황용도 먼 곳을 응시하는 곽정을 보고 그의 눈을 따라가다 청포에서 눈길을 멈췄다.

"아버지!"

황용이 놀라 소리를 질렀다. 두 사람은 손을 잡고 그곳으로 뛰어갔다. 청색 장포가 바위 사이에 끼어 있고, 그 옆에는 인피 가면이 놓여 있었다. 바로 황약사의 물건이었다. 황용은 놀란 가슴을 진정시킬 수 없었다. 그 물건들을 주워서 살펴보니, 장포 옷깃에 피 묻은 손바닥 자국이 선명히 찍혀 있었다.

'황약사가 구음백골조로 셋째 사부를 죽인 후 문지른 것이로군.'

곽정은 뜨거운 피가 가슴 속에서 솟아오르는 듯해 황용의 손을 힘껏 뿌리치고 장포를 빼어 들어 두 조각으로 찢었다. 그때 장포 한쪽 끝이 잘려 나간 것이 보였다. 잘린 모양으로 보니 수리의 발에 묶은 청포 같았다.

혈흔은 너무나 선명히 찍혀서 손바닥의 지문까지 다 드러났다. 붉은 태양 아래 금세라도 손바닥이 옷 속에서 튀어나와 일장을 날릴 것만 같았다. 그것을 바라보고 있노라니 곽정은 가슴이 요동치며 분노로 미쳐버릴 것만 같았다.

곽정은 자신의 장포 아랫자락을 허리춤에 말아 넣고 바다의 범선으로 성큼 걸어 들어갔다. 배의 벙어리 선원은 이미 어디로 갔는지 보이지 않았다. 곽정은 황용에게 눈길 한 번 주지 않고 비수를 뽑아 밧줄을 잘라 닻을 올리고 돛을 펴서 바다로 나아갔다.

황용은 곽정이 마음을 바꾸어 배를 돌리기를, 자신을 태우고 함께 가기를 바라며 바람을 타고 서쪽으로 미끄러져가는 범선을 바라보았다. 배의 모습이 점점 작아질수록 마음은 점점 얼어붙는 것 같았다. 그렇게 멍하니 바라보다가 배가 바다 저편으로 완전히 모습을 감춘 후에야 자신만이 혼자 이 섬에 외롭게 남아 있고, 다시는 곽정을 보지 못할 것이라는 사실을 깨달았다. 아버지의 행방도 알 수 없으니 앞으로 평생을 이렇게 혼자 해변에 서 있어야 한다는 말인가.

'용아, 용아! 그래도 절대 죽을 생각을 해서는 안 된다.'

그녀는 스스로 다짐했다.

오직 복수를 위하여

곽정은 홀로 배를 타고 도화도를 떠나 서쪽으로 향했다. 10여 리를 가니 하늘에서 급하게 우는 수리의 소리가 들리더니 수리 한 쌍이 활대 위에 내려앉았다.

'수리도 나를 따라왔으니 용이 혼자서만 섬에 남아 있겠구나. 얼마나 쓸쓸할까!'

연민의 마음이 자신도 모르게 밀려와 황용을 태우러 가기 위해 타를 돌렸다. 그러나 곧 생각을 바꿨다.

'첫째 사부가 황약사와 용이의 머리를 베어서 가지고 오라고 했지 않은가. 첫째 사부와 둘째 사부는 함께 도화도로 갔다가 황약사의 독수에 당한 게 틀림없어. 첫째 사부는 앞을 볼 수 없지만 분명히 들었을 테고, 어찌 된 일인지는 모르지만 천만다행으로 목숨을 건지셨어. 첫째 사부는 철장으로 용이를 죽이려 하셨고, 또 나에게 용이를 죽이라고 했어. 그러나 나는 용이를 죽일 수 없어. 둘째 사부와 다른 사부들도 용이가 죽인 것은 아니잖아? 하지만 내 어찌 그녀와 함께할 수 있단 말인가. 황약사의 머리를 베어 첫째 사부께 보여드려야 한다. 황약사를 이길 수 없다면 그의 손에 죽으면 그만이다.'

곽정은 다시 뱃머리를 돌렸다. 배는 바다 위에서 한 바퀴 원을 그리고 다시 서쪽으로 향했다. 3일째 되는 날, 배가 육지에 닿았다. 곽정은 도화도의 모든 물건이 뼈에 사무치게 싫어 닻으로 내리쳐 배 밑에 구멍을 뚫고 뭍으로 올라갔다. 배는 점점 옆으로 기울더니 바다 밑으로 가라앉기 시작했다. 곽정은 가라앉는 배를 바라보며 무언가를 잃은 것처럼 마음이 허전했다. 서쪽으로 가서 농가에 다다르자 쌀을 사서 밥을 지어 먹고는 길을 물어 곧장 가흥으로 갔다.

그날 저녁에는 전당강 근처에서 여장을 풀었다. 붉은 해가 강으로 들어가고 물에는 차가운 달빛이 둥실 실렸다. 달을 바라보고 있자니 혹여 연우루의 무예 대결에 늦는 것이 아닌가 하고 걱정이 되었다.

곽정은 숙소의 주인에게 물어보고서야 오늘이 8월 13일이라는 것을 알았다. 급히 밤새 강을 건너고, 건강한 말 한 필을 사서 채찍질하며 내달리니 다음 날 오후에 가흥성에 도착할 수 있었다. 곽정은 어릴 적부터 여섯 사부에게 예전에 구처기와 무예를 겨루었던 이야기를 자주 들었다. 취선루며 술을 가득 채운 구리 항아리, 무예 대결 등에 대해 사부들은 아주 흥미진진하게 이야기해주었다. 드디어 남문만 넘어서면 그 취선루에 들어서게 되는 것이다.

취선루는 남호 변에 있었다. 곽정은 취선루에 들어간 뒤 여기저기 바라보았다. 정말 한소영이 이야기해준 것과 똑같았다. 이 주루는 10여 년 동안 그의 머릿속에 깊이 박혀 마치 직접 살고 있는 것처럼 친숙해 보였다. 날아갈 듯한 곡선의 처마며 화려한 기둥을 보니 과연 정갈하고 좋은 주루라는 사부들의 말이 새삼 떠올랐다. 주루 안에는 '태백유풍太白遺風'이라고 쓰인 큰 나무판이 세워져 있고, 주루 앞에는 소동파가 제명한 '취선루醉仙樓'라는 황금색 글씨가 번쩍거리며 빛을 발하고 있었다. 곽정은 더욱 두근거리는 가슴을 안고 성큼 주루 안으로 들어섰다.

"손님, 아래층에서 술을 드십시오. 어느 손님이 위층 전체를 빌리셨습니다."

점원의 말에 막 대꾸하려는데 누군가의 소리가 들렸다.

"정아, 왔느냐?"

고개를 들어보니 한 도인이 좌정한 채 술을 마시고 있었다. 가슴까지 내려오는 긴 수염에 온통 붉은 얼굴을 한 사람은 바로 장춘자 구처기였다. 곽정은 황급히 나아가 땅에 엎드려 절을 했다.

"구 도장님!"

목소리는 이미 오열로 바뀌어 있었다. 구처기는 손을 뻗어 그를 일으켜 세웠다.

"하루 일찍 왔구나. 잘되었다. 나도 하루 일찍 왔다. 팽련호, 사통천과 대결을 벌이기로 한 날은 내일이나, 네 여섯 사부와 술을 마시며 옛정을 나누고자 하루 일찍 온 것이다. 그런데 네 사부들은 모두 오셨느냐? 그분들을 위해 자리까지 미리 만들어놓았다."

구처기의 탁자에만 잔과 젓가락, 음식 등이 놓여 있고 나머지 여덟 탁자에는 젓가락과 술잔 하나씩만 놓여 있었다.

"18년 전, 여기서 네 일곱 사부와 처음 만났지. 그때의 자리도 지금과 같았다. 이 탁자는 초목대사의 것이었으나 안타깝게도 그분은 네 사부들과는 더 이상 함께하지 못하게 되었구나."

애석함이 역력한 말투였다. 곽정은 고개를 옆으로 돌렸다. 감히 그의 얼굴을 똑바로 응시할 수 없었다. 구처기는 여전히 아무것도 눈치채지 못하고 말을 이었다.

"일전에 우리가 술 내기를 했던 구리 항아리를 오늘 다시 법화사에 가서 가져왔다. 있다가 여섯 사부가 오시면 다시 한번 함께 술을 마셔야겠다."

병풍 쪽에 과연 커다란 구리 항아리가 놓여 있었다. 항아리 겉은 검은 녹이 슬어 있었으나 안은 깨끗하고 명주가 가득 채워져 있어 향기로운 술 향기가 은은히 퍼져왔다. 곽정은 한참을 멍하니 항아리를 쳐다보다가 다시 비어 있는 여덟 탁자로 시선을 던졌다.

'첫째 사부님을 제외하고 아무도 이곳에서 술자리를 즐기지 못하겠구나. 일곱 사부님이 다시 이곳에 앉아서 술을 마시며 담소하는 모습을 본다면 여기서 당장 죽더라도 여한이 없으련만…….'

이런 생각으로 슬퍼하고 있는데, 다시 구처기의 목소리가 들렸다.

"우리는 올 3월 24일, 너와 양강을 이곳에서 대결시키려고 했다. 그러나 나는 처음부터 네 일곱 사부의 높은 기상을 존경해왔던바, 네가 이겨서 강남칠괴의 명성을 널리 알리기를 원했지. 게다가 나는 여기저기 돌아다니며 간적을 죽이는 데만 신경 쓰느라 양강에게 별로 심혈을 기울이지 못했다. 그에게 무공을 잘 전수해주지 못한 것은 상관없으나, 정정당당한 사내대장부로 키우지 못했으니…… 정말 네 양 숙부에게 부끄러울 따름이구나. 비록 지금은 그가 개과천선해서 정도正道로 돌아섰으나, 이 일만 생각하면 참으로 후회막급이다."

곽정은 양강의 부정한 행동들에 대해 이야기하려 했으나, 어디서부터 말을 해야 할지 막막해서 묵묵히 입을 다물었다.

"사람이 세상을 살아가는 데 문재와 무공은 모두 사소한 것이다. 가장 중요한 것은 충忠, 의義 두 가지이니라. 양강의 무공이 너보다 백배 앞선다 하더라도 인품으로 보자면 취선루의 대결은 이미 네 사부가 이긴 것이다. 허허…… 나 구처기, 진심으로 패배를 인정한다."

그때 구처기는 눈물을 비처럼 뚝뚝 흘리고 있는 곽정을 보았다.

"아니, 왜 그러느냐?"

곽정은 한 걸음 다가가 땅에 엎드려 통곡했다.

"사, 사, 사부님들이 돌아가셨습니다."

구처기는 깜짝 놀라 소리 질렀다.

"뭐라고?"

"첫째 사부님을 제외하고 나머지 분들은 모두 돌아가셨습니다."

이 말을 듣자 구처기는 벼락을 맞은 것처럼 충격을 받아 잠시 아무 말도 할 수 없었다. 조금 뒤면 옛 친구들과 다시 만날 것이라 기대하고 있었는데, 이런 변고가 생기리라고는 상상도 하지 못했다. 그는 비록 강남칠괴와 만난 시간은 짧았지만 18년 동안 그들을 마음으로 그리며 생사를 함께할 벗으로 생각해왔다. 그런데 별안간 이런 소식을 듣자 마음이 찢어질 듯 아팠다. 성큼 난간으로 걸어가 망망히 펼쳐진 호수를 바라보다 하늘을 보며 울부짖었다. 강남칠괴의 모습이 하나하나 머리를 스치고 지나갔다. 그는 다시 몸을 돌려 구리 항아리를 집어 들고 소리쳤다.

"벗이 이미 세상을 떴으니 이것을 가지고 무엇을 하겠는가?"

두 팔에 운기를 불어넣어 밖으로 던지니 퍽, 하고 물방울이 사방에 튀며 항아리가 호수에 빠졌다. 그는 고개를 돌려 곽정의 팔을 잡았다.

"어떻게 돌아가셨느냐? 어서 말해라!"

곽정이 대답하려는데 누군가 조용히 계단을 올라오고 있었다. 청포를 입고 기품 있는 모습이 바로 도화도주 황약사였다. 곽정은 눈앞에 번쩍 불이 나는 듯했다. 혹시 잘못 보았나 싶어 정신을 집중해 다시 보았다. 분명 황약사가 틀림없었다.

황약사 또한 곽정을 보자 흠칫 놀랐다. 그때 얼굴에 강한 바람이 불어닥쳤다. 바로 곽정의 항룡유회가 탁자 건너 황약사를 향해 몰려가고 있었다. 이 일장은 곽정 평생의 진력이 모두 실린 놀랄 만한 기세였다. 황약사는 몸을 옆으로 약간 기울이면서 왼손을 뻗어 그의 일장을 옆으로 몰아냈다. 그러자 곽정은 일장을 제대로 거두지 못하고 판자 벽을 뚫고 계단 아래로 굴러떨어지고 말았다. 떨어진 곳이 하필 그릇을 쌓아둔 곳이라 쨍그랑, 요란한 소리를 내며 접시, 쟁반, 잔 들이 산산이 부서졌다.

이날 오후, 큰 항아리를 들고 위층으로 올라가는 구처기가 이곳에 좌석을 마련하라는 말을 듣고 주루의 주인장은 18년 전의 일이 생각나서 불안해하고 있던 차였다. 그런데 위층과 아래층에서 한바탕 시끌벅적 난리가 나자 연신 "에구, 에구" 탄식을 하며 말도 안 되는 주문을 외우기 시작했다.

"관세음보살님, 옥황상제님, 성황 어르신! 살려주십시오."

곽정은 깨진 그릇에 손이 다칠까 봐 손으로 땅을 짚지 못하고 등과 허리에 힘을 주어 훌쩍 뛰어 일어선 뒤 곧장 위층으로 올라갔다. 그때 허연 그림자가 번쩍이더니 곧이어 청색 그림자가 뒤따랐다. 구처기와 황약사가 차례로 창문을 뛰어넘어 아래층으로 간 것이다.

'저놈의 무공은 내 위이니, 빈손으로는 상대가 안 될 거야.'

곽정은 무기 두 개를 꺼내 들었다. 입에는 구처기가 준 단검을 물고, 오른손에는 테무친이 하사한 금도金刀를 들었다.

'저 늙은 도적에게 착 달라붙어 있는 힘을 다해 싸우면 저놈의 몸에 구멍 두 개는 낼 수 있을 것이다.'

곽정은 급히 창문으로 뛰어가 몸을 날렸다. 이때 거리에는 몰려든 구경꾼들로 시끌벅적했다. 그런데 또 누군가가 창문에서 허공으로 몸을 날리더니 손에 번쩍이는 칼을 들고 있는 것을 보자, 구경꾼들은 일제히 비명을 지르며 서로 뒤엉켰다. 곽정은 인파들 중에 황약사와 구처기가 보이지 않자 급히 입에서 단검을 빼어 들고 옆에 있던 노인에게 물었다.

"위에서 뛰어내린 두 사람이 어디로 갔소?"

"나리, 목숨만 살려주십시오. 저는 모르는 일입니다요."

곽정이 재차 물었지만 노인은 대경실색해 그저 살려달라는 말만 되풀이할 뿐이었다. 곽정은 노인을 가볍게 밀치고 인파를 빠져나갔다. 그러나 황약사와 구처기는 그림자도 찾아볼 수 없었다.

다시 주루로 올라가 사방을 살펴보자 두 사람을 태운 배가 호수 가운데의 연우루를 향해 가고 있는 모습이 눈에 들어왔다. 황약사는 선창에 타고 있고, 구처기는 배 후미에 앉아서 노를 젓고 있었다. 이 광경을 바라보던 곽정은 자신도 모르게 망연해졌다.

'두 사람은 연우루에 가서 필사의 결투를 벌일 것이다. 구 도장이 아

무리 용맹하다고 하나 저 노인네를 대적할 수 있을는지…….'

이런 생각이 들자 급히 아래층으로 내려가 작은 배를 하나 뺏어 노를 저어 따라갔다. 철천지원수가 바로 눈앞에 있으니 더 이상 평정을 찾을 수 없었다. 게다가 마음이 급한 나머지 힘을 너무 세게 주어서 노가 부러지고 말았다. 곽정은 급한 마음에 화가 나서 배 밑바닥의 널빤지를 노로 삼아 저었다. 그러나 빨리 가려고 하면 할수록 오히려 더 늦어져서 구처기가 탄 배와 점점 거리가 멀어지기만 했다. 가까스로 뭍에 다다랐을 때 두 사람의 모습은 이미 보이지 않았다.

"마음을 가라앉히자. 원수를 갚기도 전에 죽으면 안 되지."

곽정은 혼잣말을 하며 깊게 숨을 두어 번 내쉬고 정신을 집중해 기척을 들어보았다. 과연 멀리서 병기 부딪치는 소리와 바람을 가르는 소리, 기합을 넣고 응대하는 소리가 들렸다. 그러나 구처기와 황약사의 목소리는 아니었다. 곽정은 사방을 둘러보며 주변 정세를 파악하고 연우루로 향했다. 연우루 아래에는 아무 기척이 없어 계단을 올라갔다. 창문 쪽에 누군가 난간에 기대어 밖을 바라보고 있는데, 입으로는 쩝쩝거리며 무언가를 씹고 있었다. 다름 아닌 홍칠공이었다.

"사부님!"

곽정이 달려가 부르자 홍칠공은 고개를 끄덕이더니 창문을 가리키며 반쯤 남은 양 다리를 입으로 뜯었다. 곽정은 얼른 창문으로 달려가 보았다. 누각 뒤 공터에서 은색 빛을 번쩍이며 여덟아홉 명이 황약사를 에워싸고 있었다. 수적으로 우세하니 일단은 마음을 놓았는데, 그들의 얼굴을 자세히 보고 놀라지 않을 수 없었다. 바로 첫째 사부 가진악이 철장을 휘두르며 젊은 도사와 등을 마주 대고 서 있었다.

'첫째 사부님이 어떻게 여기 계시지?'

곽정이 다시 자세히 보니 그 젊은 도사는 바로 구처기의 제자인 윤지평이었다. 손에는 장검을 곧게 들고 가진악의 뒤를 비호하고 있었으나 감히 황약사에게 공격은 하지 못했다. 그 외 여섯 도사는 바로 마옥, 구처기 등 전진육자였다.

전진파가 취한 공격 자세는 바로 천강북두진법이었다. 이미 세상을 뜬 장진자 담처단의 천선 자리를 가진악이 맡고 있었던 것이다. 그러나 가진악은 무공도 다소 떨어지고 진법도 모르는 터라 임시방편으로 윤지평을 등 뒤에 세워 뒤를 보호하고 방법을 알려주도록 했다. 전진육자는 각자 장검을 휘두르며 황약사를 에워싸고 진퇴를 거듭하며 매섭게 공격하고 있었다.

일전 우가촌에서 싸울 때는 전진칠자 중 두 명만 검을 들고 나머지 도사들은 맨손으로 상대했다. 그때도 매우 위력적이었는데 지금 일곱 개의 검에 철장까지 더하니 실로 맹렬하고 위압적인 공격이 되었다. 그러나 황약사는 여전히 맨손으로 번뜩이는 칼날과 철장 사이를 이리저리 피하고 있었다. 마치 공격에 눌려 방어밖에 할 수 없는 처지인 듯 전혀 반격하지 않았다. 그가 휘두른 수십 초식은 모두 적의 칼날을 피하는 데에만 사용되었다.

'네놈이 아무리 뛰어나다 하더라도 오늘 정의의 칼을 피할 수 없을 것이다.'

곽정은 속으로 쾌재를 불렀다. 그때 황약사가 돌연 왼발로 땅을 지탱하고 오른쪽 다리를 몸 쪽으로 돌려 두 번 원을 그리더니 여덟 사람을 일제히 세 보 후퇴시켰다.

'대단한 소엽퇴법이로구나!'

황약사는 고개를 획 돌려 누각 위의 홍칠공과 곽정에게 손을 흔들고 고개를 끄덕이며 인사를 했다. 곽정은 그의 여유만만한 표정과 전혀 힘에 부치지 않는 기색을 보자 어리둥절했다. 황약사는 왼손 장을 비스듬히 날려 장생자 유처현의 머리를 가격하려 들었다. 갑자기 방어에서 공격으로 바뀐 것이다.

이 일장이 오더라도 유처현은 막아서는 안 되고, 천권 자리의 구처기와 천선 자리의 가진악이 옆에서 공격해 막아주어야 했다. 그러나 가진악은 앞을 보지 못해 대결할 때 항상 귀로 눈을 대신하는 장님이니 황약사의 소리 없는 고명한 장법에 속수무책일 수밖에 없었다. 구처기는 칼을 번뜩이며 황약사의 오른쪽 팔꿈치를 겨냥했지만 가진악은 윤지평의 말을 듣고서야 출장을 했으니 이미 한발 늦고 말았다.

유처현은 바람 소리를 듣고 적의 장이 이미 정수리까지 왔다는 것을 알았다. 헉 놀라서 급히 땅으로 몸을 굴려 피했다. 마옥과 왕처일도 옆에서 위기일발의 위험한 상황을 보고 동시에 칼을 뻗었다. 유처현은 다행히 위기를 넘겼으나 천강북두진법은 이미 흩어지고 말았다. 황약사는 크게 웃으며 손불이를 향해 질주했다. 그렇게 세 보를 가다가 갑자기 뒤로 후퇴해 등으로 학대통을 치려 했다. 학대통은 평생 이런 이상한 초식은 처음이라 잠시 주저하며 검으로 그의 척추를 찌르려 했다. 그런데 황약사는 마치 달아나는 토끼처럼 민첩하게 포위를 풀고 2장 밖에 섰다.

"황 노사, 참으로 멋진 공격이군."

홍칠공이 웃으며 말하자, 곽정이 소리쳤다.

"제가 가보겠습니다!"

곽정은 계단을 향해 뛰어갔다.

"서두르지 말거라! 네 장인은 처음에는 줄곧 반격하지 않았다. 나는 네 첫째 사부 걱정을 하고 있었는데, 지금 보니 해칠 생각은 없는 것 같다."

곽정은 다시 창문으로 돌아와서 물었다.

"어떻게 아십니까?"

"만약 해칠 생각이 있었다면 아까 그 마른 원숭이 같은 도사의 목숨이 아직 붙어 있었겠느냐? 젊은 도사는 적수가 안 되지, 적수가 안 돼."

홍칠공은 양 다리를 한 입 베어 물었다.

"네 장인과 구처기가 오기 전에 늙은 도사들과 네 첫째 사부가 여기에서 진열을 짜고 있었다. 그러나 천강북두진법을 어찌 일순간에 터득할 수 있겠느냐? 늙은 도사들이 네 첫째 사부에게 끼어들지 말라고 하자, 네 첫째 사부는 이를 갈며 대답을 하지 않더구나. 네 첫째 사부가 무슨 일 때문에 네 장인과 원수가 되었는지 모르겠다. 네 사부가 젊은 도사와 함께 천선 자리를 지키더라도 네 장인의 살수를 막아낼 수는 없지."

곽정은 분노에 찬 목소리로 외쳤다.

"그놈은 제 장인이 아닙니다."

"응? 어째서 또 장인이 아니라는 거냐?"

곽정은 이를 갈며 말했다.

"그, 그놈은…… 흥!"

"용이는 어찌했느냐? 두 사람이 싸웠구나. 그렇지?"

"용이와는 상관없습니다. 저 늙은 도적놈이…… 저놈이 우리 다섯 사부를 죽였습니다. 나는 저놈과 이제 철천지원수 간입니다."

"그 말이 사실이냐?"

홍칠공이 깜짝 놀라 물었다. 그러나 이 말을 못 들은 듯 곽정은 연우루 아래의 대결에 온통 정신이 팔려 있었다. 이제 상황은 완전히 역전되어 황약사가 휙휙, 장풍 소리를 내며 벽공장을 발하는 반면, 여덟 명은 전혀 힘을 쓰지 못하고 있었다. 마옥, 구처기, 왕처일의 무공을 따지자면 황약사가 이 일장만으로 그들을 물리칠 수는 없을 것이다. 그러나 천강북두진은 진퇴를 함께하는 장법이고 손불이, 가진악, 윤지평의 무공은 다소 떨어졌다. 한 사람이라도 후퇴하면 나머지도 어쩔 수 없이 후퇴해야 하는 형상인 것이다. 다시 두 걸음을 후퇴해 황약사와의 거리가 점점 멀어지게 되었으나 북두 진세는 조금도 흐트러지지 않았다. 이제 전진파의 장검은 더 이상 황약사를 사정거리에 두지 못했고, 황약사만이 허점을 틈타 공격할 수 있었다. 다시 수 초식을 겨루는데 홍칠공이 말했다.

"아! 그랬구나."

"뭐가요?"

"황 노사는 고의로 진법을 펴게 해서 천강북두진법의 비밀을 캐려는 거야. 그래서 살수를 쓰지 않았던 거지. 10초식 내에 원을 그릴 것이다."

홍칠공은 무공을 잃었지만 보는 눈만은 정확하고 매서웠다. 과연 황약사의 벽공장이 매 초식 힘이 약해지자 전진파는 점차 안으로 모여들더니 잠시 뒤 원 모양으로 배열했다. 유처현, 구처기, 왕처일, 학대통 네 사람의 검이 동시에 황약사의 몸을 향해 뻗었다. 그러나 어찌 된 영문인지 네 개의 검은 황약사의 몸을 스치고 지나갔다. 방향이 수촌寸 틀린 것이다. 만약 빨리 검을 거두지 않았다면 그들은 서로의 몸에 구멍을 낼 뻔했다.

이 작은 원에서 서로 싸울 때는 약간의 실수도 용납되지 않는다. 곽정은 황약사가 이 진법을 파악하기만 하면 더 이상 시간을 끌지 않고 진법을 깨뜨릴 것이며, 그 첫 번째 희생자는 첫째 사부와 윤지평이 될 것이라는 걸 알았다. 그냥 여기에 있으면 거리가 너무 멀어서 위급할 때 도와주지 못할 게 분명했다. 곽정은 진세가 계속 위험해지자 급히 홍칠공에게 말했다.

"제자, 아래로 내려가겠습니다."

그는 대답을 기다리지 않고 급히 누대에서 내려왔다. 그들에게 다가갔을 때 진세가 또 변해 있었다. 황약사는 마옥의 좌측으로 이동하며 점점 멀어지고 있었다. 마치 밖으로 도망치려는 것 같았다. 곽정은 단검을 들고 그가 몸을 돌려 달리면 뛰어나가 맞이할 태세를 취했다. 그때 갑자기 왕처일이 입을 오므리고 휘파람을 불자 그와 학대통, 손불이 세 사람이 함께 맡고 있던 두병斗柄이 왼쪽에서 황약사를 에워쌌다. 황약사는 세 차례 방위를 옮겼다. 그러자 왕처일의 두병 자리와 구처기가 이끌고 있는 두괴斗魁 자리가 움직이며 마옥의 왼쪽에 접근할 틈을 주지 않았다. 네 번째 옮겼을 때 곽정은 갑자기 깨달았다.

'아! 그래, 황약사가 지금 북극성 자리를 차지하려고 하는구나.'

일전 우가촌에서 상처를 치유하고 있을 때, 벽 너머로 전진칠자가 천강북두진을 구사하며 매초풍, 황약사와 연이어 싸우는 것을 지켜보았다. 그 뒤, 황용이 천상의 북두별 자리와 북극성을 상세히 설명해주어 북두성 자리 중에 천구와 천선, 두 별이 일직선을 이루며 북쪽을 향해 뻗어나가서 북극성과 만난다는 것을 알게 되었다. 그 별은 언제나 정북쪽에 위치하며 북두칠성은 매일 저녁 북두성을 중심으로 돈다. 그 후 곽정은 동정호의 군산에서 개방에 사로잡혀 있을 때 다시 천문을 관찰하며 천강북두진의 비밀을 깨닫게 되었다. 그러나 그저 북두진법을 구사해 치고 막는 오묘한 방법을 자신의 무공에 더했을 뿐이었다.

황약사는 지략이 곽정보다 백배는 뛰어나고 천문과 조양오행술朝陽五行術에도 정통한 사람이었다. 우가촌에서 있었던 한 번의 대결로는 전진칠자의 북두진을 깨뜨리지 못했으나, 후에 여러 날을 심사숙고해 이 진법의 약점을 찾아낸 것이다. 곽정이 몰두한 것이 '배움學'에 있었다면 황약사는 왕중양의 진법에서 배울 가치를 못 느끼고 오로지 '깨뜨림破'에만 전념했다. 그는 북극성의 방위만 차지할 수 있다면 북두진을 완벽하게 깨뜨릴 수 있다는 걸 알았다.

전진파는 황약사가 진법의 약점을 간파하자 속으로 당황하지 않을 수 없었다. 만약 담처단이 살아 있었다면 일곱 명이 혼연일체가 되어 북극성 자리를 굳건히 지켜낼 수 있었을 것이나, 지금 천선 자리는 가진악과 윤지평이 대신하고 있는 상황이었다. 이들은 무공이 떨어질 뿐 아니라 진법에도 익숙지 못하니 천강북두진의 위력이 크게 떨어질 수밖에 없었다.

마옥 등은 계속 싸우다가는 필시 낭패를 볼 것이라 생각했다. 게다가 곽정마저 옆에서 지켜보며 기회를 노리고 있지 않은가? 황약사가 위험에 빠지면 사위로서 도와줄 것이 분명하다고 생각했다. 그러나 사숙과 동문의 원수를 모른 척할 수도 없는 노릇이었다. 왕중양 선사께서는 천하제일의 무공으로 이름을 떨치셨는데, 그의 제자 여섯 명이 한꺼번에 달려들어도 황약사 한 사람을 이기지 못하다니…… 참으로 무학 정종 전진파의 위상이 땅으로 떨어지는 순간이었다. 그때 황약사가 웃으며 말했다.

"왕중양 문하의 제자들이 이처럼 사리를 구별하지 못하는 줄은 몰랐소이다."

그러면서 돌연 손불이 앞으로 휙휙휙, 세 장을 날렸다. 마옥과 학대통이 검을 들고 구하러 나섰다. 황약사는 몸을 약간 옆으로 기울이며 두 사람의 검을 가볍게 피하고 다시 손불이에게 세 장을 날렸다. 도화도주의 장법은 어찌나 오묘한지 왕중양이 살아나고 홍칠공이 다시 무공을 되찾는다 하더라도 이 예리한 여섯 장을 그저 피할 수밖에 없었을 것이다. 그러니 손불이가 어찌 정면으로 받아칠 수 있겠는가. 손불이는 질풍 같은 장풍이 다가오자 칼을 휘두르며 가까스로 얼굴을 막았다. 황약사는 갑자기 두 다리로 빠르게 원을 그리며 다시 그녀에게 여섯 번 다리 공격을 가했다. 낙영신검장과 소엽퇴의 동시 공격은 바로 도화도의 광풍절기로서 여섯 초식만에 적이 물러나지 않으면 다시 여섯 초식을 휘두르게 되고, 초술도 점점 빨라진다. 여섯 초식씩 여섯 번, 곧 36초식이면 제아무리 용맹한 영웅이라도 장풍에 당하거나 발에 걷어차일 수밖에 없었다.

마옥 등은 황약사가 손불이에게만 맹렬한 공격을 퍼붓자 그녀를 에워싸며 도와주려 했다. 그러나 급할수록 진법은 흐트러지기 쉬운 법이다. 게다가 가진악은 앞을 보지 못하는지라 다소 늦게 도착했다. 황약사는 긴 웃음을 날리며 윤지평의 뒤로 빠져나갔다. 그때 갑자기 공중에서 "아악!" 하는 비명이 들리더니 무언가 연우루 지붕 위로 휙 날아갔다. 바로 윤지평이 황약사에게 등덜미를 붙잡혀 내던져진 것이다.

이렇게 되니 이미 진법은 크게 흐트러졌다. 황약사는 이 틈을 타서 즉시 머리를 낮추어 마옥을 향해 돌진했다. 마옥이 필시 비켜설 것이라는 계산에서였다. 그러나 마옥은 검을 들고 꼼짝하지 않고 자리를 지키며 왼손에 든 검으로 황약사의 미간을 공격했다. 안정적이고 강한 힘이 실린 출수였다. 황약사는 옆으로 비켜서며 찬탄을 아끼지 않았다.

"훌륭하군. 과연 전진칠자의 우두머리요."

그러다 갑자기 몸을 회전시키며 학대통을 걷어차고 몸을 굽혀 장검을 빼앗아 곧장 심장을 찌르려 했다. 유처현은 크게 놀라며 칼을 휘둘러 막아섰다. 황약사는 다시 대소를 터뜨리며 손목으로 칼을 내리쳤다. 팍, 하는 소리와 함께 칼이 두 동강이 났다. 푸른 그림자가 번쩍하더니 황약사가 북극성 자리로 질풍같이 돌진했다. 이제 진법은 완전히 흐트러져서 아무도 그를 막을 수 없었다. 그가 북극성 자리에서 무공을 쓰면 오늘로써 전진파는 끝을 보게 될 터였다. 모두들 어찌할 바를 모르고 애만 태우고 있었다.

마옥은 길게 한숨을 쉬었다. 이제 검을 버리고 패배를 인정하며 처분만 기다릴 수밖에 없다고 생각했다. 그 순간, 갑자기 푸른 그림자가 번뜩였다. 황약사가 다시 뛰쳐나오고, 북극성 자리를 다른 사람이 차지했다. 그 사람은 바로 곽정이었다. 전진파 중에서 구처기만이 크게 기뻐하며 그를 바라보았다.

그는 취선루에서 곽정과 황약사가 사투를 벌인 것을 보았다. 마옥과 왕처일은 곽정을 보자 그가 심성이 깊으니 장인을 돕더라도 사부인 가진악에게 대적하지는 않을 것이라고 생각했다. 그러나 나머지 사람들은 더욱 가슴을 졸였다. 곽정이 이미 북극성 자리를 차지하고 말았으니, 장인과 사위가 연합해 공격하면 전진파의 최후가 될 게 분명하다고 생각한 것이다. 그렇게 의심의 눈초리로 바라보고 있는데 뜻밖에도 곽정이 왼손으로는 장풍을, 오른손으로는 검을 휘두르며 황약사에게 달려들었다. 모두들 놀라지 않을 수 없었다.

황약사는 진법을 깨뜨렸으니 이제 전진파의 항복을 받아낼 수 있으리라 생각했다. 그런데 북극성 자리에 돌연 누군가가 나타났다. 그는 전진파를 상대하느라 온 정신을 쏟고 있어서 얼굴도 제대로 보지 않고 즉시 상대의 가슴을 향해 벽공장을 폈다. 그러나 상대는 왼손 장을 뻗어 그것을 가볍게 물리쳤다. 그 동작이 침착하고 안정되어 있었다.

'이 세상에 내 일장을 혼자서 막을 수 있는 사람은 손가락 안에 드는데, 도대체 누구란 말인가?'

흠칫 놀라 고개를 돌려보니 상대는 바로 곽정이었다. 이때 황약사는 앞뒤로 적의 공격을 받고 있는 상황이었다. 곽정을 물리치지 못하면 천강북두진법이 뒤에서 덮쳐올 것이고 그렇게 되면 아주 위험한 상황에 빠질 게 분명했다. 그는 곽정에게 연신 벽공장을 세 번 전개했다. 매 일장이 점점 맹렬했지만 모두 곽정의 공격 앞에 무력해지고 말았다. 네 번째 장에서는 허와 실을 함께 사용하며 곽정이 이 틈을 타서 반격해오기를 기다렸다. 그러나 곽정은 방어만 할 뿐 반격을 하지 않았다. 단검으로 가슴을 막고 왼손 장을 자신의 아랫배로 천천히 스치며 지나쳤다. 황약사의 공격이 모두 실패한 것이다. 그는 더욱 놀랄 수밖에 없었다.

'저 멍청한 놈이 어찌 진법의 비결을 알고 북극성 자리에서 한 발짝도 나오지 않는 걸까? 그렇군. 전진파의 전수를 받고서 여기서 합동해 나를 공격하려고 했구나.'

그러나 황약사의 생각은 반은 맞고 반은 틀렸다. 곽정은 천강북두진의 비결을 숙지하고 있었지만 이는 〈구음진경〉에서 익힌 것이지, 전진파와는 상관이 없었다. 곽정은 철천지원수를 바로 앞에 두었으나 마음을 가라앉히고 급소를 굳게 방어하면서 두 발을 땅에 박은 듯이 굳건히 서 있었다. 황약사가 고의로 수많은 허점을 보이며 꾀어내려 했지만 못 본 척했다.

'저 바보 녀석이 왜 꼼짝도 하지 않고 있담? 흥! 용이에게 책망은 듣겠지만 오늘 너를 해칠 수밖에 없다. 그러지 않으면 내가 못 빠져나가겠는걸.'

황약사는 왼손 장으로 원을 그리면서 가슴 앞에서 7촌 정도 왔을 때, 갑자기 오른손 장을 왼손 장에 올렸다. 왼손 장이 원을 그리면서 얻은 힘을 보태니 그 힘이 배로 강해졌다. 그 힘을 빌려 곽정의 얼굴로 뻗으려고 할 때 갑자기 이런 생각이 들었다.

'저 녀석이 계속 저기서 버티고 서 있으면 내 장풍을 맞고 중상을 입을 것이다. 혹시라도 죽게 되면 용이는 평생 불행해지겠지.'

곽정은 황약사의 장풍이 매서운 기세로 몰려오자 이를 악물고 견룡재천 초식을 뻗었다. 항룡십팔장의 무공으로 맞서기는 했으나 자신의 무공이 훨씬 뒤떨어지니 정면으로 맞서면 질 것이 틀림없었다. 그러나 그의 일장을 받아내지 않고 옆으로 피한다면 북극성 자리를 빼앗기고, 그렇게 되면 황약사를 제거하는 것이 훨씬 힘들어질 터였다. 그래서 곽정은 목숨을 걸고 황약사의 공격을 정면으로 받아내려 했는데, 뜻밖에 황약사가 출수를 거두어서 안도의 한숨을 내쉬었다.

"바보 같은 놈, 어서 비켜라! 네가 왜 나에게 맞서는 거냐?"

곽정은 등을 굽히고 칼을 곧게 들고는 황약사를 주시했다. 그가 또 무슨 수작을 부릴지 방비하느라 대답할 여유가 없었다. 이때 전진파의 제자들은 이미 진세를 정돈해 멀리서 황약사의 뒤를 에워싼 채 공격할 틈을 노리고 있었다.

"용이는? 용이는 어디에 있느냐?"

곽정은 여전히 대답하지 않고 침통한 얼굴에 분노의 불길이 이글거리는 눈빛으로 황약사를 노려보았다.

"용이를 어찌했느냐? 어서 말해라!"

곽정은 더욱 이를 악물었고, 검을 잡은 왼손이 조금씩 떨렸다. 황약사는 곽정의 표정 하나하나, 미세한 동작 하나하나까지 놓치지 않고 지켜보고 있었다. 곽정의 낯빛이 더욱 이상해지자 의구심이 들기 시작했다.

"왜 손을 떠느냐? 왜 말을 하지 않는 거냐?"

곽정은 도화도에서 사부들이 비참하게 죽은 장면이 생각나자 비통함과 분노가 일시에 몰려들어 자신도 모르게 온몸이 떨리고 눈시울이 붉어졌다. 황약사는 곽정이 줄곧 아무 말도 하지 않고 있다가 눈에 눈물이 고이는 것을 보자 덜컥 겁이 나기 시작했다. 설마 자신의 딸이 곽정에게 죽임을 당한 것은 아닌지 불안해졌다. 그는 두 발로 땅을 차서 곽정을 향해 날아갔다.

황약사가 갑자기 날아오르자 구처기는 장검을 휘둘렀고, 천강북두진도 동시에 움직였다. 왕처일과 학대통 두 사람은 각각 칼과 장으로 좌우에서 공격해 들어갔다. 곽정은 장을 뻗어 공격을 물리치고 단검을 번개같이 뻗어 반격했다. 그러자 황약사는 피하는 대신 손을 뻗어 그의 손목을 잡고 단검을 빼앗으려 들었다. 비록 정확하고 맹렬한 출수였지만 왕처일이 이미 등 뒤에서 장검을 겨누니 어쩔 수 없이 허리를 굽히고 피할 수밖에 없었다. 이로 인해 황약사는 단검을 아슬아슬하게 놓치게 되었고, 곽정은 그 틈을 타서 다시 단검으로 반격했다.

이제 싸움은 걷잡을 수 없이 격렬해졌다. 전진파들은 황약사를 죽여 주백통과 담처단의 복수를 하고자 했다. 황약사는 오해라는 것을 알면서도 자신이 연장자 신분인지라 나서서 해명하지 않고 먼저 그들을 일망타진해 항복을 받아낸 뒤 사실을 해명하려고 했다. 그렇기 때문에 인정을 봐주면서 공격한 것이었다. 만약 황약사가 전력을 다해 싸웠더라면 마옥과 구처기는 무사할지 몰라도 손불이, 윤지평 등은 벌써 이 세상 사람이 아니었을 것이다. 그런데 갑자기 곽정이 나타나 자신을 도와주지는 못할망정 죽을힘을 다해 맞서 싸우니 황약사로서는 당황하지 않을 수 없었다. 황약사는 그가 황용을 죽였을 거라고 생각했다. 그러지 않으면 자기를 보고 벌벌 떨 이유가 없었다.

황약사는 이제 더 이상 사정을 봐주지 않았다. 곽정을 붙잡아 진상을 파악하려는 생각밖에 없었다. 만약 자신의 추측이 사실이라면 그의 몸을 산산조각 낸다 한들 분이 풀리지 않을 성싶었다. 그러나 곽정은 이미 북극성 자리를 차지한 터라 윤지평이 연우루 지붕에서 아직 혼절해 있기는 하지만 양측의 상황은 이미 역전되어 있었다. 비록 속도

황약사도 곽정의 거센 공격을 더 이상 방치할 수만은 없어 점점 손에 힘을 가했다.

가 느리긴 했어도 천강북두진이 끊임없이 황약사를 위협했다. 곽정을 몰아내려는 황약사의 시도는 번번이 실패하고 말았다. 마음이 더욱 조급해졌다. 정면으로 돌파하려면 전진파들이 적시에 도와줄 것이 분명했다. 몸을 돌려 살수로 진법을 먼저 깨뜨려야 했다. 그러나 북두진은 점점 그 원이 작아지더니 이제 완전히 자신을 옴짝달싹 못 하게 에워쌌다. 자신의 무공이 아무리 대단하다 한들 이미 액운을 벗어날 수 없는 상황이었다. 한참을 싸우는데 마옥이 장검을 들며 소리쳤다.

"멈추시오!"

전진파 제자들은 각자의 방위를 굳건히 지키며 섰다.

"황 도주, 도주께서는 당대 무학의 종주인데 후배들이 어찌 욕보일 수 있겠습니까? 오늘 우리는 그저 중과부적의 우위를 이용해 우세를 장악했을 뿐입니다. 주 사숙과 담 사제의 피를 어찌 갚을 것입니까? 말해보십시오."

황약사는 냉소를 지으며 말했다.

"무슨 말을 하란 말인가? 어서 나를 죽이고 전진파의 명예를 되찾는 것이 더욱 좋지 않은가? 받아랏!"

황약사는 몸도 움직이지 않고 팔도 들지 않았는데 오른손 장이 마옥의 얼굴을 향해 이미 뻗어 있었다. 마옥은 흠칫 놀라 옆으로 피했지만 황약사의 일장은 실로 오묘했다. 출수 전에는 전혀 아무런 조짐이 없고 출수 후에는 허와 실이 섞여 예측할 수 없이 변화무쌍했다. 이는 낙영신검장법의 절기로서 10여 년을 연구한 결과였다. 원래 제2차 화산논검대회에서만 사용하고 평상시 대결에서는 사용하지 않으려 했지만, 단양자 마옥의 심오한 공력에 맞서기 위해서는 어쩔 수 없었다.

마옥은 피하지 않는 것이 오히려 괜찮을 뻔했다. 오른쪽으로 피했지만 그다음 초식에 당하고 만 것이다.

'큰일이다!'

손을 뻗어 막으려는 순간, 이미 황약사의 일장이 가슴에까지 와닿았다. 황약사가 힘을 주기만 하면 그의 심폐가 모두 끊어질 것이 분명했다. 전진파의 다섯 제자는 대경실색해 검을 들고 달려왔지만 구할 도리가 없었다. 마옥의 생이 이대로 다하는가 싶더니 돌연 황약사가 웃음을 터뜨리며 공격을 거두어들였다.

"내가 진법을 깨었으니 져도 할 말은 없겠지. 나 황 노사, 죽으면 죽었지 어찌 천하 영웅들의 웃음거리가 될 수 있겠는가? 모두 함께 덤벼라!"

유처현이 흥, 코웃음을 치며 장을 휘둘러 공격하고, 왕처일이 장검을 들고 바짝 쫓아왔다. 천강북두진이 다시 움직인 것이다. 이번에 사용한 것은 17진법으로 왕처일의 뒤에는 마옥이 쫓아와야 했다. 왕처일이 질풍같이 검을 뻗고 틈을 내주었으나 마옥은 공격하지 않고 오히려 뒤로 두 걸음 물러나며 외쳤다.

"멈추어라!"

모두 일제히 공격을 멈추었다.

"황 도주, 도주의 은혜를 입었습니다."

"좋소."

"도주께서 사정을 봐주지 않으셨다면 이 후배는 목숨이 붙어 있지 않았을 것입니다. 선사께서 물려주신 이 진법이 이미 도주에게 깨졌으니 마땅히 패배를 인정하고 처분대로 해야 옳겠지요. 그러나 사문의 복수를 갚지 않을 수도 없는 노릇입니다. 복수를 하고 나면 이 후배도 자결해 황 도주의 은혜를 갚겠습니다."

황약사는 얼굴이 흐려지더니 손을 내저었다.

"말을 많이 해봤자 무슨 소용이오. 세상의 은혜와 복수는 원래가 구별하기 어려운 법이니……."

'마 도장 등이 황 도주와 결투하는 것은 사숙과 사제의 복수를 갚기 위해서였구나. 주 대형은 멀쩡히 살아 있고, 담 도장이 죽은 것도 황 도주와는 관련이 없다. 내가 나서서 사실을 밝히면 전진파는 물러설 것이다. 그러나 나와 첫째 사부 두 사람으로 황 도주를 상대하는 것은 어림도 없는 일이다. 사부의 원수를 갚는 것은 고사하고 내 목숨을 부지하기도 힘들 것이다.'

곽정은 그러다가 문득 생각을 달리했다.

'사실을 은폐하는 것은 비열한 소인배의 짓이다. 사부님들은 항시 목숨은 잃어도 의를 잃어서는 안 된다고 하지 않으셨던가.'

곽정은 결심을 굳히고 크고 또렷한 소리로 말했다.

"마 도장, 구 도장, 왕 도장님! 주 사숙은 죽지 않았고, 담 도장은 구양봉이 살해한 것입니다."

"뭐라고?"

구처기가 놀라 물었다. 곽정은 우가촌의 밀실에서 요양하며 옆 벽에서 구천장이 거짓 소문을 퍼뜨리고, 쌍방이 결투를 하고, 구양봉이 음해를 한 사실들을 보고 들은 대로 다 말했다. 비록 말주변이 없어 어눌하기는 했지만 중요한 사실들은 분명히 전달할 수 있었다. 전진파들은 이 말을 듣고 반신반의했다.

"그 말이 사실이냐?"

구처기가 호통치자 곽정은 황약사를 가리키며 말했다.

"제자, 저 늙은 도적놈의 살을 씹어 먹지 못함이 한탄스러운데, 어찌 저놈을 돕겠습니까? 그저 사실이 그러하니 어쩔 수 없이 말한 것입니다."

여섯 도인은 원래 심성이 착하고 솔직한 곽정의 성품을 알고 있는 데다 황약사에 대해 이렇듯 이를 갈며 분노로 이글거리는 그를 보고 자연 그 말을 믿게 되었다. 황약사는 자신을 위해 해명해주는 곽정의 행동이 너무 뜻밖이었다.

"왜 나를 그렇게 원망하는 것이냐? 용이는?"

가진악이 말을 받았다.

"네가 한 짓을 모른단 말이냐? 정아, 우리가 지는 한이 있더라도 저 놈과 싸우자."

가진악은 황약사를 향해 철장을 휘둘렀다. 곽정은 사부가 이미 자신을 용서했음을 알고 기쁜 마음에 눈물이 주르륵 흘러내렸다.

"첫째 사부님! 둘째 사부님을 비롯한 다섯 사부님은…… 너무나 비참하게 돌아가셨습니다!"

황약사는 가진악의 철장 끝을 잡고 곽정에게 물었다.

"뭐라고? 내가 주총, 한보구를 도화도에 손님으로 잘 모셔두었는데 어찌 죽었단 말이냐?"

가진악은 힘껏 철장을 빼내려 했으나 꼼짝도 하지 않았다.

"네 앞 못 보는 사부가 내게 헛소리를 하며 달려드는 것이 다 주총 등의 복수를 위해서란 말이냐?"

곽정은 피가 거꾸로 도는 듯했다.

"네놈이 다섯 사부님을 죽여놓고도 시치미를 뗄 셈이냐!"

곽정은 단검을 들고 팔을 뻗어 달려들었다. 황약사는 손을 휘둘러 철장으로 단검을 막았다. 쨍하며 불꽃이 사방으로 튀었다. 단검은 그리 예리하지 못해 철장에 맞자 크게 흠이 났다.

"누가 보았다더냐?"

"다섯 사부를 내 손으로 직접 안장했는데도 네놈한테 뒤집어씌운다고 하느냐?"

"무슨 소리냐? 나 황 노사, 평생 일신의 몸으로 살아왔다. 그까짓 몇 사람 죽인다고 잡아뗄 것 같으냐? 그래, 네 사부들은 모두 다 내가 죽인 것이다!"

그때 갑자기 한 여자의 목소리가 들렸다.

"아니에요, 아버지. 아버지가 죽인 게 아니잖아요! 제발 뒤집어쓰지 마세요."

소리 나는 쪽으로 일제히 고개를 돌렸다. 바로 그곳에 황용이 서 있었다. 모두들 결투에 온 정신을 쏟느라 황용이 온 것도 몰랐던 것이다.

곽정은 황용을 보고 잠시 멍해졌다. 기쁨인지 번뇌인지 모를 감정이 삽시간에 몰려왔다. 황약사는 딸이 아무 탈 없는 것을 보자 크게 기뻐하며 곽정에 대한 분노도 완전히 사라져 하하, 대소를 터뜨렸다.

"우리 딸, 어서 오너라. 이 아비가 좀 보자."

이 며칠 동안 황용은 얼마나 마음고생이 심했는지 모른다. 그런데 지금 부드러운 아버지의 목소리를 듣자 얼른 아버지 품으로 뛰어들어 눈물을 흘렸다.

"아버지, 저 바보 오빠가 아버지에게 누명을 씌우고 또 아버지를 업신여겼군요."

황약사는 딸을 끌어안고 웃으며 말했다.

"나 황 노사는 항상 내 멋대로 살아온 죄로, 수십 년 전부터 세상 사람들이 천하의 죄란 죄는 모두 네 아비에게 뒤집어씌우지 않았느냐? 죄를 몇 개 더 뒤집어쓴들 뭐 어떠냐? 강남오괴는 네 매 사매의 원수이니 내가 직접 죽인 것이다."

"아니야, 아니에요. 아버지가 아니잖아요. 난 아버지가 아니란 걸 알고 있어요."

황용이 다급하게 소리치자 황약사는 미소를 지으며 말했다.

"저 멍청한 놈이 겁대가리도 없이 우리 공주님을 업신여기다니, 이 아비가 손을 좀 봐주마."

황약사는 말을 마치자마자 돌연 전광석화같이 출장을 뻗었다. 실로 어디서 와서 어디로 가는지 짐작도 할 수 없을 만큼 빠른 출수였다. 곽정은 부녀의 대화를 듣고 곰곰이 생각하던 중에 돌연 왼쪽 뺨에 불이 번쩍 날 만큼 매서운 따귀를 얻어맞았다. 손을 뻗어 막으려 했지만 황약사의 손은 이미 황용의 머리 위에서 부드럽게 딸의 머리를 쓰다듬고 있었다. 이 일장은 소리는 컸지만 힘은 약했다. 곽정은 뺨을 문지르며 나아가 공격을 해야 할지, 아니면 달리 어찌해야 할지 모른 채 멍하니 서 있었다. 가진악은 곽정이 맞는 소리를 듣자 황약사가 이미 독수를 쓴 게 아닌가 걱정되어 급히 물었다.

"정아! 괜찮으냐?"

"괜찮습니다."

"저 사악한 부녀의 거짓 놀음은 듣지 말거라. 모두 일부러 결백함을 주장하는 말이다. 나는 비록 눈은 보이지 않으나 네 넷째 사부가 직접 하는 말을 들었다. 그는 저놈이 네 둘째 사부를 죽이고 일곱째 사부를 죽음으로 내몰았다는……."

곽정은 말이 끝나기도 전에 황약사를 향해 돌진해갔다. 가진악의 철장도 이미 바람같이 뻗어나갔다. 황약사는 딸을 내려놓은 다음 곽정의 출수를 피하고, 앞으로 달려가 철장을 빼앗으려 했다. 그러나 이번엔 가진악도 이미 예측한 터라 빼앗기지 않았다. 삽시간에 사부와 제자 두 사람이 함께 달려들어 황약사와 사투를 시작했다. 곽정은 기인들을 만나 수많은 절묘한 무공을 익혔지만 무학의 대종사인 도화도주와 대결을 하니 실력 차가 현저히 드러났다. 가진악이 돕긴 했지만 아무런 도움도 되지 않았다. 그렇게 20~30초식을 싸우니 이미 수세에 몰려서 아무 힘을 쓸 수가 없었다.

'전진파가 위급할 때 이들 사도가 나서서 도와주었다. 지금 이들이 위험하니 우리가 어찌 수수방관할 수 있겠는가? 게다가 주 사숙의 생사 여부를 알기 위해서도 먼저 황 노사 놈을 때려잡아야 할 것이다.'

구처기는 그렇게 생각하며 장검을 들고 소리쳤다.

"가 대협, 원래 진영으로 복귀하시오!"

이때 윤지평은 이미 연우루의 지붕에서 기어 내려왔다. 비록 온 얼굴이 퍼렇게 멍들고 부어올랐지만 큰 상처는 없어 가진악의 뒤로 달려와 칼을 들고 방어를 했다. 천강북두진이 다시 움직이며 황약사 부녀를 에워쌌다. 황약사는 대로했다.

'아까는 오해가 있었기에 나를 공격해도 이해할 수 있었다. 그런데 저 바보 녀석이 이미 진상을 밝혔는데도 개 같은 놈들이 수를 믿고 달려들어? 나 황 노사, 정말 사람을 죽여야 한단 말인가?'

황약사의 몸이 번쩍하더니 가진악의 좌측으로 파고들었다. 황용은 살기 어린 아버지 얼굴을 보고 이들을 더 이상 봐주지 않을 것임을 알았다. 그러나 왕처일, 마옥이 이미 아버지의 장력을 뿌리치고, 가진악도 철장으로 자신의 어깨를 무섭게 위협하며 계속 욕을 해댔다.

"이 돌로 쳐죽일 나쁜 놈, 요괴야! 도화도의 나쁜 놈들 같으니라고!"

황용은 원래 조금도 손해를 보고는 못 사는 성미인지라 자신을 욕하는 소리를 듣고 화가 치밀기 시작했다.

"배짱이 있으면 한 번 더 욕해보시지?"

강남칠괴는 본래 시정잡배 출신이니 욕하고 싸우는 것이 자연스러웠다. 게다가 가진악은 황약사 부녀에 대한 증오가 극에 달한 상태라 곧장 별의별 욕을 다 해대기 시작했다. 무남독녀 외동딸로 귀하게 자란 황용으로서는 생전 들어본 적도 없는 욕이었으나 다행히 머리가 총명한지라 가진악이 욕을 한마디 할 때마다 멍하게 있다가 곧 그 뜻을 알아차렸다. 그러나 들으면 들을수록 말도 안 된다는 생각이 들어 일침을 놓았다.

"사부라는 사람이 어쩜 그렇게 더러운 말을 입에 올릴 수가 있어요?"

"나는 깨끗한 사람과는 깨끗한 말을, 더러운 놈과는 더러운 말만 한다! 네년의 행실이 더러울수록 내 말도 따라서 더러워지는 거야!"

황용은 발끈 화를 내며 죽봉으로 얼굴을 가격했다. 가진악은 철장으로 반격했으나 봉법이 어찌나 절묘한지 초식을 거듭할수록 철장이 죽봉의 '인引' 요결에 말려들었다. 죽봉이 동으로 가면 철장도 동으로,

서로 가면 따라서 서로 가면서 완전히 죽봉에 제압당하고 말았다. 가진악은 북두진에서 천선 자리에 있는지라 그가 제약을 당하자 진법도 일시에 중지되고 말았다.

구처기는 가진악을 구하기 위해 검을 들고 황용의 등을 겨누며 달려들었다. 그러나 연위갑을 입은 황용은 거들떠보지도 않고 봉법을 변화시켜 연이어 세 초식을 공격했다. 구처기는 장검이 황용의 등에 닿는 순간 문득 이런 생각이 들었다.

'내가 어떤 인물인데 이 어린 계집아이를 다치게 할 수 있겠는가?'

구처기는 검 끝이 등에 닿기는 했지만 찌르지는 않았다. 이렇게 구처기가 지체하는 사이, 황용은 이미 빈틈을 타고 죽봉을 번개같이 거둔 다음 복마장법을 사용해 철장을 왼쪽으로 떨쳐냈다. 가진악은 전력을 다해 반격하려 했지만 철장은 이미 자신의 손아귀를 벗어나 공중으로 날아오르더니 풍덩 호수로 빠지고 말았다.

왕처일은 황용이 기세를 몰아 공격하리라 생각하고 가진악의 앞에서 검을 들고 막아섰다. 그는 견식이 풍부한 사람이었으나 타구봉법을 본 적은 한 번도 없는지라 크게 놀랄 수밖에 없었다. 곽정은 사부가 당하는 것을 보고 소리쳤다.

"첫째 사부님, 잠시 쉬십시오. 제가 대신하겠습니다."

곽정은 몸을 날려 북극성 자리를 떠나 천선 자리로 옮겼다. 곽정의 무공은 이미 전진파의 제자들보다 강했고 진법의 이치까지 정통하고 있었으니, 그가 힘을 신자 진법의 힘이 크게 강해졌다. 천강북두진은 원래 천권을 위주로 하는 진법이었으나 곽정이 진법에 합류하자 핵심축이 천선 자리로 옮겨왔고, 진법도 더욱 변화무쌍해졌다. 이런 갑작

스러운 변화는 기존의 진법보다는 안정적이지 않았으나 황약사는 변화의 이치를 깨닫지 못하고 당황하기 시작했다.

비록 딸이 도와주기는 하지만 이들을 물리치기가 어려웠다. 다행히 전진파의 제자들은 모두 힘만 소진하고 있으며, 곽정 혼자 필사의 각오로 덤벼드는 바람에 억지로 버틸 수 있었던 것이다.

싸움이 계속되자 곽정이 점점 가까이 압박해왔다. 전진파가 곽정을 수호하고 있어서 황약사는 그에게 상처를 입히기는커녕 그저 경공의 절기를 연신 구사하며 곽정의 범같이 매서운 공격을 피할 수밖에 없었다.

황용은 곽정이 마치 전혀 알지 못하는 낯선 사람처럼 보였다. 놀랍고 두려운 마음에 아버지 앞을 가로막고 곽정에게 말했다.

"먼저 나를 죽이세요!"

곽정은 분노의 눈길로 쏘아보며 호통쳤다.

"꺼져라!"

황용은 멍해졌다.

'어떻게 나한테 저렇게 말할 수 있지?'

곽정은 박차고 나가 황용을 옆으로 밀치고는 몸을 날려 황약사에게 뛰어들었다.

그때 뒤에서 큰 웃음소리가 들렸다.

"황약사, 걱정 마시오. 형제끼리 서로 도와야지요!"

귀에 거슬리는 카랑카랑한 목소리였다. 모두들 바로 몸을 돌리지 못하고 북두진을 황약사 뒤로 이동시킨 후에야 뒤를 돌아보았다. 강변에 크고 작은 대여섯 사람이 서 있고, 그중에서 가장 긴 팔과 긴 다리를 가진 사람이 보였다. 바로 서독 구양봉이었다. 전진칠자는 일제히 소리를 내질렀다.

"정아, 먼저 서독 놈과 끝장을 보자!"

구처기가 장검을 휘두르자 전진육자는 일제히 구양봉을 에워쌌다. 그러나 곽정은 황약사에게 온 신경이 쏠려 구처기의 말을 미처 듣지 못했다. 전진육자가 몸을 뺐을 때, 곽정은 이미 황약사에게 바짝 다가가 번개 같은 초식을 날렸다. 순식간에 두 사람은 서로 5~6 초식을 주고받았다. 두 사람은 서로의 공격이 빗나가자 각자 뒤로 훌쩍 물러나 어깨를 낮추고 등을 편 채 서로를 노려보았다. 돌연 곽정이 고함을 치며 공격해 들어가서 두 사람은 수 초식을 겨루고 다시 물러났다. 이때 전진육자는 진세의 포진을 마쳤다. 가진악은 아무 무기도 없이 황약사 옆에서 귀를 기울여 듣다가 돌연 두 팔을 벌리며 달려들었다. 자신의 목숨은 아랑곳하지 않고 황약사를 껴안아 곽정에게 급소를 치게 하려는 것이었다. 구처기는 윤지평에게 손짓을 해서 천선 자리를 지키라고 명했다.

"손에는 늘 신의 구슬을 들고 있었지만 떨치지 못했고, 마음을 열고 하늘의 소리를 들으려 했으나 듣지 못했네手握靈珠常奮筆 心開天籟不吹簫."

갑자기 마옥이 큰 소리로 읊조렸다. 이는 담처단이 죽기 전에 읊었던 시구였다. 전진파는 이 시를 듣자 가슴속에 적개심이 불타올라 번쩍번쩍 검을 휘두르고 장풍을 날리면서 일제히 구양봉에게 덤벼들었다. 구양봉은 뱀 지팡이를 뻗었다 거두었다 하면서 전진파 일곱 제자의 접근을 막았다. 그는 우가촌에서 전진파가 천강북두진을 펴는 것을 보았기 때문에 다소 두려움을 가지고 있었다. 그래서 먼저 방비를 철저히 하면서 상대의 허점을 기다렸다. 북두진이 일단 전개되자 앞뒤에서 정신없는 공격이 쏟아졌다. 구양봉은 한 초식 한 초식을 물리치고 진을 깨뜨리면서 윤지평의 천선 자리가 진법의 가장 취약한 부분이라는 것을 간파했다. 이제 진법에 약점이 하나 생겼으니 별로 두려울 것이 없었다. 그는 유유히 뱀 지팡이로 자신의 급소를 보호하고 사방을 둘러보며 주변 정세를 살폈다.

곽정과 황약사는 지금 숨 가쁜 육박전을 벌이고 있었고, 황용은 죽봉을 휘두르며 가진악이 두 사람에게 다가가지 못하도록 막으면서 연신 소리를 질러대고 있었다.

"멈추고 제 말을 들어보세요!"

그러나 곽정은 그 말을 귓전으로 흘리고 연신 일장을 퍼부으며 맹렬히 공격했다. 황용은 아버지가 처음에는 봐주다가 곽정의 공격에 점점 내몰리자 얼굴에 분노가 짙어지더니 출수에 더욱 힘이 실리는 것을 보았다. 상황이 아주 위험해 조금만 소홀히 하거나 실수를 하면 바로 황천행일 것 같았다. 황용은 홍칠공이 연우루 누대의 난간에 기대어 구경하고 있는 것을 보고 급히 불렀다.

"사부님! 사부님! 얼른 내려와서 시비를 가려주세요."

홍칠공은 사태가 심상치 않게 돌아가자 자신이 무공을 잃어 사태를 해결하지 못함을 답답하게 생각하고 있던 차였다. 그러던 중 황용이 자신을 부르는 소리를 듣고 생각했다.

'황약사가 나에게 옛정이 남아 있다면 해볼 만하다.'

홍칠공은 두 손으로 난간을 짚고 공중으로 가볍게 몸을 날려 착지했다.

"모두들 멈추시오! 늙은 거지가 할 말이 있소이다."

구지신개는 강호에서 대단한 위엄을 지닌 인물이었다. 모두들 그가 돌연 모습을 드러내자 흠칫 놀라며 자신도 모르게 싸움을 멈추었다. 그들 중 구양봉만이 속으로 큰일 났다 싶었다.

'저 늙은 거지 놈이 어떻게 무공을 되찾았지?'

홍칠공은 곽정이 〈구음진경〉 중 범어로 된 신공神功 부분을 읽어주자 그대로 며칠 수행하니 기경팔맥이 저절로 통하게 되었다. 그러나 구양봉은 그 사실을 전혀 몰랐다. 홍칠공은 원래 무공이 뛰어난 데다 상승 내공의 비결을 듣고 그대로 수행하니 바로 효과가 나타난 것이다. 단 며칠 만에 기경팔맥이 모두 뚫리고 경신의 무공도 6~7할은 되돌아왔다.

주먹이나 장력, 육전박투는 무공에 전혀 무지한 보통 사내보다 못했으나 몸을 날리는 경신법만은 신묘해서 제아무리 눈이 날카로운 구양봉이라 해도 무공이 전혀 없는 홍칠공이 허장성세를 부린다는 사실을 알지 못했다. 홍칠공은 여전히 자신을 경외하는 사람들을 보고 생각했다.

'내가 허풍을 치지 않으면 오늘의 어려움을 타개하기 힘들겠구나. 하지만 대체 어떤 말로 전진파의 도사들을 복종시키고, 노독물을 제발로 물러나게 할 수 있을까?'

아무 생각도 떠오르지 않아 그저 하늘을 쳐다보며 헛기침을 몇 번 하는 수밖에 없었다. 하늘을 쳐다보니 밝은 달이 둥실 떠올라 있었다. 둥근 쟁반 같은 달은 위쪽이 어렴풋이 이지러져 보였다. 그 달을 바라보고 있자니 문득 좋은 방도가 생각났다.

"하나같이 무림 고수라는 자들이 개 같은 행동에 개 같은 말만 하고 있구나."

모두들 홍칠공이 원래 말을 함부로 하는 사람이라 별로 거슬리지는 않았으나, 이런 말을 한 데는 필시 원인이 있을 거라 생각했다. 마옥이 먼저 예를 올리고 말했다.

"선배님의 지도 부탁드립니다."

"이 늙은 거지는 분명 금년 8월 중추절에 연우루에서 누군가 싸울 거라는 말을 들었소. 난 시끄러운 건 딱 질색이지만, 아직 시간이 이르니 여기서 편안히 낮잠이나 자볼까 하고 왔소. 근데 일찌감치 쨍쨍거리고 난리가 났구먼. 무슨 똥통진법이니 뭐니 하면서 난리를 치지 않나, 사내놈이 계집을 때리고 사위가 장인을 치지를 않나...... 이건 완전히 개판이야. 이 늙은 거지가 시끄러워서 잠을 잘 수가 있어야지. 달을 한번 보시오. 오늘이 무슨 날이오?"

모두들 그의 말을 듣고서야 문득 오늘은 아직 8월 14일이고, 무예 대결 약속은 내일이라는 사실이 생각났다. 게다가 팽련호, 사통천 등은 아직 오지도 않았는데 이렇게 싸우는 것은 도리에 맞지 않는다는 생각이 들었다.

"대선배님의 가르침이 맞습니다. 저희들이 오늘 여기서 소란을 피우면 안 되는 것이었습니다."

구처기는 말을 마치고 구양봉을 돌아보며 말했다.

"구양봉, 우리 다른 장소에서 결판을 냅시다."

"좋고말고요. 당연히 분부를 받들어야지요."

구양봉이 웃으며 응답했다. 홍칠공은 낯빛이 흐려졌다.

"왕중양이 세상을 뜨자 전진교의 잡종들이 난장판이 되었구나. 내가 충고를 해주겠다. 너희 다섯 도사 놈과 한 도사 년, 게다가 무공이랄 것도 없는 어린 도사 놈은 절대 노독물의 적수가 안 돼! 왕중양이 나한테 잘해준 것도 없으니 전진교의 잡놈들이 죽든 말든 상관할 바는 아니다만, 한마디만 묻겠다. 너희들이 약속한 무예 대결은 내일인데, 그럼 약속을 어길 셈이냐? 일곱 도사가 다 죽을 텐데 죽어서 귀신이 되어 싸울 테냐?"

이는 분명 전진 도사들을 조롱하는 것이었지만 호의가 담긴 말이었다. 즉, 구양봉과 대결하면 죽음만 있을 뿐이라는 것을 일깨우려는 것이었다. 전진파의 일곱 도사는 황약사를 이기지 못하니 자연 구양봉의 상대가 될 수 없었다. 여섯 도사는 오랫동안 강호를 누비며 살아온 자들이라 그 숨은 뜻을 모를 리 없었지만 원수가 눈앞에 있으니 그냥 물러날 수도 없는 노릇이었다.

홍칠공이 눈을 옆으로 돌려보니 곽정은 황약사에게 눈을 부라리고, 황용은 금세라도 눈물이 떨어질 것 같은 표정으로 서 있었다. 분명 무슨 사연이 있을 것이라는 생각이 들었다.

'노완동이 오면 그의 무공으로 이 상황을 제압해야겠다. 그런 다음에야 말에 위신이 서겠지.'

"늙은 거지는 잠을 자야겠소. 한 번만 더 싸우면 내 가만두지 않겠소. 내일 저녁에는 싸우고 난리를 피우든 말든 난 전혀 돕지 않겠소. 마옥, 자네는 패거리들을 이끌고 앉아서 수련이나 하게. 내공이 조금이라도 더 강해져야 할 것 아닌가? 급할 때 지푸라기라도 잡는 것이 안 잡는 것보다는 나으니까 말이야. 정아, 용아, 다리나 주물러라."

구양봉은 홍칠공이 전진파와 손을 잡기라도 하면 물리치기 힘들다고 생각하던 참이라 이 말을 듣고는 잘됐다 싶었다.

"홍칠공, 황약사와 나는 전진교와 풀어야 할 것이 있소. 구지신개의 말은 중천금과 같으니 바꾸어서는 안 되오. 오늘은 홍칠공의 체면을 봐서 물러날 테니, 내일은 절대 아무도 도와서는 안 될 것이오."

홍칠공은 속으로 고소를 금치 못했다.

"손가락이라도 걸고 약조를 하란 말이오? 내가 출수할까 봐 두려운가 보군. 이 늙은 거지의 방귀도 당신 말보다는 더 향기로울 것이오. 안 돕는다고 했으면 안 돕는 것이오. 그런데 이길 자신은 있소?"

홍칠공은 말을 마치고 하늘을 바라보며 벌렁 드러누워 표주박으로 머리를 받치고 소리쳤다.

"얘들아, 어서 와서 다리를 주물러라!"

홍칠공은 이미 뼈만 앙상하게 남은 양고기 다리를 들고 아쉬운 듯 물고 핥았다. 그러다 하늘에 뭉게뭉게 피어 있는 구름을 바라보며 중얼거렸다.

"구름이 참 이상하네. 날씨가 변하려나?"

다시 호수에 깔린 수증기를 보고 숨을 몇 번 힘껏 들이마시고는 고개를 절레절레 저었다.

"공기가 참 답답하구나!"

그는 고개를 돌려 황약사를 바라보며 말했다.

"황약사, 당신의 귀한 딸이 내 다리를 주물러도 괜찮겠지요?"

황약사는 미소로 답했다. 황용은 홍칠공 곁으로 다가가 그의 다리를 가볍게 주물렀다.

"아! 이 늙은이의 뼈가 처음으로 이런 호강을 누리는구나!"

그는 다시 곽정에게 눈을 부라렸다.

"이 멍청한 놈! 네 손은 아직 황약사에게 부러지지 않았지?"

"네."

곽정도 반대편 곁에 앉아서 다리를 주물렀다. 가진악은 남호 변의 버드나무 가지에 기대어 초점 없는 눈을 크게 뜨고 황약사를 노려보았다. 그는 귀가 눈이라 호숫가에서 서성이는 황약사의 인기척을 들으며 그가 동으로 가면 동으로, 서로 가면 서로 따라갔다. 황약사는 전혀 상관하지 않고 입가에 엷은 냉소를 띤 채 느린 걸음으로 왔다 갔다 하고 있었다.

전진육자와 윤지평은 각자 좌정하고 땅에 앉았으나 여전히 천강북두진을 유지한 채로 눈을 깔고 고개를 숙인 채 조용히 연공에 들어갔다. 구양봉의 수하인 뱀을 부리는 자들이 배에서 술과 안주를 내어 연우루에 주안상을 차렸다. 구양봉은 사람들을 등지고 술과 음식을 먹으며 홍칠공이 자신의 필사의 장력을 맞고도 어찌 이렇게 빨리 무공을 회복했는지 곰곰이 생각했다. 날씨는 무덥고 습했으며, 벌레들이 사방에서 어지러이 날아다니고, 호수에는 희뿌연 안개가 끼어 있었다.

"다리가 욱신거리는 것을 보아하니 분명 한차례 폭풍우가 올 거야. 만약 내일 중추절에 달이 뜨면 내 다리를 잘라도 좋아."

홍칠공은 말하면서 곽정과 황용을 곁눈질로 흘낏 보았다. 두 사람은 줄곧 서로의 시선을 피한 채 한 번도 눈을 마주치지 않았다. 홍칠공은 시원시원한 성격이라 이런 거북스러운 상황이 답답해 견딜 수가 없었다. 몇 번이나 물어보아도 두 사람 다 꿀 먹은 벙어리처럼 말이 없었다. 홍칠공은 황약사에게 소리를 높여 말했다.

"황 형, 이 남호를 또 뭐라 부르는지 아시오?"

"원앙호鴛鴦湖라고 하지요."

"그렇지! 어째서 당신 딸과 사위는 이름도 다정한 이 원앙호에서 서로 화가 나 있는 거요? 게다가 왜 장인마저 나서지 않는 것이오?"

갑자기 곽정이 분연히 일어나 황약사를 손가락질하며 말했다.

"저, 저, 저자가 내 다섯 사부를 죽였는데 어찌 장인이라 부를 수 있겠습니까?"

"그게 뭐가 어때서? 그리고 아직 소경 놈 하나가 남았으니 강남칠괴가 모두 죽은 것은 아니지. 내일까지 저 소경 놈을 살려두지 않고 지금 당장……."

황약사가 냉소를 띠며 말하자 가진악은 그 말이 끝나기도 전에 몸을 날려 달려들었다. 곽정은 곧장 뒤쫓아가 사부의 앞을 가로채 먼저 달려들었다. 황약사가 반격하자 쌍장이 서로 부딪치더니 펑, 하는 소리와 함께 곽정이 뒤로 2보 물러났다.

"싸우지 말라 했거늘, 내 말을 뉘 집 개 짖는 소리로 안단 말이냐?"

곽정은 더 이상 감히 공격하지 못하고 증오가 가득한 눈으로 황약사를 노려보았다.

"황 노사, 강남육괴는 영웅호걸이오. 당신은 왜 무고한 그들을 죽였소? 이 늙은 거지는 당신의 그런 행동이 제일 눈에 거슬리오."

"내가 죽이고 싶으면 죽이는 거지, 당신이 무슨 상관이오?"

"아버지! 다섯 사부를 죽인 건 아버지가 아니잖아요. 전 알고 있어요. 아버지가 한 짓이 아니라고 말해요!"

황약사는 달빛 아래 초췌한 딸의 모습을 보고 가여운 마음이 들었다. 그러나 살기등등한 얼굴로 자신을 노려보는 곽정을 보자 다시 마음이 독해졌다.

"내가 죽인 거요."

황용은 오열을 터뜨렸다.

"아버지, 왜 살인죄를 뒤집어쓰는 거예요?"

"세상 사람들은 모두 이 아비를 사악하고 고약하다고 한다. 그걸 모르느냐? 사악한 놈이 착한 일을 한단 말이냐? 세상의 모든 나쁜 짓은 다 이 아비가 한 것이다. 강남육괴는 스스로 의인 협객이라고 자칭하니 그런 꽉 막힌 영웅호걸 무리들만 보면 화가 나지."

구양봉은 큰 소리로 웃으며 낭랑하게 말했다.

"황 형은 참으로 통쾌하시오. 탄복했습니다. 탄복했어요."

구양봉은 술잔을 들어 한입에 털어 넣고는 말을 이었다.

"황 형, 내 황 형에게 선물 하나 드리리다."

그러곤 오른손을 들어 보따리 하나를 던졌다. 두 사람은 수 장 거리에 떨어져 있었으나 구양봉이 가볍게 손을 휘젓자 보따리가 하늘을 날아 황약사 앞에 떨어졌다. 황약사가 보따리를 건네받고 더듬어보니 사람 머리인 것 같았다. 풀어보니 과연 막 베어낸 사람 머리였다. 머리에는 방건을 쓰고 턱에는 수염이 나 있었는데, 처음 보는 얼굴이었다.

"내가 서역을 떠나 한 서원에서 쉬고 있는데, 썩어빠진 유생 놈이 학생들에게 강의를 하고 있습디다. 무슨 충신, 효자니 하는 말을 들으니 구역질이 나서 참을 수가 있어야지요. 그래서 죽여버렸지요. 당신과 나는 동사서독東邪西毒이니 참으로 뜻이 잘 맞습니다. 하하……!"

구양봉이 긴 웃음을 날렸다. 그러나 황약사는 낯빛이 싸늘하게 변했다.

"내가 평생 존경하는 자는 충신과 효자요!"

그러곤 몸을 굽혀 구덩이를 파서 머리를 묻고는 공손하게 세 번 읍을 했다. 구양봉은 뜻밖의 반응에 재미없다는 듯이 껄껄 웃으며 말했다.

"황 노사란 이름도 다 허명일 뿐 예법에 얽매이는 사람이었구려."

"충효는 대의와 절개이지, 예법이 아니오!"

황약사는 발끈해서 소리쳤다. 그때 별안간 하늘에서 번쩍 벼락이 쳤다. 고개를 들어보니 구름이 온통 하늘을 가로막고 금방이라도 뇌우가 쏟아져 내릴 것 같았다. 그리고 갑자기 어디선가 풍악 소리가 나더니 7~8척의 큰 배가 호수에 나타났다. 홍등을 매달고 뱃머리에 '숙정肅靜' '회피回避'라는 나무패가 세워져 있는 것으로 보아 벼슬아치의 배인 듯했다.

가흥 연우루 싸움

배가 멈추자 20~30여 명의 사람이 뭍으로 올라왔다. 그중에는 팽련호, 사통천 등도 있었다. 마지막으로 두 사람이 배에서 내렸는데, 키가 큰 사람은 대금국 조왕 완안홍열이었고, 키가 작은 사람은 철장방 방주 구천인이었다. 완안홍열은 구양봉, 구천인 두 사람의 힘을 믿고 연우루 대결의 승리를 자신하고 있었다. 그가 굳이 강남까지 내려온 것도 그 때문이었다. 황용이 구천인을 가리키며 말했다.

"아버지, 저 사람 때문에 하마터면 죽을 뻔했어요."

황약사는 귀운장에서 구천인이 주책을 부리는 모습을 본 적이 있었다. 그는 구천장이 구천인 행세를 하고 다닌 것을 모르는지라 의아한 생각이 들었다.

'저런 인간이 어떻게 용이를 다치게 할 수 있었을까…….'

구양봉은 완안홍열에게 다가가 목소리를 낮춰 말했다. 한참이 지나자 구양봉이 홍칠공에게 다가갔다.

"칠공, 조금 뒤 무술 겨루기가 시작되면 칠공께서는 어느 편도 들지 않는 겁니다. 약속하셨지요?"

'돕고 싶어도 도울 힘도 없는 것을……'

홍칠공은 그러나 아무렇지도 않은 듯 대꾸했다.

"조금 뒤는 무슨 조금 뒤? 8월 15일이라 약속하지 않았소? "

"그래요, 그래. 황 형, 전진파와 강남칠괴가 모두 당신을 벼르고 있는데 일대一代의 종주宗主 되시는 황 형께서 어찌 그런 자들과 무공을 겨룰 수 있겠소? 제가 대신 혼을 내주지요. 황 형께서는 그저 보고만 계십시오. 어떻습니까?"

황약사는 쌍방의 진세陣勢를 살펴보았다.

'만약 홍칠공이 나서지 않으면 전진칠자는 구양봉의 독수를 피할 수 없을 것이고, 그렇게 되면 전진파도 맥이 끊기겠지. 만약 곽정이 나서서 천선을 돕는다면 구양봉은 북두진의 적수가 될 수 없을 텐데. 그러나 만약 이 우둔한 곽정 녀석이 끝까지 나를 물고 늘어지면 형세는 또 바뀔 거야. 흥, 전진파의 흥망이 머리에 피도 안 마른 곽정에게 달려 있다니, 왕중양이 이 사실을 안다면 어이가 없어 웃겠군.'

구양봉은 황약사가 생각에 잠긴 채 자기 말에 대답을 하지 않자, 마음이 조급해졌다. 만약 노완동 주백통까지 가세한다면 상대하기가 쉽지 않을 터였다. 구양봉은 큰 소리로 길게 내뱉었다.

"모두들 덤벼라. 뭘 기다리느냐?"

홍칠공이 화를 냈다.

"그 무슨 개 같은 소리!"

구양봉이 하늘을 가리켰다.

"자시가 이미 지났으니 이제 8월 15일 새벽 아니오?"

홍칠공도 고개를 들어 하늘을 바라보았다. 구름에 절반쯤 가린 달이 약간 서쪽으로 기울어 있었다. 과연 자시 말, 축시 초였다. 구양봉은 지팡이를 휘둘러 순식간에 구처기의 가슴을 공격했다.

전진칠자는 구양봉이라는 강력한 적이 눈앞에서 공격을 해오는 데다 팽련호가 옆에서 호시탐탐 노리고 있으니 잘못하면 오늘이 마지막 날이 되겠다는 생각에 각오를 단단히 다졌다. 그러나 구양봉과 맞붙어 몇 합이 지나지도 않았는데 벌써 힘에 부치기 시작했다. 서독은 모든 사람이 지켜보는 가운데 자신의 위력을 뽐내려고 날카로운 살수를 맘껏 퍼부어댔다. 지팡이 끝의 두 마리 뱀이 몸을 길게 뻗기도 하고, 혹은 움츠러들기도 하며 공격을 해대자 더욱 위력이 강해졌다. 구처기, 왕처일 등은 여러 차례 검을 휘둘러 뱀을 찌르려 했으나 성공하지 못했다. 곽정은 홍칠공의 명을 어길 수 없어 나서지 못하고 노한 표정으로 황약사를 노려보고 있었다. 이를 본 황용은 문득 좋은 생각이 떠올랐다.

"흥! 원수를 갚네, 복수를 하네 하더니 진짜 아버지를 죽인 원수를 만나니 겁이 나는 모양이군."

곽정은 이 말을 듣고 황용을 향해 눈을 부릅떴으나, 과연 그 말이 옳다는 생각이 들었다.

'우선 완안홍열을 죽여 복수를 하고 나서 황약사를 상대해도 늦지 않아.'

곽정은 곧 비수를 꺼내 들고 완안홍열을 향해 돌진했다. 사통천과 팽련호가 동시에 완안홍열의 앞을 막아섰다. 곽정은 손목을 돌리며 비스듬히 비수를 내리꽂았다. 팽련호가 판관필을 들어 막으려 했으나 쨍, 소리와 함께 가슴이 탁 막혀왔다. 곽정은 이미 두 사람을 뚫고 완안홍열을 향해 다가가고 있었다. 사통천의 이형환위술도 곽정을 막을 수는 없었다. 영지상인과 양자옹이 각자 무기를 꺼내 들고 곽정의 앞을 가로막았다.

곽정은 양자옹이 발한 두 대의 투골정을 절묘하게 피하고 한 손에는 검을 들고 다른 한 손으로는 장법을 사용해 저양촉번羝羊觸藩 초식으로 순식간에 이들을 뚫고 지나갔다. 양자옹은 곽정이 무서운 기세로 달려들자 급히 땅바닥을 굴러 피했다.

영지상인은 몸이 비대해서 행동이 민첩하지 못했지만 만약 자기까지 피한다면 곽정이 곧 완안홍열을 공격하게 되겠기에 피하지 않고 쌍발雙鈸을 들어 곽정의 공격을 억지로 받아냈다. 그러나 텅, 텅, 하는 소리가 나더니 곽정의 장력에 그만 쌍발이 날아가버렸다. 곧이어 곽정의 장풍이 얼굴을 공격해왔다. 영지상인은 스스로 자신의 장력이 대단하다고 생각하는 데다 독장毒掌을 쓸 줄 알기 때문에 대담하게 장을 뻗었다. 그런데 갑자기 숨이 막히더니 양팔이 저리는 바람에 힘없이 팔을 떨구고 말았다. 손목 관절이 빠져 독장술을 쓸 수가 없었다. 그는 머리가 어지러워지면서 혼이 나간 듯 움직이지도 못했다.

곽정이 만약 일장을 더 발하면 그는 곧 죽은 목숨이 될 터였다. 그러나 곽정은 완안홍열을 죽이는 것이 목적이었기 때문에 더 이상 그를 거들떠보지도 않았다.

"이런!"

완안홍열은 곽정이 순식간에 네 명의 고수를 제치고 자신을 향해 돌진해오자 깜짝 놀라 우선 몸을 날려 피했다. 곽정은 검을 들고 뒤를 쫓았다. 그러나 몇 발짝 가지 않아 눈앞에 그림자가 휙, 지나가더니 자신을 향해 쌍장이 날아왔다. 곽정은 몸을 옆으로 비켜 피하고 단검을 찔렀다. 그러나 장력에 말려 몸이 비틀거리더니 잘 움직일 수가 없었다. 정신을 차려보니 자신을 공격한 자는 바로 철장방의 방주 구천인이었다. 곽정은 구천인의 무공이 자기보다 훨씬 높다는 것을 알고 있었기 때문에 더 이상 완안홍열에게 신경 쓸 여유가 없었다. 곽정은 급히 오른손에 검을 들고 왼손으로 장과 권을 발하며 구천인의 공격에 응했다.

팽련호는 곽정이 구천인의 공격에서 벗어나지 못하고 양자옹과 사천통이 완안홍열을 엄호하고 있으니 그 자리를 떠나 가진악에게 다가갔다.

"가 대협, 강남칠괴의 나머지 분들은 다 어디로 가시고 혼자 계십니까?"

가진악은 황용과 싸우다가 그만 철장을 호수에 빠뜨리고 말았기 때문에 적을 공격할 무기가 없었다. 하는 수 없이 손을 휘둘러 독릉을 날리고 훌쩍 뛰어 뒤로 물러났다. 독릉은 달빛 아래서 맹렬한 기세로 날아갔다. 팽련호는 이 암기에 맞아 크게 고생한 적이 있기 때문에 막을 생각조차 못하고 판관필로 땅을 짚고 힘을 주어 위로 뛰어올랐다. 독릉은 쌩 하는 소리를 내며 팽련호의 발밑을 스쳐 지나갔다. 팽련호는 가진악이 아무 무기도 없는 것을 보고는 이를 악물고 판관필을 휘두르며 돌진했다.

가진악은 원래 다리를 절기 때문에 평소 길을 걸을 때 철장에 의지했다. 그러나 지금은 철장도 없는 상황에서 적이 돌진해오는 소리를 듣자 그저 옆으로 살짝 뛰어 피하는 것이 고작이었다. 그러나 그것 역시도 왼발이 땅에 닿는 순간 그만 힘없이 넘어지고 말았다. 그 모습을 본 팽련호는 의기양양해졌다. 왼손에 든 판관필로 몸을 방어하고 오른손의 판관필로 가진악의 등을 내리쳤다. 가진악은 소리로 방향을 판별해 땅바닥을 굴러 피했다.

"쥐새끼 같은 놈, 잘도 피하는군!"

팽련호는 연이어 판관필을 휘둘렀다. 가진악은 또다시 땅바닥을 구르며 독릉을 날렸다. 이때 영지상인은 왼손으로 오른쪽 손목을 떠받쳐 든 채 중얼중얼 욕을 퍼부어대고 있었다. 그런데 갑자기 가진악이 옆으로 굴러오는 것을 보고 얼른 발을 들어 걷어차려 했다. 가진악은 바람 소리로 누군가가 자기를 공격하려 한다는 것을 알고 왼손으로 땅을 짚고 비스듬히 발밑을 빠져나갔다. 그러나 영지상인의 공격은 피할 수 있었지만 뒤이어 따라온 판관필의 공격을 벗어나지는 못했다. 이윽고 등에 강한 충격을 받았다. 그런데 갑자기 어린 여자의 음성이 들렸다.

"어서 가세요."

뒤이어 팽련호의 비명 소리가 들렸다.

"어이쿠!"

알고 보니 황용이 타구봉으로 판관필을 받아 옆으로 밀어냈는데, 팽련호가 판관필을 워낙 단단히 쥐고 있던 탓에 몸까지 함께 밀려나 그만 넘어지고 말았던 것이다. 팽련호는 놀랍기도 하고 화가 나기도 해 벌떡 일어났다. 황용이 죽봉을 든 채 가진악의 앞을 가로막고 서 있었다.

"요괴, 누가 너더러 날 구해달라 했느냐?"

가진악이 소리쳤다.

"아버지, 이 장님이 다치지 않게 좀 보살펴주세요."

황용은 말을 마치고 곽정에게 달려가 함께 구천인에 맞서 싸웠다. 가진악은 그 자리에 멍하니 서서 어찌해야 할 바를 몰랐다.

황약사는 딸의 말에는 아랑곳하지 않고 멀리서 이쪽을 등지고 선 채 꼼짝도 하지 않았다. 팽련호는 이를 보고 몰래 가진악에게 다가가 순식간에 판관필로 내리치려 했다. 이 공격은 가진악이 철장을 가지고 있다 해도 막아내기 힘들 만큼 빠르고 날카로웠다. 그런데 판관필이 막 가진악의 몸에 닿으려는 순간, 어디선가 작은 돌멩이가 날아와 판관필에 부딪쳐 산산조각이 났다. 팽련호는 돌멩이가 판관필에 부딪치는 순간 숨이 턱 막혀 손에서 판관필을 놓치고 말았다. 어찌 이처럼 작은 돌멩이에서 그런 큰 힘이 나올 수 있는지, 팽련호는 망연자실할 수밖에 없었다. 그는 얼른 황약사를 바라보았다. 그러나 황약사는 여전히 뒷짐을 진 채 하늘의 먹구름만 바라보고 있었다.

가진악은 귀운장에서 이 탄지신통에 대해 들은 바 있어 황약사가 돌멩이를 던져 자신을 구해주었음을 눈치챘다. 가진악은 화를 버럭 내며 황약사를 향해 달려들었다.

"형제들을 모두 죽여놓고 무엇 때문에 날 살려주는 거요?"

황약사는 여전히 뒤도 돌아보지 않고 서 있다가 가진악이 점점 가까이 다가오자 왼손을 가볍게 뒤로 휘둘렀다. 가진악은 엄청난 힘이 밀려오는 것을 느끼며 자신도 모르게 뒤로 넘어지고 말았다. 기와 혈이 들끓는 것 같아 일어날 수조차 없었다.

하늘이 점점 어두워지며 호수 쪽에서 짙은 안개가 밀려왔다. 자신의 발이 안개에 잠겨 보이지 않을 정도였다.

곽정은 황용의 도움으로 구천인과 대등한 싸움을 벌이고 있었다. 그러나 저쪽에서 싸우고 있던 전진파는 도리어 고전을 면치 못했다. 학대통은 구양봉의 지팡이에 다리를 맞았고, 손불이의 도포도 절반 이상 찢겨져 나갔다. 왕처일은 은근히 두려운 생각이 들었다. 이대로 버티다가는 머지않아 전진파의 누군가가 다치거나 죽게 될 것이 뻔했다. 왕처일은 마옥과 유처현의 품에서 폭죽을 꺼내 불을 붙이고 하늘로 던졌다.

전진칠자는 각자 제자를 많이 거느리고 있었다. 윤지평 외에도 이지상, 장지경, 왕지담, 기지성, 장지선, 조지경 등이 모두 상당한 실력을 갖춘 제자들이었다. 이번에 가흥 연우루에서 무술을 겨루기로 할 때 전진칠자는 팽련호, 사통천 등이 여러 무리를 끌어들여 비겁하게 공격해오지 않을까 우려해 미리 문하의 제자들을 가흥으로 소집시켜 남호 곁에서 기다리게 했다. 그래서 만약 폭죽이 터지면 당장 지원하기로 약속이 되어 있었던 것이다. 왕처일은 상황이 어려워지자 제자들을 부르기 위해 폭죽을 터뜨리기는 했으나, 짙은 안개로 한 치 앞을 분간하기 어려운 상황이라 제자들이 길을 제대로 찾아올 수 있을지 걱정스러웠다.

얼마나 싸웠을까, 갈수록 짙어지는 안개와 습한 기운 탓에 점차 숨이 막혀왔다. 하늘의 먹구름도 점차 두껍게 깔리기 시작했다. 먹구름 사이로 비치던 달빛도 이젠 사라지고 없었다. 한창 싸우던 사람들도 조금씩 두려운 마음에 서로 거리를 두기 시작했고, 공격을 하기보다는 자기 몸을 방어하기에 급급했다.

함께 구천인을 맞아 싸우던 곽정과 황용도 어느새 짙은 안개에 휩싸였다. 곽정은 구천인과 황용의 모습이 보이지 않자 몸을 돌려 완안홍열을 찾아나섰다. 곽정은 두 눈을 크게 뜨고 완안홍열이 쓰고 있는 금관을 찾았다. 그러나 안개가 워낙 짙어 3척 앞도 분간할 수 없었다. 한참 이리저리 찾아 헤매는데 문득 안개 속에서 누군가 외치는 소리가 들렸다.

"난 주백통이다. 나와 싸울 사람 있으면 나와라!"

곽정이 너무 반가워 막 대답을 하려는 순간, 구처기가 먼저 대답했다.

"주 사숙, 안녕하셨습니까?"

바로 그 순간, 먹구름이 걷히면서 달빛이 고개를 내밀었다. 희미한 달빛에 보니 적들이 손만 뻗으면 닿을 만큼 가까이 와 있었다. 모두들 깜짝 놀라 약속이나 한 듯 훌쩍 뛰어 뒤로 물러났다. 주백통이 히죽거리며 큰 소리로 외쳤다.

"사람 참 많군. 시끌벅적하니 좋은데? 자, 내가 만든 독약 맛이나 한번 보시지."

주백통은 오른손으로 진흙 덩어리를 뭉쳐 옆에 있던 사통천의 입에 밀어 넣었다. 사통천은 급히 피하려 했으나 그의 이형환위술로도 주백통의 공격을 피할 수는 없었다. 결국 주백통에게 멱살을 잡힌 채 진흙덩어리를 먹고야 말았다. 전에도 노완동에게 당한 적이 있는 사통천은 만약 바로 뱉어버리면 주백통에게 호되게 얻어맞으리란 것을 잘 알고 있었다. 그는 하는 수 없이 아무 말도 하지 못하고 입에 진흙을 머금었다. 그러나 그것이 독약이 아니라는 것을 이미 알고 있기에 두려워하지는 않았다.

왕처일은 주백통이 갑자기 나타나자 반갑기 이를 데 없었다.

"사숙, 황 도주 손에 죽은 게 아니군요?"

주백통이 버럭 역정을 냈다.

"누가 날 죽여? 동사가 10여 년째 날 죽이려 하고 있지만 날 어떻게 죽이겠어? 하! 황약사, 어디 한번 날 죽여보시지."

주백통이 황약사의 어깨를 향해 주먹을 날렸다. 황약사는 방심하지 않고 낙영신검장으로 받아쳤다.

"전진교 나부랭이들이 내가 당신을 죽였다고 복수하겠다며 얼마나 덤벼댔는지, 정말 귀찮아서."

"당신이 날 어떻게 죽여? 허풍쟁이 같으니…… 당신이 언제 날 죽였어? 그럼 내가 사람이 아니라 귀신이란 말이야?"

주백통은 연신 말도 안 되는 소리를 지껄이며 공격을 해댔다. 두 사람의 동작이 점점 빨라졌다. 황약사는 주백통이 비록 횡설수설하긴 하지만 공격이 상당히 날카로운 것을 보고는 정신을 바짝 차리고 응대했다.

전진칠자는 사숙이 왔으니 이제 사숙과 황약사가 함께 협력해 구양봉을 상대하리라 기대했는데, 오자마자 두 사람이 싸우는 것을 보고 실망을 금치 못했다. 마옥이 다급히 말렸다.

"사숙, 지금 황 도주와 싸울 때가 아닙니다."

구양봉이 말을 받았다.

"그럼. 노완동, 당신은 황약사의 상대가 못 돼. 어서 도망치는 게 좋을걸. 어서!"

주백통은 구양봉의 말을 듣자 약이 올라 더 맹렬히 공격을 퍼부었다.

"노완동, 〈구음진경〉의 무공으로 우리 아버지랑 싸우다니……. 구천에 있는 사형께서 보시면 뭐라 하시겠어요?"

"하하하! 내가 펼치는 무공이 〈구음진경〉의 무공으로 보이나? 내가 〈구음진경〉의 내용을 잊어버리려고 얼마나 애를 썼는데……. 그게 외우기는 쉬워도 잊어버리기는 쉽지 않더군! 난 지금 72로 공명권을 쓰고 있지. 이건 이 노완동 님이 직접 생각해내신 권법이라고. 〈구음진경〉과 아무 상관없단 말씀이지."

황용의 말에 주백통은 의기양양한 태도로 대답했다.

황약사는 전에 도화도에서 주백통과 무공을 겨루었을 때 그의 주먹과 다리의 힘이 엄청나다고 생각했다. 그런데 지금은 비록 주백통의 권법이 절묘하기는 하나 힘으로 따진다면 옛날보다 훨씬 못한 듯해서 이상하다 여기고 있던 참이었다. 그런 차에 주백통의 말을 들으니 그제야 어찌 된 영문인지 알 수 있었다. 주백통이 무슨 방법을 썼는지는 알 수 없으나, 어쨌든 자기가 가지고 있던 상승 무공을 억지로 없애버린 것이었다.

구양봉은 안개 사이로 희미하게 두 사람이 싸우는 것을 보고 회심의 미소를 지었다. 그러나 혹시 주백통이 황약사를 해치우고 전진파와 함께 자기를 공격할까 봐 은근히 걱정이 되기도 했다. 그는 지금 바로 북두진을 무너뜨려야겠다는 생각에 성급히 지팡이를 휘둘러 공격했다. 순식간에 긴장감이 고조되었다. 왕처일과 유처현이 소리쳤다.

"주 사숙, 먼저 구양봉을 처리해주세요."

주백통은 그들이 위기에 처한 모습을 보자 어서 결판을 내야겠다는 생각이 들었다. 좌장우권으로 위에서 아래로 황약사의 얼굴을 내리치는 순간, 그가 갑자기 크게 웃더니 순식간에 권을 장으로, 장을 권으로 바꾸었다. 황약사는 생각지도 못한 기괴한 초식에 깜짝 놀라 급히 팔을 들어 막으려 했으나 이미 주백통의 손바닥 끝에 이마를 스치고 말았다. 비록 다치지는 않았으나 이마가 아리고 쓰렸다. 주백통은 자기의 장법이 성공한 것을 보고 깜짝 놀라며 왼손으로 자신의 오른쪽 손목을 팍, 소리 나게 내리쳤다.

"죽어라, 죽어! 〈구음진경〉의 무공을 쓰다니!"

황약사는 의아하기는 했으나 번개같이 손을 뻗어 소리도 없이 주백통의 어깨를 내리쳤다. 주백통이 비명을 질렀다.

"어이쿠! 복수 한번 빠르군!"

이제는 안개가 갈수록 짙어져 한 치 앞도 분간할 수 없게 되었다. 곽정은 두 사부님이 다칠까 두려워 가진악을 부축해 홍칠공에게 다가갔다.

"두 분은 안개가 걷힐 때까지 연우루에 올라가 쉬고 계세요."

황용의 목소리가 들렸다.

"주 선배님! 제 부탁을 들어주세요."

"네 아버지를 때리지는 않을 테니 걱정 마라."

"빨리 가서 구양봉을 상대하세요. 그렇지만 죽이면 안 돼요."

"왜?"

주백통은 황용의 말에 대답하면서도 손발을 쉬지 않고 놀렸다.

"제 부탁을 들어주지 않으면 선배님의 감추고 싶은 과거를 폭로해 버리겠어요."

"감추고 싶은 과거라니? 무슨 헛소리!"

"그래요? 들어보시죠. 베틀 속 원앙이 곧 날아갈 듯하네."

주백통은 깜짝 놀라 혼비백산했다.

"알았다, 알았어. 네 말을 들으면 될 것 아니냐? 노독물, 어디 있소?"

안개 속에서 마옥의 목소리가 들려왔다.

"주 사숙, 북극성 자리에 서서 그를 공격하세요."

황용이 소리쳤다.

"아버지, 구천인은 적국과 사통한 간적이에요. 빨리 해치워버리세요."

"얘야, 내 옆으로 오너라."

그러나 안개가 너무 짙어 구천인이 어디 있는지 분간할 수가 없었다. 저쪽에서 주백통의 웃음소리만 울려 퍼졌다.

"하하하! 노독물, 어서 무릎 꿇고 이 할아비에게 절을 하거라. 내 그럼 용서해주지."

곽정은 홍칠공과 가진악을 연우루로 모셔다드리고 또다시 완안홍열을 찾아나섰다. 그러나 연우루에서 내려다보니, 완안홍열은커녕 사통천과 구천인조차 어디로 갔는지 보이지 않았다. 계속해서 주백통의 목소리만 들렸다.

"이런, 노독물은? 어디로 도망갔지?"

안개가 이상할 정도로 짙었다. 서로 바로 곁에 서 있는데도 전혀 볼 수가 없었다. 그저 무언가 인기척만 느낄 수 있을 뿐이었다. 목소리조차도 무겁고 탁한 것이 이상하게 들렸다. 마치 무언가에 의해 서로 가로막혀 있는 듯한 느낌이었다. 갑자기 장님처럼 앞을 볼 수 없게 되자 모두 서로를 두려워하기 시작했다. 황용은 아버지 곁에 바짝 붙어 섰다. 마옥은 낮은 소리로 명령을 내려 진세를 좁혔다. 모두 조용히 귀를 기울여 적의 움직임에 주의를 기울였다. 일순간, 사방은 고요에 휩싸였다. 잠시 후, 구처기가 소리쳤다.

"들어봐! 이게 무슨 소리지?"

쉬익, 쉬익, 쉬익, 쉬익! 소리는 점차 가까워지고 있었다. 황용이 두려움에 질려 소리쳤다.

"노독물이 뱀을 풀었어요. 비열한 인간!"

홍칠공도 연우루 위에서 이 소리를 들었다.

"모두들 어서 누각 위로 올라오시오."

주백통은 무공으로 따지면 무리 중에서도 고수에 속하지만 그가 가장 무서워하는 것 중 하나가 바로 뱀이었다. 그래서 뱀이라는 말을 듣자 미친 듯이 연우루를 향해 달려갔다. 그는 행여나 독사가 발뒤꿈치를 물까 두려워 계단으로 올라가지도 못하고 경공술을 써 지붕으로 몸을 날렸다. 지붕 가장 높은 곳에 앉아서도 긴장을 늦추지 않았다.

얼마 지나지 않아 뱀 소리가 더욱 크게 들려왔다. 황용은 아버지의 손을 붙잡고 연우루 위로 뛰어올라갔다. 전진육자와 윤지평도 손을 잡고 더듬어가며 누각 위로 향했다. 순간, 윤지평이 발을 헛디뎌 계단에서 굴러떨어지며 머리를 부딪쳐 이마에 혹이 났다. 윤지평은 급히 일어나 다시 계단을 올랐다.

황용은 곽정의 소리가 들리지 않자 걱정이 되었다.

"오빠, 어디 있어요?"

몇 번을 불렀으나 아무 대답이 없자 더욱 불안해졌다.

"아버지, 오빠를 찾아봐야겠어요."

그때 곽정의 냉정한 목소리가 들렸다.

"왜 날 찾는 거야? 앞으로 날 찾을 필요도 없고, 찾는다 해도 난 너를 보지 않을 거야."

알고 보니 곽정은 바로 곁에 있었다.

"못된 놈, 어디서 감히!"

황약사는 머리끝까지 화가 나 곽정을 향해 일장을 날렸다. 곽정은 고개를 숙여 피했다. 막 반격을 하려는데 휙휙, 소리가 나더니 어디선가 화살이 날아와 창문에 꽂혔다. 모두들 깜짝 놀랐다. 뒤이어 사방에서 고함 소리가 들리면서 화살이 비 오듯 쏟아졌다. 어두워서 대체 얼마나 많은 인마人馬가 연우루를 에워싸고 있는지도 파악할 수 없었다. 밖은 사람 소리로 떠들썩했다.

"역적들이 도망가지 못하게 해라!"

왕처일은 화가 치밀었다.

"금의 앞잡이인 가흥부의 탐관오리들이 관군을 몰고 온 모양이군."

구처기가 말을 받았다.

"다 같이 내려가서 깨끗이 죽여버립시다."

"안 돼! 뱀!"

화살이 비 오듯 쏟아지는 가운데 뱀 소리마저 점차 가까워졌다. 알고 보니 완안홍열과 구양봉이 사전에 몰래 음모를 꾸민 것이다. 안개가 이렇게 짙을 줄은 미처 예상치 못했지만, 이것이 복이 될지 화가 될지는 아직 판단할 수 없었다. 홍칠공이 소리쳤다.

"화살을 처리하자니 뱀을 막을 수가 없고, 뱀을 피하자니 화살을 막을 수가 없구나! 어떻게든 일단 후퇴하자."

주백통은 누각 위에서 양손에 긴 화살을 들고 날아오는 화살을 막으며 끊임없이 욕을 퍼부어대고 있었다. 관군은 배를 타고 삼면이 호수로 둘러싸인 연우루를 에워싼 채 화살을 쏘고 있었다. 그러나 짙은 안개 때문에 아주 가까이 다가오지는 못했다.

"서쪽을 향해 육로로 갑시다!"

홍칠공이 호령을 내렸다. 그는 천하제일인 개방의 우두머리였다. 그의 호령에는 위엄이 있었다. 극도로 혼란한 가운데에도 모두들 홍칠공의 호령대로 움직이기 시작했다. 그러나 워낙에 한 치 앞을 분간할 수 없는 상황이기 때문에 동서남북 방향을 판단한다는 것은 거의 불가능했다. 하는 수 없이 우선 화살이 덜 날아오는 쪽을 향해 걷기 시작했다. 홀로 뒤떨어질까 두려워 모두 손에 손을 잡고 길을 더듬어가며 전진했다.

구처기와 왕처일이 손에 장검을 들고 길을 인도했다. 두 사람은 검을 크게 휘둘러 화살을 막았다. 곽정은 오른손으로 홍칠공의 손을 잡고, 왼손으로 옆 사람의 손을 잡았다. 그런데 뜻밖에도 그 손은 작고 부드러운 황용의 손이었다. 곽정은 깜짝 놀라 급히 손을 놓았다.

"누가 오빠더러 날 상대해달랬어요?"

황용의 목소리는 차가웠다. 갑자기 구처기의 다급한 목소리가 들렸다.

"어서 돌아가시오! 앞은 온통 독사투성이요. 더 이상 나아갈 수가 없어요."

황약사와 마옥이 맨 뒤에 따라오면서 관병을 맞아 싸우고 있었다. 두 사람은 구처기의 말을 듣고 급히 몸을 돌렸다. 황약사는 대나무 가지를 끊어 휘둘러댔다. 짙은 안개 속에서 쉬익, 쉬익, 하는 뱀 소리가 소름 끼치게 들렸다. 갑자기 역겨운 피비린내가 강하게 풍겼다. 황용은 참지 못하고 구토하기 시작했다. 황약사가 탄식했다.

"빠져나갈 방법이 없군. 이제 하늘에 맡기는 수밖에……."

황약사는 대나무 가지를 던져버리고 딸을 품에 안았다. 여러 고수들의 무공으로 볼 때 관군이 활을 쏜다 해도 그들을 막을 수는 없었다. 그러나 수천수만의 독사를 피하기에는 역부족이었다. 일단 한번 물리면 목숨을 잃을 게 뻔했다. 모두들 뱀 소리 때문에 등골이 오싹해졌다. 황약사의 옥퉁소는 이미 부러져버렸고, 홍칠공의 금침도 사용할 수 없는 상황이었다. 더군다나 안개 때문에 앞을 볼 수가 없으니 어떤 길로 피해야 할지 판단조차 할 수 없었다. 위기의 순간에 누군가의 차가운 목소리가 들렸다.

"요녀, 이 장님에게 죽봉을 빌려주시오."

가진악이었다. 황용은 장님이라는 말에 가진악의 의도를 금세 알아차렸다. 황용은 얼른 타구봉을 건네주었다. 가진악은 아무 표정 없이 죽봉을 받아 들었다.

"모두들 이 장님을 따라오시오. 연우루 근처에 안개가 깔리는 것은 흔히 있는 일이오. 안개가 무슨 대수입니까?"

가진악은 가흥 출신 사람이었다. 그래서 연우루 근처의 작은 길까지 세세히 알고 있었다. 그는 뱀과 화살 소리로 방향을 구분했다. 소리로 보아 서쪽의 작은 길에는 적도, 뱀도 없는 듯했다.

가진악이 앞장서서 걷기 시작했다. 그러나 최근 서쪽 길에 수없이 많은 대나무를 심어놓아 이미 길이 없어져버린 터였다. 가진악은 어려서부터 이 길을 잘 알고 있기는 했지만 수십 년 동안 와보지 않아서 이곳이 대나무 숲으로 변한 사실을 모르고 있었다. 결국 예닐곱 걸음도 채 못 가서 더 이상 나아가기 힘들다는 것을 깨달았다.

이때 구처기와 왕처일이 검을 들고 대나무 가지를 쳐내자 모두들 뒤를 따랐다. 마옥이 소리쳤다.

"주 사숙, 어디 계세요? 빨리 오세요."

주백통은 여전히 누각 지붕에 앉아 있었다. 그는 사방에서 뱀 소리가 들리는 통에 내려가기는커녕 대답조차 하지 못했다. 뱀이 자신의 목소리를 듣고 공격해올까 두려웠던 것이다.

한참을 나아간 끝에 마침내 대나무 숲을 빠져나올 수 있었다. 눈앞에 작은 길이 나타났다. 뱀 소리는 멀어졌으나 관군의 소리는 점점 가까워졌다. 아마도 길을 돌아 옆쪽에서 공격해오는 모양이었다. 그러나 뱀은 몰라도 그까짓 관군쯤을 두려워할 그들이 아니었다.

"학 사제, 나와 함께 가서 저놈들을 신나게 죽여 화풀이를 한판 해보세."

유처현의 말에 학대통이 신이 나서 대답했다.

"좋지요!"

두 사람이 막 검을 치켜들려는데 갑자기 화살이 날아왔다. 두 사람은 급히 검을 휘둘러 화살을 막았다. 조금 더 앞으로 나아가자 큰길이 나왔다. 그때 갑자기 천둥 번개가 치면서 비가 억수같이 쏟아졌다. 그러자 순식간에 안개가 깨끗이 걷혔다. 하늘에 가득 퍼져 있는 먹구름 때문에 사방이 어둡기는 했지만 이제 충분히 앞을 볼 수가 있었다.

"좋아, 좋아. 안개가 걷혔군."

"위기를 모면했으니, 이제 각자 갈 길을 갑시다."

가진악은 죽봉을 황용에게 돌려주고는 뒤도 돌아보지 않고 동쪽을 향해 걸어갔다.

"사부님!"

곽정이 불렀다.

"너는 홍 노협을 적절한 곳으로 모셔 부상을 치료하고 다시 나를 찾아오너라."

"예!"

황약사는 날아오는 화살을 잡아챈 뒤 가진악에게 다가갔다.

"만약 당신이 오늘 내 생명을 구해주지 않았다면……. 나도 당신에게 사실을 밝히지……."

그러나 황약사의 말이 끝나기도 전에 가진악은 그의 얼굴에 침을 뱉었다.

"오늘 일로 내 죽어서도 여섯 형제를 볼 면목이 없다!"

황약사는 크게 노해 손을 번쩍 치켜들었다. 이를 바라보고 있던 곽정은 깜짝 놀라 얼른 뛰어가 사부님을 구하려 했다. 만약 황약사가 저대로 내리치면 사부님은 죽은 목숨이었다. 그러나 곽정과 두 사람과의 거리가 약간 떨어져 있어서 이미 구하기에는 늦은 듯했다. 그런데 황약사가 치켜들었던 손을 천천히 거두었다.

"하하하! 나 황약사가 누군데 당신 따위를 굳이 상대하겠나? 내가 참지."

황약사는 소매를 들어 얼굴의 침을 닦고 황용을 향해 돌아섰다.

"용아, 가자!"

이 모습을 보던 곽정의 마음에 순간 어떤 생각이 스치고 지나갔다. 무언가 크게 잘못되었다는 생각이 들었다. 마치 짙은 안개에 싸인 듯했다. 그때 갑자기 고함 소리가 크게 들리더니 관군이 몰려오기 시작했다. 전진육자는 각자 장검을 꺼내 들고 관군과 맞서 싸웠다. 황약사는 관군을 상대하지 않고 홍칠공의 팔을 잡으며 말했다.

"홍 형, 우리 저기 가서 술이나 한잔합시다."

홍칠공의 마음에 딱 드는 제안이었다.

"좋지, 좋고말고!"

두 사람은 곧 어둠 속으로 사라졌다. 곽정은 가진악을 부축하려 했으나 순식간에 관군들이 눈앞까지 닥쳐오는 바람에 그만 놓치고 말았다. 곽정은 사람을 해치고 싶지 않아 그저 팔을 뻗어 관군을 밀어내기만 했다. 온통 난장판인 가운데 구처기 등의 고함 소리가 들려왔다. 관군 중에는 완안홍열이 데려온 시위대와 구천인 수하의 철장방 무리 등 무공이 강한 자들이 꽤 있어 상대하기가 만만치 않았다. 곽정은 난리 통에 사부님이 다치지나 않을까 걱정이 되었다.

"사부님, 사부님! 어디 계세요?"

그러나 곽정의 목소리는 관군의 고함 소리와 싸우는 소리에 묻혀 가진악에게 전해지지 않았다.

황용은 가진악에게서 죽봉을 건네받고는 줄곧 그의 곁에 있었다. 가진악이 아버지 황약사에게 침을 뱉고 두 사람이 싸울 듯한 기세를 보이자 황용은 마음이 아팠다. 일이 이 지경이 되었으니 황용의 꿈은 물거품이 되는 듯했다. 잠시 후 관군이 몰려왔다. 그러나 황용은 꼼짝도 하지 않고 그 자리에 멍하니 서 있었다. 관군과 말이 정신없이 황용의 곁을 스치며 오갔지만 마치 아무것도 보이지 않는 듯했다.

"어이쿠!"

비명 소리가 들렸다. 가진악이었다. 황용이 정신을 차려보니 가진악은 길가에 쓰러져 있고, 관병 하나가 칼을 들어 가진악의 등을 내리치려 하고 있었다.

가진악은 땅바닥을 굴러 피한 뒤 일어나 앉으면서 관병을 향해 권을 날려 기절시켰다. 그러나 막 일어나려는 순간, 그만 그 자리에 다시 쓰러지고 말았다. 황용이 가까이 다가가서 보니 다리에 화살이 박혀 있었다. 황용은 손을 뻗어 가진악을 부축했다. 가진악은 몸부림을 쳐 황용을 뿌리쳤다. 그러나 그는 원래 다리를 저는데다 다른 한쪽 다리마저 화살에 맞아 힘을 쓸 수가 없었다. 비틀비틀하며 금방이라도 쓰러질 듯했다. 황용은 오른손을 뻗어 그의 뒷덜미를 잡았다.

"무슨 영웅 행세예요?"

황용은 왼손을 가볍게 휘둘러 난화불혈수로 그의 오른쪽 어깨의 견정혈을 찍고 오른팔을 잡았다. 가진악은 여전히 황용을 뿌리치려 했으나 반신이 마비되어 움직일 수가 없었다. 가진악은 황용에게 팔을 잡힌 채 주절주절 욕을 해댔다.

황용은 가진악을 부축해 큰 나무 뒤로 숨었다. 잠시 숨을 돌리고 다시 길을 재촉했다. 관병은 갑자기 나타난 두 사람을 보자 활을 쏘기 시작했다. 황용은 가진악의 앞을 막아선 채 죽봉을 휘둘러 안면을 보호했다. 화살은 모두 연위갑에 맞았다. 가진악은 황용이 자기 앞에서 화살을 막아주자 고마운 생각이 들었다.

"난 상관 말고 어서 도망가라."

"흥! 아뇨, 구해줄 거예요. 일부러라도 당신이 나한테 신세 지게 만들어서 당신이 어떻게 하는지 두고 보겠어요."

두 사람은 낮은 담 뒤로 숨었다. 화살은 더 이상 날아오지 않았으나 가진악의 몸이 워낙 무거워 황용은 지칠 대로 지쳐 있었다. 황용은 담에 기댄 채 숨을 몰아쉬었다.

"됐다, 됐어. 이제 우리 사이의 원한 관계는 없었던 걸로 하자. 어서 가라. 앞으로 가진악이란 사람은 죽었다고 생각해라."

황용은 냉랭한 목소리로 대답했다.

"흥! 죽지도 않았는데 왜 죽었다고 생각해요? 당신이 내게 복수하러 오지 않으면 내가 당신을 찾아갈 거예요."

황용은 죽봉을 내밀어 가진악의 양다리 위중혈委中穴을 찍었다. 가진악은 전혀 생각지도 않고 있다가 공격을 받은지라 땅에 쓰러지고 말았다. 속으로 경계를 늦춘 자기 자신을 원망했다. 이 요녀 같은 계집이 어떤 방법으로 자신을 괴롭힐지 불안한 생각이 들었다. 그런데 발소리가 들리더니 황용이 담을 넘어 어디론가 사라졌다.

싸우는 소리가 점점 멀어졌다. 전진파가 관군을 물리친 모양이었다. 멀리서 곽정이 사부를 부르는 소리가 들렸다. 그러나 방향을 잘못 잡았는지 소리가 점점 멀어지고 있었다. 가진악은 곽정을 부르려 했으나 부상을 입은 터라 기가 부족함을 느꼈다. 이 상태라면 불러도 소용이 없을 것 같았다. 얼마나 지났을까, 사방이 조용해졌다. 멀리서 닭 우는 소리가 들렸다.

'살아서 마지막으로 듣는 닭 우는 소리가 되겠군. 저 닭은 내일도 울겠지만 내일이면 나는 저 요괴의 손에 죽어 있겠지.'

이런 생각에 잠겨 있는데 문득 발소리가 들렸다. 세 사람인 듯했다. 한 사람은 발소리가 가볍고 경쾌했다. 바로 황용이었다. 다른 두 사람은 발소리가 무겁고 질질 끄는 것 같았다.

"이 사람이다. 빨리 옮겨라."

황용은 손을 뻗어 가진악의 몸 이곳저곳을 두드려 혈을 풀어주었다. 같이 온 두 사람이 가진악을 들어 올려 대나무로 엮은 침대에 싣고는 어디론가 걷기 시작했다. 가진악은 이상한 생각이 들어 막 물어보려다 그만두었다. 망설이고 있는 사이 앞에서 걷고 있던 사람이 비명을 질렀다.

"아이고!"

황용이 죽봉으로 때린 모양이었다.

"빨리빨리 걸어. 뭘 꾸물대는 거야? 관병이 되어가지고 백성들을 괴롭히다니, 하여튼 관병들은 하나같이 나쁜 놈이라니까."

또 죽봉을 휘두르는 소리가 들렸다. 툭, 뒤에서 걷던 사람이 맞은 모양이었으나 감히 비명 소리조차 내지 못했다.

'관병을 잡아와서 날 옮기다니, 역시 영리하군.'

가진악은 다리의 통증이 점차 심해지는 것을 느꼈다. 그러나 황용이 비웃을까 두려워 신음 소리 한 번 내지 않고 이를 악물고 참았다. 침대가 흔들리는 것이 어딘지 평탄하지 않은 길을 걷고 있는 듯했다. 한참 지나자, 길가의 나뭇잎이 가진악의 몸을 스치기 시작했다. 숲속을 걷고 있는 모양이었다. 두 명의 관병은 비틀대며 숨을 거칠게 내쉬었다. 황용은 끊임없이 죽봉을 휘둘러대며 두 사람을 몰아붙였다. 관병들은 겨우 버티고 있는 듯했다.

30리쯤 갔을까, 비는 이미 그쳤고 태양이 내리쬐어 옷도 거의 말라 갔다. 어디선지 매미 우는 소리, 개 짖는 소리가 들리고 밭에서 일하는 남녀의 노랫소리도 들려왔다. 모든 것이 고요하고 평화롭게 느껴졌다. 조금 전 치열하게 싸우던 때를 생각하면 완전히 딴 세상에 와 있는 것 같았다. 일행은 한 농가에 도착해 휴식을 취했다. 황용은 농가에서 큰 호박 두 개를 사다가 쌀과 함께 찐 후, 가진악에게 한 그릇 주었다.

"배고프지 않다."

"다리가 많이 아프죠? 내가 모를 줄 알아요? 배가 고프건 말건 어서 먹어요. 당신이 고통스러워하는 모습을 실컷 보고 나면 치료해주든지 하죠."

가진악은 화가 치밀어 뜨거운 김이 모락모락 나는 그릇을 황용에게 던졌다. 황용은 차갑게 웃었다. 관병 하나가 비명을 질렀다. 황용이 피하는 바람에 뜨거운 호박이 관병의 몸 위로 쏟아진 듯했다.

"시끄러워! 이분이 너한테 호박을 상으로 줬는데 어서 먹지 않고 뭐 해? 얼른 먹어."

관병은 황용에게 맞는 것이 두렵기도 했지만 배가 고픈 것도 사실이어서 얼른 호박을 집어 들고 허겁지겁 먹기 시작했다. 가진악은 화를 낼 수도 웃을 수도 없었다. 그는 의자 위에 비스듬히 기대앉아 어찌할 바를 모르고 있었다. 만약 다리에 꽂힌 화살을 뽑으면 피가 엄청나게 쏟아질 텐데 황용이 자기를 구해줄 리 없었다.

"가서 깨끗한 물 한 대야 떠와. 어서!"

황용은 말을 마치고 관병의 뺨을 사정없이 후려쳤다.

'성질 한번 고약하군.'

"이 칼로 이분의 상처 부위 옷을 찢어라."

관병 하나가 황용이 시키는 대로 했다.

"비명 지르지 말아요. 기분 나쁘면 당신이 피를 흘리든 말든 상관 안 할 테니."

가진악이 화를 버럭 냈다.

"누가 살려달라고 했나? 어서 꺼져라."

말을 마침과 동시에 상처 부위에 극심한 통증이 느껴졌다. 황용이 화살을 잡고 도리어 더 깊숙이 찌른 것이었다. 가진악은 깜짝 놀라고 화가 치밀어 주먹을 휘둘렀다. 그런데 상처에 또 한차례 통증이 느껴지는가 싶더니 어느새 자신의 손에 화살이 쥐어져 있었다. 황용이 이미 화살을 뽑아내어 가진악의 손에 쥐여준 것이었다.

"한 번만 더 움직이면 빰을 갈겨줄 테니 그리 알아요."

가진악은 황용의 말이 단순한 위협이 아님을 알고 있었다. 지금으로서는 이 요괴의 적수가 되지 못했다. 그럴 바엔 차라리 깨끗이 죽여주면 좋겠지만, 그게 아니라 빰을 때린다면 죽기 전에 치욕만 더 쌓일 뿐이었다. 가진악은 하는 수 없이 분을 억누르며 잠자코 있었다. 황용은 지혈을 위해 천을 찢어 가진악의 상처 부위에 대고 묶었다. 조금 있자니 갑자기 상처 부위가 시원했다. 상처가 지혈된 후 깨끗한 물로 씻는 모양이었다. 가진악은 잠시 혼란스러웠다.

'무슨 생각으로 날 구해주는 걸까? 정말 나쁜 의도가 없는 걸까? 흥, 사악한 도화도주의 딸이 어찌 착한 마음을 가질 수 있겠어? 틀림없이 무언가 속셈이 있는 거지. 이런 놈들은 간사하고 꾀가 많으니 그 속셈

이 뭔지 어찌 짐작할 수 있겠는가?'

가진악이 생각에 잠겨 있는 사이, 황용은 이미 그의 상처 부위에 금창약을 바르고 잘 싸매주었다. 가진악은 상처 부위가 한결 시원한 느낌이 들면서 고통이 훨씬 줄어들었다. 갑자기 허기를 느꼈는지 배에서 꼬르륵 소리가 났다. 황용이 냉소를 지었다.

"배가 퍽 고프신 모양이군요. 하지만 이제 먹을 것이 없는데 어쩌죠? 자, 이제 그만 길을 나서볼까?"

황용이 관병의 머리를 죽봉으로 한 대씩 내리쳤다. 두 관병은 가진악이 누워 있는 침상을 들고 걷기 시작했다. 30~40리쯤 걸으니 날이 어두워졌다. 갑자기 까마귀 울음소리가 들리더니 수없이 많은 까마귀가 하늘을 뒤덮었다.

가진악은 까마귀 소리를 듣고 철창묘 부근이라는 것을 짐작했다. 철창묘는 명장인 철창 왕언장王彦章을 모신 사당이었다. 묘 옆에는 높은 탑이 있었는데, 탑 꼭대기에 수없이 많은 까마귀가 대대로 둥지를 틀고 살았다. 현지 백성들 사이에 전해지는 전설에 따르면, 이 까마귀들은 신병신장神兵神將이라 불렸다. 그래서 모두들 까마귀를 귀물로 여기고 그 둥지를 침범하는 일이 없었다. 그래서 번식이 빨라 점점 그 수가 늘어난 것이다.

"이봐요, 날이 저물었는데 어디에 묵죠?"

황용이 가진악에게 물었다.

'만약 민가에 머물면 소문이 새어나가 관병이 쫓아올지도 몰라.'

"조금만 더 가면 오래된 절이 하나 있다."

"까마귀가 저리 많은데……. 흥! 좋아요. 어서 가자!"

이번에는 봉을 휘두르는 소리가 들리지도 않았는데 관병들은 여전히 비명을 질렀다. 아마도 손으로 찌르거나 발로 차기라도 한 모양이었다.

네 사람은 곧 철창묘에 도착했다. 황용이 발로 걷어차 절의 문을 열자 까마귀 똥 냄새, 해묵은 먼지 냄새 등이 코를 찔렀다. 절에는 아무도 살지 않는 것 같았다. 황용은 관병에게 절을 깨끗이 청소하게 하고 부엌에 가서 물을 끓이도록 명령했다. 황용은 베틀 속 원앙이 어떻다는 둥, 늙기도 전에 머리부터 셌다는 둥 이상한 가사의 노래를 흥얼거리고 있었다. 잠시 후, 관병이 끓인 물을 가져왔다. 황용은 가진악의 상처에 금창약을 갈아준 다음, 손발을 깨끗이 씻고 세수도 했다. 가진악은 방석을 가져다 베개 삼아 누웠다. 갑자기 황용의 날카로운 목소리가 들렸다.

"어디서 감히 내 발을 보는 거야? 눈을 확 파버릴 테다!"

관병은 깜짝 놀라 땅에 엎드려 연신 절을 해댔다.

"말해봐. 내 발이 어때서 그렇게 뚫어지게 들여다본 거야?"

"죽여주십시오. 그저, 그저…… 발이 하도 예뻐서……."

가진악은 어이가 없었다.

'죽음을 눈앞에 두고도 여자를 밝히다니, 저 요괴 손에 당장 죽게 되겠군.'

"하하하! 네놈처럼 못생긴 놈도 예쁜 건 구분할 줄 아나 보구나."

황용은 죽봉으로 한 대 때릴 뿐 더 이상 화내지 않았다. 관병들은 후원에 숨어 감히 나오지도 못했다. 가진악은 아무 말도 하지 않고 황용이 어떻게 하나 두고 볼 뿐이었다. 황용은 대전 이곳저곳을 둘러보더니 입을 열었다.

"왕 철창도 일세를 풍미하던 사람이었지만 결국 남에게 잡혀 목이 날아갔으니, 어찌 영웅이라 할 수 있겠어요? 어, 이 철창은 정말 철로 만든 것이겠지요?"

가진악은 어렸을 때 주총, 한보구, 남희인, 장아생 등과 함께 자주 이곳에 와서 놀곤 했다. 비록 모두 어린아이들이긴 했지만 힘이 매우 셌기 때문에 돌아가며 이 철창을 들고 휘둘러보곤 했다.

"당연하지."

"음."

황용은 철창을 들어보았다.

"30근 정도 되겠군요. 나 때문에 철장을 잃어버리셨잖아요. 금세 다시 만들어드릴 수도 없고. 내일 헤어지고 나면 무기도 없이 길을 가셔야 하는데, 우선 이거라도 쓰시지요."

황용은 대답은 기다리지도 않고 철창을 가진악에게 건네주었다. 가진악은 대사형이 죽은 후, 여섯 의남매와 한시도 떨어진 적이 없었다. 비록 황용과 하루밖에 함께 있지 않았지만 홀로 남는다고 생각하니 갑자기 헤어지기가 싫었다. '내일 헤어지고 나면'이라는 말에 당혹감을 느낀 그는 멍하니 철창을 받아 들었다. 평소 쓰던 철장보다 조금 무거웠지만 쓸 만할 것 같았다.

'내게 무기를 주다니 정말 나쁜 의도가 없는 모양이군.'

"이건 아버지가 만드신 전칠사담산田七鯊膽散이에요. 상처를 치료하는 데 도움이 될 거예요. 저희 부녀를 워낙 미워하시니 약을 쓸지 안 쓸지는 당신이 알아서 결정하세요."

황용은 약봉지를 가진악에게 건네주었다. 가진악은 약봉지를 받아 품에 넣었다. 무슨 말이라도 하고 싶었지만 입을 열 수가 없었다. 황용이 무슨 말이든 해주길 바랐지만 그녀 역시 아무 말도 하지 않았다.

"어서 주무세요."

황용의 냉정한 말에 가진악은 말없이 옆으로 돌아누웠다. 온갖 생각으로 머리가 복잡한데 잠이 올 리 없었다. 지붕 위의 까마귀들도 잠이 드는지 점차 조용해졌다. 황용은 아직 잠자리에 들지 않았다. 그저 꼼짝도 하지 않고 그 자리에 앉아 있었다. 한참이 지났다. 황용이 낮은 목소리로 시를 읊었다.

"베틀 속 원앙이 곧 날아갈 듯하네. 늙기도 전에 머리부터 세니 애처롭도다. 봄 아지랑이 푸른 풀잎, 차가운 아침 기운 가신 곳에서 한 쌍이 마주하며 붉은 옷을 적시네."

황용은 마치 시의 뜻을 음미하고 있는 듯했다. 가진악은 학문에 문외한이기 때문에 황용이 읊은 시가 무슨 뜻인지 알아들을 수 없었다. 그러나 황용의 목소리가 어찌나 처량하고 비통한지 자기도 모르게 그 시에 빠져들었다.

얼마나 지났을까, 황용은 방석 몇 개를 나란히 연결해 잠자리를 만들고 자리에 누웠다. 숨소리가 점차 가늘어지더니 이내 깊은 잠에 빠져들었다.

가진악은 옆에 놓아둔 철창을 쓰다듬었다. 어렸을 때의 추억이 너무나 선명하게 떠올랐다. 주총은 낡은 책을 들고 몸을 앞뒤로 흔들어가며 큰 소리로 읽었다. 한보구와 전금발은 신상神像의 어깨에 올라앉아 수염을 잡아당기며 놀았다. 남희인과 자신은 철창의 한쪽 끝을 잡아당기고, 장아생이 철창의 반대쪽을 힘주어 잡아당겼다. 한소영은 그때 아직 네댓 살밖에 되지 않아 머리를 양쪽으로 곱게 땋은 채 손뼉을 치며 웃었다. 그녀의 머리에 묶여 있는 붉은 댕기가 눈앞에 아른거렸다.

갑자기 눈물이 나기 시작했다. 여섯 의형제와 친형, 그리고 자신의 두 눈이 모두 황약사의 손에 당했다. 그런 생각이 들자 가슴속에 들끓는 복수심을 억누를 길이 없었다. 가진악은 철창을 들고 새근새근 잠들어 있는 황용의 옆으로 조용히 다가갔다.

'지금 이 창으로 한 번 내리치기만 하면 쉽게 죽일 수 있겠지. 흥, 이 방법이 아니라면 내 무공으로 어떻게 황약사에게 복수를 할 수 있겠어. 지금이 바로 하늘이 내린 기회가 아닌가? 자식 잃은 슬픔을 한번 맛보라지.'

그러나 역시 망설여지지 않을 수 없었다.

'내 생명을 구해주었는데 어찌 은혜를 원수로 갚을 수 있겠는가. 휴! 이 요녀를 죽이고 나도 자살하면 공평하겠군.'

생각이 이에 미치자 곧 결단을 내렸다.

'나 가진악, 평생 동안 정직을 신조로 삼고 살아오면서 하늘에 부끄러운 짓은 하지 않았다. 오늘 적이 잠자는 틈에 습격을 하는 것은 공명정대한 일이 아니기는 하나 스스로 목숨을 끊음으로써 이 죄를 갚으리라.'

가진악은 철창을 치켜들고 황용의 머리를 내리치려 했다. 그런데 갑자기 멀리서 누군가가 크게 웃는 소리가 들렸다. 극도로 귀에 거슬리는 웃음소리였다. 가진악은 소름이 쫙 끼쳤다.

황용은 웃음소리에 놀라 잠에서 깨어났다. 그런데 눈을 뜬 순간, 가진악이 철창을 높이 든 채 자기 곁에 서 있는 것을 보고 또 한 차례 기겁을 했다. 그러다 정신을 차린 황용은 공포에 질려 소리를 내질렀다.

"구양봉!"

〈8권에서 계속〉